炽热的你

唐如酒 著

广东旅游出版社
广东·广州

图书在版编目（CIP）数据

炽热的你 / 唐如酒著. — 广州：广东旅游出版社，2020.9
 ISBN 978-7-5570-2259-4

Ⅰ. ①炽… Ⅱ. ①唐… Ⅲ. ①长篇小说－中国－当代 Ⅳ. ①I247.5

中国版本图书馆CIP数据核字（2020）第098220号

出 版 人：刘志松
总 策 划：邹立勋
责任编辑：梅哲坤

广东旅游出版社出版发行
（广东省广州市荔湾区沙面北街71号首、二层）
邮编：510130
邮购电话：020-87347732
湖南凌宇纸品有限公司
（湖南省长沙市长沙县黄花镇黄花工业园凌宇纸品 电话：0731-88387578）
880毫米×1230毫米 32开
10.5印张 323千字
2020年9月第1版第1次印刷
定价：40.80元

【版权所有 侵权必究】
本书如有错页倒装等质量问题，请直接与印刷厂联系换书。

目录
CONTENTS

第一章
他犹如神祇,从天而降　　/001

第二章
我不是你的仇人　　/031

第三章
顾太太,新婚愉快　　/071

第四章
她不是他的心上人　　/105

第五章
别试图挑战我的容忍限度　　/134

CONTENTS

第六章
你的婚纱,配不上我　　　/168

第七章
顾太太又要不高兴了　　　/209

第八章
迟早两败俱伤　　　/249

第九章
他不爱她,也不需要她的爱　　　/275

第十章
度过岁月成了穿肠的毒药　　　/301

第一章

• ≫ ≫ •　他犹如神祇，从天而降

　　夜里到处都是一片暗色，唯有刺眼的闪电和昏暗的路灯影影绰绰。大雨倾盆，像要淹没整座城市。

　　车灯越过雨帘照来，宝蓝色的兰博基尼徐徐靠近，黑色的雕花大门随之打开，一抹白色的身影忽然穿过车灯挡在了车前。

　　随着尖锐的刹车声传来，车子极其危险地停在女人的身前，慕晚安张开双臂站在那里，白色的衬衫和黑色的长发都被雨水淋湿了。

　　雨水打湿了她的眼睛，朦胧的视线中，慕晚安看着推开车门撑着黑色的大伞朝她走近的左晔，一眼就看清了副驾驶座上的身影——是一个女人。

　　慕晚安愣住，一下就忘记了自己来这里的目的："左晔，她是谁？"

　　左晔冷淡的视线落在她的身上："宋泉，我女朋友。"

　　慕晚安呆住了，一动不动地看着他，难以置信到近乎呆滞。

　　高大的男人单手撑着伞，英气的浓眉皱着："晚安。"他只是这样说，除了冷漠和不耐烦，没有更大的情绪，"你别再来找我，她会不高兴。"

　　他们已经分手了。

　　"左晔……"她的喉咙干涩发紧，雨水淅淅沥沥几乎要淹没她的声音。她的手指不自觉地攥紧，理智的脱缰让她的质问脱口而出，"是因为她，你才跟我分手？"

　　左晔看着她滴着雨水的脸，标致的脸蛋此刻变得有些狼狈，他启唇："不是。"

　　慕晚安愣在原地："那是为什么？"

　　"因为你无趣。"左晔面无表情地陈述道，"晚安，你真的太无趣了。"

隔着朦胧的雨帘，慕晚安看到左晔笑了一下："作为女人，你就像是个美丽的木偶，跟你在一起我觉得味同嚼蜡。"他站在伞下，说到这里忍不住看了一眼副驾驶的方向，唇侧撩出缕缕笑意，嗓音变得低沉缱绻，"遇上她，我才知道跟你在一起有多将就。"

　　慕晚安是安城众口相传的"女神"，追在她身后的男人可以从城头排到城尾，他现在告诉她，跟她在一起的整整四年，所有的甜蜜过往，只是将就！

　　慕安然忍不住扬起笑脸，看着面前面无表情、撑着伞任由她站在电闪雷鸣倾盆大雨中的男人，嘴角的弧度极其讥诮："是因为我无趣？还是因为我们慕家垮了，我这个落魄的千金配不上你了？"

　　左晔冷淡地道："宋泉的爸爸嗜赌成性欠债几十万，我帮她还钱，她跟我发脾气，宁愿自己拼死拼活不吃饭不睡觉兼职赚钱。"

　　天空又响起了一道炸雷，炸得她的心脏血肉模糊。雨下得足够大，她可以肆无忌惮地流泪而不被察觉分毫。

　　"左晔。"慕晚安的心脏紧紧地拧着，爱情和自尊在这样雷雨交加的夜晚一并被炸得支离破碎，思维停滞了一下，她猛然想起今晚过来是干什么的。

　　慕晚安猛抽一口气，最后还是低下头："我求你……"慕晚安一字一顿，说出的每个字都显得无比艰难，仿佛随时会窒息，"我爷爷他……""借钱"两个字，无论如何她都吐不出来。

　　她爷爷等着手术的钱，她需要钱，现在需要的就只是钱而已。

　　——而不是所谓的为什么要分手。

　　左晔最后淡淡地看了她一眼，便转了身。

　　慕晚安猛然抬起头，急急地道："左晔，我需要二十……"

　　"你下来干什么？"恼怒的声音瞬间将她的哀求打断，高大的男人迈着长腿，朝副驾驶的位置走去，男人举着黑色的大伞撑在从车上下来的女孩头顶，自己的半边身子却被淋湿了。

　　她的话就这么淹没在雨声中。

　　透过雨帘，慕晚安还是借着车灯看清了那女孩的模样。

　　无论是脸蛋还是气质，都比慕晚安差太多，素净的小脸不施粉黛，普通的五官凑在一起算是清秀，自然直的黑发绑着简单的马尾，身上穿的都不是名牌，但是都很妥帖，很符合女孩的身材。

女孩很年轻，小家碧玉的模样，却又带着一丝倔强，透露出男人口中的"独立感"。

此刻，女孩被高大的男人紧紧地护着，左晔的脸上全然是对她冒雨下车的不满和心疼。

慕晚安看着眼前的一幕，思维空白。突然，一道威严凌厉的嗓音盖过雨声响起："都站在门口干什么？下这么大的雨，都给我进去！"

说话的是一个穿着唐装的五十岁左右的男人，手里拄着拐杖，身后跟着一个撑伞的管家。

左晔看了孤零零站着的慕晚安一眼，毫无情绪波动地吩咐管家："待会儿派人送慕小姐回去。"说完就小心搂着怀里的女孩，先走进了别墅里。

擦肩而过的瞬间，慕晚安下意识地大力攥住了他的衣角，眼睛睁得极大："左晔，我有事找你……"

"晚安。"他停下来，低头淡淡地瞥了她一眼，"别死缠烂打，别让我瞧不起你。"

那句话听着不仅冰冷，还凌厉得像一把刀子。

一个男人不爱你，你连呼吸都是错，何况是纠缠。

"慕小姐，"威严淡漠的声音在雨水中响起，拄着拐杖的老人居高临下，"请回吧。"

说完，老人就转了身，慕晚安只觉得一瞬间脑子里紧紧绷着的那根弦彻底断了。她踉跄着上前几步，就这么跪了下去："左叔叔，我求求您，看在您和我爷爷这么多年的交情上……我爷爷快不行了，我需要钱，您借我五十万……我一定会还给您的……"

拄着拐杖的老人淡漠地看着她："慕小姐，慕家公司破产负债超过两亿，别说五十万你还不起，五万你现在都拿不出来。"那冷淡的声音像是一股寒意侵入她的五脏六腑，"你这么年轻，这么漂亮，只要肯豁出去，五十万只是你点点头的事情。"

听着耳边响起的铁门关上的声音，慕晚安的手指陡然失去了力气。

她跪在那里，很久没能起来。

远处大约十米的地方。

"停车。"一个慵懒低沉的声音忽然在车内响起,男人漆黑的眸掠过薄凉的笑意。

雨幕中,一辆黑色的世爵戛然停下。

"顾总,怎么了?"开车的司机诧异地问道。

顾南城薄唇扬起,看了那道身影很久,漫不经心地眯起眼睛:"奶奶最近不总是催着我结婚吗?她看不上笙儿,说她是'戏子',呵。"他顿了一下,戏谑冷漠的声音再度响起,"她想要正牌的名媛,我捡一个回去孝敬她老人家。"

顾南城的嘴角扬起邪佞的弧度。

冰凉的雨水突然停了下来,慕晚安眨了眨眼睛,睫毛上还沾满了雨水。

"女孩子的身体多么金贵,怎么能受这种寒?"

男人低沉温润的声音在头顶响起,慕晚安愣怔地抬头。

不管在那之后她与顾南城有过怎样的纠葛,即便是在很多年后,慕晚安也一直记得她抬眸那一瞬,望见他的感觉——

那样的英俊,犹如神祇,从天而降。

直到温热的水贴上她的肌肤,慕晚安才反应过来。

——她跟着一个陌生的男人来到了对方的家。

这是一个安静而干净的私人公寓,不大也不小。橘色的灯光很柔和,衬着男人英俊儒雅的脸庞,更让人恍惚。

他风度翩翩,解下精致名贵的银色袖扣后,便挽起袖口走到厨房找出生姜,清洗,切成碎片,然后煮汤。

"乖女孩,先喝姜汤,然后洗澡换衣服,别感冒了。"

慕晚安没有动,顾南城漂亮的眼睛眯起,随手从茶几上抽出一张纸,不紧不慢地替她擦拭着脸上的雨珠。

察觉到慕晚安下意识地闪躲,顾南城微微一笑,沁着凉意的指尖擦过她的肌肤,嗓音低沉:"放心,我不强迫女人。"

明明是姿态温和的一句话,慕晚安偏生听出了一股猖狂不屑的意味——

还没有女人值得他顾南城用上强迫的手段。

她动了动唇,正准备开口,男人状似温柔的声音再度强势地打断她的意图:"听话,去洗澡,换衣服。"

他眉眼温和,字字句句却不容拒绝。

慕晚安不适地蹙眉,这个男人看上去很温柔,甚至,他可能对着谁都是这副温和的模样,可他骨子里的强势跟冷锐无法掩饰。

当然,他大概没有想过要掩饰。

"顾先生,我不习惯在陌生人的家里借浴。"

顾南城盯了慕晚安几秒钟,闲适地笑了笑:"我以为,昔日高高在上的慕小姐,下着那么大的雨跪在前男友的门前,这些也不重要了。"

慕晚安瞳孔骤然紧缩,手捏成了拳,心脏漫过一阵阵的刺痛。

气氛僵持了几十秒,顾南城不紧不慢,明显没有要退让的意思。

慕晚安收回视线,仰头将杯子里的姜汤一饮而尽,将杯子不轻不重地放在茶几上,然后站了起来:"好,我知道了。"

他需要她,而她需要他带来的东西,无非是男人和女人的游戏,什么都会过去。

浴室里响起水声,顾南城半倚在沙发上,抿着唇,眼神冷淡,看不出温度。

电话响起,顾南城瞟了一眼屏幕,接起:"奶奶,您一把年纪了,这么晚还不睡觉,不是成心折我的寿吗?"

"我呸。"顾奶奶在那边气呼呼的,"兔崽子,这么晚不在家,你又在哪里鬼混?"

顾南城懒懒散散地开口:"我?我正在跟您未来的孙媳妇培养感情,这个点您给我来电话,不是打扰我吗?"他装模作样地道,"乖,这时候可经不起打扰。"

"我呸!"顾奶奶明显已经勃然大怒,"你又跟那个戏子在一起?!顾南城,我告诉你,除非我死了,否则你别想把那女人娶回来!"

顾南城的眸底掠过一层寒意,扬起嘴角,漫不经心地笑:"怎么会呢?我这么孝顺的孙儿,自然会找个奶奶喜欢的回来。"

顾奶奶啐了他一口:"这么晚跟你鬼混的,我能喜欢吗?!"

"明天我给您带回来,您亲自过目不就知道了?"

手机那边,顾奶奶迟疑了半响:"小子,你说真的?可别乱哄我。"

自从她当年把顾南城带回来的陆笙儿赶出去后,他身边的女人几天换一个,但他再也没有带过谁回顾宅了。

慕晚安出来的时候,一眼看到半倚在沙发上的男人。

他微微垂着头,漂亮的薄唇抿出似笑非笑的弧度,修长的手指有一下没一下地敲打着扶手。

橘色的灯光衬出他的轮廓,一副颠倒众生的贵公子姿态。

慕晚安深吸一口气,踩着从容的步伐,走到顾南城对面的沙发坐下。她的手指不动声色地捏着自己的衣襟,清秀绝伦的脸蛋上绽出笑容:"顾公子,我洗好了。"

并不怎么合身的白色浴袍,尚在滴着水的头发,在这安静的空间里却散发着别样的蛊惑气息。

顾南城抬起眼皮,看她的眼神多了几分玩味,动作有意无意,将她大半的身子圈进了自己的怀里,另一只手浅挑起她的下巴,声线低哑蛊惑:"做我的女人,嗯?"

这么快就切入正题了。

慕晚安在他怀里抬起自己的脸蛋,笑得冷艳,即便只穿了件浴袍,偏生透着股烟视媚行的味道:"做你的女人?"她接着道,"顾公子,你也知道像你这样有钱的男人多得如同过江之鲫,有什么我非要选你的理由吗?"

顾南城盯着慕晚安许久,伸手摸摸她的脸蛋,似笑非笑:"乖女孩,跟我玩谈判桌上的把戏,你的道行还太浅。"

心思被看穿,慕晚安顿时有几分难堪,索性打开天窗:"我知道你对我不存在什么一见钟情,也清楚顾公子是精明的商人。"她嫣然一笑,"论脸蛋我怎么都是安城里数一数二的,从头发到脚趾没有任何虚假,要多天然有多天然……顾公子怎么和我谈条件呢?"

顾南城不紧不慢,徐徐低笑:"你刚说有钱男人一抓一大把,我跟他们有什么不一样。"他垂首逼近她,嗓音性感,"宝贝儿,男人怎么可能都一样呢?"

两人近到几乎没有距离,男人的呼吸全都洒在她的身上,烫得她的皮肤都红了,心跳像是突然失去了控制。

"对我来说,你们都一样。"

"当然不一样。"顾南城收回自己的手指，冰凉的唇印上她的眉心，低哑的声音在她的耳边缓缓响起，"我没有乱七八糟的爱好，做我顾南城的女人，就只有——顾太太。"

　　那一瞬间，她的心跳停了半拍。

　　慕晚安呆住："什么？"

　　"你爷爷的手术费我出，你们家的债务我还。"他的薄唇几乎贴着她的耳骨，气息炙热，"你，跟我。"

　　慕晚安看着面前英俊的脸，即便说着宛若天方夜谭的话也毫无破绽："你要娶我？"她笑了，明显不相信，"我有什么地方值得你娶我？"

　　他是安城声名显赫的商场新贵，手上握着巨额财富，是最年轻英俊的传奇。

　　她是什么？她是负债两亿的破产名门淑女。

　　顾安城嘴边噙着笑意，修长微凉的手指挑起她的下巴，低头啄上她的唇瓣："不知道啊……"他低声呢喃，宛若恋人间最亲密的互动，"大约是看见你便觉得，这就是顾太太了。"

　　这世上有种男人，像是裹了蜜的毒药，明知他日也许万箭穿心，也挡不住此时的心跳。

　　当然，这种心跳无关爱情，只是诱惑。

　　慕晚安的手指紧紧捏着自己的浴袍，酿出笑容："我可以陪你，直到你腻了、对我没有任何兴趣为止，在此期间，我会听话，并且随叫随到。"

　　"哦？"顾南城饶有兴致地挑唇，似乎不悦又似乎不在意，"宁愿如此，也不愿做正牌的顾太太？"

　　"顾先生不爱我，做顾太太还是做别的，难道有区别？"

　　顾南城闻言，唇畔的弧度扬得更深了，手掌忽然落到她的腿上。

　　慕晚安整个人蓦地僵住了，洗澡时被蒸腾得殷红的脸颊逐渐褪色。

　　慕晚安最终还是忍不住一把攥住了顾南城的手腕，两只手紧紧握着不让他再继续动作，她低叫出声："不要。"

　　顾南城低声笑着，温热的气息喷洒在她的耳朵上，嗓音低沉："嗯？"

慕晚安无措地看着近在咫尺的男人,只觉得自己被一股强势的气息包裹着。

"顾先生。"她对上他的眸,被烫着了一般侧开。

"嫁给我,我要你。"

慕晚安僵持着坐着:"我不会跟你结婚。"

她绯色的唇勾出几分笑容,手有意无意地扇着风,平添了几分妩媚:"顾公子,安城有的是有钱人,这笔交易你不跟我做,我也能找到别人。"

"嫁给我很委屈?"顾南城低声笑了,"我难道不是这个城市对你而言最合适的钻石单身男人?"

"委屈。"慕晚安吐字清晰,保持着微笑,"你心有所属,私生活不干净,嫁给你不能更委屈。"

顾南城的嘴角始终弥漫着笑意,弧度浅薄却深沉得晦暗。

顾南城点燃夹在指间的香烟,青白色的烟雾将他英俊的五官拉得模糊,他气势清贵,带着与生俱来的优雅:"可我看上你了。"

慕晚安从沙发上站了起来,紧紧攥着的浴袍忽然被她用力地扯了下来,然后手一扬,浴袍落在了脚边,变成一地狼狈。

她站在灯光下,那画面让顾南城狠狠震了一下,随即心头蹿起一股怒火,声音也跟着冷了下来:"你做什么?"

"你不是看上我了吗?"

顾南城眯起双眼,视线像是淬了冰:"我喜欢端庄矜持的女人,不喜欢随随便便在男人面前脱衣服的女人。"

莫大的屈辱感充斥着她的胸腔,她第一次在男人面前这样抛弃尊严,还是在这样的情况下,说不耻辱是不可能的。

慕晚安咬着下唇,表情隐忍:"不要是吗?"

顾南城只是冷冷地睨着她,眼睛里没有情欲,手指间的烟仍在燃着,空气中盘旋着一股烟草的气息:"把衣服穿上。"

慕晚安看着男人冷漠矜贵的脸庞,全身的血液几乎都凝固了。她俯身捡起地上的浴袍穿上,手指微不可察地颤抖着。

看着慕晚安重新系上腰带,顾南城抬手吸了一口烟,缓缓吐出,眯着眼睛开口:"我听笙儿说,安城大抵找不出比你更骄傲的女人了。"

他的眼神带着点审视："慕小姐，没有你们慕家的权和钱，你就一无是处到只剩下这点本事了？"

　　慕晚安用手指梳理着自己的长发，缓解紧绷的神经："自然不是。"她漆黑的眼注视着他深沉的眸，嘴角漾开笑意，"顾总，我毕业于数一数二名校的导演系，这两年虽然还没有独立完成的作品，但是参与了不少作品，还做过导演助理……你借我钱，我终生为你打工，如何？"

　　从学生时代开始到结束，"学神"二字冠在慕晚安的头顶从未消失。

　　顾南城又笑了，嗓音跟随着袅袅的烟雾："我缺太太，不缺钱。"

　　"那么很遗憾。"她面上维持着某种缥缈的笑容，"我卖的和顾先生想买的商品不是一件，无法交易。"

　　顾南城不急不缓地将烟蒂摁灭在烟灰缸里，微凉的嗓音低沉地唤着她的名字，莫名覆上一层蛊惑："晚安。"他徐徐陈述，"我一贯觉得女孩是拿来宠的，尤其是我喜欢的女孩，不过，我不大喜欢被拒绝。"顾南城抬眸看着她的脸，眼底的笑意不带温度，"你要知道，像我这类人想要的东西，很难有得不到的，下回你来求我的时候，我就没这么好说话了。"

　　他话里的威胁意味，慕晚安尽数听懂了。

　　慕晚安手指捏成拳头，彬彬有礼地道："谢谢顾先生带我回来，我回去了。"

　　"住这里。"顾南城站了起来，高大挺拔的身形带给人无形的压迫感，"我说了，女孩子受寒对身体不好，我不希望未来的顾太太落下病根。"

　　慕晚安看着顾南城优雅自然地捡起茶几上的手机，他迈开长腿从她的身侧走过，低沉的嗓音从头顶掠过："下次见。"

　　直到看着顾南城拉开门走出去，深色的门再次被带上，慕晚安才觉得她绷得几乎要断掉的神经一下就松弛了下来，就这么跌倒在柔软而名贵的地毯上。

　　门外，顾南城缓缓踱进电梯，拨了一个号码出去，声线清贵低沉："替我放句话下去——慕晚安在我的名下了。"

　　隐隐约约的铃声响了半分钟，慕晚安才想起了什么似的，从地上爬起来回到了浴室。手机在盥洗台上振动，几乎要掉下来，慕晚安伸手拿起接了电话。

　　"小姐，这么晚了，您怎么还没有回来？请您告诉我地址，我现在过去接您。"

"不用了,白叔。"她疲倦地摁着眉心,"爷爷还好吗?我明早就去医院,麻烦你替我照顾着。"

"哪里的话,照顾老爷是我的本分。"白叔犹豫了一下才小心地问道,"小姐,左少是怎么说的?他同意帮我们了吗?"

"我会想办法的。"慕晚安飞快地说道,"现在很晚了,白叔你也去睡吧。"

"小姐,不如……"白叔有些吞吐,"您去求求……毕竟您是他的……"

慕晚安的声音一下冷了好几度:"白叔,"她抬头看着镜子里自己冷漠的表情,"我就是卖肾,也不会找他。"

有些自尊她可以不要,有些自尊,她不能不要。

所有的钱都交了住院费,住不起酒店,慕家的别墅已经被法院收了,慕晚安索性破罐子破摔地睡在了顾南城的沙发上。

明天依然有战争,她需要休息。

第二天早晨,一个穿着职业套装的三十岁左右的女人给慕晚安送来了整套衣服,还有早餐,脸上挂着十分礼貌舒服的笑容:"顾总吩咐我特意为您挑选的,慕小姐有什么需要的地方也可以直接找我。"

说完,女人递了一张名片上来。慕晚安猜测她是顾南城的秘书,接了名片,颔首,露出笑容:"谢谢。"

慕晚安穿着不合身的浴袍,头发也有些乱,身为合格的私人秘书自然不会多过问或者关心上司的私生活。

但秘书还是下意识地多看了一眼面前这位大名鼎鼎——据说会成为总裁夫人的慕家千金,她无瑕的笑里却带着点凉意,既没有尴尬,也没有羞涩或者兴奋。

早餐是香糯的红豆粥,慕晚安搁在茶几上,打开塑料盒,香气缭绕,她静了一会儿,还是拾起勺子慢慢喂进口里。

穿衣服的时候,慕晚安才发现所有的尺码都是精准无误的——他是经过怎样的学习,才能在一分钟不到的时间里目测出她的尺码?!

顾南城秘书送来的衣服都是当季新上市的名款,尺码和风格都很适合她。梳理好长发，慕晚安化了个精致的淡妆，去了医院一趟。

爷爷还昏迷。走出医院的大门，慕晚安拨了个号码，两次都没有人接。

她看着车辆川流不息的街道，继续拨号。

在不知道拨了多少次电话后，电话突然通了，慕晚安还没有开口，冰冷的声音就不耐烦地响起："慕晚安。"

左晔的语气比昨晚更重："该说的我都说清楚了，你再找我，宋泉会不高兴，你非得让我以后看见你的时候都觉得厌恶才甘心？"

四年的恋情，虽然说不上刻骨铭心，但她是真的想过就这样平淡温馨地过一生，和他。

慕晚安淡淡地想，她当初挑男人的眼光果然不算太差，跟前女友泾渭分明实在算得上是一个好男人的标准。

慕晚安心平气和地开口："左晔，我做你女朋友的时候至少是尽职尽责的，跟我说话的时候能不能稍微顾及一点点我的感受？我不是你的仇人。"

左晔沉默了一会儿："什么事？"

"我爷爷住院了。"她压低声音尽量简短地说，"我需要凑钱交手术费，算我求你，你能不能……帮帮我？"

电话那端的人没有出声，似乎在考虑。

慕晚安声音低哑，继续道："如果你不忙的话，中午一起吃个饭。"她闭着眼睛补充道，"你知道我们慕家是毁在谁的手里的，因为薄锦墨，谁都不敢随随便便地借钱给我。"

顾南城优雅深沉富甲一方，薄锦墨神秘低调只手遮天。

偏偏，他们还是穿着一条裤子的好哥们。

左晔沉默了一会儿："好。"

"谢谢。"

中午，某西餐厅。

慕晚安挺直着背脊安静地坐在深紫色的沙发上，白净纤细的手指绞在一起，眼睛一眨不眨地看着门口。

手腕上银色雅致的表盘上，时针指着一点，慕晚安的手边仍旧只摆着一个玻璃水杯。

时间一点一滴地过去，门口始终没有出现那个她等待着的身影。

直到正午的阳光西下后，天空逐渐变成柔和的橘色，慕晚安仍静静地坐在那里，脸色越发苍白。

"慕小姐。"服务生走过来小声地道，"您从中午等到现在什么都没吃，要不要吃点东西？我们经理说请您吃晚餐。"

她曾经是这里的常客，总是跟左晔或者绾绾一起过来。

慕家没落的事情，大概全安城的人都知道了吧。

慕晚安睫毛动了动，抬脸露出微笑："不用，谢谢。"

说着，她拿起身侧的包站了起来，低声道："抱歉，占了一个下午的位置。"

走出西餐厅，慕晚安低头看着手机屏幕——没有任何来电显示。

嘴角撩出若有似无的弧度，不是慕家千金，她就能被人这么怠慢吗？

慕晚安拨出一个号码，语气变得有些冰冷："白叔，帮我查查左晔在哪里，我要找他。"

"小姐。"白叔大致知道发生了什么，又怒又心疼，"我们去找别人帮忙，左晔那个忘恩负义的混账，我们去找别人，我就不相信慕家借不到这笔钱。"

"五十万很少，但是没几个人敢冒着得罪薄锦墨的风险借钱给我们。左家和我们还有几分交情，他们不肯借，别人更加不会。"

"可是……"

"没有可是。"慕晚安轻声道，"没钱哪里有那么多的闲工夫谈自尊。"

就算那根针就直直地戳在她的心尖上，为了爷爷的手术费，她也只能忍着。

晚上九点，觥筹交错的酒会，西装和香艳的晚礼服旖旎地交耳调笑。

顾南城被几个商业大拿围着，嘴边噙着淡淡的笑意，骨节分明的手指摇晃着手里的酒杯，红色的液体荡漾着，一个无意的抬眸，那道柔弱的身影就走入了他的眼帘。

看着那道身影走向另一个男人，顾南城漫不经心地打断正心不在焉地听着的话语："你们说，一个走投无路的女孩为什么不肯嫁给我呢？"

嫁给他？

簇拥在他周围的几个大拿都震惊了，面面相觑了几秒钟，却见顾南城已经低头在品酒，仿佛只是随口问问，并不在意答案。

没人敢接话，说好了，会戳到他不高兴的地方；说坏了——万一那真是顾总想娶的女人，哪里容得下他们说三道四？

顾南城抿了一口红酒："看见一位朋友，失陪了。"

左晔一个转身，就看见一袭米白色礼服的女人站在自己面前，她的手里拿着一个精致的小碟子，盛着抹茶蛋糕："晚安？"

他皱皱眉头，脸上带着冷漠，还有一缕别的复杂情绪："你怎么在这里？"语调里的不满，就差没写着"真是阴魂不散"了。

"你失约没来见我，那就只能我来找你了。"慕晚安无声地笑了笑，将碟子搁在一边，半点狼狈都看不见。

左晔淡淡开口："宋泉不喜欢我和别的女人单独吃饭，中午的事情抱歉……"

"你爸爸是不是跟你说过，如果你非要跟宋泉在一起，半年内不能公开，只能偷偷摸摸。"她杏仁状的眸弯起，像是个月牙，笑起来仍然温婉无害，"因为慕家刚破产，你就抛弃我跟别的女人在一起，这事儿要是传出去……"

"慕晚安。"左晔冷冷地打断她，冷漠的视线之中露出嫌恶，"你很清楚我跟你分手跟你们家无关，宋泉更是无辜……"

"那又怎么样？"慕晚安轻轻巧巧地打断他，眼角眉梢都是绵长的笑意，"我来不是跟你争辩真相，是想告诉你，如果这件事传出去，左少你是负心汉，你的那位新欢就是小三……"

男人的表情瞬间变得阴鸷，压低的声音从喉间蹦出："慕晚安，"他冷笑道，话里满是嘲讽，"你知道你现在的德行有多让人厌恶吗？是你以前装得太好，还是没钱了就连着自尊都没有了？"

他的眸几乎猩红的，慕晚安心尖抽搐，忍不住后退了一步："我一直都是这样的人。"她的拳头捏得越紧，嘴角的弧度就越深，带着凉薄缥缈，"只不过，谈感情有谈感情的规矩，谈钱有谈钱的规矩。"

一瞬间，左晔觉得眼前的女人涌出一股陌生的感觉。

没错，在他面前的慕晚安，说白了没什么不好，只是真的太无味，像一杯温水。

眸深如墨，怒意被陌生取代，左晔低头看着慕晚安无瑕的面容："晚安，"他的声音仍旧很紧绷，眼神复杂，淡淡道，"我可以给你五十万，但是我帮你，宋泉会误会我对你余情未了。"左晔看着她纤细的睫毛，辨不清情绪，"之前，就算我对不起你，但是，我不想再对不起宋泉。"

既然已经对不起前女友，那便不要再对不起现女友。

慕晚安看着他熟悉的俊脸，忽然觉得好笑，于是真的笑了出来，她抬手撩了一下垂落的一缕发："左晔，我不是来求你的，你是因为慕家没落抛弃我也好，还是因为别的女人跟我分手也罢，这些都不重要，媒体和记者需要的就是这种豪门闹剧，慕家破产、左少新欢之类的啊。"

她甚至捏起一块小的抹茶蛋糕斯斯文文地吃着，低头不去看他的表情，从容倨傲得仿佛她才是被求的那个人："左晔，你可是男人，高攀我跟我们家这么多年。"她仰起脸浅浅地笑，"你不懂人情债是需要偿还的吗？"

慕晚安的眼睛里带着倨傲，也带着嘲弄，低调却又毫不掩饰。

左晔几乎震了一下。

她绯色的唇瓣轻轻张合："所以，先把债还了，你才有资格在我面前张扬你的深情。"

破产之前，慕家是安城知名家族。

左晔和慕晚安在一起的那几年里，即便不是有意，他也占了天大的好处。

左晔喉结滚动了一下，忽然觉得很烦躁，他下意识扯着自己的领带松了松，眼角的余光却无意中看到几米外冷冷看着这边的宋泉。

不管看上去是怎样的，慕晚安其实一直很紧张，如果左晔不肯借她钱，在爷爷手术前她要去哪里借到五十万？

真的去找那人低头吗？

"你想清楚了。"她几乎第一时间发现左晔的异常，面上维持着微笑，语气冷静，"在这样的场合你冲过去抱住她是什么后果。"

左晔脚步顿了一下，就听到女人继续道："你那个心肝宝贝宁愿做十多份兼职也不肯接受你的帮助，明天的报纸出来无数看好戏的人戳着她的脊梁骨说她是为了嫁入豪门而当小三的主，她受得住吗？"

慕晚安紧紧地攥着男人的西装袖口，以微小的力道阻止他离去。

左晔看着宋泉气得几乎颤抖的手指，眉头紧紧地皱起，眼神对上她，然而宋泉看了一眼慕晚安攥着他的袖子就猛地转开了视线，死死地咬着嘴唇。

她身上那件湖绿色的晚礼服还是他劝了很久她才肯穿上的，今天的酒会也几乎他强迫她来的。

她跟慕晚安这种自小是名门淑女的女孩不一样，她很难适应这样的场合，很难适应踩着高跟鞋和穿着晚礼服。

宋泉几乎以一种近乎愤怒且屈辱的表情转身慌乱地往外走。

左晔的眼神死死地跟着她，几度想要跟上去，但是被理智克制住了。慕晚安的话虽然很难听，但是句句都戳在点上了，他不能为了一时冲动毁了他们的未来。

没穿过高跟鞋又急急忙忙地跑着的女人一下就摔倒在地上。

这一次，慕晚安攥着袖子的手被一股狠力甩开了。

她的手落回身侧，抿唇看着左晔朝着摔在地上一脸难堪的女人大步走去。

果然是真爱啊。

铁灰色的西装款款而至，修长的手指捏起她剩下的另一半抹茶蛋糕送到唇边，低沉的声音略微有点嫌弃："很甜。"

两人并肩而立，没有面对面，看上去像是两个陌生人。

顾南城蹙着眉头尝着甜甜的蛋糕："何必自取其辱，嗯？"

自取其辱吗？好像真的是，这样的场景，女人们看不起宋泉，但羡慕她。

慕晚安长长的睫毛在灯光下投下一片阴影，她一只手稍稍将长裙提起，然后迈开腿走过去，停在了两人的面前。

宋泉几乎不顾一切地推搡着想要扶她起来的左晔，眼圈红红的却始终不肯让眼泪掉下来，全身上下抗拒得厉害，一遍一遍地低声叫着："放开我……左晔你放开我！"

现场大部分人的注意力集中了过来，交头接耳。

宋泉觉得丢脸，又愤怒，脑子里都是刚刚看到的那一幕，原本就觉得自己在这样的场合浑身不自在，她为了左晔还来了，但是他让她看到了什么？！

她现在就像是个小丑，所有人都在嘲笑她。

浅紫色的高跟鞋停在面前，上面是米色的裙摆，温静的嗓音在头顶响起："宋小姐，"她的声音不高不低，但是注意这边动静的人都能听到，"你是不是误会左晔什么了？我只是想求他帮个忙而已，对不起。"

宋泉抬头看向慕晚安，美丽而气质静谧的女人，眼神无奈且带着淡淡的黯然。

顾南城手里的红酒几乎要见底了，他眸色深深地看着那个温婉笑着的女孩，唇畔扬起几分弧度，玩味而深沉。

据说慕老就这么一个孙女，宠爱到溺爱的地步，她的性子就算不像盛绾绾那样骄纵嚣张，也不该……这样。

是太没有棱角，还是……太有心思？

宋泉一看慕晚安"虚伪"的嘴脸，原本就濒临崩溃的情绪更加混乱，她忍不住冷冷地讽刺道："我不是他，所以你不用在我面前装什么。"

慕晚安分明就是故意的，找借口接近左晔，故意制造误会。

可她更在意的是，左晔明明答应以后再也不跟慕晚安有任何牵扯……

慕晚安站直了身体，淡淡地笑道："嗯，你不装，但是宋小姐，你现在赖在地上不肯起来，是打算明天上头条吗？"

宋泉的脸色瞬间变得更加难看，唇瓣甚至在细微地颤抖，就这么瞪着她。

左晔低着头没看慕晚安，只冷漠地说了一句："这件事下次再说，你先走。"

慕晚安微微一笑："那么我们下次见。"

说罢，慕晚安松了手上提着的裙摆，转身便踩着高跟鞋离开，任由无数意味深长的目光落在她的身上。

不过无妨，左晔知道轻重就足够了。

顾南城抿着酒，眯眸看着离去的女人的背影，眼底深处若有所思，几缕缥缈的笑意漾在唇间。

"南城。"一道轻柔的嗓音在身侧响起，他身躯微微一震，侧首朝一边看去，一张素净的笑靥绽放开，"锦墨刚刚说要找你，看见他了吗？"

顾南城淡淡地看了她一眼，随即抬手重新倒了一杯红酒："没有。"

"那他应该在和谁谈生意了。"她的声音仍旧很轻柔，跟以前比显得更加轻快了，透着一股由内而外的愉悦，"他待会儿应该会来找你，我跟你一起等他吧。"

"嗯。"顾南城低头又喝了一口酒，眼角的余光还是忍不住从她的身上扫过。

眉目间掠过寒凉的嘲弄，被爱情滋润的女人果然不一样。

慕晚安一走出门外就被晚风吹得瑟缩了一下，白叔在医院照顾爷爷，所以并没有人来接她，她只能步行一公里去打的。

拐弯的时候，一个颀长的黑色身影半倚在车门上，烟火明灭："晚安。"

挺拔而气息冷峻的男人，高挺的鼻梁架着无框眼镜，英俊斯文，又透着冷硬的漠然："五十万我给你，那两个亿的负债我也可以替你偿还。"

她原本不打算停的脚步还是顿住了。

慕晚安侧过脸，绯色的唇漾开笑容，凉凉的嘲讽散开在风里："听说暴发户比较大方，薄先生果然财大气粗。"

烟雾从男人的薄唇和鼻端散开，低音染着夜色："两亿零五十万，她在哪里？"

"两亿零五十万，被抛弃的女人这么值钱吗？"晚会上她挂着的浅淡笑容此时荡然无存，只余下绵绵无尽的讽意，"很遗憾，这么值钱的消息。但我真的不知道她在哪里。"

男人吸了一口烟，色调阴暗："作为诚意，"薄锦墨将视线从她的身上收回，淡漠地陈述道，"我替你把左家收拾了，据我所知，他连救命钱都不肯借给你。"

慕晚安笑了一下："你拿他威胁我？"

"你可以这样理解。"

慕晚安仰起脸庞，笑意泠泠："需要我说谢谢吗？"

她跟这个男人有着最难理解的关系，用最简单的话来说就是，他们比很多人更了解彼此，也比很多人更厌恶彼此，却又心照不宣。

才走出几步，手提包里的手机振动，一拿出来就看到屏幕上亮着的是白叔的名字，慕晚安皱了一下眉头，滑动屏幕接了起来："白叔，怎么了吗？"

"小姐。"白叔语气焦灼，"医院刚刚给我消息，说今晚十二点之前如果不能把之前欠的钱交齐的话，明天就会停掉你爷爷的药。"

脸色煞白，慕晚安的手指紧紧握着手机："为什么？不是说好延期到周一吗？"

"我问过了……据说是，医院换了老板。"白叔也是四五十岁的男人了，有点阅历的都知道这事没这么巧，"有人突然把医院买了下来。"

慕老现在住的是安城最好的私立医院，也因为是私立的所以才好说歹说延期交费，可居然有人把医院买下来。

薄锦墨。

压制了整整一个下午的理智在这个念头冒出来的瞬间开始迅速皲裂，她咬唇，低声冷笑了一下，再转身的时候刚好看到薄锦墨走到门口的身影。

她追了上去，回到了晚会的大厅。

如果说刚才左晔和宋泉给她的难堪还不至于让她狼狈，那么眼下她显然成了晚会的一出好戏。

顾南城皱着眉，正漫不经心地尝着抹茶蛋糕那股甜腻的味道。他将手里的盘子放下再抬头，就看到去而复返的女人。她的眉头紧紧锁着，落在身侧的手攥紧又松开。

他饶有兴致地挑眉，生出一股玩味的心思来，啧，这是生气了吗？

慕晚安一眼就看到英俊儒雅的男人那看好戏的神情，视线转到他身侧亭亭玉立的女人身上，忍住了咬唇的冲动。

她的眉梢忍不住挑了一下，冷蔑的嘲讽一闪而过。

米色的裹胸长裙，搭配银色的高跟鞋，黑色的长发绾得很到位，不会显得过分精致刻意，闲适得恰到好处。

立在顾南城身侧轻言细语的女人落落大方，那一袭款式简单却足够经典的米色长裙跟她的一模一样。

撞衫了。

对女人来说，撞衫实在是一件再尴尬不过的事情，尤其慕晚安是曾经的"第一名媛"，另一位是如日中天的大明星。

真是……她的人生满满都是狭路相逢啊。

周围的目光热辣辣地落在她的身上，高高低低的议论声不可避免地落入她的耳中。

"她怎么又回来了……"

"唉，慕家破产了，左少也跟她分手了，慕晚安怪可怜的……"

"我看报纸说慕老气得心脏病发住院好几天了，她怎么有空来这里？"

"这都不懂，他们家没钱了，今晚能出现在这里的都是有钱人……"

"不是吧……她不是出了名的家教严，不至于堕落到这个地步吧。"

"不是……她跟陆笙儿穿一模一样的裙子是什么意思？"

"你们没发现……她们有点像吗？"

"哦……"恍然大悟的声音浸染着不可名状的意味深长。

她跟陆笙儿像？

一模一样的长裙，同样黑色的长发，素净的淡妆。

也是，毕竟绾绾几年前就吐槽过"你怎么跟陆笙儿一样喜欢走这种仙女路线"，当初她睨绾绾一眼不咸不淡地堵了回去："我就爱这种仙气飘飘不食人间烟火的调调，你能驾驭吗？"

周围看好戏的视线和并不收敛的议论，生生将慕晚安衬托成一出尴尬的好戏。

顾南城优雅地垂首，薄唇抿着摇曳的红色酒水，一双眸敛着似笑非笑的光泽，同样一派等待她反应的模样。

她踩着高跟鞋从容地朝他们走了过去。她比陆笙儿高出几厘米，淡然地扫过陆笙儿，漆黑的眸没有任何的变化，仿佛只是在看一个无关紧要的人，没有泄出半分怯弱和相形见绌。

然后，她眼神从顾南城的身上掠过，没有停留。

在这样的场合露出半点退却和难堪，都是别人嘲笑的理由。

"薄锦墨，"她仰着脸开口，却是对着另一个男人，"是不是你买了我爷爷住的医院？"

薄锦墨漠然地看了她一眼，回答道："没有。"

话音落下，他接过顾南城递过来的酒杯，瞟了一眼刚被搁下的蛋糕碟子，顺口问了一句："你不是最讨厌吃甜的？"

顾南城晃动着高脚玻璃杯，低醇的嗓音染着缕缕的笑，薄唇扬起的弧度带着痞意，回答的却是无关紧要的问题："最近想谈恋爱了。"

他在跟薄锦墨说话，但是看着慕晚安。

她的心脏颤了一下，很快就反应了过来："是你买了我爷爷住的医院？"

顾南城淡淡地笑道:"有点儿饿,锦墨,我先走了。"

说完,他搁下酒杯就要从她的身侧走过,慕晚安想也不想就挡在他的面前。

她一贯算是特别识相的人,所以忍了又忍还是说道:"顾公子,"男人的侧脸完美又淡然,好似他根本没有跟她提过要结婚的事儿,"是不是你买了我爷爷所在的医院?"

顾南城眯眸,扬唇笑道:"慕小姐,我买个医院需要向你报备?"

说完他又要走,她一急就直接抓住了他西装的衣角:"顾南城。"

顾南城低头看了一眼她的手指,说话间带出低笑:"这么主动,想陪我吃饭吗?"干净俊朗的眉眼很是淡漠,他懒洋洋地道,"不过可惜,我今天心情不大好。"

慕晚安看着眼前英俊儒雅的脸,只想到两个字——恶劣。

"下回你来求我的时候,我就没这么好说话了。"

顾南城将她的手拨开,迈开长腿直接走了出去,没有多看她一眼。

"扑哧——"

尖锐的笑声刺耳地响起,一个女人朝着慕晚安走了过来,上上下下地打量着她,捂嘴笑道:"慕小姐,你好歹也风风光光过了二十多年,至于一天之内连着被两个男人抛弃吗?"

女人扎堆的地方永远少不了长舌妇。

慕晚安蹙着眉头,缄默地看着顾南城的背影准备追上。

谁知道说话的女人再次拦住了她,刻意将声音提高:"我说慕小姐,我听说智商高的人情商都不怎么样,你是不是念书念得太多成了书呆子?想倒追顾公子学他的心上人,也不至于跟人家穿一模一样的衣服吧?"

慕晚安淡淡一笑,声音只够半米内的人听到:"你要是多念点书不要这么长舌八卦,说不定还有机会穿得起这件一模一样的衣服。"

女人的脸色顿时难看起来,慕晚安唇畔的笑意深了,声音更低更轻:"你羡慕人家倒是学着点儿,就算是孤儿院里长大的私生女也能一朝变凤凰——陆小姐可不会在这样的场合做让自己显得没有教养、男人瞧着就讨厌的事情。"

一个晚上被三个男人堵着的恶气，终于泄了一半。

逮着机会上来呛慕晚安的女人一时间没能找到半个反驳的字眼，脸色青白交错地看着容颜温静、说话却字字接近刻薄的脸，想张口又没找到话。

她记得慕晚安从不闹事儿也从不跟谁红脸，谁惹她从来都是盛绾绾上来甩谁一个巴掌，她只会是那个拦人说好话的。

等她反应过来的时候，慕晚安已经离开了大厅。

慕晚安在停车的地方找了一圈也没看到顾南城的身影，直到刺目的车灯打过来，她才看到那辆黑色的宾利慕尚以不慢的车速离开。

顾不上自己穿的是裙子和高跟鞋，慕晚安追了上去。

车子完全没有停下的意思，她透过玻璃隐隐看到男人矜贵俊美的脸，就直接冲过去挡在车前。

宾利慕尚几乎贴着她的膝盖才停稳。

她虽然料准了男人会停车，但还是狼狈地摔倒在地上，手肘磕在地面上，钻心地疼。

过了十秒钟，驾驶座上的男人没有半点动静，慕晚安只能自己爬起来，然后绕过车头。用力地拍打车窗的时候，她几乎控制不住自己的情绪。

她规规矩矩这么多年，到底哪里得罪了这个小气又恶劣的男人？

顾南城倒是如她所愿地摁下了车窗，闲适又随意地看了她一眼："追我的女人很多，变着法子想跟我一起吃饭的女人也不少，像你这样不要命地拦车的我倒真是第一次见。"

说着，他甚至熄了火，然后不疾不徐地点燃了一根香烟。

既然家道中落，那就只有忍耐的份，不过这件事算是她擅长的。

"顾先生，是不是你买了我爷爷住的医院？"

薄锦墨说不是，那就不是，因为他没有任何否认的必要。

顾南城凑过来恶意地喷了她一脸的烟雾："慕小姐，你是我太太还是我们家的股东，有资格来过问我买医院的事情？"

慕晚安掐了自己一把控制情绪，而后微微笑开："是我拒绝了你的求婚让你恼羞成怒了，还是顾先生你舍不得把气撒在心上人身上，又因为我今天跟她穿了一样的裙子，所以拿我泄恨了？"她低头看了一眼自己磕伤的手肘，心平气和地跟他讲道理，"顾先生，裙子跟我一样，是无辜的。"

"你追出来是想告诉我，"顾南城靠向座椅，"你跟你的裙子很无辜？"

"顾先生，"她低下头，模样很谦卑，声音听上去亦卑微，"请你高抬贵手，我周一一定会把钱补齐的。"

顾南城低声嗤笑道："我买下安城最好的私人医院，是为了提供最专业最周到的服务，但同样，这些花费都需要成本，我也要得到利润。"看着她微微泛白的脸色，他似笑非笑，"你当我是做慈善的，还是觉得——自己比较特别，嗯？"

慕晚安的眼神一点点变深，像是夕阳落下后那般昏暗。

就在顾南城以为传说中的好人慕家小姐终于发脾气的时候，她忽然笑了："顾公子，你真的非要我嫁给你？"

男人没有回答，只是从喉间溢出低低的笑声。

"既然这么喜欢她，"慕晚安扬起嘴角，不知道是晚上的夜色还是雾色，声音被渗得有些凉，"那就去追去抢啊，爱得刻骨铭心的话，就算她死了也要把她的骨灰烧在自己的隔壁再刻上顾南城之妻啊，生怕别人不知道你只能找个替身吗？"

男人的脸色越是深沉晦涩，她温静的脸庞就越是笑意盈盈："顾公子，平心而论，你找个替身不管是在你心上人的面前还是在情敌的面前，都得——窝囊一辈子。"

顾公子吐了个烟圈，凝眸，他怎么就觉得，这女人字字句句都在讽刺他呢？

他扬唇笑了笑，烟灰掉在车窗外的泥土里："你觉得你跟她很像？"

慕晚安笑了笑，仍旧很谦卑："我会得罪你的。"

"我倒想看看你还能怎么得罪我。"

"顾公子，我跟你无仇无怨，你不要随意侮辱我。"

晚会大厅灯火通明热闹喧哗，但外面安静得只有风声，慕晚安看着男人抿着的薄唇一点点地酿出讳莫如深的意味，那眼神深不可测，她不知道那里面究竟是杀气还是笑意。

手指甲几乎要没入掌心，直到不知道过了多久，他低低的声音再次响起，染着笑又仿佛藏着怒意："你似乎真的不担心我对你赶尽杀绝，嗯？"

安城人人都知道他的心思，她竟然敢在他的面前说像笙儿是侮辱她。

修长而骨节分明的手指伸了出去，捏住她的下巴，俊美的容颜凑到了她的跟前，呼吸炙热，他低声笑道："我是该理解你在犯蠢激怒我呢，还是为了激怒我而故意犯蠢？"

顾南城真是长了一张帅得让人脸红心跳的脸，干净俊朗，优雅又不缺魅力。

慕晚安没动，尽量让自己保持平静，慢慢地从唇中吐出一句话："顾公子，我不是你需要的人。"

她真的不是。

男人与她靠得极近，那种呼吸相缠的错觉让她的指尖战栗着："看在你刚刚没在笙儿的面前怯场又追出来了的分上，我原谅你晚会上演的那一出，上车，乖巧点陪我吃饭，我们好好说话。"

他的心情似乎好点儿了，也没有被她的讽刺和激怒调动什么不寻常的情绪。

她咬着唇，莫名地透着服软甚至可怜巴巴的感觉："我陪你吃饭，你能让我晚点交钱吗？"

顾南城笑了，仿佛被她的模样取悦了："你这么聪明，不知道我什么都可以给你吗？"

她的眉目间有犹豫的神色。

几秒钟后，慕晚安还是上了车。

今晚听他的，至少不会被催债了，她连更糟糕的心理准备都做好了，何况只是陪顾南城吃一顿饭。

发动引擎，踩下油门，宾利慕尚开出别墅的门外，慕晚安坐在豪华的轿车内看着窗外变幻的风景出神，脑子里忽然涌现出左昨抱着宋泉的画面。

那么浓烈的感情啊，她甚至不知道她男朋友什么时候爱上了别人。

还这么爱。

"在我的车上想别的男人？"温润却警告意味十足的嗓音响起。

她吃了一惊，立即清醒了过来，下意识就摁下车窗让风灌了进来，她说了得罪他的话，只是豪赌一把孤注一掷，但是她并不想真的得罪他。

顾南城淡淡地笑着,低声柔柔地道:"我很大度,第一次不会跟你计较。"

慕晚安蹙了蹙眉,不懂他的占有欲从何而来。

车停在商场前,他下车替她拉开车门,身姿优雅,气度矜贵:"先换衣服,再陪我吃饭。"

她缄默而听话地跟上,换好衣服,将绾着的头发放下来全都搁在左边的肩膀上,换了一身偏淑女的衣裙。

陪他吃完西餐,看着盘子里的食物越来越少,她的心脏拧得越来越紧,茫然地看着来来往往的过客。

吃完饭,还要接着陪他吗?

顾南城叫她陪,又当她不存在,自顾自地不紧不慢地吃牛排,一瓶酒慢慢见底。

等吃完结账已经是两个小时后的事情,男人俊美的容颜已经带着深深的醉意,他眯着深邃的眸,哑着嗓子低声唤道:"晚安,替我埋单。"

慕晚安觉得他真的醉得不轻,他点的那份牛排她现在付不起不说,单单他点的那瓶酒价位就有五位数,她买得起的话就不至于要借钱了。

服务生就站在那里等着,她只能蹙眉起身,坐到他的身边凑近了点道:"你的钱包给我。"

"嗯。"他应了一声,隔了好几秒才接着道,"在口袋里。"

似乎是为了姿势的方便,顾南城皱皱眉头抬了一下手臂,绕过她的肩膀,搭在桌面上,这样一来,她整个人就被锁在了男人的怀里。

醇香的酒气缭绕,她愣了一下,下意识地抬头看他。顾南城正半合着眸,俊脸带着醺然,看上去并没有意识到什么。慕晚安重新低头解开他西装的扣子,取出他的皮夹随便抽了一张卡出来。

服务生刷完卡将单子拿回来,递上一支笔:"麻烦签下名字。"

慕晚安扯了扯他的衣袖,轻声道:"顾公子,签字。"

顾南城不知道是真的没有听到还是不想理,依然一动不动地坐在那里,半点没有要拿笔签名的意思。

她咬咬唇只能自己接过笔一笔一画地签上他的名字,字迹楷偏行,"顾南城"。

"谢谢两位。"

慕晚安正想说"没事"，一抬头恰好撞上了几米外看过来的两个人。

斯文冷峻的男人和仍旧穿着米色长裙长发的美丽女子，前者面无表情，后者脸上倒是乍现意外的神情。

是有些人特别容易扎堆，还是今天真的冤家路窄？

顾南城的手从桌面落下顺势落在她的腰间，嗓音很低很哑："你开车，回去。"他似乎不舒服，下巴搁在她的肩膀上，评价了一句，"你倒是挺香的。"

慕晚安看着离自己近在咫尺的俊脸一眼，在心上人面前秀这种假甜蜜很有意思吗？她真觉得这男人看脸是真的成熟俊美，在爱情里的智商也是真的可以忽视。

慕晚安把皮夹塞回他的口袋里，从座位上起来。顾南城还是虚靠在她的身上，手臂搂着她的纤腰致使她半个身子都在他的怀里。

腰被大手捏了一把，慕晚安僵了一下，忍不住低声叫道："顾南城。"

"嗯？"他低下头，眉梢邪气地挑起，"你太瘦了，得喂胖点。"

慕晚安纯当自己在陪一个发酒疯的男人，耐着性子引他出门，有钱有势的是大爷，他想秀恩爱她就识相地被抱着，却又听到他带着酒气的呼吸落在她的鼻息间："奶奶觉得微胖的女孩子更有福气。"

"南城。"略带无奈的声音，陆笙儿眼神复杂地看着慕晚安，而后才清清淡淡地微笑着，仰起脸朝身侧的男人道，"锦墨，南城好像喝醉了，你要不要送他回去？"

听到声音，顾南城才看见他们似的抬起头，眯了眯眸，因为酒意带出一股邪邪的痞气："我没吃晚餐，难不成你们也没吃？"

薄锦墨鼻梁上架着眼镜，根本看不出他眼睛里的情绪，他倒是看了一眼侧过了脸的慕晚安。

顾南城自然也注意到了："不高兴？"

陆笙儿淡淡地道："晚安跟绾绾是朋友，她很不喜欢我和锦墨。"她顿了一下，继续道，"以你跟我们的关系，我想她也讨厌你。"

这种讨厌甚至是丝毫不加掩饰的。

顾南城又凑近了慕晚安，长指挑起她的下巴迫使她转过脸来，似笑非笑："看不出来你还有这脾气，我以为你不知道讨厌的。"

她对着左晔那个渣男和宋泉那个小三都是"我就是好脾气"的模样。

在晚会上他就看出来了，她几乎不屑拿正眼看他们的，看来真的是讨厌到了一定程度。

顾南城越发亲昵地靠着她，低哑地笑了："所以你是因为他俩讨厌我？"

女人抿唇没有说话，亦没有回答他。

"你们还杵在这儿干什么？"他也不生气，单手搂着慕晚安的腰，浑身透着一股懒散的雅痞气，"不是来吃饭的吗？散了吧。"

陆笙儿皱眉，淡淡地道："你喝醉了，我和锦墨给你叫代驾，或者你自己打电话叫司机来接。"

顾南城没有看她，额头抵着慕晚安的额头："会开车吗？"

"会。"

薄锦墨淡漠开口："南城喝醉第二天早上起来就会头疼，慕小姐，你送他回去的时候记得喂他喝杯醒酒茶。"

慕晚安垂着眸，淡淡地回了一个"好"字。

直到他们走远了，陆笙儿才皱眉轻声开口："锦墨，你明知道……"剩下的台词她没有说完，细白的齿咬着唇，细眉弧度往下，末了叹了一口气，"他们不般配。"

"南城想这样，般配不般配他自己会考虑。"

慕晚安看着顾南城一只手摁着太阳穴蹙眉明显不大舒服的模样，再次看在钱的分上，又耐着性子靠过去给他系安全带。

"有导航吗？"绑好安全带在驾驶座上坐好，她侧脸问道，"我不知道你住在哪里。"

男人闭目养神，静静地靠在后座上像是睡着了。

慕晚安面无表情地等了一会儿才出声道："我有薄锦墨的电话，需要我打电话问他吗？"

"南沉别墅区。"

心头燃了点火苗，她握着方向盘还是忍住了。

南沉别墅是有名的住宅区，她在安城长大自然知道大概在哪里，开车半个小时就到了。在玄关打开灯，明亮的光几乎照亮了屋子的各个角落。

慕晚安草草地扫了一眼，只觉得干净冷清得没什么人气，她抿唇朝正慢吞吞换拖鞋的男人道:"顾公子你到家了,那我先回去。"

"醒酒茶。"

没办法,她只能蹲下准备换鞋子,但是打开的鞋柜里并没有看见女款的拖鞋。正想怎么开口的时候,一双男式的新拖鞋已经搁在她的面前,他声音低沉:"只有这个。"

他不是花名在外吗?不喜欢带女人回家?

慕晚安没多想就换上了不怎么合脚的拖鞋,慢吞吞地跟在他的后面,边安静地卷起自己毛衣的袖子,边问道:"厨房在哪里?我给你煮醒酒茶。"

顾南城在沙发上坐了下来,整个人都陷了下去,疲倦地道:"自己找。"

慕晚安转身,走了几步又停了下来,走回到他的身边俯身问道:"顾公子,"她的声音听起来温凉很舒服,"我帮你煮好了醒酒茶,医院明天不会停我爷爷的药了,是不是?"

"煮个茶你也要谈条件,不可爱。"

她抿了抿唇,不再多说什么就去找厨房。厨房干净得几乎没有用过的痕迹,捣鼓了大概十分钟,她才端着一杯深色的醒酒茶出来。

客厅的沙发上,男人合着眸像是已经睡着了,她正犹豫要不要把他叫醒,顾南城顺手搁在茶几上的手机突然振动了。

她下意识瞟过去,一眼就看到了屏幕上亮着的"笙儿"两个字。

垂下眸,她伸手将手机拾起滑动按了接听键,还没开口就听到对方先开口了:"南城,你到家了吗?"

慕晚安转头看着沙发上闭眸的男人,语调淡淡地道:"他睡着了。"

电话里安静了一会儿,陆笙儿的声音一如既往地带着冷淡的客气,那是她自小到大的清高语调:"晚安,你今晚在南城那里过夜吗?"

"我们似乎不是可以交流这种事情的关系。"

"我知道你不喜欢我,身为她的朋友我也很难喜欢你。"陆笙儿淡淡地道,"不过我也不讨厌你,晚安,钱我给你,你跟南城划清界限吧。"

慕晚安笑了一下,语气里带着嘲弄:"你跟我说这些,薄锦墨知道吗?"

"你觉得拿我的钱伤了你的自尊的话,就当是我借给你好了。"陆笙儿微微笑,心平气和地道,"不管怎么样总比卑躬屈膝来得好,你是安城知名人士,没有必要沦落到这一步。"

"听说你出国的那几年,一直都是顾南城在照顾你,你有今天的名气,也是他一手捧起来的。"慕晚安轻飘飘地笑着,"怕他有别的女人?"

陆笙儿笑了出来,好似她说了什么好笑的话:"晚安,我跟锦墨和南城一起长大,有很多年的感情。"清净的声音低低柔柔,"锦墨是我最爱的男人,南城对我来说是亲人——就像盛绾绾对你那样,你不懂的。"

她的确不大懂,也没兴趣懂。

"是吗?"慕晚安淡笑,"顾公子说要娶我,我现在这么穷这么落魄已经没路可以走了,好像真的没什么理由拒绝他得罪他。"

"晚安,我知道你不喜欢我,甚至……看不起我,我也知道今天有人说你为了倒追南城模仿我,在你眼里这就是个笑话。"

她比任何人都清楚慕晚安根本不屑于模仿她,因为慕晚安是慕家千金高高在上那么多年,怎么可能去模仿一个自己从小看不起的人。

"可是晚安,你真的不介意南城为什么非要娶你吗?"陆笙儿的声音很低,"是的,南城非要娶你,锦墨说他已经放话出去,说你人如今在他的名下,不会有人借钱给你。"

慕晚安的心脏几乎狠狠一震。

顾南城已经放话出去不让任何人借钱给她?

所以,即便没有薄锦墨,她也不可能在安城借到钱?

指甲重重地没入掌心,带出一股黏稠的触感,不愧有一个她最讨厌的兄弟和一个她最讨厌的心上人。

真的是因为她跟陆笙儿有所谓相似的气质?!

用力地闭上眼睛,慕晚安绯色的唇扬起笑容的弧度:"你有点儿说笑了,像我现在都到了山穷水尽的境地,能嫁给顾公子这样的男人,为什么要拒绝?就算我还是所谓的'第一名媛',也未必嫁得到称心的丈夫。"

说完,她就直接滑动屏幕将通话挂断了。

手指的关节泛白,她的眼神直直地对上沙发上的男人深沉的眸。

顾南城不急不缓地端起那杯氤氲着香气的醒酒茶,低哑的嗓音淡淡的:"我有时候分不清你究竟是聪明还是愚笨。"

他丝毫不避开她的视线,唇仍旧噙着笑意,是那种优雅矜贵又仿佛睥睨众生的低调的傲慢模样:"你放心,娶你跟笙儿无关,只因为到今天为止,你是我遇到的最适合做顾太太的人。"睨了一眼她冰凉的俏脸,他低笑了一下,"做顾太太,我会宠你。"

"顾南城。"

他抬起眼皮看着尚紧紧握着手机的女人,她的外形属于他很喜欢的那种,柔软宽松的毛衣,黑色的长发,干净温婉的脸庞。

他并不认为他钟爱这种外形是因为像笙儿,只能说她和笙儿一样拥有他喜欢的外形。她静静看着他的杏眸漆黑,铺着一层凉薄的笑意。

"你知道我为什么宁愿低声下气地求一个甩了我的前男友,也半点不想嫁给你吗?"她的唇有着同样的温度和弧度,"你们三个加起来够凑成我最讨厌的一家子了。没本事娶到你心爱的女人,就处心积虑地逼你觉得合适的有利可图的女人嫁给你?"手指大力得几乎要捏碎他的手机,她水墨描绘般的眉眼满满都是嘲讽,"薄锦墨似乎一直都在找绾绾,像他那种狼子野心忘恩负义的男人,万一哪天伤了你心上人的心,机会来了,你是不是就要屁颠屁颠地凑上去供奉着?"

没有顾南城的阻拦,她相信自己一定可以从左晔的手里借到钱。

顾南城英俊的容颜阴沉得可以滴出水:"慕晚安,我是不是太纵容你了?"

男人的眸里迸射出一股阴森森的光,唇畔闪着不声不响的寒光:"跟盛绾绾那个不知天高地厚的女人混在一起的时间太长了,所以忘记你现在就是一只谁都可以踩死的蚂蚁?"

手腕钻心的痛传到神经,慕晚安还没反应过来就被一股大力摔到了沙发上,男人的膝盖轻而易举地压制着她的腿,将她抵在沙发上,俊脸透着浅浅的阴鸷之色:"挑衅我?"

他骨节分明的手指大力地掐着她的下颌:"挑衅会挑起男人的征服欲懂吗?"他低声笑着,"虽然同样是兴趣,不过跟我想娶你的兴趣不同。"

白皙的肌肤印下深深的红色印记,她被掐得有些难受,偏偏属于男人的气息全都无法避免地喷在她的耳朵上。

战栗感是一种接近暴力的暧昧。

慕晚安咬唇,看着自己上方的俊脸,眼圈逐渐发红,呼吸越发用力,胸口的起伏也跟着加大。

她一直都清楚她其实属于特别清醒特别现实的那一类人,所以大多数时候很识相,所谓骄傲远远没有现实意义的东西来得重要。

但是每一个人心上都有一片逆鳞存在。

顾南城如一把最锋利的刀狠狠地刮了上去,一下就捅破了她所有的压抑和隐忍。

"你是不是只能征服我?"她细白的牙齿松开了自己的唇,杏眸如新月,"你要是真的这么了不起,就去把你守了十几年半点不顾你的感受的那个女人征服了啊!你得多无能才只能拿我这个路人甲开刀?"她不顾下颌一下比一下重的钝痛,也不顾男人眼里阴鸷得可以磨墨的冷光,笑眯眯地轻声道,"如果不是我现在有软肋,我能立刻翻身满血复活,可是你呢?顾总,你如今要什么有什么,可惜能不择手段得到的,也就一个只能做摆饰让人看笑话的女人。"

顾南城已经怒到了极致,轮廓处处都散发着蓬勃的戾气。

她知道她戳到他的痛处了。

她甚至有种错觉,好似这男人下一秒就会掐死她。

别墅明亮而安静,有几秒钟致命的死寂,只剩下沉重的呼吸声。

他却忽然笑了,薄唇掀起一抹弧度,撤了掐着她下颌的手指,然后极尽粗暴地扯掉了自己的领带:"真的挺久没人敢来惹我了。"

那嗓音粗哑,渗透着夜色般的低沉。

"很好,晚安。"他叫得亲昵,倘若不是眼角眉梢那股寒凉的气息能凝聚成白霜,"你既然这么坚定,就别叫我失望。"顾南城瞟了一眼他只喝了两口的醒酒茶,"看在那杯茶的分上,我再给你延期24个小时,到时候再交不起钱,你跪着求我,我都未必会答应。别让我最后发现你真的只是太愚笨,否则就太无趣了。现在,你可以滚出去了。"

第二章
• ≫ ≫ • 我不是你的仇人

慕晚安看都没有看顾南城一眼就转身离开了。

这片别墅区环境和地段都很好,但是冷清,连的士都很少。走在萧瑟的街道上,她整个人都是狼狈的,慕晚安缓缓蹲下,抱着自己的脑袋。

她怎么了?

怎么跟顾南城吵翻了……她疯了吗?

难不成她还真的要收陆笙儿的钱?

还是去……找那个人?

找谁都一样,都是笑话。

她从包里摸出手机正准备给白叔打电话,屏幕就亮了,伴随阵阵振动,她睁眸看着上面的数字——没有备注,只有号码。

是很多年不见也熟悉的号码。

她手指滑动,接听电话,几秒钟里只有风声,直到低沉醇厚的嗓音冷漠地响起:"明天晚上八点,来叶庄拿钱。"她看着晚风将长发吹到了自己跟前,电话里的男人不悦道,"听到了就吭声。"

她平静地吐出一个字:"好。"

慕晚安回了医院,白叔告诉她慕老中间醒了一次,但等她回去的时候又睡着了。老人家身体不好,大部分时间在昏睡。

白天几乎是在医院度过的,直到傍晚,她才随便吃了点东西,在临时租住的地方洗了个澡换了身衣服,七点半之前就到达了叶庄。

叶庄是安城人人皆知的标志性场所之一,会员制,简而言之就是有钱人汇聚的地方。

保安拦住了慕晚安:"慕小姐,抱歉,您……"年轻的男子有些尴尬,小声道,"您知道规矩的。"

她是知道规矩,这样的地方她很少来,却也来过。

慕晚安淡淡地笑:"过来找人,不行吗?"

"啊?"保安愣了一下,随即很快反应过来是什么意思,更加尴尬了,"行、行,慕小姐请进。"

她一年前还是两年前来过这里,隐隐约约记得大致的构造,手里握着薄薄的手机,柔软的黑色长发拢在一边。

陆笙儿安静地坐在一边,百无聊赖地打量着周围。

慕晚安站在人群中显得格格不入,一眼看过去就能发现。

"南城,晚安是来找你的吗?"

顾南城正准备点烟,闻言下意识地抬头看了过去,果然毫不费力地看到了那抹扎眼的身影,眼神一下就阴沉下来了。

这个女人有胆子跟他撕破脸,难道真的只有这点出息来这里?

叼着烟,顾南城脸上没有露出别样表情,深吸了一口烟后淡淡地道:"笙儿,你跟她说借钱给她?"

"南城,"陆笙儿叹了一口气,"你执意要跟她在一起,自然轮不到我帮她。"

"她的事情你不准沾。"顾南城手指间夹着烟,吞云吐雾中优雅又透着一股致命的吸引力,睐着的双眸始终瞧着好似在找人的女人,"我倒要看看她找了什么样的后台摆这么大的谱儿。"

陆笙儿愕然:"她不是找你的……你们吵架了吗?"

薄锦墨瞥了顾南城一眼,嗤笑:"你真是本性难移,绕来绕去总是一个类型。"

顾南城不悦:"我什么时候看上过这种不知好歹的女人?"

"南城,"陆笙儿蹙眉,不赞同地道,"晚安的爷爷住院,慕家又欠了那么多的债,她本来就不容易了,要不是你从中插手,她说不定早就凑到手术费了……你何必跟她计较?"

顾南城吐出一口烟,一贯温润懒散的眉目有些凉:"她讨厌你毫不掩饰,你是心眼大得能装下一座观音庙,还是存心跟我作对?"

陆笙儿无奈地看向薄锦墨,后者淡淡地道:"越是能让他大动干戈的女人,他惦记得越久,所以我说他本性难移。"

手机振动了一下,慕晚安低头看了一眼屏幕:四楼,417。

她正准备收起手机,手机又振动了一下:我让人带你上来。

垂首看了一会儿屏幕,她走到一边稍微空旷的地方等人。

肩膀忽然被拍了一下,慕晚安下意识以为找她的人来了,结果一转身就看到了一张冷冷的甚至带着仇视意味的脸。

宋泉站在她的面前,脸上化着浓妆。

慕晚安看了一眼她身上的衣服,大致猜测她在这里做兼职。

"正好,我还不知道要去哪儿找你。"宋泉定定地看着她,上下打量着面前一如既往一丝不苟美丽着的女人,忍不住就出口讽刺道,"左晔说你爷爷在住院,他还说你从小就特别孝顺,这个时间点不在病床边照顾老人家跑到这里来……这么快就攀上另一根高枝了吗?"

对宋泉的存在,她谈不上多讨厌,但是对一个不声不响夺去她男朋友的女人,她很难抱什么好感。

慕晚安淡淡地扫了她一眼:"高枝不高枝的……与你有关?"

那不咸不淡的神色让原本就情绪不稳定的宋泉蓦然怒了,抬手就一个巴掌朝着她的脸扇了过去。

手腕在半空中被截住,慕晚安毫不迟疑动作极快地扣住了她的手腕,轻笑了一下:"怎么,我攀了你的高枝?"

宋泉狠狠地瞪着她,嘲讽道:"我以前就听说过你,慕晚安,出了名的名门淑女是吗?被一个男人甩了就立刻去别的男人身边来报复他,这么蠢的事情你做得有意思吗?"

"左晔跟你说分手后才跟我在一起的,他不喜欢你是有多大的过错?还是慕小姐你长这么大没受过挫,受不了被甩?"宋泉胸口起伏得厉害,"左晔刚开始追求我的时候,我真的以为他只是玩玩而已,我也不懂啊,他为什么放着你这样的女朋友不要来喜欢我。"她最后一句话,带着钉子狠戳上来的轻蔑意味,"我要是他,我也不喜欢你这样的女人。"

慕晚安的胸口涌出一股无法抑制的波澜，她扣着宋泉手腕的力道忍不住加重，脸上却无表情："宋小姐，念小学的时候语文老师没教过怎么描述重点？"

宋泉的神色更怒："你就这么喜欢装？！"她用力地将自己的手抽了回去，一双眼睛几乎要冒火，吼道，"你敢说左晔爸爸公司的事情跟你无关？"

慕晚安微微地蹙眉，左晔爸爸的公司出事了？

是薄锦墨还是顾南城？

她的手垂回身侧，淡淡道："不知道。"

宋泉冷笑，明显不相信。

透过人群，慕晚安看到一个身材高大穿着黑色西装的西方男人好像正在找人，她眼角微动，抬脚就要走过去。

宋泉当然不肯让，用力地拽着她的手臂不准她走："你给我说清楚，慕晚安，你信不信我告诉记者你被人包养？"

"信不信我跟你的经理投诉你找顾客的麻烦？"

宋泉一愣，手下意识收了回去，叶庄的工作是她所有工作中时间最短但是薪水最高的，偶尔还有出手阔绰的顾客给小费。

慕晚安目不斜视地从她的身侧走过。

宋泉转身看着她的背影，咬牙切齿地捏着自己的衣角，眼泪在眼眶里打转却始终没有掉下来。

"小泉，"穿着同样的服务生衣服的女孩凑了过去，"她怎么跟你说的？承认是她做的吗？"

"她不承认。"

"我就知道她不会承认，这种人做了也肯定不会承认的。"同样化着妆的女孩愤愤地道，皱了皱眉头，"但是她来这里干什么？"

宋泉看着慕晚安走到一个高大的男人面前，距离太远听不清楚他们在说什么。简单地对话后，那男人就领着慕晚安往电梯的方向走。

以她在叶庄兼职半年的经验，慕晚安多半是来见人的。

她朝自己的朋友道："我猜她是来见新欢的，而且估计是见不得光的已婚男。"

叶庄经常发生这样的事情，她见得多了。

女孩立即掏出手机："我认识当记者的朋友。"她得意地道,"这种被甩了纠缠不休,还要叫新欢对付旧爱的千金小姐就该受教训。"

慕晚安安静地跟在保镖的身后,在编号417的房间门口停下。保镖摁了一下门铃,过了几秒钟摁下密码打开了门:"慕小姐,先生在房间等您。"

她走了进去。

保镖跟着进来顺手带上了门。

叶庄的高级套房,落地窗的窗帘被拉得严严实实,光线昏暗。

她踩过质感柔软的地毯,朝着深灰色的沙发走去。

气度成熟深不可测的男人,一身偏休闲的装扮,看不出具体的牌子,但确实是一眼看得出来的讲究的大牌。

他坐在那里,全身自带不容忽视的气场,五官俊美,令人无法忽视的是他身上唯有岁月才能酿出的气韵,就像埋藏了多年的陈酿。

茶几上金色的银行卡压在一张支票上。

慕晚安看了他一眼,然后弯腰拾起那两样东西。

低沉而极有磁性的嗓音在安静的空间响起:"我不来,你是不是也不打算找我?"男人注视着她温静微凉的脸庞,修长的腿优雅地交叠着,"不是交了个男朋友?怎么样了?"

她垂眸波澜不惊地回答:"分手了。"

男人皱了皱眉,有些不悦:"因为慕家出事?"

"不是,他喜欢上了别的姑娘。"慕晚安朝他微微地笑了一下,"没其他事的话我先回去了,医院那边催着交钱。"说完,她便颔首道谢,"我会跟爷爷说的,谢谢您。"

然后,她毫不迟疑地转身,直接走到门口,手落到门把手上的时候,身后响起低醇磁性的声音:"晚安。"

听到这个称呼,慕晚安反感地皱了皱眉。

"还有什么事吗?"

"我明天下午回美国,中午有没有时间一起吃饭?"

她语调舒缓,客气,彬彬有礼:"这两天爷爷应该就醒来了,我要守在医院,很抱歉。"

沙发上的男人没有再发出声音。

慕晚安拧着门把拉开了门,还没来得及跨出脚步,无数的闪光灯蓦然涌了上来,因为过于刺目,她下意识地抬手去挡。

喧闹和嘈杂一并朝她淹没了过来,投向她的是话筒和跃跃欲试兴奋的眼神。

"慕小姐,请问你来这里是见谁的?"

"慕小姐,里面的先生是谁?"

套房里只开了一盏落地灯,光线昏暗,但是站在门口可以隐隐地看到客厅的沙发上坐着的男人。

几个记者相视一眼,然后慕晚安一手抵着的门一下就被冲撞开,她的脸色微变,正要去拦,但是一个人又怎么抵挡好几个男人?

慌乱之中,不知道是谁打开了房间的灯。

原本端坐在沙发上的男人一下站了起来,成熟俊美的脸庞透露着深深的不悦,举手投足间不怒自威,瞟过去的眼神逼得竟然没有人敢靠近他。

一开始记者还有所顾虑,私会昔日"第一名媛"的神秘男人会不会是他们得罪不起的大人物?但在场的所有人没有一个认识这张脸。

"这位先生,请问你跟慕小姐是什么关系?"

"是不是因为不想被人发现,所以你们才约在叶庄偷偷会面?"

"你们是不是情人关系?"

尖锐的问题一个接着一个被抛出。

"你是不是有妇之夫?"一个女记者大着胆子几乎要将话筒凑到男人的脸上,"慕家最近破产了,而慕小姐年轻漂亮。"

男人俊美而风度翩翩的脸庞不知何时变得冷毅,他瞟了一眼踮起脚尖想跟他对话的女人,淡漠道:"把你的话筒拿开。"

他的身上带着一股不容侵犯的气势,让人不自觉地想要听他的话。

但是好不容易抓到的现场新闻怎么能够放过?女记者拔高了声音,越发咄咄逼人:"先生,麻烦你回答我的问题。"

男人没动,一边高大的保镖几乎一个箭步冲了过来,直接夺过女记者胸前挂着的相机,然后猛地砸在了地上。

片刻的寂静后便是更大的骚动。

无数的闪光灯再一次疯狂地亮起，慕晚安站在门口被几个记者包围住不能动弹，甚至有两个话筒戳到了她的脸上。

　　问题更是一个比一个难听地砸在她的耳边。

　　"慕小姐，你被包养了吗？"

　　"慕小姐，你需要钱我们理解，但是为什么要找个有妇之夫呢？"

　　"你们是最近认识的，还是已经保持了很长时间的关系了？"

　　"左少选择跟你分手是不是不能忍受你的私生活太混乱？"

　　耳朵和眼睛都被梳理不过来的混乱充斥着，她只能捏着自己的拳头任由指甲深深地没入掌心，低头去躲避那些闪光灯和逼人的兴奋眼神。

　　她不是没有面对过媒体，但是从来没有这么狼狈过。

　　从前，没有人敢抛这么难听的问题给她。

　　而且以前，绾绾多半会挡在她的面前。

　　"慕小姐，所以你现在是为了钱当小三，破坏他人家庭吗？"

　　小三。

　　她的舌尖尝到了微微的血腥味，她蓦然抬起了脸，眼神直直地看向吐出"小三"两个字的记者："小三？"她血色不大清明的脸上浮现出笑容，"法律给了狗仔说话不负责可以诽谤的权利吗？"

　　听她开腔，一帮人更加兴奋了："慕小姐你这话是什么意思？否认你跟男人偷偷幽会的事实吗？还是不肯承认自己做了小三？"

　　为什么他们肯定屋子里的男人是有妇之夫？

　　除去眼角浅浅的几乎看不清的纹路，外人很难判断出他的年纪，但是他的身上有种岁月方能沉淀的从容和魅力，让人下意识地觉得他并不年轻。

　　慕晚安重重地皱着秀眉，声音冷得厉害："我不是小三。"

　　"那你跟这位先生是什么关系？"记者不依不饶，继续追问，"不是小三的话为什么要约在这里见面？难道是特意来喝酒聊天——还是盖着棉被纯聊天？"

　　最后一句话落下，阵阵哄笑声响起。

　　慕晚安捏着拳头，穿过种复杂的看好戏的不怀好意的眼神，看向屋子里沙发边水晶灯下从容沉稳地站着的男人。

　　她要怎么说？

顾南城阴沉着一张俊美的脸不耐烦地拨开人群走到门口的时候，就看到慕晚安脸蛋苍白，迷茫无助"可怜巴巴"地等待救助般看着屋子里半个字都不吭一声的老男人。

他几乎每次看到这个女人，她都狼狈得不像样子。

顾南城的眉梢溢出冷笑，他记得他每次都是扮演怜香惜玉的角色，可惜她没几次识相。

她是很符合他心目中顾太太形象的女人，虽然有小脾气、小傲娇、小倔强，但是身为男人，他大度点可以不计较。

怎么着，她是比较待见这个眼睁睁地看着她被人指着鼻子骂小三也不出声的老男人？

慕晚安跟男人对视，四周嘈杂喧闹，唯独他们之间的眼神没有声音。

她看到一个话筒再次迫不及待地伸到他的面前："这位先生，慕小姐跟你到底是什么关系，你能给个回应吗？"

"是不是你家里有太太所以不能说？"

家里有太太所以不能说？

哦，是的，的确，这件事情一旦闹大了，难保他的身份不被挖出来，难保他家里的那位太太不会看到。

那怎么能说呢？

慕晚安淡色的唇瓣勾勒出凉凉的笑意，因为她的脸蛋偏向里面，所以顾南城没有看到，但是站在灯光下皱着眉头的男人看得清清楚楚。

嘲弄的意味像一股寒意渗透进他的骨髓。

男人的眉宇皱得更加紧，深重的戾气已经跳跃出来，正要开口，却见那个简单温婉又显得疏离的女孩一把夺过了离她最近的那个话筒。

"我回答你们的问题，不过……"她的嘴角扬起惯有的矜持微笑，精致的下巴微微抬起，"如果我明天在报纸上看到任何不符合事实或者对我的声誉造成不良影响的报道——我会请律师给诸位发律师函。"趁着因为她的话现场一下安静下来，她又笑着补充了一句，"虽然我还不起我们家的负债，不过不代表我请不到律师。"

虽然震慑于她的威胁，但是毕竟抓了个现场，狗仔们并不畏惧，"慕小姐，请问你跟这位先生是什么关系？"

顾南城一只手插进西装裤袋，淡淡地看着女人的侧脸，薄唇抿成一条直线。

慕晚安看着立在不远处眼神深沉地看着她的男人，语调很平缓："这位先生是我母亲的故友，我们家出事我爷爷在住院，他恰好回国知道了，所以才联系我，愿意借给我爷爷的手术费。"

"你们为什么要约在这里见面？"

"只有心里装了太多龌龊事情的人，才会觉得来这里的人都是做龌龊的交易。"慕晚安浅浅一笑，语调一转，"我说了，这位先生长期居住在国外，并不清楚这里是什么地方。"

"我们不清楚这位先生的身份，慕小姐你自然说什么就是什么，就连已故十多年的母亲的故友大方爽快借出几十万这种话，也能面不改色心不跳地说出来。"相机被砸了的女记者双手环抱在胸前，不冷不热地嘲笑道，"如果真的有关系这么铁这么好的'故友'，你何必为了钱挑拨离间前男友跟他现女友的关系？又何必为了钱倒追顾公子，不惜穿跟陆笙儿一模一样的衣服出现在晚会上？是不是钉子碰得太多了，所以你什么都顾不上了？"

慕晚安抬眸，脸上恰到好处的笑容像是面具稳稳妥妥地挂着："我说的都是事实，你信不信是你的事情。不过你既然不认识这位先生也不大了解我，身为记者还是先弄清楚事实再说话更合适。"

"不不不，慕小姐，你说得对，我并不是记者，我只是狗仔。"女记者朝她笑，"狗仔只给观众献上他们喜欢看的八卦。"

慕晚安清秀雅致的脸庞逐渐僵硬。

女记者敏锐地捕捉到她脸色的变化，不由得笑得更深："所以慕小姐，除非你现在能拿出比你那随口一说更加有说服力的证据，不然我们就只能按照我们看到和分析的去写，至于律师函——这玩意我收到过不少。"

呼吸逐渐困难。

她对着女记者近乎恶意般畅快和得意的眼神，心脏蜷缩。

"哦，慕小姐，"十分了然轻快的语气，"你这是无话可说，也没什么能辩解了吗？"

慕晚安抬起手，白皙如玉的手指慢慢地插进自己的黑色长发中，她深深地吸了一口气，唇畔再次浮现出浅浅的笑容："我是没什么好辩解的，做狗仔可能看的肮脏事比较多，所以看见有钱的男人和年轻漂亮的女人就会有刻板印象，好像这世界除了这些就没别的了。"

女记者张嘴正要反驳，慕晚安瞥她一眼已经轻描淡写地出声了："我和顾少婚期将至，我为什么要不识好歹地背着他，跟一个给不了我未来，连身家都不及他的男人鬼混？"她坦然地朝堆在面前的话筒道，"还是你们真的觉会读书的人一定没情商？"

眼神对上眼神，总有一方要先落败。

顾南城站在那里，微微地垂首，性感的薄唇似笑非笑。

女记者偏头错开慕晚安的视线，便一眼看到了身姿挺拔的俊美男人，以及拉着他的袖子似乎要带他离开的陆笙儿。

"慕小姐，"女记者脸上的笑意一下就变得更深，"安城路人皆知顾公子深爱的女人是陆笙儿，你说你们婚期将至——顾公子答应娶你了吗？"

那俨然就是在看好戏的眼神和表情。

也许是察觉到什么，也许是对视线敏感，慕晚安下意识地侧首，毫无预兆地撞进男人熠熠深沉的黑眸之中。

陆笙儿就站在顾南城的身侧，看口型应该是催着他离开。

纤细而微卷的睫毛细细密密地颤抖着，她脸上原本就不深的血色跟着逐渐褪下去，原本就紧紧揪着的心脏像是突然失重了一般直直地往深渊掉。

眼睛闭了一下，然后睁开。

心底溢出自嘲，她是不是该后悔呢？

还是当初顾南城找上她的时候，她就应该痛痛快快地答应跟他结婚？嫁给他也不是什么不能忍受的事情，至少慕家的债务、爷爷住院的钱她就全都不用操心了。

偏偏站在她面前的女记者挑着眉头再次开口问道："慕小姐，难不成只是你单方面地宣布这场婚事？我听说顾公子特别孝顺，女朋友一定要过顾老夫人的眼才行……"

意味深长的话，剩下的内容就不言而喻了。

慕晚安脸庞苍白，没有说话。

女记者捂嘴笑得像是被风吹起的铃铛，笑声清脆又刺耳。

身材颀长气质矜贵优雅的男人抬脚走过来,原本挡在门口的记者发现顾南城后全都瞪大了眼睛,然后相当自觉地给他让了一条路出来。

熨烫得笔挺的黑色西装裤,上身是剪裁修身白得一尘不染的衬衫,他仍有一只手插在裤袋里,薄唇噙着笑意走到慕晚安的面前。

他低头看她苍白如纸屏住呼吸的脸庞,嘴角掀起淡淡的笑意,俯身凑到她的耳边,像是恋人间亲昵的耳鬓厮磨。

她的神经原本就绷得很紧,男人炙热的呼吸落下烫得她无法动弹,他的嗓音性感恶劣:"怎么,又被抛弃了吗?嗯?"

她咬住唇瓣。

"你就是为了这么一个眼睁睁地看着你被全世界指着骂的人,来得罪我?"顾南城的声音压得很低很沉,贴着她的耳骨只有她能听到。

她的肌肤细腻如最上等的白瓷,睫毛剧烈地颤抖着,仰起脸看他的眼神带着点儿茫然,一双眸黑白分明,渗出薄薄的水意。

他低笑了一下:"不屑于求我?"

她仰起脸看他的眼眸猝然睁大了一点,带着点期待和意外,唇动了动。

顾南城的瞳眸微微一缩,那张合了一下的绯色柔软嘴唇像是一根羽毛挠了一下他的心尖,痒痒的,男人的喉结滑动了一下,俯首勾起她的下巴含住她的唇瓣。

陌生的属于男人的气息浓烈地压了下来,带着淡淡的烟草味道侵占她的呼吸,慕晚安抬手抵着他的胸膛,但是没有推开。

心跳如雷。

那颗几乎要掉进深渊的心脏仿佛要从嗓子眼跳出来。

她呆呆地看着他,他喷下来的气息带电一般麻痹着她的神经末梢。

顾南城带她离开了叶庄,一路上她几乎都是失魂落魄的,只记得转身前有记者拦住他问道:"顾公子,您真的准备跟慕小姐结婚吗?"

顾南城眼角挑出丝丝冷意,但仍挂着温润的笑容,淡然启唇:"我的私事,需要向你们交代?"

"顾总,"有不怕死的冲过去挡在他们的前面,"您真的不介意慕小姐私会陌生男人吗?"

顾南城一眼瞟了过去,淡然的视线莫名令人不寒而栗:"晚安好像跟你们解释过了,这么简单的话都听不懂,你也能混记者这一行?"

沉默了几秒,女记者又忍不住逼问了一句:"那顾总,您跟陆小姐是什么关系?"

陆笙儿一直蹙眉站在走廊上,黑色的长发飘飘,仙气范儿十足。

顾南城低声笑开,眉宇间已经覆上了一层不悦:"谁都知道我和笙儿是多年朋友,你这么问是在挑拨我和锦墨的兄弟情,还是在挑拨我跟未来顾太太的关系?"

女记者心底一颤,不敢再多说,往后退了好几步。

叶庄门口,顾南城忽然停住了脚步。

慕晚安过了好几秒才回过神,抬头看着男人的侧脸,愣怔地问道:"怎么了?"

左眸看着那两只十指相扣的手,俊颜面无表情。

她看了左眸一眼,心底的情绪甚至无法分辨,他们分手不过一个多月的时间,可她觉得他们在一起好像已经是上辈子的事情了,遥远得她已经无从回忆。

"新男朋友?"他看着她往日温静浅笑的容颜,声音有些沙哑地问道。

她点了点头,没什么表情,甚至看了他一眼就没有再看了。

左眸皱眉还想说什么,却见她扯了扯身侧男人的衬衫袖子,低声温软地道:"我们走吧。"

而后他们便擦身而过。

走出了叶庄,那片浮夸的热闹被抛在了身后很远的地方。

地下停车场只有零散的几个人,慕晚安忽然抽出了自己的手几步走到男人的面前,挡住了他的去路。

"顾南城。"她叫他的名字。

光线昏暗,投在男人的脸上明明灭灭,剪出神秘的阴影。

立得笔直而挺拔的男人干净俊朗,居高临下地睨着她,薄唇弥漫着似笑非笑的嘲弄:"现在想起来求我了?"

他从身上掏出一根烟,动作熟练地点燃,青白的烟雾徐徐散开,低沉的嗓音仍旧充满吸引力:"第一次见面我说要娶的时候你爽快点头,或者不要不知好歹地惹毛我,或许还能借到钱,我指不定还能欣赏你。"顾南城兴致缺缺地吐出烟雾,"被前男友甩了,又被别人抛弃,再灰溜溜地来求我,晚安,我现在觉得你挺没意思的。"他低头捏了捏她精巧的下颌,喷了一声,"要乖巧不够柔顺,要性格不够有底气。"

总而言之就是,她在他的心里已经掉价了。

慕晚安浅浅一笑:"我的表现好像是让自己掉价了,可是顾公子,你仍然准备和我合作,不是吗?"

聪明的女人,真是缺少情趣。

他并不说话,依然抽着烟,俊颜上带着点儿笑,更多的是高深莫测。

慕晚安看着他的眼睛:"昨晚惹你生气,对不起,我……"她闭了闭眼,"想到了以前不好的事情,所以迁怒于你了。"

并非因为处在下风所以道歉,她排斥顾南城,不代表她能无缘无故地讽刺他。

昨晚的确是她不识好歹,她心里清楚。

"继续。"他吐出两个字。

慕晚安看着他被烟雾拉得有些模糊的俊脸,微微地笑:"我现在说愿意跟你合作,是不是没那么容易了?"

男人高挺的鼻梁下呼出两团烟雾,睨她一眼,笑得有些痞:"你说合作就合作,显得我好像没脾气。"

"好,我知道了。"慕晚安意料之中一般地回答道,"你喝酒了吧,我送你回去。"

"我看上去醉了?"

"没有。"她的脸蛋发烫,脸上淌着温浅的笑,语气很平静,"不过你刚才吻我的时候,我尝到酒味了。"

顾南城低头瞧着她,突然又起了兴致,笑了笑:"什么酒?"

她愣了一下:"不……不知道。"

男人的俊脸忽然逼近她的眼前,近得只有一张纸的距离。

慕晚安还没有反应过来,就只听他低笑了一下:"那再想想。"

唇瓣在话音落下的瞬间被覆盖住,低低的嗓音伴随着呼吸贴着她:"什么酒?"

她有些手足无措,想推开他却又不能,脑子里一片空白,结结巴巴地回答:"是……是Chianti(基安蒂红葡萄酒)……"

"嗯,不错。"他有些爱不释手地捏着她柔软的脸颊,懒散地问道,"什么年份的?"

"不……不知道。"

她没有反应,因为不知道该有什么反应,她自然是不能再得罪他的,但是无法像恋人那样自然而然地配合他。

"年份?"

她睁着黑白分明的眸,没有回答。

"不是想送我回家吗?"他拉开车门,漫不经心地道,"走吧,我晚上没怎么吃东西。"

她坐上了驾驶座,顾南城坐在副驾驶座。

包里的手机振动着,慕晚安看了闭目养神的男人一眼,从包里摸出手机,看屏幕上亮着的号码,唇畔勾出嘲弄的冷笑。

手指一滑,她还是接了,声线凉薄:"还有事吗?"

"晚安。"这两个字的语调,让人猜测他在皱眉。

"我在开车,有事就说。"她淡淡道,"这是我最后一次接你的电话。"

电话那边的声音立即压低变得不悦,加重了语气:"晚安。"

她睁眸看着车窗前的路:"你可以叫我慕晚安或者慕小姐,叫晚安太亲近了,不适合我跟你的关系。"

"你非要这样倔强?"

"我今天已经够天真了。"

男人压制着怒气:"我把钱转到你的账号……"

她冷淡地道:"不必了。"

"慕晚安,你为了怄气不顾自己的爷爷?"

"除了钱没别的事情的话,可以挂电话了,再见吧。"

"慕晚安!"电话那边的人似乎真的动了怒,"你为了跟我怄气,宁愿嫁给一个不爱你的男人?顾南城是个什么德行的男人,你要嫁给他?"

她没有挂电话也没有说话,只是握着方向盘继续开车。

顾南城是什么德行的男人?这么短的时间,他调查过吗?

"是,我要嫁给他。"

"他娶你，是为了气陆笙儿。"电话里是男人冷静而覆盖着戾气的声音，"我是男人，我比你清楚男人的心思，你现在马上回医院。"

她脸色没有变化，眉目不动地淡漠道："你可能不大清楚我的心思，看来你没什么要说的了，再见吧。"

说完，她挂了电话，将手机扔进了包里。

握着方向盘的手，一个个关节泛出白色，她侧首看了一眼依然闭目未曾出声的顾南城，低低地出声，"顾公子，"她咬了一下唇，"我跟刚才在叶庄的那个男人，不是他们猜测的那样。我保证，除了左晔，我没有跟任何男人有过任何不清不楚的关系……嗯，除了你。"

顾南城半睁眼睛："你就打算这么不清不楚地交代这件事？"他低声笑着，"晚安，顾太太要是身家清白的干净女孩。"

"他真的是我母亲很多年前的朋友。"她轻声答道，顿了一下，"够了吗？"

一路上车内都很安静，直到车开进别墅内的停车坪，慕晚安很自觉地跟着他下车进门。

顾南城睨了她一眼，没有出声。

站在玄关原地转了个圈圈，她抬头蹙眉问个头比自己高出很多的男人："你一直住在这里吗？"

他低头瞧她，这女人不跟他呛声、不绵里藏针地讽刺他的时候，嗓音温软可人，听着特别舒服。

这一点，他很喜欢。

顾南城点点头，"嗯"了一声："我人在安城的时候，基本住这里。"

"你为什么不跟顾奶奶一起住呢？"她找出上次顾南城递给她的男式拖鞋，勉强地穿上。

"嗯。"瞟了一眼她白而细的脚踝，藏在偌大的男式拖鞋里显得格格不入，他懒散地低声笑，"我怕气得她老人家折寿，我很爱奶奶的。"

慕晚安哭笑不得。

她刚穿好鞋子起身，腰肢就被一只有力的大手挡住，等她反应过来的时候人已经被禁锢在男人的胸膛和墙壁之间了。

玄关的灯是橘色的，暖得暧昧。

顾南城挑了挑眉，笑："给我煮醒酒茶？"

她抬手抵着他的胸膛将他推开了好几步，然后不紧不慢地挽起袖子，垂着眸，纤细的睫毛在脸蛋上投下浅浅的阴影："你不是说饿了吗？我给你煮面。"

说罢，她自顾自地朝厨房走去。

顾南城眯眸看着她的背影，直到她在拐弯处消失。

她端着面出去却没有找到人，叫了好几声也没有人应。她嘟了嘟嘴巴有些不满，受过高等教育的男人就不能绅士点有点风度吗？

刚把碗搁在餐桌上，手机的短信提示音就响了，屏幕上只有两个字：卧室。

卧室。

心跳的节奏快了一拍，没有多少犹豫的时间，她还是端着碗上去了。

顾南城的卧室在二楼，她顺着阶梯走上去一眼就看到了半开的门。走到门口的时候她发现里面没有人，深蓝色的格调，摆在中间的床很大，很少几样摆设，落地窗开着，窗帘被吹得扬起。

浴室半透明的门里亮着光，隐隐约约能够听见水声。

装着面的碗被搁下，她坐在单人沙发上撑着下巴等里面的男人洗完澡，百无聊赖地打量完卧室的布局，末了有些忧心地看着慢慢糊掉的面。

顾南城裹着一条浴巾一出门，就看到坐在沙发上的女人盯着面条闷闷不乐地抱怨："这么久，面都糊掉了。"

她抬起头，猝不及防地看到男人的身影，几乎下一秒就错开了视线。

黑色的短发还在滴着水珠，他只在腰间围了一条白色的浴巾，令人遐想。

他看了一眼撒着葱花看起来还算漂亮——虽然内容比较简陋的面条，扬唇出声："你把我卧室里唯一可以坐的地方占了。"

偌大的卧室，就只有一张单人沙发。

慕晚安连忙起身，闷声道："已经糊掉了。"

糊掉她一碗面，她是很不高兴的。

顾南城没有说话，坐下来拾起筷子就开始吃面，即便没有穿西装衬衫，也丝毫不影响他优雅的吃相。

大概十分钟，他放下筷子，一张餐巾纸就递到了他的面前。

顾南城抬头看她一眼，然后接过来慢条斯理地擦着唇，似笑非笑地看着俯身凑到自己面前的秀致脸庞："变得这么乖巧。"他懒洋洋地笑，"我倒是有点不习惯了。"

"讨好你。"

他嘴角的弧度扬得更深："你这蹩脚的厨艺，也好意思拿出来？"

她眨了眨眼睛："我的诚意很足。"顿了一下，她微笑着道，"下次的味道会更好，我很少煮面，你这里也没有保姆。"

他抬头看着她的脸，声音变得越发低沉沙哑："嗯，诚意不够。"

慕晚安忽视了他此时热辣得几乎带有侵犯性的目光，双手合十，眉目如画十分温静："顾公子，你的胃不是很好，经常不吃晚餐会不舒服的。"她期待的脸庞透露着一股讨好的楚楚可怜，"昨天晚上用语言攻击你是我不对，你大人不记小人过不要跟我计较……我爷爷的医药费，你会借给我的吧？"

顾南城轻声笑，他要怎么说这个女人？

用一碗面提出这样的要求，目的直白毫无掩饰，这么明晃晃地耍无赖，她做出来偏偏自然得像是在撒娇。

看他只是笑并不说话的模样，慕晚安有点忐忑地道："我会还给你的，带利息。"

"还给我？"

她真的是来找他借钱的？

她点点头，眼巴巴地望着他，嗓音温软："你娶我的话就用你的钱还，不娶的话我会自己赚钱还给你。"

无论如何她也是名校毕业高学历出身的，总有还得起钱的那天。

顾南城低沉地笑着，忍不住捏住了她的下巴："晚安，"他唤着她的名字，温柔蛊惑得令人心悸，"你说话如果不带刺儿，真是一句比一句让人听着舒服。"

"好不好？"

这三个字落在他的耳朵里，像是什么地方忽然生出一股大力，猛然推翻了他一贯优越得不行的自制力，他伸手就将面前的女人直接扯了下来。

慕晚安猝不及防，就这么毫无防备地跌倒，还没反应过来她的后脑就被大掌扣住，浓烈的男性气息落下来。

她睁着一双眼睛，除了呆滞没别的反应，哪怕后知后觉地暗示自己要回应他也做不出反应。

她侧坐在他的腿上，整个人被困在他的手臂里。

激烈的强势的掠夺，不能挣扎也无法回应，她逐渐失去力气软在他的怀里，只能听到男人沉重的呼吸声和自己如雷的心跳声。

顾南城扳着她的下巴稳住她的脸，直到她因呼吸困难而不得不捶打他的胸膛，他才稍稍放开了她。

慕晚安黑白分明的眸慌乱无措地躲避着他逼迫的视线。

顾南城抬手抱起了她，像燃烧的火焰，一下就呈燎原之势。

"顾南城……"

慕晚安蒙了半分钟，她没有经历过这样的阵仗，虽然她觉得顾南城是个伪绅士，骨子里的强势霸道半点不会少，但是这样突如其来的架势还是让她意外地慌乱。

"顾南城……"她什么都顾不上，手忙脚乱地用力去推他，"你别这样……顾南城……"

声音里带着哭腔。

顾南城停了下来，他的呼吸有点重，有点紊乱。慕晚安绾着的发完全散开，黑色的长发铺在深蓝色的床褥上。

她的眸里带水光，忍着啜泣。

直到男人从自己的身上起来，慕晚安无措得混乱的大脑才逐渐反应过来。

顾南城走到饮水机边倒了一杯水，然后慢慢地喝着，从她的角度只能看到他的侧脸轮廓，辨不清情绪。

她的心跳慢慢地平复，有些茫然地看着他。

顾不得梳理自己的长发，她从床上起来几步走到他的面前，小声道："你生气了？"

低头瞥了一眼她绞着的手指，他沙哑道："睡这里吗？"

她愣怔，末了还是摇摇头。

顾南城没说话，继续慢慢地喝水，急促的呼吸逐渐恢复了正常。

"那我吩咐司机送你回去。"

"你……生气了吗？"

搁下杯子，他淡淡道："你爷爷的医药费我会跟医院说，你不用担心这个。"

他的态度深沉隐晦，但是医药费的事情有了着落她还是松了一口气。

手指梳理着自己的长发缓解尴尬，她轻声道："那我回去了。"

她始终一动不动地看着他，想从他的脸上揣测出几分他此时的情绪。

惹恼他了吗？

她局促不安地整理自己被弄得有些松散的衣裙，手落回身侧，正要转身离去，又陡然转过身走了两步回到他的身前，踮起脚尖在他的下巴上亲了一下。

她这才重新转身离去，顺便带走了桌子上的碗，带上了门。

顾南城眯起狭长的眸，目送她的身影消失，薄唇扬起轻而薄的笑意，离开前怯生生地亲这么一下。

他的喉间溢出低声的笑，她是怎么被左晔甩掉的？

慕晚安走出别墅大门的时候，有几分心不在焉，等她反应过来迎面有人走过来的时候，陆笙儿白色的高跟鞋已经停在了她的跟前。

四目相对。

晚风吹起两人的长发，陆笙儿几乎一眼就看到她脖颈处影影绰绰的暧昧痕迹，瞬间失神。

注意到她的视线，慕晚安撩了撩长发，凉薄地笑着："这么晚了，你一个人来别的男人的家，是不是太不避嫌了？"

"锦墨本来要一起来的，但是他临时有事，所以我自己来了。"陆笙儿淡淡地笑着，"晚安，南城是我们共同的朋友。"

慕晚安侧过脸笑了一下："可我的心眼没有薄先生那么大，我不喜欢别的女人半夜三更地来找他，让媒体逮到了，你我都很难堪。"

陆笙儿定定地看着她，很平静地开口："晚安，我知道你并不爱南城，就像你清楚南城娶你并不是因为爱。你把他当成救命的稻草，他选择你做逃避我们的渡轮，婚姻这件事情需要慎重，你这么聪明，没必要把自己埋在这样冰凉的坟墓里。"

慕晚安只是笑，并不说话。

"你离开南城，你爷爷的手术费我出，你们慕家的负债——我会想办法让锦墨松口放过你们。这个条件对你有百利而无一害,你没必要为了那么一点点自尊,跟自己的幸福过不去。"

今天来给她送钱的人,真是不少。

"你这么关心我的幸福?"

"我欠他很多,也许这辈子都还不清了。"陆笙儿低低的声音带着点无奈的笑意,"我希望他以后能遇上一个真心喜欢的女孩,而不是连再爱的机会都不给自己。晚安,你懂我的意思吗?"

慕晚安扬起下巴,轻轻浅浅地笑着:"陆小姐,合适的人那么多,他为什么要和我合作呢?为了硌硬你和薄锦墨吗?我觉得如果是这样的话,他应该跟绾绾结婚——毕竟,她才是你心里那根拔不掉的刺。"

陆笙儿的脸色因为某个名字微微一变。

"我一直都很想知道,"陆笙儿注视着她的表情,"为什么你从小就讨厌我。后来是因为盛绾绾,但是一开始呢?"

明明很小的时候,慕晚安跟盛绾绾是死对头,她一度认为,她们才是同类。

"这个啊。"她淡淡地笑着,"不好意思,我讨厌破坏他人家庭的人,连带讨厌第三者身边的人。我从小不待见你,跟绾绾无关。"言罢,她看都不再看陆笙儿一眼就抬脚从她的身边擦过,最后留下一句轻飘飘的话,"就像她要死要活地喜欢薄锦墨,我照样哪哪儿都看他不顺眼。"

走过鹅卵石小道,从别墅的大门走出去,再转一个弯,慕晚安一眼就看到了停在昏黄的路灯下的宝蓝色的兰博基尼。

左晔看着她,俊脸在灯光下半隐半现,脚边散落了一地的烟头。

她闭了闭眼,心尖微不可察地疼着,那感觉不明显,却无端地让她呼吸困难。

左晔最终是主动走过去的,看着飘散在她脸上的发丝,低声唤道:"晚安。"

她看着被路灯拉长的身影,扬起嘴角淡淡地道:"为你爸爸公司的事情来的吗?"她下意识地捏了捏眉心,眼角酸痛,"抱歉,给我点时间,我会想办法的。"

说完她就要抬脚离开。

左晔抬手挡住她的去路，低声再次唤道："晚安。"

他的眉头皱着，在昏暗的光线里，辨不清情绪。

"在我没有摸清楚他的脾气之前，就算我开口了，你们家也只会雪上加霜。"她的神情很淡，除了惫懒之外没有其他，"既然我们没什么关系了，我便不会无端地连累你们家。"

左晔突然拽住了她的手，面无表情，但是眼睛盯着她："我是来代替宋泉道歉的。"他淡淡地道，"今天叶庄发生的事情是她朋友自作主张为她出气……她以为是你让顾南城这么做的。"

那些记者是谁叫去的，对现在的她而言已经不重要了。

她点点头，示意自己已经知道了。

"你真的要跟顾南城结婚？"连他自己都不知道，一句话说出来连嗓音都变得沙哑了。

"报纸上面不是都已经说了吗？"

"晚安，"左晔沙哑的嗓音越发低，"你是因为爱他跟他结婚，还是因为别的什么原因？"

慕晚安终于抬起头，似笑非笑："为了爱如何？为了其他又怎样？"

他看着她眉间浅浅的嘲弄："你恨我。"

"我的恨没有这么廉价。"

她笑了笑，转过了头。

左晔猝不及防地看见了她白皙脖颈处深深的痕迹，他心口忽然一震，大力扣住她的手腕，不受控制地吼了出来："你这么快就让他碰你了？"

慕晚安愣了几秒钟才反应过来，她的手被捏得生疼，忍不住蹙眉道："你干什么？"

左晔的脸色变得很难看，语气很重："慕晚安，这对你来说真的那么重要吗？重要到你这么放纵自己？你不是最矜持端庄、不等结婚也要等到新房婚宴敲定才能下决心的吗？你在叶庄被记者逮到跟其他人私会，慕晚安，还是她们真的说得没有错，你去是有所图的？"

她睁睁看着他，细细的白牙死死地咬住唇瓣，脸蛋在夜色中显得格外苍白。

左晔看着她的模样，一下变得懊恼起来。

他其实是不相信的，他们在一起四年，他了解的慕晚安不会做那样的事情。

"晚安……"

她用力地将自己的手抽了回来，然后后退了两步，脸上很凉，在他开口之前就出声了："你基本没有说错，我就是这样的人，这对我来说太重要了，我爷爷现在命悬一线，如果没人伸出援手，根本没办法接受最好的治疗。"她弯唇讽刺，"我跟你的真爱不一样，我没那么清高有自尊。"

左晔沉下脸："你别说她。"

"那你们就少叽叽歪歪地出现在我面前。"她转过脸，淡淡地睨着他，"我不想在顾南城的眼里落下一个跟前男友藕断丝连的罪名。"

今天叶庄的事情他虽然没有追究，但是不代表他没有放在心上，再跟左晔纠缠，她就真的是自掘坟墓。

兵荒马乱的世界，她无暇顾及所有的伤心，顾好爷爷就够了。

左晔皱着眉头，有些烦躁，却没再多说："太晚了，这里是郊外，很少有车，我送你回去。"

"你不怕宋泉吃醋吗？"

"上车。"

"不用了，我可不想再招惹无谓的麻烦。"

左晔眼睁睁地看着她毫不留恋地从自己身侧走过，下意识地想再次拽住她的手，却发现她已经远得伸手无法抓住了。

他盯着她笔直却落寞的背，正准备追上去，一辆黑色的宾利慕尚转了个弯速度极快地停在了她的身边。

"慕小姐，"穿着正装的中年男人下车恭敬地弯腰，为她打开后座的车门，"顾公子吩咐我送您回家。"

她微微愣怔，随即淡淡地浅笑道："好，谢谢。"

第二天早上。

顾南城一大清早就被连绵不断的门铃声吵醒了，想忽视都没办法，怒意满胸膛地起来，然后动静极大地下楼去开门。

门开的瞬间，慕晚安还没把准备好的笑容送上，就被顶着一头乱糟糟的短发，脸色很不好看的男人吓得退了一步。

她鼓着腮帮，对上他不善的眼神，低头看了一眼腕上的表，软软地道："你的秘书说……七点你应该起床了。"

她的模样和嗓音稍稍击散了他被闹醒的不悦，他看了她一眼，没说话，直接往里面走去，步子很大，看得出来他很不爽。

慕晚安亦步亦趋地跟在他的后面。

"是不是吵醒你了？"

"嗯。"

果然不是真的绅士，她朝他的背影吐吐舌头，男人在沙发上坐下的时候，她已经规规矩矩地站好了："我给你带了早餐过来。"她将手里的保温盒放在茶几上，嗓音和笑容都温软，"我以为你已经起来了，对不起。"

顾南城眯着狭长的眸扫了一眼，慵懒地开口："不是亲手做的？"

"你家的秘书说你最喜欢这家的粥。"

他抬眸漫不经心地打量立在自己面前的女人，眼神微微变暗，低缓地开口："你今天……很漂亮。"

黑色的长发编起来搁在左肩上，身上穿一条色彩明艳的碎花长裙，衬得她的肌肤如雪，露出精致的锁骨，纤细的脚踝上戴着一条淡金色的链子。

明媚可人。

顾南城低声笑着看着低眉顺眼浅笑的女人，嘴角的弧度扬得更深："有事求我，嗯？"

"没有啊。"

他似笑非笑："那你怎么这么殷勤？"

"追求难道不应该表现得殷勤一点吗？"

顾南城看着她自然而然的脸庞，仿佛被她逗笑了："你在追求我？"

她眨了眨眼睛，反问道："难道不够明显？"

他低声笑了，由内而外地感到愉悦，起身从沙发上起来，长腿一步迈到她的跟前，垂首凑到她的跟前，抬起她的下颌，鼻息的热度都烙在耳根上："头一次觉得被人追不是烦人的事情，很新鲜。"

他回到卧室洗漱了一番，换了一件衬衫，依然穿熨烫得一丝不苟的黑色西装裤。衬衫袖口卷起，他坐在餐厅慢条斯理地喝粥。

"下午来我公司找我,我带你去买衣服。"吃完,他掀眸瞧她一眼,气定神闲地道,"奶奶要见你。"

她讶然,有些慌,咬了一下唇:"你奶奶……要见我?"

"嗯,昨晚叶庄的事情她知道了。"他淡淡地笑,"你都跟媒体说我们婚期将至了,她能不见你吗?"

慕晚安抿唇,有些不安地低着头。

"别紧张,'第一名媛'。"

下午四点,地下停车场,司机送来慕晚安就把车开走了,下面有电梯可以直通最顶端的总裁办公室。

顾南城亲自开车带她去市中心的商场,直接到了女装区。

导购先是看见英俊挺拔的男人,嘴巴还没张大就又看到他搂着的女人。

"顾公子。"导购连忙迎了上去,蓦然想起更衣室里的另外一个人,堆着满脸的笑容朝慕晚安道,"慕小姐,最近上了不少您喜欢的新款,要不要我拿给您试试?"

几句话的空当,顾南城已经巡视了一圈,修长的手指指着一个方向:"给她试那件。"

淡淡的米黄色的淑女裙,柔软而飘逸的面料。

导购连忙小心地取下来:"慕小姐,我带您去试……"

"南城。"

熟悉的声音,略带着一点清冷的温柔。

慕晚安伸手去接裙子的动作顿住,抬眸看向朝他们走来的女人。

俗话说冤家路窄,她现在简直想笑。

她们得有多大的仇才能这么频繁碰面?

陆笙儿看了一眼她手上的裙子,浅浅地笑道:"你也喜欢这条裙子吗?"她落落大方地道,"我晚上跟锦墨约会,也打算穿这条裙子。"说完,她举起手里的一团米黄,"他应该会喜欢吧?"

慕晚安淡淡地笑着,她最近可能真的见鬼了。

搁在她腰间的手忽然收紧,她疼得蹙眉,随即仰起脸去看他。

顾南城满眸的冷意,就这么三分嘲弄七分冷漠地盯着笑靥如花沉浸在幸福当中的女人，眼角眉梢有藏不住的戾气。

昨晚……他们吵架了吗？

明知道他深爱，这样肆无忌惮的幸福模样，不嫌太残忍吗？

"可是我不喜欢跟别人穿一样的裙子。"她双手环上男人的腰，小脑袋瓜在他的胸前蹭来蹭去，温软的语调带着点撒娇的意味。

顾南城低头，唇畔慢慢地染上笑意："可是陆小姐也看上了，怎么办呢？"

她抬起脸蛋，杏眸黑白分明，就这么看着他："你都买了……就不会有人跟我穿一样的裙子了？"

导购难以置信地看着她。

顾南城心口微微震了一下，挑眉看着他身前的小女人。

他以为她是最端庄矜持的淑女，温婉、优秀、聪明、懂得分寸。

即便生不出爱意，放在家里也是赏心悦目的。

只是，看着她这样娇媚又旁若无人地撒娇，一股别样的情绪从顾南城胸口蔓延开来，带着不知名的酸软。

他弯着嘴角，笑得有几分痞，低低的声音有些沙哑："宝贝儿，只要你喜欢，我可以把全世界的这款裙子都买下来，只是，你要拿什么来报答我？"

声音那样魅惑人心，连站在一旁的陆笙儿都忍不住悸动了。

当然，她仍旧只是淡淡地笑着。

她得到过比这更多的宠爱，她太清楚，顾南城的宠不等于爱。她甚至不明白，为什么这样的两个人要选择这样自欺欺人——值得吗？

"先试了再说吧。"陆笙儿毫不介怀地道，"这条裙子后面有点复杂，需要我帮忙吗？"

慕晚安还没有回答，男人慵懒低哑的嗓音已经响起了："这种事情……要帮忙也应该是我。"

顾南城看着陆笙儿的眼睛，深不可测的眸底沉浮着碎碎的玩味，似漫不经心，话却是朝着一边的导购说的，优雅冷贵："麻烦把这款裙子全都下架，我不想再看到它穿到别人的身上。"

视线从神色僵住的女人身上收回，他又低头看向环着自己腰的慕晚安，低声笑:"满意吗,嗯?"

她摆了整张脸的明艳笑容,十分配合地在他的下巴上亲了一下,乖巧道:"谢谢你。"

导购领着慕晚安去试衣间。

陆笙儿抿唇看着无视她随意在待客的沙发上坐下的男人,抚额无奈道:"南城,你非要这样吗?"

男人顺手拿起一边的杂志,不紧不慢地翻着:"怎么,你要打电话给锦墨让他过来给你撑腰,抢这条裙子吗?"

"只是一条裙子而已。"陆笙儿走到他的面前,"我不会为了一条裙子烦他的,她喜欢我让给她就是了,你不必如此。"

"笙儿,"他抬头,眯起的眸里净是笑,嗓音很低,"你未免太无趣了。"

陆笙儿回他淡淡的笑:"我改变不了你的想法,既然如此,我不打扰你们约会逛街了。"

顾南城没有答话,翻着杂志。

陆笙儿放下裙子,踩着高跟鞋转身离开了。

杂志被男人的手指狠狠捏出深深的褶皱,薄唇溢出层层冷笑。

试衣间忽然"哐当"一声,紧跟着传来女人的低叫声。

顾南城皱眉,起身朝着试衣间走去,瞥了一眼候在外面的导购:"她在里面?"

导购点点头,不知道发生了什么,随即小心地敲门:"慕小姐,您需要帮忙吗?"

"没……没事。"里面传来极其细微的抽气声,"很快就好了。"

"开门。"

"等一会儿,我马上出……"

"把门打开。"

慕晚安隔着一张门都清晰地感觉到了男人浓浓的不悦,捏了捏眉心,陆笙儿又把他惹毛了吗?

糟心。

想了想,她还是把门打开了,探出脑袋笑眯眯地道:"就快好了,刚才只是不小心磕到了……"

顾南城瞥了她一眼。

"叫什么？"

"撞到了……"

男人黑色的深瞳睨着她："好端端穿个衣服你也能撞到？"

她蹙眉："我……"

顾南城忽然向她逼了过来，她下意识往后退去，动作过大一下拉扯到膝盖上的伤口。

试衣间勉强算是宽敞，慕晚安一只手扶着墙壁，脸蛋皱巴在一起，另一只手不自觉地想按住伤口，又不敢碰触。

顾南城走过去把她的手拨开，英挺的眉头皱起，一把按住她的肩膀迫使她坐了下来："膝盖撞瘸了吗？"

还没等她回答，他已经伸手撩开了她的裙摆，一路推到了大腿之上，膝盖一片殷红加青紫，有些地方还破了皮，一眼看去很瘆人。

慕晚安有些不自然，低着脑袋想把裙摆拉下去。

掀起眼皮，男人漆黑的双眸盯着她的脸："怎么弄的？"

她想轻描淡写地带过去，但是无处可逃的视线让她连心虚的机会都没有："给奶奶准备礼物的时候……不小心弄的。"

顾南城将她的手拨开，看了几秒钟受伤的地方，又瞟了一眼她有点尴尬的脸，语气凉薄地道："怎么，因为没钱所以在脸上抹了灰去路边演了一天戏吗？"

慕晚安哭笑不得。

她无视他话里的刻薄，笑眯眯地道："没有，我可不爱上头条。"手捉住男人在她膝盖周边来回磨蹭的手，"我已经上了药，只是刚才转身的时候撞到了，顾公子……你先出去让我把衣服穿好。"

"不是已经好了？"顾南城瞥了一眼她手边细细的白色腰带，手臂落到她的腰上直接将她带得站了起来。

更衣室里面和外面都有镜子。

他从后面将那根细细的腰带系在她的腰上，黑色短发的脑袋低着，动作专注不紧不慢，不可避免的呼吸都落在她的脖颈上。

她靠在他的怀里,慢慢变得僵硬。

顾南城抬眸随意看了一眼镜子,女人绯红的脸颊落入他的眼底,他低声笑着开口:"这款裙子我都给你买下了,你要怎么报答我?"

"顾公子,"她回头朝他浅笑,模样很端庄无辜,"我为了给你打抱不平,倾情出演了爱情剧里的炮灰和恶毒女配,已经作出很大牺牲了。"

"炮灰?恶毒女配?"

她是在抬举自己,还是在讽刺他?

慕晚安抬手顺了顺新打理的长发,脸上仍挂着她一贯的笑容,叹了口气像是故作出来的忧愁:"是啊,左眸踹了我爱上了灰姑娘,安城新晋两大男神都爱励志陆女神。"她又低头摸了摸被男人系好的腰带,在镜子前转了一圈,"这种剧情放在偶像剧里,绾绾还能混个美貌女二。"

顾南城的眸底始终敛着笑意:"那你呢?"

"我?"她蹙眉认真地想了想,轻笑,"演反派就是女二的心机闺密,演正面人物就是酱油党、炮灰、路人甲。"

这个女人,真是坦然得傲慢。

是的,她的身上永远带着一股说不出来看不到痕迹也不会消失的傲慢。

挑起你的征服欲,却又无从征服。

看着专心致志整理衣裙的女人,顾南城眯起眸子,低声懒懒地开口:"晚安,"他唤她的名字,似笑非笑,"据说这个城市只有嫉妒笙儿的女人和假装不嫉妒她的女人。"

慕晚安回头看他:"可能还有我。"

她的话音刚落,男人就笑出了声。

"虽然我不喜欢她,但是客观评价,陆小姐身为女人还是很有魅力的。"她对着干净的镜子将绾着的长发放了下来,"顾公子和薄先生都深爱她并不奇怪,真的。"

"不奇怪。"低醇的嗓音伴随着凉薄的气息,"收一收你的阴阳怪气。"

她穿着打理和收拾得很满意的长裙转过了身,绯色的唇扬起:"不不不,我只是对你们有点儿失望。"

"哦?"一个字拖得意味深长,透着不知名的冷,"失望我们看上了你看不上的女人吗?"

"不是啊,你们是坊间传闻的顶尖男子嘛,喜欢同一个女人显得审美有点儿乏味。"她仍一脸不逾矩的笑容,"口味不同才显得世界色彩斑斓啊。"

说完,她就从他的身侧走过,拉开了试衣间的门。

门才开了一半,她忽然被从她的头顶伸过来的手抵住。

她正要往外面走去,门框的边缘就直直地撞在她的腿上。

膝盖上传来钻心的疼,慕晚安疼得几乎掉下眼泪,立即弯下了腰,却不知怎么缓解那阵阵的钝痛。

顾南城俊脸微变,看了一眼她红了的眼圈和忍耐委屈的脸蛋,听到微不可察的抽气声,抿唇,当即将她打横抱了起来,大步往外面走去。

"抱歉。"皱着眉头看着怀里咬唇一声不吭的女人,他道,"我现在带你去医院,乖,忍一会儿。"

"没事,不用去医院。"

"别闹脾气。"他刚刚确实不是故意的,她那膝盖哪里经得起再撞一下?

她眉心蹙得更紧了:"不用去,缓缓就没事了。"

顾南城怎么会听她的,懒得开口直接就要离开。

慕晚安一下着急了:"只是磕伤而已,我包里有药。"她捏着他肩膀上的衬衫,"现在去医院的话吃晚餐就会迟到了。"

他停下脚步,面无表情,随即淡淡地道:"我待会儿给奶奶打电话说你受伤了,吃饭的事情过几天再说。"

"顾公子,我没事。"

"我不喜欢我的女人身上留很难看的疤。"

"我更不喜欢自己身上留疤。"她接着他的话想也不想就说道,对上男人眼底深沉的暗光,她放轻了声音,"没有哪个长辈喜欢晚辈迟到或者推迟饭约。"

顾南城一言不发地抱着她往回走,将她放在待客的沙发上。

慕晚安从包里翻出药,将裙摆小心地褪上膝盖,正要抹药,手里的药膏就已经被男人夺走了:"别动。"

她愣怔地看着男人英俊的侧脸,呼吸紧促,猛地错开了视线。

"待会儿你去买个装佛珠的盒子送给奶奶。"大概是他的手温度太高了,她总是忍不住战栗,连忙开口转移注意力,"我以前在这里看到过,材质和做工都很好。"

顾南城没抬头,淡淡道:"你见我奶奶,为什么要我买盒子?"

"因为我求了佛珠,你再配一个盒子,她老人家应该会比较高兴。"

佛珠。

他的手指顿了一下,看着她白嫩嫩的膝盖上瘆人的青紫痕迹,语气不明:"所以你是跪成这副德行的?"

她还没回答就看到他抬起头瞧着她,薄唇弥漫着笑容:"难怪人人都说你最会讨长辈心欢。"他点了点头似乎表示赞同,"我奶奶什么都不缺,的确比较看重诚意。"

如果当初笙儿有她这么聪明……

呵,那又能怎样?

"顾公子,"药上完了,她将药膏放回包里,扶着沙发的扶手自己站起来,朝他笑了一下,"我诚心诚意你却觉得这是演苦肉计,你心思真的蛮阴暗的。"

宾利慕尚的副驾驶座上,慕晚安静静地坐着,手指摩挲着盒子雕琢细致的纹路,扬唇看着窗外的风景。

搁在前面的手机忽然振动起来,顾南城瞟了一眼,腾出一只手挂上耳机。

他的语气凉薄淡然:"什么事?"

"顾总,是我。"电话里传来女秘书的声音,"陆小姐出事了,现在在医院,您要不要过来……看看?"

男人的声音一下冷沉下来了:"她怎么了?"

"陆小姐现在还昏迷,我知道得不是很清楚,好像是跟一男一女起了争执,被男的推到路上,差点撞上了车……"

顾南城面无表情地踩了刹车,然后不顾交通规则转向:"医院地址告诉我,好好处理。"

好好处理?

慕晚安转过脸问道:"你要去医院,所以不回去跟奶奶吃饭了吗?"

她甚至没有问一句去医院看谁,就已经猜到了。

顾南城依旧看着前方的路:"嗯,笙儿出车祸了。"

她沉默了一会儿:"严重吗?"

"还不知道。"

时速不断地飙升,她看着红针指着数字一直在打转。

将手里的檀木盒放回自己的包里,她很自然地道:"那你放我下来,我自己打车回去就可以了。"

顾南城淡淡道:"陪我一起去。"

眉心蹙起,她抿唇没有多说什么。

下车进电梯的时候,他用手机给顾奶奶打了个电话,声音低沉,站在他身侧的慕晚安光听声音不看脸就能知道他此时的心情很差。

一言不发地跟他走到了病房内,开门的是她第一次见顾南城的那个早晨,给她送衣服和早餐的秘书。

秘书看到慕晚安,眼睛里很快闪过意外和尴尬,而后马上恢复职业化的礼貌:"顾总,慕小姐。"

慕晚安微微颔首,并不在意。

顾南城推门走了进去,陆笙儿已经醒来了,额头上裹着白色的绷带,靠着厚而大的枕头半躺着。

修长的腿迈着很大的步子,俊美的侧颜阴鸷得能滴出水,他环视了一圈病房,语气很不好:"他呢?"

"锦墨前几天就去巴黎出差了……我只是撞了一下,不算严重。"

"要怎么样才算是严重?死了还是瘸了?"顾南城冷漠地看着陆笙儿,"他在忙,他在出差,你要是出车祸死了,他等你火化下葬了才回来,你是不是到了黄泉路上也要自言自语地说他在忙?"

慕晚安不出声,站在门口,淡然地看着状似争执的两个人。

陆笙儿的手摁着自己的眉心,无奈地浅笑:"他刚接手公司,有三分之一的元老股东反对他等着他操心……我不懂做生意,也不懂管理,所以我帮不了他,但是我不想因为任何小事再去烦他。南城,他现在处境很难,你比我还清楚不是吗?"

顾南城眯起一双幽冷的眸,顾长矜贵的身形立在高级病房的床边:"所以你的意思是,我很闲?"

陆笙儿愣了一下,随即看向站在门口的慕晚安。

"对不起,晚安。"她有些尴尬,"我的经纪人联系不到锦墨,所以找了南城的秘书,你们今晚是不是……有约会?"

慕晚安眼角眉梢都不曾动一下,淡淡地道:"跟顾老夫人的约会。"

"那你们赶快去吧。"陆笙儿连忙道,转而重新看向冷漠得面无表情的男人,歉疚而小心,"别让你奶奶等太久。"

"已经推掉了。"顾南城英挺的眉宇十分淡漠,五官矜贵得疏离,"我去跟医生谈谈,在我回来之前,你自己跟他打电话说清楚。"

"南城……"

陆笙儿还想说什么,但是男人已经转身走出了病房的门。

秘书看着病房的两个女人,同为女人,她作为局外人都感觉到一股莫名的尴尬——

这种场合顾总带慕小姐过来,无论如何都不妥吧?

到底是受了点伤,陆笙儿的脸色有点泛白,她看着安然站着的慕晚安,主动开口道:"那天晚上因为你的事情,我跟他吵了一架,从那以后他看见我就没半点好脸色了。"她缓了缓,似乎有点儿头疼,"虽然有点多余,但我还是解释一下,我被车撞了昏迷之后,我的经纪人联系不到锦墨所以只能联系南城……在这座城市里,除了他们我没有别的特别熟的人。"

秘书觑了一眼慕晚安的神色。

她垂着眸,几乎波澜不惊:"顾公子是想告诉你,你要把你的男朋友当成自己的男人那样依赖,那样他就用不着放下跟自己奶奶的约会来顾你的事情。"

更多的话她没多说,转身回到走廊上。

一来,她实在做不来跟陆笙儿谈些闺密之间该谈的话。

二来,在这场戏中她本来就是个路人的角色。

路人一旦加了戏份,多半就成了反派。

她看着顾南城这个千年备胎已经很心酸了,可不想自己再变成他的备胎。

刚在走廊沙发上坐下,包里的手机就振动了,慕晚安伸手拿了出来,看着屏幕上亮着的名字,一下站了起来。

"晚安……"她还没出声,对方就先哭了出来,"晚安,你救救江树吧……我不知道该找谁了……"

慕晚安蹙眉,压低了声音:"出什么事了?你先别哭,告诉我出什么事了!"

"他被警察带走了……"电话那端的女孩明显泣不成声,抽抽搭搭地无法表达出完整的意思,"他们改了说法……他被打伤了……晚安,你救救他……"

"地址发给我,你现在过去等我,我打车过来。"

"好……你快点。"

挂了电话,慕晚安走到秘书面前:"章秘书,我有点儿急事要处理,待会儿顾公子回来时麻烦你跟他说一声。"

章秘书有些诧异,但还是点点头:"好的,慕小姐。"

十五分钟后,顾南城折回病房。

章秘书刚给陆笙儿倒了一杯水,见他回来关心道:"顾总,陆小姐的伤没什么大碍吧?"

顾南城淡淡地瞥了一眼抿唇瞧着他的陆笙儿,波澜不惊地道:"嗯,没什么大碍,脑震荡而已。"

章秘书正想说点什么缓解一下两人之间的气氛,却见顾南城皱起眉心,沉声问道:"她呢?"

这个"她"是谁,答案不言而喻。

章秘书刚想开口,病床上的陆笙儿已经出声了:"南城,你不觉得自己这样做晚安会不高兴吗?"她很无奈,"她是你未婚妻……天下没有哪个女人想看见自己的未婚夫太关心别的女人。"顿了一下,她继续委婉地道,"尤其她还是盛绾绾的朋友,我们的事情她基本都知道。"

顾南城站姿挺拔,薄唇抿成了一条直线,深沉而冷漠,不知道在想什么。

"顾总,"章秘书摸不清这男人这种时候在想什么,只能尽职尽责地传达消息,"刚才慕小姐接了个电话,好像是有急事,她让我跟您说一声。"

顾南城良久才不咸不淡地"嗯"了一声,表示他知道了。

陆笙儿轻轻地叹了一口气:"我已经没事了,你去找她吧,她现在处境不好……"

男人没有回答这个问题,一只手插在裤袋里,另一只手把玩着手机,淡淡问道:"通知他了吗?"

"嗯,我给锦墨发了短信,告诉他我受了点伤。"陆笙儿露出笑容,"锦墨说他已经订了机票,马上就回来了。"

顾南城没什么反应:"医生说你需要休息,晚点我会让人给你送点粥。"

"好。"

章秘书很体贴地抽掉了陆笙儿背上垫着的枕头,然后才关了灯带上门出去,一眼看到了站在走廊上侧身优雅清冷的男人。

他点了一根烟,原本英俊温润的五官被衬得格外模糊疏离,眯着的狭长眸敛着不知名的暗色。

薄唇微张带出一片烟雾:"那两个什么角色?"

"已经让岳律师亲自去解决了。"章秘书低头禀告道,"推陆小姐的是个混混,两年前因为偷东西坐过牢,有前科……"

"原因?"

"真实原因还在盘问。"

慕晚安到派出所的时候,天已经黑了,还开始下起了雨。

她一从出租车上下去,焦急地等在门口的女孩就撑着伞跑了过去。女孩小心地把伞撑到她的头顶:"晚安你来了……我刚才听见那个浑蛋律师说要判江树坐十年牢……怎么办啊?"

她摸了摸女孩的头发,低声道:"你先别哭,会有解决的方法,带我去见这个案子的负责人。"

岳钟。

安城胜诉率最高的"金牌大状",赫赫有名。

她闭了闭眸,忍不住摁住了自己的眉心,忽然涌出了一股无法言喻的疲倦感,从来没有觉得自己这样累过。

岳钟倒是主动地跟她打招呼:"慕小姐,"他笑得文质彬彬,克制得恰到好处,不亲近,也不给人任何不舒服的感觉,"我就是陆小姐的代理律师。"

"岳律师,"慕晚安垂眸,微微地颔首,"能让我见见我朋友吗?"

岳钟审视她,嘴角溢出点笑意:"他们是……慕小姐的朋友?"

他给她面子,那是因为看他老板的面子。

受伤的是陆笙儿,打人的是她的朋友,即便没有关系,以她的立场也很难说清楚。

她有这样的朋友……也是蛮奇特的现象。

岳钟什么都没有表现出来,点了一下头:"可以,慕小姐,不过以您朋友行为的恶劣程度,取保候审是不可能的,何况……"

有些话不用明说,她应该听得懂。

何况这次得罪的是大人物。

隔着冰冷的铁栏杆,慕晚安看着站在她两米之外低垂着脑袋,脸上布满着难堪的青紫,还有隐隐的血渍的年轻男人。

"对不起,晚安……"有些懊恼的声音响起,"给你惹麻烦了。"

"嗯,是给我惹麻烦了,很大的麻烦。"她淡淡凉凉地道,"你不知道陆笙儿是谁吗?她是你能得罪的人吗?你把她往马路中间推,这是犯罪,出了什么事你准备偿命吗?"

"对不起。"男人依然没有抬头,语气带着刻意的吊儿郎当,"你别插手这件事情。"

"岳钟现在是要告你,如果真的判刑十年……"

片刻的死寂。

江树抬头,一张受了伤的脸,勉强可以看出青涩俊美的五官,眉宇桀骜:"你别管。"

她其实很想发一通火,拳头捏了又松,盯着不敢看她的江树:"说吧,为什么跟陆笙儿起冲突?为什么推她?"

"我已经说了不用你管……"

"江树!"慕晚安陡然拔高了声音,"外面有个金牌大状,我要想办法应付顾南城,我要是不能让他松口,等陆笙儿的正牌男朋友回来,你知道他到时候会怎么收拾你?"她的胸口剧烈地起伏,"不想再给我惹麻烦的话,就拣重要的事情说,不要耽误我的时间。"

江树看着她已经动怒的俏脸,又低下头,唇动了动:"绾绾打电话给我,她要我想办法把她房间里收在书架里的相册拿出来……里面有你的照片,她说让顾南城看到那些对你不好……"

照片。

她一下咬住了唇。

江树看她神色不对,连忙道:"相册我已经拿回来了……你不用担心。"

慕晚安看着被关在铁栏里的年轻男人,眼睛忽然无法抑制地感到酸涩,侧过脸蛋,眼泪打湿了睫毛。

她的声音变得有点沙哑:"她让你去偷出来,你怎么又跟陆笙儿杠上了?"

"我偷偷进入盛家别墅的时候,刚好看见陆笙儿从绾绾的书房里出来……我担心她翻了这些相册去跟顾南城说……所以才找了个借口跟她吵架。"

那些照片,是不能让顾南城看见的。

江树看着她低头没有说话,词穷找不到安慰的话,只能干巴巴地道:"晚安……你爷爷重要,你先别管我,也不要……跟顾南城翻脸。"

她眼泪还没擦,越掉越多:"我不知道什么时候能让你出来,但是这段时间易唯会每天来看你,如果有人对你动手,你就让她告诉我。"

说完,不等江树回应,她就转身离开了。

因为出神,所以她忘记了擦眼泪。

顾南城等了一根烟的时间,看到她脸上未干的泪痕,下午试衣服时还带着点的娇嗔荡然无存。

她在出神,他从她的脸上竟然判断不出她在想什么。

顾南城b将烟头用力地掐灭在烟灰缸里,岳钟从这个动作看出了顾总相当不悦。

顾南城沉着脸,就这么不声不响地看着那一身米黄色长裙的女人慢慢走过来。

一张椅子挡在路中央,她也没看见。

岳钟还没有反应过来发生了什么,原本大爷一般坐在沙发上的男人忽然起身,本就深沉的脸庞越发凛冽。

横在路中央的椅子被男人直接踹翻滚到了一边。声响巨大,办公室所有人不敢发出一点声音。

慕晚安吓了一跳,抬头愣愣地看着出现在自己面前的男人。

有将近十秒钟的时间没有人说话。

顾南城淡淡地开口:"膝盖受伤了也不记得看路,嗯?"

她下意识地问道:"你怎么在这里……"话还没说完她就意识到自己问了一个很蠢的问题。

他自然是为了解决陆笙儿的事情出现在这里的。

雇金牌大状还不够,他还要亲自出场。

顾南城抬手摸了摸她的脸颊:"章秘书说你有急事要解决,所以我过来看看。"晚上的温度偏低,他将自己身上的西装脱下来披在她的身上,"饿了没?我带你出去吃饭,然后送你回你爷爷的医院。"

她站着没动,也没有回答他的话。

顾南城像是并不在意,声音很温柔:"是不是膝盖疼,不想走路?"

言罢不需要她的回答,他抬手将她横抱了起来。

岳钟挑了挑眉,饶有兴致。易唯站在那里,着急却又不敢靠近,只能眼巴巴地看着慕晚安。

"顾南城,"她在他的怀里抬起头,还是出声了,嗓音微哑,很低很慢,"能不能向你求个情,放江树一次?"

顾南城笑了,眼角眉梢带着颠倒众生的矜贵艳丽:"我没记错的话,你为了你爷爷到处借钱的时候,都没用过'求'这个字。"那眼眸淡漠冷艳,"还哭!你在你未婚夫面前为了一个混混哭,是过于愚蠢还是情难自禁,嗯?"

他说到"混混"两个字的时候,从语气到眼底最深处都是至骨的轻蔑。

"他是我朋友。"她说得很艰难,每一个字仿佛都在斟酌,"这件事情是他的错,可是你让岳律师告他,要让他在里面待十年……我保证他会离开安城,以后不会再出现在陆小姐面前……"

顾南城似笑非笑,唇畔勾勒的弧度很凉薄:"她运气好只是脑震荡,运气不好的话……你替他求情?"

笑意越深,寒意也跟着越深,温温淡淡的眼睛敛着没有温度的暗色寒光,他不紧不慢意有所指道:"有些话传出去并不好听,比如身为慕家千金,为什么会跟有前科的混混是朋友?你的混混朋友无缘无故地去伤害笙儿……旁观者会怎么想?"

她先是愣怔,随即道:"你怀疑是我雇人去伤她?"

"我只是提醒你,这件事情看上去容易让人想象成什么样子,何况你还有个喜欢对情敌下手的闺密。"顾南城的眉目都是淡淡的,英俊逼人的脸庞几乎没有任何情绪变化,"不过我相信,你这样聪明,不会做这样无知无聊的事情。"

只要她不插手,这件事情便跟她无关。

即便他也许怀疑陆笙儿受伤真的是她授意的。

从这番话里提取出一个最简单直白的意思就是——

警告她不要插手。

"是我的特殊待遇吗?连警告都用这么温存的方式。"她的笑容带着点虚无缥缈的痕迹,"江树不是故意的……他只是跟陆小姐起了争执,所以失手推了她一下,没有想到刚好有车冲过来……"

慕晚安看着他深沉的黑眸:"我不求你马上放他出来,至少不要……"

"这十年牢,他坐定了。"淡然得近乎随意的一句话,不咸不淡地打断了她所有的言语,"晚安,这件事情没有商量的余地。"

她愣怔地看着他,一句话都说不出来。

"还有,离这些人远一点。"

顾南城抱着她离开,走出派出所的时候外面的雨已经下得很大了。

司机一见他们的身影就撑着伞过来了。她身上包裹着男人的西装,仍有细碎的雨点打在她的脚踝处。

说不出的凉意沁人。

他抱着她上车,她也配合地让他抱着,坐在宾利慕尚的后座上,她偏头看向窗外黑暗的雨幕。

乖巧而疏离的女人,顾南城眉宇间压下一层不悦的暗色,手指扣住她的脸蛋,用了几分力迫使她转过来面对他。

外面的雨声淅淅沥沥,显得整个世界都带着吵闹。

顾南城淡淡地笑,嗓音很低:"在闹脾气?"

很亲昵,她看着他近在咫尺的俊脸,笑了笑:"闹脾气?"

他不动怒,手掌摸着她的发,像是在抚摸自己心爱的宠物:"我不放过那个混混,让你生气了?"微微粗糙的手指摩擦着她娇嫩的肌肤,"又是掉眼泪,又是摆脸色给我看。"

顾南城的嗓音始终是温和的低音,乍一听甚至感觉不到任何情绪。

慕晚安眯着眸,嗓音静静的:"刚才你抱我出来的时候我在想,我怎么会在这个时候认识你。"她像是在看着他,又好像没有,"六度分割理论说,一个人和另一个人之间的陌生人不会超过六个人……我们之间的陌生人为零却不认识,突然想想,感觉很奇怪。"

男人盯着她素净的脸,嘴角漫出星点笑意,很随意地回答:"大约是……宿命。"

"宿命……"她轻轻地呢喃重复这两个字,不知为何笑了,是那种听到什么好笑的事情引发的笑。

因为夜色的笼罩,她有半边脸隐在阴影里。

车灯笔直地照向前方,落下的雨水在这样的灯光下显得很漂亮。

她突然抬手,西装从身上滑了下去,手指攥上他的袖子,几乎要在那金贵的料子上留下褶皱:"顾南城,算我求你了。"

她用力咬着自己的唇瓣,眉眼之间全都是祈求的神色,嗓音低软甚至附上了模糊的哭腔:"你已经惩罚过,也教训过他了,没有必要非要赶尽杀绝……"

男人温和英俊的脸庞始终只是淡淡的,带着点居高临下的意味,薄唇酿出半缕不悦:"在某些事情上,我不算特别大度。"他抬手拭去她眼睛下面的湿意,"比如我不喜欢未来的顾太太为一个不三不四的男人哭个没完没了,你再这样我的心情容易变得不好。"

她低着头,声音虽哑,却很清晰:"我是你未来的太太,可是我求你放我朋友一马,也半点没有商量的余地是吗?"

顾南城搁在膝盖上的手微微地顿住,他眯起眼睛看着长发掩面的女孩:"你准备为了他跟我吵架吗?嗯?"

"我怎么敢呢?"她抬起脸庞看着他,恬然的五官深处是漆黑的眸,隐着自嘲的笑,"有求于人的是我,我拼命巴着顾公子都来不及,怎么敢吵架?"

她缓缓地调整呼吸,看着他的眼睛开口:"我爷爷的手术费我是同意和你合作,跟你交换的,所谓交换,就是无论顾公子之后护着谁,我都没说话的余地。"

男人英俊的五官一下就沉了下去,面沉如水地盯着她,嘴角却勾勒出笑容的弧度:"和我合作,你还很委屈?"

慕晚安没有回答这个问题,只是继续道:"我求你放过江树,是我求你,我拿不出任何你需要的东西来交换。"

"停车!"

两个字在车内响起,司机手一抖,连忙踩下刹车。

窗外的雨似乎下得更大了。

慕晚安看着男人淡漠至极的侧脸,心脏一下拧起来了,说不出的堵和难受。

死寂了半晌,顾南城不紧不慢地偏头看向她:"晚安,除去我认为你适合做顾太太之外,我挺喜欢你的。"

他选择一个女人做他的妻子,便是选择她陪他一生。

总归是要找个自己喜欢的,否则日子太乏味了。

"有些事情,我不追究,你就应该懂得适可而止。"他如是说道,大掌再次扣住她的脸庞,温和低沉的嗓音像是在哄她一般,"这件事情我已经交给了岳钟,我不再管,你也不要再提起,嗯?"

"如果我不答应呢?"

车内再次安静下来,外面雨下得更大,耳边只能听到淅淅沥沥的雨声。

顾南城收回了手,笼罩在她身前的身形也回到了自己的位置上:"陈叔,拿一把伞给慕小姐。"她只能看到他的侧脸,姿态矜贵疏离,带着仿佛与生俱来的优雅冷然,"这边打车不是很难,今晚我就不陪你吃饭了。"顾南城的语调很平和,像是在说着什么无关紧要的事情,"等你什么时候想通了,再来找我。"

前面的司机已经听从命令递了一把伞到她面前,眼神复杂又尴尬:"慕小姐。"

慕晚安看了他一会儿,伸手接过了伞,推开车门下了车。

第三章
• ≫ ≫ • 顾太太，新婚愉快

宾利慕尚在雨幕中很快绝尘而去。

慕晚安站在原地，看着醒目的车灯逐渐消失在视野中。

下着雨刮着风，她身上只穿了一件单薄的裙子，寒意渗入她的毛孔中。

她一只手撑着伞，另一只手面无表情地从包里摸出自己的手机，拨打了过去，嗓音沙哑："小唯。"

"晚安，"电话很快就接通了，易唯的声音焦急得随时能哭出来，"怎么样了？你和顾南城说了吗？他答应放过江树吗？"

"江树拿回来的那些照片在哪里？"

"放在我家里，待会儿我回去就把它们全都烧了。"

她闭上眼睛："你回家等我，我过去拿。"

简陋的小型公寓，慕晚安进门就打了一个喷嚏，她不自觉地拢了拢肩膀："小唯，有没有干净的衣服借给我穿一下，我有点冷。"

晚上下雨和降温，天气变得很快。

易唯点点头，当即翻箱倒柜找了一件最新的T恤和牛仔裤出来："这个……虽然不是很贵，但是穿着勉强还算舒服。"

慕晚安朝她笑了笑："谢谢。"

换好衣服出来，易唯已经忐忑不安地把一本厚厚的相册放在茶几上。相册的封面做得很有个人的风格特色，满面的涂鸦出自手工，慕晚安抬手打开。

一页一页地翻过，她看得很认真，翻阅的过程中在思考什么。

"晚安，陆笙儿应该没有看到过这些……"

"如果他日让顾南城看到这些……"慕晚安的唇畔扬起无声的笑意，嗓音静而哑，"或者这些事情不小心被爆出去了，他估计会不知道怎么收拾我。"言罢，她笑了出来，"想想都觉得蛮凄惨的。"

"不会的……相册已经拿回来了，别人也不知……"

"天下没有不透风的墙，纸包不住火。"合上相册，她淡淡地道，"等我爷爷的手术结束，我会想办法让江树出来，到时候你们先离开安城避避风头。"

"顾南城他……他答应放过江树了吗？"

慕晚安不紧不慢地将相册收回自己的包里："没有，他不会放过江树的。"

"那怎么办？"

"会想到办法的。"她端起易唯泡好的茶抿着，垂着眸长长的眼睫毛投下一片阴影，"顾公子有他的软肋，自然有我下手的地方。"

十点多的时候，慕晚安回到自己临时住的小公寓。

进卧室取衣服的时候，她就看到柜子下面多了一个箱子，很普通的白皮箱，很薄很浅。她心里一动，愣了一会儿。

密码箱，设了密码。想了想，她调到了一个人的生日，"嘀"的一声，箱子打开了。

是一张银行卡。

最上面放着一张纸，龙飞凤舞地写着一句简单的话：不知道你能不能用到，但是我猜你不会想嫁给顾南城。

她盯着上面熟悉的字迹出神，良久才重新将箱子合上。

第二天傍晚，手术室的灯熄灭，背脊靠在走廊墙壁上的慕晚安疾步走了过去："医生，怎么样了？"

穿白大褂的医生摘下口罩，朝她笑了笑："手术很成功，还需要住院观察一段时间，没什么大碍的话应该就没什么问题了，慕小姐请放心。"

她紧紧绷着的神经立即放松了下来："谢谢医生。"

从手术室转到病房，因为麻醉慕老还没有醒来，慕晚安在病床边守了一会儿，朝白叔道："白叔，麻烦你帮我照看一下爷爷，我出去一趟，爷爷应该要几个小时才会醒来,我待会儿做好晚餐一起带过来。"

"好好,小姐,您去吧。"

慕晚安拿着自己的包离开。

另一间安静的高级病房,陆笙儿靠着厚实的垫枕低头看剧本。

慕晚安带上门,走了过去。

看到她出现,陆笙儿有几分惊讶地看着她:"你找我?"

慕晚安的长发绾起,整个人干净温婉:"找你。"嘴角弯弯,单刀直入地开口,"那天推你去马路中央,害得你被车撞受伤的是我朋友。"

陆笙儿手握剧本,不明白她来这儿的意思,也没说话,挑眉等着她的下文。

"江树说,他不是故意害你受伤的。"

陆笙儿想了一会儿,点点头:"他莫名其妙地蹿出来,莫名其妙地质问我,好像是替盛绾绾鸣不平来着,不过……"她顿了一下,"害我被车撞,的确不是故意的。"

毕竟车子撞过来的时候,他好像还想伸手拉她回来。

只是当时已经来不及了。

慕晚安审视她的神色,陈述道:"顾南城雇了岳钟,要让他在监狱里待满十年。"

"你来找我,是为了这件事情?"

"你是当事人,我希望你撤诉。"

陆笙儿将手里的剧本搁在枕头边,额头上仍然包着白色的绷带:"为什么不直接找南城?"

"他拒绝我了。"慕晚安淡淡地笑,"可能顾公子觉得,伤了陆小姐的人必须付出代价,男人总要在自己喜欢的女人面前显示出非比寻常的实力。"

陆笙儿沉吟了一会儿:"我可以跟他说,但是……"抬首看着面前淡然站着的女人,她微笑着道,"即便我跟他说,也未必有用,旁人可能觉得他在我面前很好说话,但是他决定的事情别人都左右不了。你也知道,因为反对你跟他在一起,我差点跟他闹翻了。"

慕晚安唇畔扬起笑意:"你现在是不是仍旧觉得,我跟他不适合?"

陆笙儿点点头,没有否认:"毕竟,你是为了合作才跟他在一起的。"

"你撤诉,我离开他。"

陆笙儿淡淡地笑道:"感情是他自己选择的,我再多说,连做朋友的余地都没有了。"

慕晚安低头伸手从自己的包里拿出一本很厚的相册,放在陆笙儿面前:"看完你再决定要不要过问。"

陆笙儿看了她一会儿,伸手拿过来,翻开。

直到最后一页合上,陆笙儿才抚额重新看向她,眼神复杂隐晦。

漂亮白净的五官,绾着的长发,干净得没有一丝褶皱的白色衬衫。

美人如玉。

慕晚安是"女神",从小就是。

即便一夜之间落魄,她仍旧是"女神"。

"我跟你从小就认识。"陆笙儿面无表情地将相册放到床边,"看来我大概真的从来没有了解你,难怪做不成朋友。"

"恰好相反,我还算是挺了解你的。"慕晚安卷起袖子的手臂笔直地落在身侧,淡淡地笑着,"我猜你应该会答应,你撤诉放过我朋友,我毁婚不耽误你蓝颜的幸福。"

第二天上午,陆笙儿撤诉,江树出狱。

慕晚安接到电话的时候,还在给爷爷切苹果,看到手机屏幕上亮着的名字,手一抖,差点割伤了手。

她咬唇犹豫了一会儿,还是接了:"顾公子。"

男人低沉的嗓音透过无线电缓缓传来,勾勒着深浅不明的笑意:"我还以为,你不敢再接我的电话了。"

她的嗓音低而软:"我不敢。"

"呵。"一声低冷的笑,"我低估你的本事了,说说看,你是怎么说服笙儿撤诉的?"

"我跟陆小姐说,"她的态度落在顾南城的跟前,几乎安静乖巧的,"只要她答应撤诉,我就跟你分手。"

几秒钟的死寂。

"对不起顾公子,你昨晚的态度让我很伤心,我不想嫁给你了,所以,我们取消婚约好不好？"

顾南城笑了，徐徐的嗓音里覆盖着极深的嘲弄："你甩了我，然后问我好不好？"

她抿唇，没有说话。

顾南城站在窗前，一只手插在裤袋里，眯起眸看着窗外放晴的天空，平平淡淡地道："今天我回去的时候，如果没有在我的别墅里看到你，后果自负。"

"顾……"

"还是说，你十分想见识一下，如果我不择手段能做出点什么，嗯？"

慕晚安蒙了一下，还没说话，电话已经被挂断了。

她看着手机，没来由地一阵发慌。

陆笙儿难道搞不定他吗？

这边，病房里。

顾南城将手机随手扔在茶几上，抬手松了松系着的领带，眼神瞬间变得无比阴郁："陆笙儿，我没有警告过你不要插手我跟她的事情吗？"

"她不想跟你结婚。"他的态度让陆笙儿蹙眉，"而且江树的事情，我才是当事人，我有权决定是告他还是撤诉。"

顾南城半眯着的眼睛沁出浓重的墨色："你想跟慕晚安做交易？我没告诉过你不要插手？"

"是因为她是你想要的人，还是因为她是我从小到大最羡慕甚至是嫉妒的人？"陆笙儿精致美丽的五官变得清冷，"因为她是这样的存在，所以你想娶她回去，做你的顾太太，不惜赔上你自己一辈子的幸福？"

她冷冷地看着男人英俊冷毅的脸庞，阴鸷的轮廓几乎要滴出水来："顾南城，你不爱她，她不适合你，她更加不想嫁给你，你觉得这样的婚姻有意思吗？"

顾南城穿着清俊矜贵的黑色衬衫和笔挺的西装裤，薄唇勾出凉薄的弧度："陆笙儿，你觉得你不嫁给我，我就得随随便便找个女人过一辈子？"他嗤笑，眼角眉梢都是嘲弄和冷蔑，"我追求她只是为了做给你看的？谁给你的自信？"

陆笙儿咬住唇瓣，气得脸色越发苍白。

顾南城看她一眼，走到茶几前俯身捡起手机起身就要离开。

手刚落在门把上,就听到类似书本的物体落在地上的声音。

"她昨晚来找我的时候没有把这个带走。"陆笙儿攥着床单,声音已经恢复了清冷淡漠,"这次是我多管闲事,不会再有下次。"

慕晚安下午喂爷爷吃了午餐就打车去了南沉别墅区等顾南城。

她其实不知道这次顾南城会怎么样,她心里一点底都没有。

最好的结果是陆笙儿能劝好他,他厌恶她并且从此与她划清界限。

最坏的结果,无非就是她以后在这个城市会很难生存⋯⋯

无论如何,他都不会再想娶她了。

慕晚安知道顾南城别墅的密码,但是站在门口等着,似乎真的从那晚他遇到她开始,他就轻而易举地选择她当顾太太。

直到夜幕彻底降临,天色完全黑了下来,她也没有等到顾南城回来,更糟糕的是,一到晚上就下雨了。

故意晾着她吗?

大雨倾盆,她只能缩在铁门的角落勉强躲避,但是一身衣服还是很快湿透了。

凌晨一点,顾南城驱车回到别墅。

车灯笔直地照在门口那一团身影上,小女人缩在那里,似乎睡着了。

薄唇噙着无声的冷笑,他面无表情地按下鸣笛键,刺耳的声音划破雨夜。

慕晚安一下就惊醒了,抬眸就看到朦胧冰凉的雨,从感官的四面八方飘下来。

她缓了好几秒才猛然站了起来,结果因为蹲得太久全身都麻木了,整个人一下狼狈地摔回了地上。

顾南城冷眼看着她的身影,手搭在方向盘上。

宾利慕尚开进别墅,不紧不慢地倒进车库,等他拔了钥匙下车的时候,浑身湿透的女人已经站在了他的面前。

男人长身如玉,眯起狭长幽冷的眸子瞧着她,似笑非笑,懒散地开口:"要不是被甩了,我还以为哪家的姑娘爱我爱得这么要死要活。"

"我来道歉。"她低着脑袋,低眉顺眼,嗓音也放得很低,"顾公子,强扭的瓜不甜,而且我配不上你,与其结婚以后你发现我不是你想要的顾太太,不如提前结束这段关系。"

头顶响起低冷的嗤笑，下颌被一只手狠狠地掐住，男人英俊的脸庞逼到她的眼前，近到她躲不开他鼻息间带出的炙热，低哑的嗓音交织着昏暗光线："你很傲慢。"

道歉，狼狈的姿态，谦卑的态度，条理分明的台词。

"盛绾绾骄傲，笙儿清高。"粗糙的手指碾过她的肌肤，力道大得留下红色的痕迹，他低低地笑道，"来来去去，还是你最傲慢。"

她的睫毛沾满了水，杏眸仍旧黑白分明，疼痛让她蹙眉："顾南城，如果你不对江树赶尽杀绝，我会乖乖嫁给你的。"

"喜欢那个混混？"

应该是很喜欢才是，所以才不惜得罪他。

他眸底很凉，玩味又淡薄："让我想想，要怎么收拾他才好？"

她的眼睛一下睁大了，手抓住他的衣服："跟江树没有关系，你不要……"

顾南城撤了自己扣住她下巴的手，落回身侧，英俊的容颜很平和："有关也好，无关也罢，你应该很清楚，得罪我总要付出代价。"

高大挺拔的男人穿过走廊，朝客厅的方向走了。

她以为，他叫她过来，是为了羞辱她，等他泄了恨，这件事情会慢慢过去。

慕晚安再抬头的时候，他已经进了门，她想也没想就抬脚追了上去，这一次什么也顾不上，她摁下一串密码走了进去。

"顾南城。"没有换鞋子，头发和全身都滴着水，他上了二楼，她就只能跟着上去，在卧室的门口挡住了他，气喘吁吁地抬头看着他，"江树以前救过我……高中的时候……有一个跟绾绾有仇的大姐大把我抓到一个废弃工厂，叫人拍我的……裸照，他跟朋友刚好经过救了我，我和绾绾还有江树是很多年的朋友。我没有别的意思，我们之间的事情跟江树无关，你不要扯上无辜的人。"

他只是淡淡地瞥了她狼狈惨白的小脸蛋一眼："慕小姐是不是没有弄清楚状况？怎么玩，是我的事情。"

说完，他就要转身。

慕晚安咬唇，再次几步走到他的面前挡住他的去路："是我甩了你。"她仰脸看着他，吐字清晰，"我甩了你，你就要整遍我身边所有的人？"

顾南城怒极反笑，清冽的眉宇间净是哂笑："我玩得起。"

她的胸口剧烈地起伏："顾南城，你冲我来！"

干净而英气的眉梢高高挑起，他抬手动作优雅地解着衬衫的扣子，一双凛冽的眸盯着她湿漉漉的脸庞，扬唇淡淡地笑："冲你来？"

她愣了一下，一时间没有说话。

"呵。"男人深沉的眸像是暴风雨前最后的平静，他轻描淡写地评价了一句，"自以为是到这个地步，真是完全出乎我的意料。"

慕晚安的眼圈泛红："我恨死你们这种男人了，心里有一个女人，为什么要去招惹别的女人？！既然深情就守着她，不够深情就忘记她！昨天我朋友不小心推了她一下，你就要让他坐十年牢，万一以后我不小心对她做了什么，你是不是要亲手弄死我？"

顾南城居高临下地看着她满面泪痕的小脸，薄唇微张："你们？"他眯着眼睛问道，"还有谁？"

她不回答。

顾南城自然不允许她忽视，手指扳过她的脸迫使她跟他对视，嗓音低沉粗哑："说话。"

她眨着眼睛，睫毛上的水珠很清晰："顾南城，你看到那些照片了，我不是你想要的适合你的名门淑女，我做过很多别人想象不到的荒唐的事情，还跟人打过架打得很难看……"

男人没有说话，深不可测的眸俯瞰着她。

"我……我从小没有父母，我这样的人很容易对身边的人产生感情……平心而论，顾南城，只要不谈感情，你挺好的，年轻英俊，舍得花钱，脾气也不错，可是婚姻怎么能不谈感情呢？"她的手落在脸庞上，眼睛里都是女人被欺负到极致才有的水雾，伴随着低低的啜泣声，无端地透出一股深深的委屈，"我也许会爱上你，可是你不会喜欢这样的我。"她清楚，或许是因为太清楚了。又恰好撞上江树的事情，爷爷的手术，绾绾给她送来的钱。

如果可以，她万般不愿意陷入这样一段婚姻之中。

顾南城盯着她看了良久，手掌落在干净的背部上："刺青呢？嗯？"

"洗掉了。"

顾南城又是一声嗤笑，阴沉沉地开口："那么鲜艳恶俗的一朵花刺上去能洗得这么干净，你是换了一块皮，还是在侮辱我的智商？"

相册里有一张是她跟盛绾绾秀的刺青，两个少女在同一个地方刺了一模一样的刺青，就差没写上友谊天长地久了。

恶俗到不行。

刺青即便是能洗掉，也会留下痕迹，何况还是大红大紫的。

她不说话。

洗掉了……

文身贴？

顾南城的眉梢挑了挑，在她所有的不良行为里，他觉得最刺眼的就是她背上那一大片不知道是什么的刺青。

"打架，喝酒，染发……"说到染发时，他撩起她黑色的长发，"那一头恶俗到死的紫毛是哪里来的？"

她如今的发质不像是被糟蹋过的。

慕晚安脸什么问题都不想回答。

顾南城也不怒，淡淡道："从现在开始，你再挑战我的耐心……"

"那时候是短发……戴的假发。"

顾公子毫不留情地嘲笑她："玩得很开心？"

贴文身贴，戴艳俗的假发。

慕晚安抿唇，闷着没有出声。

"你还没有回答我。"淡淡的略带低哑的嗓音，黑眸锁着她的脸，"有没有跟别人厮混？"

"没有。"慕晚安吓得脸色发白，"没有没有没有，什么都没有。"

男人不紧不慢地开口了："去洗澡，今晚睡这里。"

他说得很自然，仿佛她理所应当地睡在这里。

她该怎么办？

呵，她能怎么办呢？

顾南城看着垂下脑袋安静坐着的女人，眉宇蹙起，但是没有出声，而是站了起来，然后俯身将她打横抱起。

把她放下后，他熟练地打开水龙头放热水，瞥了一眼她魂不守舍的模样，淡声道："自己脱衣服洗澡，头发也洗了。"

说完，他回到卧室从衣柜里拿了一件衬衫出来："这里暂时没有女人的衣服，你穿这个睡，明早我让人送过来。"

慕晚安看了一眼那件男式衬衫，抿唇没说话。

顾南城带上门出去了。

大约过了半个小时，她才磨磨蹭蹭地从里面出来。

湿漉漉的头发一看就是随便擦了擦的，顾南城的眉头一下就皱了起来。

慕晚安坐在床沿，等顾南城找了毛巾和吹风机走过来的时候，看到她衬衫的扣子开了两三颗，他喉结滚动，拿着毛巾给她擦头发："扣子扣好。"

她愣怔了一会儿，抬头看向他。

男人的脸上已经没有了戾气和阴沉，温温淡淡的，给她擦着头发，虽然他明显不大擅长做这样的事情，但是动作透着温柔。

他大发慈悲准备放过她？

顾南城用毛巾给她把头发擦个半干，然后打开吹风机，擦起她散发着发香的头发细细吹着。

等到头发完全干了，他才关了吹风机扔到一边，抬手掀开被子："两点了，睡觉。"

他让她穿他的衣服，睡他的床，她看着他已经沉静下来恢复深沉的侧脸，揣测不到他的心思。

她软着嗓子，小心翼翼地道："我想回医院……"

"太晚了，外面下雨。"他把枕头放回原处，将被子盖到她的身上，唇畔勾着点儿痞痞的笑，"还是你不困，想做点别的事情？"

他作势就要脱衣服扑上来，慕晚安"嚓"的一下就缩进了被子里，连脑袋也盖住了。

看着她的动作，他竟然觉得可爱。

顾南城叹息一声，还是将被子给她拉下来了一点，露出了脑袋："睡吧。"

说罢，他就顺手把灯关了。屋子里一下就暗了下来，唯有从外面的走廊透进来的一点光。

慕晚安睁开眼睛，看着男人的剪影往门外走去。

卧室的门被刻意放轻的动作带上。

午夜两点，窗外静静悬挂着皎洁的明月，银白色的月光泻了进来。

顾南城回到车库找出那本相册，然后从酒柜随手拿了一瓶酒出来搁在茶几上。

张扬的涂鸦，一看就知道出自盛绾绾之手。

里面基本是她们姐妹情的合照，五官较之现在青涩许多，有几张穿校服的，大约是高中时期。

张扬肆意，鲜衣怒马。

如果慕晚安是安城众口相传的"女神"，盛绾绾就是人人得而诛之的恶女。

很多人觉得她们这样南辕北辙性子的两个人能做这么多年朋友，都是因为慕晚安脾性好，半点不争。

他抬手倒了满满一杯酒慢条斯理地喝下，让香醇的酒味弥漫整个口腔，然后漫不经心地翻着相册。

视线停留在一张笑脸上，应该是在画室，慕晚安留着整齐的短发，俏生生灵气十足的一张脸，她不知道在跟谁打闹，脸上画了好几道彩色印子，朝着镜头做了一个鬼脸。

他莫名地生出她在朝他笑的错觉。

他低头沉吟着，薄唇撩开淡淡的笑意。

他摸出手机拨了一个号码出去，过了很久才被接通。

迷迷糊糊的男声，一听就很不高兴，明显有点暴躁："有话快说！"

凌晨两点，睡眠正香。

顾南城施施然地开口："我准备结婚了。"

薄锦墨的眼睛睁开了一点，手摸到开关拧开了灯，瞟了一眼床头闹钟上的时间："明天早上再通知我很有问题？"

"你是我的好兄弟，喜讯当然要在第一时间分享。"

薄锦墨摁了摁眉心，淡淡地道："她同意了吗？"轻轻嗤笑，"以我对她的了解，她没那么容易点头。"

"我有这么让她瞧不上？"

"有。"薄锦墨凉凉地笑道，"你花名在外，喜欢笙儿这么多年，很不招盛小姐待见，估计盛小姐没少在她面前抹黑你。"

盛绾绾那个女人……

一杯红酒见底,他又倒了一杯:"以你对她的了解?"

顾南城意有所指地低声笑道:"我基本都在国外,但你一直在盛家,以她和盛绾绾的关系,你们似乎互相很不待见。"

薄锦墨随意地靠在床头:"她没什么招我不待见的。"十分不在意的语气,"不过你知道她不是一盏省油的灯就行了。"

"太省油的女人会很枯燥,我也不喜欢。"

薄锦墨眯眸轻笑了一下:"六年前你半夜给我打电话,说看上了一个丫头片子想恋爱了,可惜翻遍安城连人家的脸都没有看到;六年后你看上慕晚安,想结婚,无论她是真淑女还是假淑女你都想娶了她,那就娶吧。

"你看到的那些不过是青春期少女叛逆起来的小打小闹,翻不出什么大风浪,无伤大雅。"

六年前的那个人。

顾南城闭了闭眼,不提起,他几乎要忘个干净了;可是一提起,他眼前还能清晰地浮现出那半张明艳挑衅的笑脸。

他记不清什么时候开始喜欢笙儿,早就习惯了守在她的身边。

她自小爱锦墨,非锦墨不可,他没兴致当情圣,一生爱着守着等着一个不属于自己的女人。

只是这些年没有出现让他转移注意力的人。

21岁回国,他在安城遇到一个嚣张得很的丫头,难得很有耐心地陪她玩了一个月的捉迷藏,结果还没把人搜出来,笙儿就摔下楼几乎摔断了手,又跟锦墨闹翻一气之下出走美国,他不放心,于是跟着去了。

也许没到喜欢的份儿上,但她确实是这些年以来唯一让他动过心的女孩。

那时他甚至觉得他会爱上她,慢慢忘记笙儿。

过了那一次,他再对别的女人动心,就是对慕晚安了。

顾南城半合着眸,骨节分明的手摇晃着高脚杯里的红酒,淡淡地道:"笙儿等了你很多年,别辜负她。"

"嗯。"

自从慕家出事后,慕晚安就很少能睡好,光线一落在她的眼皮上,她就睁开了眼睛。

完全陌生的环境,她缓了好几秒才反应过来,掀开被子爬起来,发现自己身上穿的还是男人的衬衫。

慕晚安用力地按着太阳穴,想起她的衣服昨晚全都淋湿了。

慕晚安赤着脚下地,昨晚过去了,那她跟顾南城也算过去了吗?

别墅里静悄悄的,她在二楼的客房和书房转了一圈都没找到男人的身影,蹙眉想了想,难道这么早他就出去上班了?还把床让给她,所以他去别的地方睡了?

扶着楼梯的扶手下楼,她一眼就看见静静靠坐在沙发上的男人,前面的茶几上摆着几个空空的酒瓶。

她眨眨眼睛,撇撇嘴,他肯定跟陆笙儿又吵架了,每次吵架就买醉。

亏得他没变成酒鬼。

她还是走了过去,俯身凑到他的跟前,细细地打量。

他眼睛下覆着淡淡的青痕,应该是昨晚没有休息好,轮廓棱角分明,属于那种温和内敛的英俊。

她忽然想起昨晚,头皮发麻。

男人忽然睁开了眼,蘸了墨一般深邃的眸,一动不动地看着她。

她心脏一跳,条件反射地站直了身体。

"顾公子,麻烦你……"

"我们结婚。"

平平淡淡的四个字,嗓音因为宿醉而微哑。

慕晚安看着男人似乎是因为头疼而捏着眉心的动作,他是喝醉酒做了一场美梦还没清醒过来,认错人了吗?

她睁着眸,笑眯眯地道:"顾公子,我是……"

"我们结婚,晚安。"

直到他起身,节奏缓慢动作优雅地给自己倒了一杯水回来,她才意识到这个男人很清醒,他说的是——

要跟她结婚。

"你昨晚喝了酒,顾公子,是不是忘记什么了?"

他之前要娶她,是因为她是淑女,他觉得她适合和他合作,在奶奶面前做一对合约夫妻。

现在，她已经不适合了！

顾南城牵起嘴角，浅淡地笑道："那些照片吗？无妨，谁都有过去。"

要说过去，笙儿也算是他的过去。

慕晚安倒吸了一口凉气，她想来想去，也没想过会是这样的结局，往后面退了几步，脑袋毫不迟疑地摇着："我不要嫁给你……"

"婚期不变，我们待会儿就去领证。"

"顾南城，"她再次连名带姓地叫他的名字，"你为什么非要娶我不可？想找个女人将就地过日子吗？你想将就，我并不想将就，比我符合你要求的女人多得是……"

那淡淡的波澜不惊的表情，很快让她意识到她说什么他都听不进去。

"你娶不到你爱的女人，但能娶到一个爱你的女人。我又不喜欢你，你娶了我……"她咬着唇，黑白分明的眸瞧着他，挺直着背脊，"顾南城，你娶了我，我会每天闹腾，你不会开心的。"

顾南城居高临下地看着眼前只穿了一件属于他的衬衫的小女人。

喉结滚了滚，他端起那杯水又喝了一口，视线从她身上错开，淡笑着启唇："无妨，做我的太太任性点娇气点都无妨，女人本来就该这样。"

放下水杯，对上她的眼睛，他低沉染着薄笑的嗓音条理分明："晚安，虽然你爷爷的手术已经结束了，没有了燃眉之急，但是你们慕家的负债呢？还有你爷爷一生的名望，如果他站在被告席上，你不会心疼吗？"顾南城审视着她神色的变化，继续不紧不慢地分析，"即便你要还，导演系毕业的高才生，你在娱乐圈生存要怎么避开我，嗯？"

她看着他近乎温柔的脸，一个字都说不出来。

他笑了笑，抬脚一步走到她面前，俯首浅笑："你的那些朋友都没什么正经的工作，还隔三岔五打架，要是出点事儿……很容易。"

四个字可以概括全部的内容——威逼利诱。

他用这么多事实让她觉得，她没有别的选择。

或者说，他的确可以让她没有别的选择。

谁让他是顾南城。

谁让她落魄得只能任人宰割。

慕晚安抬起下巴，睨着他："顾公子，你真的想清楚了，非娶我不可？"

顾南城瞧着她已然变得倨傲凉薄的眼神,失笑,温热的唇瓣落在她的眉心:"嫁给我有什么不好呢?前半生是矜贵的慕小姐,后半生是娇宠的顾太太,往后你想做贵太太我养你,你想做导演我也可以捧你。"他微微粗糙的手指抚上她的脸庞,唇息温热贴着她的肌肤,"你所以为的爱情,未必有我能给你的多。"

慕晚安定定地看着他:"我有点怕,顾公子,如果我以后遇上爱得要死要活的男人,会忍不住离开你。"

他吻了吻她的脸颊,低声笑:"我想,你爱我要死要活的概率更大。"

她仰起自己的脸:"不改了?"

顾南城含笑,点头:"嗯。"

"好。"她转过脸,不看他,"但是今天不行。"

他挑起眉梢:"嗯?"

"我还没有跟爷爷说。"慕晚安抿唇,"等他同意了,我就带你去看他,我是爷爷养大的,结婚这么重要的事情,无论如何都要他点头了,我才会跟你领证。"

"行。"他顺势亲了她的脸颊一口,"那今天我带你去见我奶奶,晚上你跟你爷爷说好,我后天去见他,然后赶在民政局下班前应该可以把证领了。"

她蹙眉:"你结婚是赶任务吗?"

今天见他奶奶,后天见她爷爷,然后就领证。

眼珠一转,她睁大眸巴巴地瞧着他:"不如我们先谈恋爱吧?"

"不好。"他摸着她的发,眼眸蓄着笑,"我迫不及待。"

慕晚安哭笑不得。

顾南城瞟了一眼她踩在地板上白嫩嫩的脚,低声道:"去穿鞋子,早晨容易着凉。"

她不看他,走到沙发上盘腿坐下,看着外面:"我等你的秘书给我送衣服过来。"

那模样看上去,透着股"傲娇"。

他失笑,再看她坐着的姿势,无奈地转身亲自去玄关拿了双拖鞋过来,然后俯身手撑在她身体的两侧。

"头有点疼,能给我煮一碗醒酒茶,再煮一碗面吗?"

她鼓鼓腮帮,把脸别到另一边:"我没睡好,要补眠。"

"好。"明知她故意摆架子,顾南城也不在意,亲亲她的眉心,"那我先去洗澡,然后再下来煮面,你先补眠。"

她真的躺了下来,男人顺手扯了一条毯子盖在她的身上。

他上去冲了个澡换了一身干净清爽的衣服,再下来的时候果然看见小女人趴在沙发上睡着,唇勾了勾。

二十分钟后,顾南城过来叫她吃早餐,慕晚安瞧他一眼,还是简单地洗漱了一下,跟着他去了餐厅。

卖相十分漂亮的面条,撒着细细的葱花,铺着金灿灿的蛋,香味四溢,勾起人的食欲。

顾南城半年前才回国,之前有很长一段时间待在国外一个人生活。

她拾起筷子尝了一口,难怪他嫌弃她的手艺。

"不如以后,"对面的男人忽然开口,"你在家里就这么穿。"

她抬眸冲他笑,刻意造作道:"看你的表现吧。"

回应她的是男人愉悦的笑声。

她低头闷闷吃面懒得搭理他,笑什么?有什么好笑的?

她还以为他因为失恋喝了一整晚的酒呢。

"待会儿我去公司上班,你昨晚睡得太晚可以在这里补眠,下班后我过来接你去看奶奶。"吃完早餐,他又不知道从哪里冲了一杯牛奶递到她的手上,淡淡地自然而然地道,"我让人把你的东西搬过来。"

慕晚安看了看侧立着的男人袖子上精致的银色袖口,低着脑袋迷茫地喝牛奶。

"过来,送别吻。"

他角色进入会不会太快了?

也是,他本来就是个强盗。

恶由心生。

她端起牛奶杯一口喝尽,然后站起来走到他的跟前,踮起脚尖,一口亲在他的脸上。

沾着的乳白色牛奶,有一半印了上去。

看着他脸上的成果，慕晚安笑眯眯道："再见。"

顾南城摸了摸自己的脸，顺势扣住她的后脑勺低头深吻下去。

女孩的俏脸被他轻佻的动作惹得一片红，杏眸含恼怒之意，她脑子转得很快："顾公子，大家说你身边有很多很多女人哦？"

他挑眉："吃醋？"薄唇含笑，手揉揉她的头发，"放心，不会有别人。"

"我是想说，"她刻意朝他眨眼，"一直没人敢告诉你，你的吻技很差，有很大的提升空间？"

顾南城眸色沉了一下，脸上倒是没有露出别的表情，只是淡淡地道："今天没空，下次我会表现到你满意为止。"

慕晚安呼吸差点骤停，男人已经转身离开了。

她留在他的别墅里，直到车子的引擎声响起，她绷着的神经才缓缓地松开。

她整个人一下变得茫然。

差不多过了半个小时，章秘书再次送了一套衣服过来，态度越发微妙，变得恭敬："慕小姐，有什么需要您可以打电话吩咐我。"

"嗯，好的。"她抱着衣服和鞋子，露出笑容，"谢谢。"

换好衣服，她在安静得空荡的别墅里坐了一会儿，不知道自己能去哪里。顾南城要跟她结婚，她不用急急忙忙地想着怎么贷款、怎么跟人周旋借钱的事情了。

拿着手机想了想，她拨了个号码出去："小唯，你和江树是不是准备走了？"

"是的……在收拾东西了，不过等过了这一阵我们会回来的。"

"有没有时间出来？我们聚聚吧。"

叶庄。

舞台上闪着炫目的灯光，热闹喧哗。

江树和易唯到的时候就看到醉得没形象趴在桌面数酒杯的慕晚安，她的面前已经摆了好几个空酒瓶。

江树一把将她手里还有半杯酒的酒杯夺了过来，重重地搁在桌子上，愤怒地低吼道："你疯了吗？喝这么多酒！"

杯子被抢走，慕晚安不高兴地看着他："你干什么这么凶？我是成年人了，喝几杯酒有问题吗？"

江树把还没有开封的酒瓶全都拿走放得远远的，眼神复杂地看着她："出什么事了？"顿了一下，他沉声问道，"是不是因为我的事情，你跟顾南城吵架了？"

吵架？她点点头："吵了？"

江树脸色大变："他要跟你分手？"

慕晚安手撑着自己的太阳穴，因为酒精的作用白皙的脸蛋布满淡淡的红潮，眼神带着不自知的迷离："没啊。"她的笑容很飘忽，秀眉蹙着，"他要跟我结婚了。"

要结婚了，为什么她表现得像是失恋了？

易唯在她的身边坐下，慢吞吞地问道："晚安，你不想嫁给顾南城吗？"

"不是啊。"她顿了半晌才兀自笑了出来，很轻很轻地道，"我只是有点儿难过。"

江树看着她的脸，忽然走过去要拉她起身："走，我送你回去。"

慕晚安立即挣扎："不回去不回去，说好要聚的。"

"你醉了。"

"我没有。"她接着他的话回答，仰起嫣然的绯色脸庞，"绾绾也走了，你们也要走了，多待一会儿吧。"

易唯揽着她的肩膀，正要出声安慰，眼角余光忽然看见一抹熟悉的身影，脑袋还没转过来就脱口而出："那不是左眸吗？"

听到这个名字，慕晚安下意识就朝人群中看了过去，足够熟悉的身影，在人群中一眼就能看到，无须寻找。

越过喧哗的人群，她静静地看着他有些模糊的侧脸，酒精仿佛褪去，所有的情绪突然清明得像是可以滴出水。

左眸坐在人群中，专注地注视着台上跳舞的女人，脸色很难看，全身隐隐散发着一股戾气。

似乎，很久不见了。

易唯突然用力地拍了一下桌子："台上跳舞的那个女人不会是那个讨人厌的宋泉吧？"

正说着，台上一个漂亮的落地，结束了整场舞。

台下顿时欢呼雀跃。

江树看着台上那个妆化得跟鬼一样的女人："是不是那个女人？"

"那还用说，看左晔那张扑克脸就知道了。这种女人他也能看上，简直……"

一瓶酒重重地放在桌面上，易唯吓了一跳，当即抬头看去。

一个穿着叶庄服务生统一服装的年轻女人，正冷冷地看着安静的慕晚安："慕小姐，你不是出了名的脾气好、教养好？就是这么让你朋友诋毁情敌的？"她远远就看见慕晚安，所以特意过来。

这个女人在这样的环境下有种特别的感觉，让人一眼就注意到。

慕晚安没出声，易唯腾地站了起来，她脾气向来就冲得很："哪里出来的鬼东西？你说什么？"

"我说什么？你聋了吗，听不到？在背后叽叽歪歪地说人家坏话，哪家的男人看得上你？"

因为见江树和易唯，慕晚安出来之前回小公寓换了一身比较简单休闲的衣服，一眼看上去普普通通。

"来买醉？是不是又被男人甩了？"女孩刻薄地有些幸灾乐祸地笑，"慕小姐不是攀上了顾公子，怎么大白天还跑来喝这么多酒？"

慕晚安蹙眉，冷淡地开口："说够了没？"她抬眸淡然地扫过去，波澜不惊地开口，"我就算被甩了出来买醉，也不是你这种为了获得一个被甩的机会，整天泡在这种地方的人有资格嘲讽的。"

女人恼羞成怒，嗓子都变尖了："你什么意思？"

"意思就是，宋泉在这种地方是因为家里欠了一堆赌债，你们家至少小康，一般正正经经、家里不缺钱的女大学生来这种地方，是为了什么？"

女人还想说话，江树已经冷冷地看了过去："再不走，信不信我揍你？"

她被江树吓得肩膀都发抖了，随即出声："我是来替小泉告诉你，你跟左晔的感情已经是过去式了，更别说你还是个被别的男人又甩了一次的女人。"她有些得意地道，"叶庄所有人都知道左少对小泉的感情，她现在是叶庄最火的舞者，左少每天都要吃一次醋闹一次脾气。"

江树腾地站了起来，拽住女服务生的手腕，像是要把她的手拧断："你找死？"

"好了，江树。"慕晚安淡淡地道，"苍蝇喜欢嗡嗡嗡，赶走就是了。"

江树松了手，脸上带着的伤让他清俊的脸显出几分凶相，一个字从喉间溢出："滚。"

女服务生愤愤又心有不甘,但还是转身跑了。

江树重新坐下,发现慕晚安正看着左晔的方向出神,脸蛋上的潮红未褪,但是眼神不那么飘忽迷离了。

她看上去像是醉了,其实很清醒。

慕晚安看着额头上青筋暴突的左晔。她跟他在一起那么久,从来没有看到过他这么紧张的样子,四年呢,她都不知道他什么时候爱上了别的女孩。

不过她也不差,分手就结婚。

谁也不比谁深情。

宋小姐真是幸福。

慕晚安四处乞求想要借到爷爷的医药费时,有人为宋泉发疯。慕晚安的耳边回响起魔咒一般的嘲笑——因为你无趣,晚安,你真的太无趣了。

叶庄的工作人员堆着一脸的笑道:"宋小姐是我们叶庄热度最高的舞者,我可以说在安城,她是业余舞者里最专业的那一个——当之无愧。"

慕晚安刚刚收回视线想重新倒一杯酒,就听到这么一句话传来。

安城业余舞者里最专业的那一个?

她不高兴地嘟着嘴巴,低头伸手就去摸桌子下面的话筒。

"谁说宋小姐是安城业余舞者里最专业的那一个?"

一道声音突兀地响起,观众席的灯光很暗,所以没人看清楚说话的人是谁,只能听到那道年轻的女声带着三分醺醺然,沙哑的嗓音透着一股别样的妩媚。

"叶庄的观众就这么没有鉴赏品位?"淡淡沙沙的声线,漫不经心的慵懒和软媚,偏偏生出无法躲避和忽视的挑衅。

江树和易唯都没反应过来发生了什么,慕晚安的话就一句句地往外蹦了。

宋泉一把夺过了主持人手里的话筒,嘴角扬起一抹冷笑:"不如这位小姐上来,让叶庄的观众见识一下什么是欣赏能力?"

如果不是家里情况不允许,她的舞技可能已经达到专业级了。

这个声音,别人认不出,左晔过耳就能辨出来。

江树以为慕晚安被气疯了,又喝了这么多酒,上去就想抢她的话筒,但是笑盈盈娇软软的字眼已经从她绯红的唇中吐出:"好啊。"

江树和易唯拖着她就想离开,她不悦地嘟嘴:"不回去。出来玩不就是图个开心吗?"

江树脸都绿了。

他还以为她没有醉!

她是被左晔那个浑蛋刺激得不成样子了吗?

江树一把拽住她的手臂,咬牙切齿地低语:"你不会跳这么恶俗的舞,马上走。"

她想教训宋泉,跟他说一声他马上去办,在这种地方跳舞,简直就是侮辱!

慕晚安很不配合他的动作,闹得厉害,嫣然美丽的脸上醉意深深:"她抢了我男朋友,我很不开心。"

江树简直想打她。

"我怕你上去被她踩!回去。"

江树看着慕晚安,好想一锤子把她敲醒:"让顾南城知道你在这种地方为了你的前男友争风吃醋你就完了。起来!跟我回去!"

"干什么提他……你真是讨厌……别提他。

"让我去……过了今晚,以后再也不会了。"

再也不会什么?

易唯看江树拿慕晚安没办法,就说:"晚安想去……你让她去吧。绾绾会的东西她好像多少会一点,跳舞应该难不倒她。"

江树冷睨了她一眼,声音很硬:"你看她现在的样子,能跟宋泉斗舞?"

迷醉的脸忽然凑到了他的跟前:"我能。"

江树哭笑不得。

两人没办法,只能由着她的性子扶她去后台。

宋泉和左晔在后台吵得很厉害,周围的工作人员面面相觑,没有人敢上去劝。

宋泉一张脸因为愤怒而涨得通红:"左晔,你早就答应过我,不插手我工作上的事情,我也不需要你帮我!"

"不插手你的事情。"左晔一米八五的身高,让整个化妆间变得狭窄,他俊美的面容显得极其冷漠,唇上的弧度充斥着讽刺,"是不是无论你干什么,都是你的工作,谁都不能插手?"

"你……"

那话里的轻蔑和侮辱意味让宋泉气得嘴唇都在颤抖："左晔，你既然这么看不起我，为什么还要跟我在一起？我从一开始就说了我做不到慕晚安那样，你要是受不了你回头去找她啊！"

话音落下，几个人不轻不重的脚步声也跟着落下，显得格外明显。

像是感觉到了什么，左晔直直地朝慕晚安的方向看了过去。

四目相对。

左晔的眸微微一震，她的双颊殷红，手搭在一旁男人的手臂上，就那么不近不远地站在那里。

慕晚安的视线越过了他，落在宋泉的身上，她扬唇笑开："等我们比完，你们再继续吵？"

站在这个女人面前，宋泉心底无可抑制地涌出一股屈辱感，尤其是刚才左晔说的那些话，全都被这个女人听到了。

宋泉笑了一下："慕小姐，是你要跟我斗舞？"宋泉上上下下地打量了她一番，"你想跳什么？芭蕾吗？可是叶庄的观众并不喜欢看芭蕾。"

慕晚安用手指慢条斯理地梳理着自己的长发，微微一笑："你放心，你不会的我会，你会的……我也不可能不会。"

宋泉的脸色当即抑制不住地变差，死死地捏着拳头："好。"

负责人认识慕晚安，眼看三个人的互动，结合某些谣传，直觉气氛很微妙，但是混这种场子的人最会看人脸色，到了这个份上连忙迎了上去，很是客气地问道："慕小姐准备上场跳什么呢？"

跳什么？

慕晚安蹙眉，歪过脑袋看向江树和易唯："你们想看什么？"

宋泉冷笑，好大的口气。

江树黑着脸："如果是钢管舞你就不要想了。"

她到底是醉成了什么样，才会做出这种毁形象的事情？

慕晚安认真道："可是钢管舞对钢管舞，才能明显地分出高下。"

手腕忽然被一只有力的手捏住了，她一抬头就撞进左晔深深的又毫无情绪的眼睛里："够了晚安，别闹了。"

交往四年，他从来没有见过她喝醉酒的模样，红扑扑的脸颊，眼神带着点勾人的迷离，陌生得让他一时间消化不了。

慕晚安还没动,站在一旁的江树已经伸手,狠狠地拽过左晔握着她的手,青紫交加的俊脸上满是不羁:"放开你的手,左大少。"

左晔低头看着她醉得散漫却又冷淡的脸,最终还是把手松开了。

慕晚安将自己的手收回,不轻不重地揉了揉:"那就爵士好了。"随即看向已经取下了面具的宋泉,"我不想在颜值上占你便宜,面具借给我。"

易唯听着她理所当然的话哭笑不得,她这简直是绾绾大小姐附体了,还没开场就气势碾压了。

左晔看她身子有些虚软,毫不避讳地任由旁边高大的男人扶着,原本就隐隐暴躁的心情这会儿暴躁到了极致,阴着一张脸朝她吼道:"慕晚安,你闹够了没有?闹够了就离开这里!"

江树要不是扶着慕晚安没空,早就一脚踹过去。

慕晚安接过易唯抢来的面具,绕在手指上转来转去,淡淡地笑道:"你连你正牌女朋友都管不了,还想管我这个前女友?"说罢,她看向负责人,笑了笑道,"给我十分钟,我要换衣服化妆。"

擦肩而过的瞬间,左晔再次扣住她的手腕,盯着她越发陌生的脸:"晚安,这种地方不适合你,我也不喜欢跳艳舞的女人。"

宋泉看着他们缠在一起的手,脸色一下白了。

慕晚安也觉得面前的脸熟悉而陌生,兀自浅笑道:"我早不要你的喜欢了。"

十分钟,全场都在等候这场斗舞。

贵宾区的深紫色沙发上,钟岳端着酒杯看着舞台上戴着黑色礼帽的女人,妆化得很浓,眼角眉梢皆是逼人的冷艳。

他看了又看,若有所思地道:"薄先生……我怎么觉得那女人看着有点眼熟。"

刚刚谈完合作正在笔记本上修改文件的男人闻言从屏幕前抬起头,眯起眸淡淡地看了一眼,面无表情地重新低头看电脑屏幕,声线很淡漠:"打电话给南城,说叶庄有个美人值得他看看。"

岳钟跟他们认识好几年了,多少了解薄锦墨的性格,一下猜到台上的女人是谁,先是诧异,随即失笑。

顾南城到的时候，全场的气氛到了最高点。

进门就有服务生将他领到薄锦墨和岳钟的贵宾座，一开始，他没有看台上。

薄锦墨头也没有抬，手指从容悠闲地敲着笔记本的键盘，开口："我早跟你说了，你选了一盏不省油的灯。"

就这说话的几秒钟时间，顾南城已经看向了舞台。

她选了最浓的妆，她精致的五官像是画出来的一般。

即便如此，他还是一眼便认出了那张脸，那冷艳的妆容让他想起第一次见她时，她高高在上的样子。

黑色的经典款爵士帽，纯色的白衬衫，下面是一条宽松飘逸的裤子。穿着和眼神，带出毫不违和的帅气。

岳钟看着男人温和俊美的脸上情绪难辨，低声笑："顾总，等这支舞结束，你还是赶紧把她带回去……前面那一个，连当她对手的资格都没有。"

前面跳舞的女人足够吸引人，可是遇上慕晚安，她完败。

顾南城薄唇抿成一条直线，眸色暗沉，语调很淡："什么意思？"

岳钟正想开口，一旁垂首专注的薄锦墨已经施施然回答了："上一个女人，是宋泉。"

岳钟好奇顾南城的反应，暗自观察。

顾南城只问了那么一句话，没有再开腔了，长腿交叠地坐在沙发上，依然是那副颠倒众生的贵公子模样，望着台上的女人，眼神沉静。

幽蓝色的火焰亮起，他点燃一根香烟，青白的烟雾从他的唇间鼻端逐渐散开，为他整个人添了一股成熟深沉的气息。

香烟燃尽，舞台上的女人收了最后一个动作，取下头上黑色的帽子垂眸颔首。

顾南城不紧不慢地将烟头摁灭在烟灰缸里，顺势抬手招来一边的保镖。

"顾总，您有什么吩咐？"

他只简单吩咐了一句话，保镖点头："好，我知道了。"

舞台上的女子才站直身体，还没等主持人拿起话筒说话，下面已经响起了欢呼声。

左眸站在后台的边缘，一只手插在裤袋里，另一只手夹着一根燃到一半的烟，静静地看着慕晚安的侧颜，跟她在一起的时候他并不抽烟，后来跟宋泉在一起,烦心事变得多了他才开始抽烟,不知道什么时候上瘾了。

慕晚安走回了后台,接了易唯递上来的水。

"慕小姐,"主办方有点忌惮她的身份,她是慕家千金虽然是过去的事情,但是她跟顾南城的婚事传得沸沸扬扬,不敢轻易得罪,"您要下去喝一杯吗?"

"好。"她没怎么犹豫就答应了,"我先去趟洗手间。"

她喝了好几瓶酒,上台之前有几分醉意,跳完一整首爵士,全身的血液循环突然加快,酒的后劲立即加倍地翻了上来。

易唯想扶她也被拒绝了。

途中经过左晔和宋泉的身边,她仿佛完全没有看到两人的神色,就这么擦肩走了过去。

慕晚安趴在盥洗台上,双手不断地接过冷水浇在自己的脸上。她从包里拿出卸妆的东西,对着镜子开始卸去脸上的浓妆。她很少化这么浓的妆,本来打算戴面具,但是换好衣服后,嫌弃整套装扮画风太诡异。

越发强劲的酒精后劲涌上来,她的脑袋都要痛裂了,草草地卸完妆,她不断地往自己的脸上泼水,仿佛冰凉的液体能让她舒服点。

忽然,她察觉到一股异常强烈的气息出现在她的身后,顿了一下,整个人往后转去。

修长笔挺的男人立在她的身前,英俊的容颜温淡,唯独黑色的眼眸盯着她。深邃,令人心悸。

慕晚安以为自己产生了幻觉,磕磕巴巴地看着他道:"顾……顾南城。"

"嗯,是我。"

她的杏眸带着慌乱,不知道是因为什么,只觉得眼前的男人离她太近,近得可以听到他呼吸的声音。

她想后退,可撞上了身后的盥洗台,吃痛地蹙眉。

"你……"她组织语言的功能变得迟钝,"你怎么……在这里?"

男人牵起嘴角,温浅地笑道:"来接你去顾宅吃晚餐。"

她咬住唇,明明他看上去很温柔,可是她心里止不住地战栗,好像自己做了什么不得了的错事。

"你……你先出去。"她还是想往后退,酒精和这个男人让她的头脑有短暂的空白,"我整理一下头发马上出来……"

这里是洗手间啊,他是怎么堂而皇之地进来还待着的?

慕晚安这才察觉到,整个洗手间,除了他们已经没别的人了。

顾南城置若罔闻,非但没有出去,反而俯身慢慢地靠近她,低沉的嗓音贴着她的耳朵:"给你一分钟,让我消气。"男人的眸色浓得像是墨,"否则,我也不知道我会做出点什么,嗯?"

她的思维因为头晕而变得迟钝,迷茫地看着他:"什……什么……唔……"

顾南城冷笑,简直想咬死她。

凛冽的眸,冷漠的表情,让慕晚安觉得他简直就像是换了一个人。

她喘着气,惴惴不安地看着他。

男人穿着黑色的西装裤,上身是名贵的深灰色衬衫,较之平常的温润,此时他更显冷贵。

似乎嫌领口太紧,他抬手一扯便解开了两三颗扣子,俊脸阴沉:"那个在你穷得走入绝境的时候抛弃你的男人,让你这么念念不忘?"

她愣怔:"不是……"

他像是压根没有听到她的回答,居高临下越发咄咄逼人,偏生薄唇又噙着笑:"当着全世界的面跟前男友的现任女友攀比,嫌自己的过去不够可笑?"下颌被掐住,男人俊美的容颜进一步逼到她的眼前,"还是说,你不想嫁给我所以只能用这样自降身价的方式?"

"我的过去可笑?"酒精让她没有平时那么多的顾忌,她此时像只炸毛的猫,"我的过去再怎么可笑也轮不到你来评价。"她用力地去拍他的手,"我跟左晔谈了四年恋爱,至少他是真真实实地对我好过的,至少在这四年里我享受了所有做他女朋友的权利,你呢?"她笑,还滴着水的脸上挂着肆无忌惮的笑,"做了十多年的备胎,又只能靠着权势来强迫看上的女人,我有你可笑?"

洗手间里安静得可以听到不知道来自哪里的水滴滴落的声音。

顾南城的脸色变得阴鸷,陡然生出一股令人心惊的意味:"这样说起来,我的确是比你可笑。"

后台那边,江树第三次看时间,有些担忧:"这么长时间了,慕晚安怎么还没有出来?"

易唯也觉得时间有点长,但还是自我安慰:"卸妆本来就耗时间,再等会儿吧。"

又等了五分钟,江树的眉头紧紧皱起:"你去洗手间看看,会不会出什么事?"

"好。"易唯点点头,朝着刚刚晚安去的方向小跑了过去。

洗手间不是很远,易唯远远就看见几个穿着黑色西装的男人守在一边。

她脸色一变,还没靠近,果不其然被人拦住了:"这边洗手间在维修,去别的地方。"

"我半个小时前才来过这里,全都好好的,怎么会需要维修?"

几个人都没有回答她的问题,只要她靠近就会被拦住。

易唯没办法,踩踩脚连忙跑了回去:"江树、江树,有几个男人守在洗手间门口……我怕……"

江树脸都变了,推开她拔腿就往那边跑去。

左晔等着宋泉卸完妆换好衣服,原本要离开,听到这句话脚步也跟着顿住,朝他们离去的方向看去,眉头紧紧地皱起。

叶庄这样的地方向来鱼龙混杂,慕晚安刚化了浓妆又加上灯光的效果,别人认不出她很正常,如果心怀不轨想伺机下手……

他抿唇朝走过来的宋泉道:"你等我会儿,我过去看看。"

宋泉咬牙:"左晔,"她冷笑,"你什么意思?后悔跟我在一起了,想找她重归于好吗?"

他后悔了吗?他果然后悔了?

他现在想回去找慕晚安?

左晔淡淡地看她一眼:"慕晚安是我真心爱过的女孩,宋泉,至少在我的眼皮底下,我希望她是平平安安的。"

说罢,他抬脚要离开。

宋泉在他的身后喊道:"真心爱过?"她忍不住讽刺,"是爱过还是念念不忘?她今天为了你不惜大胆出位跟我斗舞,你感动了?"看着左晔的背影,她的手攥得越来越紧,"还是说,慕家千金跳的是爵士不是优雅的芭蕾让你很意外,她其实不是你想象中那么无聊?左晔。"一滴眼泪从她的眼睛里掉下来,"你置我于何地?"

她已经带了哭腔,但是他始终没有回头看她,语气不变地道:"是个男人遇到这种事情都不会坐视不管。"他顿了一下,又道,"也许当初我为了不让你误会而拒绝借钱给她,就是错误的决定。"
　　等宋泉反应过来他话里到底是什么意思时,他的身影已经消失在拐角处了。

　　左晔快步走过去的时候,江树已经被两个穿西装的彪形大汉一左一右地架着要扔出去。
　　"放开!"左晔的神经紧绷,像是随时都要断开。他朝着拦住他的保镖挥拳,喘着粗气,模样像是要杀人,"放开我。我不管你是谁,你最好别碰她,否则我一定杀了你!"
　　这声音慕晚安听到了,顾南城毫无疑问也听到了。
　　她失神,眼泪掉得更凶了。
　　这种感觉无法形容,特别难过。
　　而她难过的表情落在顾南城的眼底就是火上浇油,他笑道:"我第一次见到你的时候,你凌晨四点跪在他家的大门前,没有人搭理你,现在他倒是让你感动了,嗯?"
　　她拼命地摇头,眼泪越来越汹涌,完全停不下来,甚至忘记了自己的手还在用力地攥着他的衣角。
　　他看了一眼那只白皙纤细的小手,心软了很多。
　　他默默地用自己的手去擦她脸上的眼泪——
　　"别哭了。"低低的声音很温柔,带着若有似无的叹息,"是我不对,你再哭眼睛会肿,嗓子也会哑的。"
　　洗了手,他眼角余光瞥到她身侧放着的包,手伸进去果然摸出了一包纸巾。
　　白色的柔软纸巾温柔地擦着她脸上的眼泪,可她就这么看着他,眼泪怎么擦都擦不完,一张张纸巾都湿透了。
　　事实上,这是跟左晔分手、慕家出事以来,她头一次哭得这么厉害。
　　忍不住,或者不想再忍。
　　顾南城把纸扔到一边,手捧着她的脸,低声道:"你惹我生气我才发这么大的火。"他亲了她的脸颊一下,"你为了那么一个不入流的前男友在这里跳舞,我会吃醋的,嗯?"

他会吃醋。

慕晚安看着眼前耐着性子哄她的英俊而温柔的男人。

看她渐渐停止了哭泣，顾南城又抽了一张纸巾出来，帮她擦去脸上的眼泪，长而卷曲的睫毛上还挂着水珠，让她看上去楚楚可怜。

她没有挣扎或者抗拒，只是睁眼看着他："你又不喜欢我，怎么会吃醋？"

"我不管你是怎么想的。"他的动作不停，擦完眼泪后替她收拾穿衣服，温淡的嗓音，说话节奏很慢，"在我这里，我娶你自然会宠你疼你，但是，你不能越过顾太太的底线。"他轻轻抬起她的下巴，眼神沉沉地盯着她的眸，不允许她有丝毫的闪躲，"为别的男人争风吃醋，这件事情到此为止，下不为例。"

"恋人和夫妻之间应该是平等的，你吃醋可以这么欺负我，以后我吃醋……"

"你可以闹回来。"

他没等她的话说完，就平淡地吐出了五个字。

看上去那样笃定。

这话里的意思是，他以后不会跟别的女人有越过底线的牵扯，正如她今天不能跟别的男人有牵扯一样。

可是，怎么会一样呢？

眼神对上的时候，她下意识别开了眼睛，想起刚才左晔在外面愤怒咆哮，一时间竟然觉得无地自容。

顾南城拉着她，走了出去。

左晔没想到出来的是她和顾南城，他们的婚讯，他自然是知道的。

她安静乖巧，左晔扯了扯嘴角，有些掩饰不住的牵强："我还以为出了什么事……"

顾南城颔首微笑，优雅矜贵："左少忙吗？晚安欠你一杯酒。"左晔和慕晚安都没有反应过来，他温淡地笑着，"不耽误时间的话，喝完了再走？"

左晔看向他怀里的女人。

顾南城低头亲吻她的眉心，低声道："你需要敬左少一杯酒，不是吗？"

慕晚安靠在他的肩膀上看着他英俊温和的侧脸，没有点头也没有摇头。

换了衣服，顾南城抱着她到了薄锦墨和岳钟坐的那一桌，宋泉面无表情但是始终跟在左晔的后面。

慕晚安本来醉得厉害,但是在洗手间里被顾南城吓醒了。

姿态沉静但是存在感太强的男人搂着她的腰,动作随意,但占有的意味足够明显。

她看着对面并肩而立的两人,左晔沉默地看着她,宋泉满身都带着防备。

想起他刚才在洗手间外面急切又疯狂的担心,她忽然释然了。

慕晚安低头,亲手倒了满满两杯酒,将其中的一杯放在左晔的面前,唇扬出笑容的弧度,没有冷艳没有凉薄,一如她寻常时温婉浅笑:"左晔,我过两天就要结婚了,祝你和宋小姐白头偕老。"

说罢,她端起酒杯一饮而尽,末了倒了倒杯子,朝他笑了笑。

左晔没有出声,只是同样将酒杯里的酒喝完:"新婚快乐。"

最后那杯酒,把慕晚安彻底灌醉了。

顾南城恼怒地看着趴在他怀里一直啜泣的女人,咬牙切齿。

她揪着他的领子,脸在他的胸口蹭来蹭去,不断地呢喃:"我好难过……好难过……"

他失了耐心,威严地恐吓:"你再哭,我待会儿在车上让你哭个够。"

难过什么?还在为左晔难过?脑子进了水,为一个劈腿男哭成这德行。

胸腔处有蠢蠢欲动无法形容的暴躁,他冷睨她一眼,嗤笑道:"为谁难过?"

她的脸蛋染了一层薄薄的殷红,黑白分明的杏眸直直地看着叶庄那块巨大的牌子,喝醉了酒像个什么都不懂的孩子。

她的眼泪又吧嗒吧嗒地掉了下来:"好难过……"

顾南城就这么看着她死命地糟蹋自己的衬衫,鼻涕眼泪全都往上面抹,捏了捏眉心,任由她闹腾,蹙着眉心,带着点无奈。

司机抓紧机会拍马屁:"太太很可爱。"

顾南城睨他一眼:"你觉得耍酒疯的女人叫可爱?"

司机默默地把嘴巴闭上。

"哭累没?"低头看她使劲蹭眼泪的动作,顾南城凉凉地道,"你的端庄矜持高贵冷艳都是装出来的吧,嗯?"

她哭起来像个小女孩。

哭了一阵，慕晚安大概是真的哭累了，渐渐地停止了啜泣，疲惫地靠在他的肩膀上，偶尔抽噎那么几声，难受地呢喃着："头疼……"

又是喝酒又是跳劲舞，又是闹又是哭。

不头疼才怪。

顾南城不理她，兀自闭目养神，手指有一下没一下地敲打着膝盖骨。

没一分钟，她就把自己的脑袋凑到他的跟前，不高兴地嘟囔："头好疼……"

睁开眼，他淡淡地道："我已经带你回家了，回去给你煮醒酒汤，睡一觉就好了。"

她还是很不高兴地瞧着他，脑袋在他领口蹭了一下，眼巴巴地瞧着他像是小动物："可是我现在也疼……"

顾南城很想狠狠捏她一把，又觉得自己不能欺负一只不省人事的醉猫，遂淡淡地道："你觉得怎么才能不疼？"

她拽着他的手往自己的脑门上放："帮我揉……"

他没动，眉目不动地看着她。

然后，他看见她从原本蹙眉难受慢慢地变得委屈，还是特别委屈的那种，瞪着一双眼睛仿佛下一秒就要哭出来。

他心弦微动，低头靠近她，额头抵着她的额头，低哑的嗓音变得蛊惑："亲一下，我就给你揉，嗯？"

她眨眨眼睛："真的吗？"

"嗯，真的。"

慕晚安瞧了他半分钟，有点犹豫。

男人脸上出现不耐烦的表情："不亲就算了。"说罢就要坐回去。

她顿时急了，一把抱住他的胳膊，猛地凑了过去在他脸上用力"啵"了一下。

顾南城的脸色当即沉了下来。

她有点怕，还是委屈地瞪着他："你说话不算话，不给我揉。"

"知道我是谁？"他眯着眸，"给你揉你就肯亲？"

这样的德行，她以后还能碰酒？

顾公子不知道的是——她最后喝的那杯酒比之前的度数都要高，她平常根本不会喝这种酒。

她咬咬唇，把脸别到一边，整个人都贴到了车门上，一副要跟他划清界限的模样。

下一秒，腰肢受到一股力道，她整个人被抱了过去，耳边响起男人低沉的嗓音："脾气还挺大。"

她哼了一声，就是不跟他说话。

顾南城捏了捏她的脸蛋，然后给她按摩太阳穴，一边按一边低声道："下次不准再喝酒了。"

"用力点。"她变得乖巧，"好难受，我再也不喝酒了。"

说完，她调整了一下姿势趴在他的胸膛上，闭上了眼睛。

"顾总，是回公司还是回南沉别墅？"司机时不时看看后视镜，恭敬地问道，"太太醉了，今晚还去顾老太太那儿吗？"

"改天吧。"推了两次，奶奶估计生气了，他瞥了一眼怀里的小女人，淡淡道，"回别墅。"

"好的，顾先生。"

过了一会儿，看似睡着的女人忽然迷迷糊糊地出声了："手酸了吗？"

他漫不经心地回答："嗯，有点。"

"那我不疼了。"

车内一下安静下来了，顾南城一只手落回了身侧，另一只手从她的太阳穴转移到了她的发上。

黑色的长发发质很好，顾南城有一下没一下地抚摸着，抬眸看向车窗外。

下午四点左右，虽然太阳还没有落下，但是光线开始变得柔和，他收回的视线最后落在她白皙如玉的脖颈上。

"陈叔，"低沉的嗓音突然在车内响起，"婚姻登记处什么时候下班？"

陈叔讶异，好几秒后才反应过来："六点，顾总。"

顾南城"嗯"了一声，淡淡地道："那就顺道开去婚姻登记处。"

陈叔从顾南城回国开始就给他当司机，时间不算很长，连忙道了一声"好"，然后在下一个路口转向——去婚姻登记处其实并不顺路。

他看了一眼后视镜，果然看见优雅矜贵的男人单手拿着手机在输入信息。

这是要去……结婚吗？

路程有点远，开了将近半个小时才到，一路上慕晚安都靠在男人的怀里安静地睡着。

白皙的脸上染着晚霞般的红晕,睫毛长而卷曲,呼吸均匀,很恬静。

章秘书拿着东西到的时候,看见的就是这么一幕,她踩着高跟鞋走过去,将文件袋放在男人的面前:"顾总,您要的东西我带来了。"

顾南城掀起眼皮淡淡地看了一眼:"齐全吗?"

"是的,注册结婚需要的身份证、户口本以及照片都已经全了。"她顿了一下,还是解释道,"慕小姐的身份证、户口本和照片都是在慕家那里拿的,慕老身体不大好,我不敢去打扰。"

"嗯。"他没很大的反应,只是低头去唤靠在自己肩膀上的女人,"晚安?"

她有些昏沉,听到声音也只是蹙眉想把人埋到更深的地方。

顾南城淡淡地看着她,微微俯身捏住她的鼻子,然后低头吻了下去。

章秘书31岁,已婚,看着眼前这理所当然的一幕还是忍不住别过了脸。

她真是……替老板脸红。

又不是少男少女,为什么要在这样的场合亲嘴?!

呼吸被掐断,慕晚安再昏沉也被迫醒了过来,秀气的眉头快要拧成细细的麻绳。

她有些迷茫地看着眼前的男人,鼻息之间全都是属于他的气息,带着淡淡的烟草味,容颜英俊而温淡,她下意识就念出了他的名字:"顾南城……"

"领完结婚证,我就带你回去睡觉。"

慕晚安困惑地看着他:"我们是今天领结婚证吗?"

"已经来了。"顾南城看着她黑白分明的眸,微微一笑,温和的嗓音带着诱导的意味,"你是要嫁给我的,不是吗?"

她愣了愣,点头。

她是要嫁给他的,喜欢也好,不喜欢也罢,她已经接受了这个事实。

生在豪门长在豪门,她看到的现实比童话更多。

她不是不相信爱情,但若是没有爱情,就该权衡清楚现实,这一点她很清楚。

抛开感情,嫁给顾南城是她高攀。

"那我们现在去登记。"他依然温润地笑着,"你的东西都搬到我家来了。"

她的容颜很安静,看上去有一半的意识在游离。

章秘书站在一侧看着，也分辨不出来未来的总裁夫人究竟是不是清醒的。

"哦。"她睁眸看着他的眼睛，白皙如玉的手摊在他的面前，背脊自然而然地挺直着，朝他一笑，"你没有给我戒指。"

她喝了那么多酒，醉的时候闹腾得像个小女孩，清醒的时候如此精明。

章秘书不懂她要戒指的意思，但顾南城懂。

基于立场和考虑，她已经接受了这段婚姻，接受了她不喜欢的部分，也不会放弃身为顾太太该得到的部分。

顾南城轻轻淡淡地笑道："你的戒指，在婚礼前会戴到你的手上。"低沉的嗓音带着成熟的磁性，"属于顾太太的戒指是独一无二的。"

章秘书适时微笑着插嘴："慕小姐，顾总准备送您的婚戒是他亲自选的钻石定制的，因为欧洲那边做出成品需要点时间，所以暂时没到。"

身为秘书，她不知道顾总究竟爱不爱这位女孩。

但他花的心思绝不比任何一个其他准备结婚的男人花的心思少。

慕晚安这才站起来，虽然形式有点怪异，但这样的说辞她还是接受了："那我们走吧。"

婚姻登记是件很简单的事情，证件齐全，填好文件。

顾南城写字的速度很快，他填完所有的表格后，慕晚安才写了一半，他沉静淡然地坐在一边，不声不响地看着她。

她的姿势认真得像个小学生，手握着笔，一笔一画，字迹清晰工整，看着很舒服。

盖章，工作人员面带微笑将两本结婚证递给他们："顾先生、顾太太，新婚愉快。"

第四章
・》　》・ 她不是他的心上人

慕晚安昨晚只睡了几个小时，今天累心累体地闹了一整天，上车没一会儿就睡着了。

婚姻登记处和南沉别墅区位于东西两个方位，开车要一个小时，途中顾南城抽空打了个电话给顾老太太。

电话一通，他还没开腔，那边就中气十足地开吼了："顾南城，小浑蛋，你又把你媳妇儿气走了。"

"奶奶，晚安不舒服，我们过两天过来。"

"混小子，你是不是想气死我？"顾老太太怒其不争，"你要是再因为陆笙儿那个女人闹出什么风浪，我家法伺候。"

"奶奶舍不得的。"他的声音温润低沉，蓄着漫不经心的笑，"好了奶奶，您照顾好自己，我过两天就带她过来看您，婚礼的日期已经定了。"

听奶奶发了一通脾气，顾南城将电话收了回去。

怀里的女人，这一次睡得很沉，沉到刚才在婚姻登记处的那十多分钟就像是她在梦游，连他抱着她下车然后抱上床，她也没有醒来。

将她放在床上，换了身舒服的睡裙，掖好被子，顾南城站在床边上，看着她的睡颜。

相比平时的优雅温和，此时他整个人显得越发阴郁而沉抑，透着一股隐隐的暗色气息。

一个月前，锦墨接管盛世集团，盛老心脏病发至今住在疗养院，盛绾绾彻底地从安城销声匿迹，陆笙儿回到锦墨的身边。

他退出这场从未有过他位置的感情，那一对坎坷了十多年的青梅竹马终于甜蜜和好,每天看着他们,他过于狼狈。

他迫切地需要一个人转移他的注意力,她恰好出现,不早不晚。

他从未对笙儿以外的女人有过这么多的耐心和好脾气,所以至少,他是喜欢她的。

男女关系里有过于深刻的爱,未必是好事。

喜欢已然足够。

手机振动,他下意识地看了一眼睡着的女人,见她没什么动静,很快地拿出手机滑开接听:"什么事?"

"顾总,您吩咐我购置的原慕家别墅已经被人以高价拍下了。"

"去找他谈判,不管多高的价钱。"

"可是……"电话那边有些迟疑,"那座别墅如今……已经在太太的名下了。"

顾南城的脸色一沉,抬脚走到门外:"查到是什么人拍的了吗?"

"对不起顾总……唯一能查到的是拍下别墅的是来自海外的神秘商人。"

来自海外的神秘商人。

薄唇噙着几分冷笑:"上次在叶庄跟太太会面的那个海外商人?"

"这个……还无法确定。"

"那就查到确定为止。"男人的嗓音淡漠至极,矜贵的深处透着不近人情的疏离和寒意,"顺便查查她以往的朋友圈,顺着盛缩缩的圈子查。"

"好的,顾总,马上去办。"

挂了电话,顾南城折回卧室,重新低头看着兀自沉睡的女人,唇上划出轻薄的笑意,低声道:"顾太太比我想象中更吸引人。"

一个左晔,一个江树,一个替她买别墅的海外商人。

忍不住捏了一把她白嫩的脸颊,直到她蹙眉胡乱地去打他的手才松开,他转而把手滑到她的下颌,淡淡地笑:"神秘的海外商人,顾太太的秘密也不少。"

慕家那座被法院查封了的别墅,价值可远远不止五十万元。

顾南城从卧室走出去,正要下楼的时候陆笙儿打来电话。他看着手机上闪动的名字,薄唇抿成一条直线,面无表情。

末了,他还是淡漠地接电话:"什么事?"

男人的语调过于冷漠，在她的印象里，他很少用这样冷漠的态度对她。

陆笙儿缓了缓才适应过来："你现在……是不是很忙？"

他淡淡地道："你找我是特意问我忙不忙？"

"有空的时候能帮我一个忙吗？"陆笙儿轻声道，"不会耽误你太多的工夫。"她顿了一下，有些勉强地继续道，"如果你没空的话就算了……"

"有什么忙是你不能找自己男朋友非要找我才能帮的？"

他的语气很平淡寻常，但是陆笙儿轻易地听出了一股讽刺的味道。

她叹了口气，苦笑道："你还是很生气……因为我撤诉让江树出狱，让慕晚安跟你分手吗？是不是因为这件事情，你打算跟我老死不相往来？"

顾南城眉目不动，看着落地窗外的夕阳，淡淡道："说吧，什么事？"

"你知道'永恒的眼泪'吗？"

"嗯。"

"那枚戒指是当初锦墨的爸爸送给他妈妈……他们家出事后戒指不见了，也不知道到哪里去了。几年前它在爱尔兰的拍卖会上出现过，但是被神秘人拍走了，我一直在留意……前几天听说有它的踪迹……南城，你方便的话……能不能帮我查查？"

顾南城淡笑了一声："永恒的眼泪是婚戒，你想找到它然后买下来向他求婚吗？"

陆笙儿在电话那端没有说话，呼吸很轻，重复地问了一遍："可以吗？"

"好。"他波澜不惊，"我让人去查。"

"谢谢。"

顾南城没多说，挂断了手机，然后发了一条简单的短信出去，随即收起了手机吩咐在擦茶几的保姆："太太在睡觉，她醒来后给她煮一杯醒酒茶，炒几个菜，我十点左右会回来。"

"好的，先生。"

慕晚安醒来的时候，窗外的天已经黑透了，她有点蒙，抚着脑袋慢慢坐起来，手随便一动就摸到了两个类似本子的东西。

摸到开关打开屋子里的灯，她下意识低头去看，"结婚证"三个字毫无障碍地跳进她的眼帘。

吃了一惊，她伸手把其中一本拿了过来，打开，一张合照贴在那里。

她有些茫然，看了看上面的日期，脑海中不断地回放破碎的片段。虚虚实实，她甚至分不清哪些是真的，哪些是假的。她喝醉了睡蒙了就这么糊里糊涂地被顾南城领着把证扯了？

他对结婚这件事情到底是有多随便？

正想下床找水喝，余光扫到床头搁置着的玻璃杯，一杯乳白色的牛奶，她微微一愣，门忽然被敲响。

"进来。"

一个四十岁左右收拾得很整齐利索的妇女站在门口，脸上挂着笑容："太太您醒来了？先生说如果您醒了应该会饿，我买了点新鲜的食材，给您炒两个菜好吗？"

还没等慕晚安回答，她又道："我是顾先生请的保姆，姓林。对了，先生还专门吩咐我替您爷爷做了晚餐送到医院，他说您身体有点不舒服。"

她依然愣怔，随即轻轻地点点头："谢谢你林妈……我是有点饿，麻烦给我简单弄点吃的。"

"好的。"

脚落下去，她踩在柔软的拖鞋上。

她低头果然看到一双浅蓝色的新拖鞋，穿上鞋子，抬手端起玻璃杯将里面的牛奶都喝完。

她拿起手机看时间，还没开锁就看见上面显示的信息：太太，把牛奶喝了，衣帽间出门左拐，让林妈给你做晚饭，然后等我回来。

她盯着屏幕上的这几句话看了一分钟，忽然觉得顾南城是个很可怕的男人。

像一个不应该靠近的深渊，她随时随地都可能掉下去。

餐桌上已经摆了两个菜，她看了一眼后，特意去厨房朝林妈道："我一个人吃不了很多，随便弄点就可以了。"

"好的，太太，再煮个汤就好了。"

慕晚安看着桌上的菜色，全都是她喜欢吃的，她拿起筷子微笑："林妈手艺好像很不错，都是我爱吃的。"

林妈捂嘴笑："刚刚来我不清楚太太的口味，不过先生很清楚。"

慕晚安低头抿着味道鲜美的鱼汤,心想,他们甚至没有一起吃过饭……他就摸清楚她的生活习性了吗?

才喝了几口汤甚至没吃一粒米,她带下来放在茶几上的手机就响了,她起身去接了电话:"出什么事了吗?"

打来电话的是白叔:"小姐……您现在能来医院吗?"

"是不是爷爷出什么事了?他怎么了?"

如果不是发生了什么事,白叔不会在这个时间打电话给她的,什么都顾不得,她直接就转身往门外跑去。

"不是。"白叔听出她很着急,连忙道,"老爷子吃完饭看了一会儿电视就睡了,是……是那个人来医院了,她非要去看老爷子,说是……"

慕晚安一张俏脸立即冷了下来:"我马上到,你帮我拦着她。"

"太太……太太。"林妈在后面担心地唤,"您要去哪里?"

"去趟医院。"

"您等等……要给先生打电话让司机过来吗?先生说了车库里还停着车……"

慕晚安的脚步顿住,这边是别墅区,打车没那么方便,尤其现在是晚上。"林妈,你知道车钥匙在哪里吗?"

半个小时后,慕晚安赶到了爷爷的病房前。

白叔挡在门口,他前面半米处站着一个穿着高跟鞋的女人,两人正在对峙,那女人的身后跟着一个穿黑色西装的保镖,是外国人。

她一靠近,就听见女人低声吩咐身后的保镖:"班,把白先生请开。"

那保镖应了一声"好",面无表情就要上去把一脸愤怒的白叔拉开。

"谁给你的权利在这里撒泼?"

慕晚安几步快速地走了过去,挡在那保镖的面前,眯着眼睛,静美的脸覆着一层冷然的白霜:"从我爷爷的病房前离开,马上。"

"晚安。"那女人穿着一身叫不出牌子的衣裙,打理得一丝不苟,从盘着的头发到手上提着的包,无一不彰显着她的身份。

"听说慕老病了,所以我过来看看。"

慕晚安直视对方,无一丝闪躲:"我说得很清楚了,从我爷爷的病房前离开。"她扬起嘴角,露出极深的讽刺表情,"他老人家年纪很大了,身体也不好,我麻烦你让他安安心心地度过晚年行吗?"

女人皱起眉头,似乎对她这样的措辞很不满,却没有明显地表露出来,只是道:"晚安,我只是有些话想跟慕老说,毕竟……"

她的话只说到这里就戛然顿住了,因为黑衣长发站着的女孩冷冷而嘲弄到骨子里的眼神,让她转换了语气,她转而淡淡地道:"晚安,你还太小,有些恩怨,并不是你以为的那样。"

"看着我,看看我的脸,你不觉得心里堵吗?"

女人瞬间僵硬,眼神复杂地看着过于年轻的女孩。

"我怎么以为的并不重要,你只需要知道,我跟我爷爷不想看到你的脸,世界这么大,这个很容易做到。"

"晚安,"女人的气势淡而从容,"我说了,你还太年轻,很多事不懂。如果你不肯让开,那我只能让班请你让开,你应该明白,性子太犟会吃亏。"

女人的话说完,慕晚安仍然没有要让开的意思,名叫班的保镖毫不迟疑地走了过来,大力地握住慕晚安的手臂,强行将她拉扯到一边。

那保镖身材高大,白叔想上来阻止都被拦住了。

慕晚安的手被他一只手扣着,看那女人推开门,不顾一切地死命挣扎,可是怎么样都挣脱不开。

一分钟不到,里面响起一阵巨大的咳嗽声,紧跟着响起慕老微微沙哑的吼叫声:"滚!给我滚出去!"

一句话断断续续地说完,咳嗽声越来越大。

慕晚安听着眼泪都要溢出来,转头朝单手扣住她的男人尖叫"放开我!我叫你放开我,我爷爷有个什么三长两短,我死都不会放过她!"

那保镖吃了一惊,随即脚尖被狠狠地踩住了,突兀尖锐的痛让他手一下松了。

慕晚安用力将他推开,然后转身用力地推开门跑了进去。

慕老靠在枕头上剧烈地咳嗽着,沟壑深深的脸涨得通红,仿佛随时都会因为情绪过激和咳嗽而背过气。

慕晚安立即跑过去,俯身轻轻拍着爷爷的胸口:"爷爷……爷爷您别激动。"她急得泪眼蒙眬,伸手摁铃,放柔声音不断地哄道,"我在这里,您别动怒……"足足过了三分钟,慕老才慢慢地缓过来,不再那么激动,赶过来的护士动作很快地给他检查身体。

"晚安,"慕老摆摆手,合上眼睛,声音显得苍老,"让她出去……"

"好,爷爷,您别生气……"说罢她站了起来,转身的瞬间,一张俏美的脸蛋温度降到最低,一步跨过去直接拽住女人的手,将女人往病房外面拖。

"啪——"

将人扔出病房,一个巴掌朝着对方的脸毫不犹豫地甩了下去,慕晚安气得发抖,一个字一个字地吐出:"现在,给我滚。"

一边的保镖正要过来,低冷厚重的声音在另一边重重地砸下:"慕晚安,谁教你对长辈动手的?马上道歉!"

慕晚安落在身侧的手一下攥紧了。

一旁的白叔担忧地看着她。

她侧过脸,凉薄的眼神落了上去:"带着你的女人,滚。"

穿着铁灰色西装气度不凡的男人走了过来,眉头紧皱,看着她,沉冷地重复道:"我让你道歉。"

他站在那里,因为气场过于慑人,轻而易举地散发出不怒自威的感觉。

慕晚安勾了勾唇,嘲弄地说道:"你们是不是很想火,想让你们那感天动地的爱情故事尽人皆知?"

男人阴沉着一张脸,皱着的眉头彰显出他罕见的怒意,然而没有表现出来,反倒冷淡地吩咐:"班,带她上车。"

保镖再度一把握住慕晚安的手腕,面无表情地就要将她带出去——

"呵。"低低的同样属于男人的嗓音响起,"我太太的手可是很金贵的,弄伤了再剁一双也未必赔得起。"

顾南城暗沉的眸里蓄着毫无温度的笑,还没下令,他身后的两个男人就已经一个箭步冲了上去,将西方男人的手强力隔开。

慕晚安的睫毛上沾着泪水,他走过去搂着她的腰时她整个人都是紧绷的。

男人吻了吻她的发,并没有去看一边的人,只是抚着她的脸庞低声问道:"被欺负了就只知道傻站着?笨死了。"

原本只是蓄在眼眶里的泪水一下全都掉了下来。

顾南城以手指替她拭去泪水,未曾抬眼瞧他们一眼,语调很是寻常地开了口:"两位,我太太得罪你们了?"

擦完眼泪,他又拿起她的手,挽高了袖子检查,看见一道颜色很深的青色痕迹,皱眉,十分不悦:"受伤了?"

"让他们走。"她扯着他的袖子,带着哭腔,"我不想看到他们,让他们滚。"

一直没有说话的女人淡淡地插嘴:"晚安,我们之间的事情外人不方便插手,你懂点事……"

顾南城眯了眯,看过去时视线冷冽得像是闪着寒光的匕首,一不小心就会把人的皮肤刮出血:"趁着我要哄我太太没空,立刻滚。"

他很年轻,深沉的眉宇之间是一片内敛的沉静,唯有薄唇有着锋芒过盛的弧度。

"你们结婚了?"问话的是之前动怒的男人,他眼神复杂地看着咬着唇的女孩,"什么时候的事情?"

"四个小时前。"顾南城脸上挂着温和的淡笑,然而笑意丝毫不达眼底,不紧不慢地开口,"两位,虽然我不想在我的医院发生保安扔人这样难看的事情,但是倘若我太太很不开心,那么再难看的事情也无法避免。"

半分钟的对峙后,男人望着晚安的视线挪开,他牵起身侧女人的手,淡淡地道:"回去。"

顾南城良久才收回目送那两人的视线,眸底越发阴深,俯首,温热瘙痒的呼吸都落在她的脖子里:"带我去见你爷爷?"

"啊?"慕晚安抬眸望着近在咫尺英俊得令人几乎挪不开眼的男人,心跳失了一个节拍,忍不住屏住了呼吸。

"我特意扔下工作过来。"顾南城睨着她,似笑非笑,"还不够资格见你的长辈,我是不是白疼你了?"

"今天不行。"她咬着唇瓣,瞧着他的神色,嗓音温软,"爷爷刚刚受了刺激……他现在心情不好,我明天再跟爷爷提,好不好?"

顾南城低头吻了吻她的面颊,"嗯"了一声道:"你进去看你爷爷,我待会儿带你一起回去。"

"好。"

慕晚安推门再次进入病房，护士已经检查完，见她进来立即朝她露出舒缓的笑："慕小姐您别担心，慕爷爷没什么大碍，已经稳定下来了。"

她紧绷的神经终于松懈了几分："好，谢谢。"

"晚安啊。"老人有些吃力地唤着她，"过来。"

她连忙走过去，握住爷爷的手，有些娇嗔又有些埋怨："爷爷您吓死我了。"脸蛋靠上去，"以后再遇上他们您不要搭理，我马上过来替您驱赶。"

慕老慈爱地看着她，轻轻地拍了拍她的脑袋："傻孩子，一把老骨头了迟早要走的。"

慕晚安听到这句话，眼泪又要掉下来。

"没事没事，爷爷没事。"慕老握着她的手，干燥温暖，"没有看到我的乖宝贝披上婚纱，没有把她交给让我觉得放心的男人，爷爷是怎么都不会走的。"

披上婚纱。

慕晚安抿唇，很快露出微笑："才不要，爷爷要一直陪着我。"

"说的什么傻话。"慕老拍了拍她的脑门，笑道，"很晚了，回去睡吧。"

她眨眨眼睛，撒娇："今天我在医院陪您好不好？这边有床。"

"回去回去，听话，爷爷年纪大了整天躺在医院，你别跟着在这儿瞎闹，乖，回去洗个澡舒服地睡觉，别让爷爷担心。"

慕晚安垂眸，露出不高兴的表情："那好吧，我明天过来陪您。"

有时候，爱一个人，不是给他你想给的，而是给他所希望的。

带上病房的门出去，她转身一眼就看到男人姿势慵懒地倚在那里，一看便知是在等待，手指间的香烟燃到了一半，烟雾模糊了他的俊脸，勾勒出别样的感觉。

看她朝自己走来，顾南城踩灭了烟头，自然而然地道："回家。"

从慕家别墅被法院查封开始，"回家"这个词就离开她了。

她缓了缓，半晌才"哦"了一声。

回到南沉别墅，顾南城跟着慕晚安进了卧室，慕晚安这才彻底反应过来。

她跟这个男人……是夫妻了。

虽然领证的过程中她有些昏沉，但是毕竟灌醉自己的是她并不是他。

顾南城一派优雅从容地解着衬衫的扣子，她看着他本来很寻常的动作，一下变得紧张起来："你……你解扣子……干什么？"

顾南城本来是打算脱衣服洗澡的，闻言抬眸朝她看去，小女人站在灯光下，不知道手放在哪里，局促不安。

他笑，薄唇往上扬了扬。

脱……脱衣服……是要脱衣服的。

慕晚安的手指绞在一起，脑子里出现几秒钟的空白，眼睁睁地看着男人把深色的衬衫脱了露出白色的背心，她想也没想就道："让我去洗个澡冷静一下……"

说着，她就慌慌张张地跑进了浴室。

男人随手扔了手里的衬衫，看着她的背影，嘴角勾起。

太太好像没拿衣服进去。

浴室里，慕晚安看着镜子里的人，捧着自己的脸，用力地拍了拍，该来的迟早要来，来了才会过去。

洗了个澡，然后洗头发，她找了一圈才后知后觉地发现自己没有带衣服进来。

浴室的门打开，顾南城掀起眼皮，看着裹着白色的浴巾顶着湿漉漉的长发出来的女人，将手里的平板关掉，放在一边。

慕晚安摸着自己的头发，朝他笑了一下："你洗澡，我擦头发。"

说罢，她就在他的视线里走到床沿边坐下，自顾自地开始吹头发，手指穿过黑色的长发，裹着的浴巾露出白皙的肩膀和腿。

她静静坐在深蓝色的床褥上，无声的妩媚气息，飘进他的鼻里。

顾南城洗完澡出来就看到已经吹完头发的女人坐在床沿看着窗外，下巴搁在屈起的膝盖上，在发呆。

顾南城心头一动，低头吻了上去……

慕晚安本来是有点认床的，但也许是因为在这张床上睡过两晚，加上白天和前一个晚上都闹得她身心疲惫，所以她睡得很沉。

之前从未跟人同床，所以身侧的人一起床，她就醒过来了。

顾南城洗漱完出来，就看到女人穿着宽松的睡裙，长发随手绾着，床上已经整理好，床尾放着摊开的西装、领带和衬衫。

她正在拉窗帘,朝外面的阳光伸了一个大大的懒腰,淡金色的光线在她白皙的脸和脖颈上落下一层明媚。

换了衣服,顾南城出声唤道:"过来给我打领带。"

慕晚安转过身,看着在穿衣服的男人,抿唇道:"可是我不会……"

男人就这么睨着她:"不会?你觉得像话吗?"

太太连领带都不会系,是蛮少见的。

她走过去在他的面前停下,手指梳理着自己的长发:"我真的不会,容易的话你教我?"

顾南城睨她一眼:"衣帽间有很多领带,网上有很多视频,明天早晨之前学会。"

她瞧他看不出喜怒的脸一眼:"好。"

他给自己打领带,英俊冷然,从下巴到袖口无一不彰显着男人的完美和矜贵。

可惜……

她默默地垂头,正在想要不要跟他一起吃早餐,头顶已经响起了男人的声音:"顾太太。"

"嗯?"她抬起脸。

顾南城今天穿的是加长款黑色西装,整个人看上去更加修长挺拔。他低头朝她逼近。

慕晚安快不能呼吸,下意识地往后退,猝不及防跌倒在床尾坐下。

男人容颜清俊,俯身将手臂撑在她的腰侧:"还好吗?"

她缓了几秒钟才反应过来他问的是什么。

她躲开他的视线:"还好……"

顾南城这才满意了,低头在她的脸上吻了一下:"嗯,洗漱了就下去吃早餐。"

"你不在家里吃早餐吗?"

"今天时间有点晚,我先去上班。"他淡淡然地解释,"明天陪你吃早餐。"

吃完早餐,慕晚安就去医院陪爷爷。

天气不错,在护士和白叔的帮助下她把爷爷抱上了轮椅,推到医院下面湖边的草地散步。

因为是上午,人还不是特别多。

慕老穿着大衣,额头上布着岁月的褶皱,他的手搭在晚安的肩膀上,声音仍旧很苍老:"晚安,他这次回国主动联系你了吗?"

这句话,他像是思忖了很久,又像是忽然问起。

慕晚安脸上的笑容僵了一下,很快便消失:"嗯,联系过。"

干燥温暖的大手抚摸着她的头发,慕老慢慢地叹息了一声:"找个时间,约他来医院一次吧。"

慕晚安愣住:"爷爷……"

慕老的眼睛带着老年人特有的浑浊,他看着远处静静的湖泊,手轻轻地拍了拍她的肩膀:"晚安,顾南城对你好吗?"

晚安彻底僵住了,张了张唇,一下不知道应该说什么。

"傻孩子,你真以为爷爷整天躺在病床上,就什么都不知道了。全安城都知道的事情,我怎么会不知道?"慕老苍老的声音有些沙哑,慈爱的脸上带着笑,"答应爷爷,如果你不喜欢他,就跟他分开。"

"顾南城,终究是个外人。"慕老缓慢地道,没有责怪,也没有过激的情绪,就仿佛只是在跟她分析,"是爷爷年纪大了,非但没能让我的乖孙女过舒舒服服的日子,还要你为我担心这么多。"

"爷爷您别这么说。"她的眼睛里有湿意,心尖泛着疼,"不是您听到的那样的,顾南城挺好的。"慕晚安扯着嘴角,露出微笑,"大家不是都说我上辈子拯救了银河系,这辈子运气才这么好,出生在慕家,慕家出事还没受苦就又遇上了顾南城吗?"

"要是真的那么好,你怎么这么久还没把他带到我面前来?"慕老一语道破,眼神犀利。

"我本来是准备今天跟您说的。"晚安轻声道,"爷爷,您别担心我,我有分寸。"

她有分寸。

慕老的眼神恍惚了一下,随即叹息:"是啊,你从小就懂事,从来不会让人操心,反倒是操心爷爷一把老骨头。"

慕晚安的脸蛋靠在爷爷的手臂上,亲昵而依赖。

"我们现在落魄了高攀人家,你跟着他日子也不会好过的。即便顾南城真的好,你在这样的形势下跟了他,往后,他跟他们家也会瞧不起你的。"慕老沉默了几分钟,语速仍旧缓慢,人仿佛一下苍老了很多,"你要是真的觉得他好,爷爷不会反对,抽个空把你爸爸叫过来吧,我来跟他说。"

慕晚安抬起头抿唇而笑:"以后我对顾南城来说是不是外人我不知道,但他对我来说,不论从前还是将来,永远是外人。"

陪爷爷吃完午餐,慕晚安就接到顾南城的电话,他说是有东西要给她,所以让她去他的办公室一趟。

等她出医院大门的时候,陈叔的车已经等在门口了:"太太,顾总让我来接您。"

慕晚安点点头,笑容温婉,很客气道:"谢谢陈叔。"

GK国际传媒占据了一整栋写字楼。

"慕小姐,"前台小姐的态度恭敬,带着点怕得罪她的小心翼翼,"您预约了吗?还是我打个电话上去跟章秘书说一声呢?"

慕晚安眉目温然,嗓音听着很舒服:"你们顾总打电话让我过来的,需要的话你也可以打个电话问问。"

"那不用,我带您上去。"

慕晚安颔首浅笑:"谢谢。"

那天在叶庄她爆出他们的婚讯,顾南城非但没有否认,反而当着所有记者的面吻了她,坊间就传闻顾公子深爱过她,迈过万花丛,已经在人间游戏够了,所以准备娶个女人迈入婚姻的坟墓。

家世落魄却仍然门当户对的慕家千金,就是最后的顾太太。

谁都不敢怠慢。

慕晚安敲门进总裁办公室的时候顾南城并不在。

办公室很宽敞,落地窗使得光线充足,装潢以灰和白的色调为主,整体看上去干净而冷贵。

慕晚安在沙发上坐下,一眼就看到了茶几上的几张资料。

最上面是一张照片,镶嵌红宝石的戒指,颜色醒目。

永恒的眼泪。

办公室的门被推开了,略带清冷的嗓音带着些欣喜响起:"真的找到了吗？能不能联系到卖家……"

陆笙儿的声音在看到沙发上的身影时顿住，脸上有意外之色。

女人黑色的长发垂下，挡住了半边脸，从这个角度看不到她的神色，但是她落在茶几上的手攥成了拳头。

"南城，"看顾南城脸上并没有什么意外的情绪，陆笙儿才反应过来他是知道慕晚安在这里的，有些勉强地笑了，"原来你们已经和好了。"

是因为和好了，所以才不计较江树的事情了吗？

她了解顾南城，他一贯公私分明，尤其反感女人在他工作的时候打扰他。

"嗯。"顾南城眉目波澜不惊，进了办公室就将西装外套脱了下来，只剩下深灰色的衬衫，"我们结婚了。"

结婚了？

陆笙儿错愕地看着他，震惊得说不出话来："结婚了……是什么意思？"

把西装放好，他淡淡地道："就是领了结婚证，在法律上我们是夫妻了。"

陆笙儿觉得这个男人简直是疯了，他就这么轻描淡写地说他们已经领了证结婚了，他跟慕晚安认识才几天？

她抽气又呼气，手抚着额头："你结婚这么重要的事情……之前跟我吵架不告诉我就算了，你都不告诉锦墨的吗？"

顾南城看她一眼，不在意地道："举行婚礼的时间已经定了，到时候自然会公布。"

到底是婚礼重要，还是结婚证重要？

陆笙儿看着他温淡冷贵的侧脸，一句话都说不出来了。

"这枚戒指？"浅浅地笑着，慕晚安侧过脸看着他们，眼神带着期待，"是准备送给我的吗？"

不等顾南城回答，陆笙儿已经开口了："不是，晚安，这枚戒指是我要……"

她的话还没说完，慕晚安就坐在那里蹙眉了，很不高兴的样子："我还没有问，为什么南城工作的时候会跟陆小姐在一起。"

陆笙儿没有料到她会这么问，这不像是慕晚安会问出的问题。

顾南城迈着修长的腿朝她走过去，摸摸她的发："笙儿来接东西，乖，别闹。"

他若是跟陆笙儿有什么见不得人的事，就不会打电话叫她过来了。

这是明摆着的。

慕晚安紧紧地攥着那几张资料:"这枚戒指不是送给我的吗?"

他皱眉:"不是……"

"是你打算送给她的?"她用了很软的声音,像极了吃醋撒娇的女人,但是隐隐有着一股咄咄逼人的气势。

顾南城眯眸,骨节分明的手指施施然捏着她的下巴,唇畔噙着笑:"我只是帮笙儿找一份资料,不吃醋,嗯?"

陆笙儿在门口看着他们互动,淡淡地笑着,平静地出声:"晚安,这是我想送给锦墨的惊喜,之前收到消息,这枚戒指正在出售,我才让南城帮我查……"

"永恒的眼泪,市价将近八位数。"慕晚安抬眸对上陆笙儿的眼睛,清浅地笑着,"陆小姐虽然最近迅速蹿红人气暴涨,但是这个价位还是显得略高了,如果要买薄总迟早会知道的,还是说……"她拖长了语调,唇上始终带笑,"要让顾公子埋单呢?"

陆笙儿看了她半晌,还是平淡地回答:"放心,我不会让南城为我看上的婚戒埋单,顾太太。"

"哦?"她挑起嘴角,抬手捡起茶几上摆着的资料,浅笑着道,"那么他让人查的资料陆小姐应该也不会需要了吧。"她作势就要把那几张资料撕掉。

手腕被男人的手扣住,顾南城稍微用力,将她扯进了自己的怀里,微沉的语调里已经有了不悦和警告的意味:"晚安,我再说一次,别再闹了,把东西给她。"

慕晚安转过脸看着他:"你昨晚才跟我……今天却为了她跟我发脾气?你怠慢我就算了,她明知道这么做会让你难受,还巴巴儿地求着你给她找婚戒炫耀幸福。"

精致的下巴微微抬起,她不闪不躲地对上他的眼睛,看着男人深沉敛着怒意的眸正卷着翻滚的暴风雨,暗得好似能渗出墨。

她继续轻慢地笑着:"既然如此,你花这么多钱娶我干什么?继续跟着她啊。"

即便阳光轻盈明媚,也丝毫暖不了温度本就偏低的办公室。

死寂的气息蔓延开。

顾南城看上去很平静，眼神却诡异森然，像是透不进光的深海，阴森深寒地裹着她。

高跟鞋的声音急促地响起，慕晚安偏过脸去看陆笙儿的时候，一个巴掌带着冷风直接扇到了她的脸上。

"啪"的一声，响亮刺耳。

陆笙儿很气愤，这从她紊乱急促的呼吸就能判断出来："慕晚安！"

手掌的力道很大，慕晚安落在她的脸上火辣辣地疼。

陆笙儿捏着拳头，眼神冷得像是冰刀："就因为南城帮我找一份资料，你就用这么难听的字眼形容他？你到底是在吃醋还是在侮辱人？"陆笙儿看着从头发到鞋子都一丝不苟、五官标致的女人，此时从眉梢到嘴角都展露着她曾经高雅的痕迹："慕晚安，因为吃醋就出言侮辱自己的丈夫，你不觉得自己简直低级吗？"

要怎么形容慕晚安给她的感觉呢？

盛绾绾从来就是穿着红色公主裙的小女王，顶着安城最漂亮的脸，被小男孩吹捧，被小女孩羡慕嫉妒。

唯有慕晚安的眼神从不带这种情绪，她安安静静地看书，安安静静地弹琴、画画，笑容得体礼貌，优秀乖巧。

慕晚安是那个时候，她所看到的唯一不艳羡盛绾绾，也丝毫不畏惧她的挑衅的人，带着她无法企及的内敛倨傲。

如今，她不明白，为什么这个女人变成了这个模样，难道就因为慕家破产吗？

慕晚安抬手摸了摸自己的脸，眼神淡漠，扬唇笑了笑，嗓音轻柔："原来你还知道他是我的丈夫不是你的丈夫，所以你今天是以他心上人的身份在教训我呢，还是以……好朋友？"

"好朋友"三个字从她嘴里吐出，那浓烈的讽刺简直张扬。

陆笙儿深吸了一口气，压制着心底的怒意："扪心自问，晚安，"她尽量用平静的语气跟她说话，"南城对你不够好吗？你们家出事，他帮你解决债务问题；你爷爷住院，他替你组织最好的医疗团队；你为了江树的事情跟我做交易，他最后也没有把你怎么样。说白了，在这场婚姻里，你需要他远远超过他需要你，你这么理直气壮地说他，不觉得自己伤人吗？"

慕晚安的神色没有很大的变化，依然淡淡凉凉地睨着她："伤人的事情，我不过是说了几句话,万万比不了这些年你理所当然做的事情,还是说……"她笑了笑,"这些事情只能你做,而我不能说?"

陆笙儿脸色一白,下意识地看向一旁的男人。

顾南城并没有看她,一双深沉冷然的眸始终锁着慕晚安的脸,暗藏看不透的情绪。

"笙儿,"男人阴沉淡漠的嗓音响起,"你先出去。"

他的手搭在慕晚安的腰间,身姿挺拔清俊。

陆笙儿闭了闭眼,看了一眼慕晚安手里的资料,低声道:"我拿了资料就走。"

慕晚安手指顿了一下,抬手就要撕掉那几张资料——

"慕晚安,"男人的手捏住她的手腕,语气冷漠,"把你手里的资料给笙儿。"

下一秒,纸张撕裂的声音打破办公室的死寂。

陆笙儿难以置信地看着女人面无表情的脸。

不等她开口,顾南城冷到极点的声音再次响起:"笙儿,我让你出去。"

戒指的资料……

陆笙儿看着撕碎了落在地上的纸张,转身走了出去。

办公室的门被带上了。

他沉重的呼吸声落在她的耳边:"对你好,看来真的是我的错。"

温和英俊的男人,此时眯着狭长而幽深的眸,冷冷地盯着她。

她耳边忽然回响起刚才陆笙儿说的那些话,绯色的唇慢慢地抿起。

她垂着眸,低声笑着开口:"我哪里说错了吗?"不去看他的脸,她就这么轻轻巧巧地道,"本来就是这样啊,你难道不是对她念念不忘吗?她毫无忌惮地让你帮她找婚戒,你心里难道不会觉得不舒服吗?"

"慕晚安。"他很少这样连名带姓地叫她,"你该知道,我娶的是聪明懂事的淑女,不是毫无分寸的妒妇。"他掐着她的下巴,让她只能跟他对视,眸深如墨,带着令人窒息的气场,"我只说这一次,所以你给我记清楚,我既然娶了你答应给你顾太太所有的一切,那就包括忠诚。我对你好,不是为了让你蹬鼻子上脸不知好歹,否则你的日子会很难过。"

冷漠地说完,他才面无表情地转身朝办公桌走去,淡漠的语调传来:"现在我不想看到你,让陈叔送你回去。"

慕晚安坐在沙发上,看着男人深灰色衬衫的背影,慢慢地起身:"那我走了。"

顾南城背对着她,没有回答。

她伸手打开办公室的门,忽然想起,他叫她过来,还不知道是因为什么。

"顾总,您要我买的药买来了……"章秘书的话在看到晚安时戛然而止,很快她笑了笑,"夫人,这是顾总让我买给……"

"扔了。"冷漠的两个字响起。

章秘书愕然,这才发现两人之间的气氛不大对。

"顾总……"

慕晚安看着章秘书为难的模样,愣怔地问道:"买给我的吗?"

"是……"

"我让你扔掉。"男人的嗓音又冷了一层,"听不懂话不想混秘书这一行了,是不是?"

顾总发了好大的脾气,他们吵架了吗?

章秘书不敢违抗他的命令,回了一句"是"就顺手把药连着包装袋扔进右手边的垃圾桶里:"没有其他吩咐的话,顾总,我先回去工作了。"

说罢,她没有管晚安就连忙离开了。

慕晚安一手搭着门框,偏过脸去看被章秘书扔到垃圾桶的纸袋子,上面写着某药店的名字。

脚转了方向,她俯身弯腰去捡,还没有摸到,男人冷漠嘲弄的嗓音就响起了:"捡什么?被人看到说我顾南城的太太在垃圾桶里面捡东西!"

没有在意他刻薄的语气,慕晚安还是把那袋子捡了起来。

"扔了。"又是那两个字。

慕晚安抿唇:"你已经扔了就不是你的东西了。"

"这间办公室里什么东西不是我的?"他坐上了黑色的商务旋转椅。

她瞧他一眼,抱着纸袋子低着头出去了。

她随手关上了门。

办公室内,顾南城一张英俊的脸阴沉得像能渗出水,薄薄的唇瓣抿成一条直线,忽然抬手将办公桌上的东西全都扫到了地上。

"呵。"

薄唇溢出一个音节，的确是他的错。

慕晚安抱着纸袋子经过秘书室，碰到拿着玻璃杯准备倒水的章秘书。章秘书因为出神差点撞到了她的身上："夫人。"

慕晚安抬头，看了一眼淌在地上的水，很不好意思："抱歉……"

"没事没事。"当秘书的哪敢接受总裁夫人的道歉，她看了一眼晚安手里的纸袋子，有意无意地道，"顾总今天早晨一到公司就问我……看起来有点懊恼……"

慕晚安呆住。

慕晚安坐陈叔的车回南沉别墅。

她坐在后座上，握着自己的手机，要打个电话道歉吗？

那些话很难听很伤人，不用陆笙儿说她都知道，更何况，她没有资格说那些话，承受债务和恩惠的是她，顾南城对她仁至义尽。

她捏着唯一没有被撕掉的照片——镶嵌红宝石的婚戒。

盛绾绾那个不长脑子的女人，为了凑爷爷的手术费贱卖了她的婚戒，不担心薄锦墨捉到她吗？

包里的手机铃声忽然响起，慕晚安拿出来看了一眼，手机屏幕上是她认识的一个导演的名字。

"唐导，您好。"

"晚安，你爷爷的身体好点了吗？"

"手术很成功，再住院观察休养一阵应该就可以出院了，谢谢您的关心。"

"最近有时间吗？我正在拍一支广告，助理怀孕辞职了，暂时找不到称心的助手，你抽得出时间的话，我筹备的新电影副导的位置，也给你空着了。"

唐初是娱乐圈里资历很深的导演，慕晚安毕业以后直接入行，因为资历和年纪，她并没有急着出头，反倒是混迹各大片场，学了不少实践的东西，也积累了不少人脉。

她是赫赫有名的慕家千金，出事前如鱼得水，家道中落后，真朋友、假朋友像黑与白那样清楚区分开来。

唐初脾气虽然坏，但是心直口快没什么恶意，加上之前与她有过短短的几次合作，他确实欣赏她的才华。

慕晚安想也没想就回答："好啊，我有时间，什么时候可以开工？"

唐初笑了笑，懒懒道："随时，你闲的话现在就可以过来。"

"广告在哪里拍？"

问了地址，她原本闷闷的心情一下就变好了，笑眯眯地朝前面道："陈叔，我先不回南沉别墅了，你送我去另一个地方。"

陈叔为难："可是顾总说让我送您回家。"

"没事，我晚上回去会和他说的。"

拍广告的地点在市中心一家商场里，她进去的时候就注意到这是 GK 旗下新领域开的第一家商场。

片场已经被工作方围了起来，不知道是哪位明星即将出场，众多粉丝在周围耐心地等着。

"晚安，这里！"

顺着声音看过去，慕晚安一眼就看到朝她招手的男人。她很快地跑了过去。直到走近了，她才发现站在一侧背对着她跟唐初交谈的女人背影很眼熟，放慢脚步，她已经猜到是谁了。

果然，下一秒，陆笙儿回过头看向她："晚安。"

陆笙儿的面容寡淡，眼神带着不可名状的复杂情绪："刚刚唐导说你会来，我还以为你不会来了。"

唐初大老爷们一般坐在那里："你们应该认识对方，晚安，这是这支广告的女主角，笙儿，晚安是我的助理。"

陆笙儿淡淡地笑："助理？"

堂堂慕家千金，GK 的总裁夫人，居然自降身价跑过来当一个助理？她撩了撩长发，仿佛失笑："晚安，我的存在真的让你这么介怀吗？"

慕晚安蹙了蹙眉，随即脸色也淡了，挂着官方式的微笑，仿佛一个小时前那场争吵和那个巴掌压根不存在："陆小姐，合作愉快。"

拍这样的广告对唐初这样的导演来说完全是大材小用，事实上慕晚安来了之后，他摆摆手就把导演坐的那张椅子直接让给了晚安。

"陆小姐的身价今非昔比,要不是这支广告是GK旗下的产品,她估计不会接,好好表现。"

陆笙儿是GK旗下的女艺人,几乎所有粉丝都知道她跟安城两大"男神"的爱恨纠葛,简直羡煞整个安城的女人。

慕晚安懂唐初的意思,给她机会靠陆笙儿的名气在圈子里打响名号,然后慢慢扩展,一步步地走。

抬手比了个OK的姿势,她问身边的人借了一个发圈绑好头发,很快进入状态。

整个拍摄过程还算顺利,陆笙儿很敬业,所以很配合,慕晚安对镜头和摄影机的把握也驾轻就熟。

拍摄时间一直到傍晚,还剩收尾的时候,唐初叫了"停",让大家休息。

洗手间,慕晚安站在盥洗盆前洗手,门被推开,她抬起头就看到陆笙儿走了过来。

陆笙儿拿出化妆包边对着镜子补妆,边淡淡地道:"我看你的功底已经很深了,何必在这里当助理浪费时间?"

"还好,我不觉得浪费时间。"

"晚安,既然你们已经结婚了,这就是既定的事实。"她侧过妆容精致的脸,抚着自己的额头,捏着眉心,"你可以对他好一点吗?"

慕晚安拿梳子出来重新整理头发,对着镜子没有回答她。

陆笙儿转过身,面对她:"我以后会和锦墨结婚,不会成为你们之间的障碍,所以你无须因为不喜欢我而对南城抱有任何的成见。他给你婚姻,给你宠爱,给你想要的一切,这难道不好吗?

"戒指的事情,他只是纯粹地帮我一个忙而已,即便我和他之间没有任何关系,即便是因为锦墨,他也照样会帮我,你懂吗?"

将长发拢起,扎好,慕晚安抽出纸擦了手,什么都没说,扔了纸走了出去。

他们休息了大概二十分钟,将剩下的部分拍完时,天差不多全黑。

唐初叼着烟朝晚安走过去:"有点晚了,要不待会儿跟我们一起吃饭?"

慕晚安想了想还是微笑着拒绝:"不了,我先回去了。"

现在是晚上七点左右,不知道顾南城有没有回家,如果他看到她不在,指不定会觉得她耍性子,她下意识地看了一眼手机屏幕,没有任何的来电或者短信。

唐初也没有强求,点了点头:"好,我晚点让人把剧本和资料发到你邮箱，你准备一下。"

慕晚安浅浅地笑道："好的，有事我给你发短信。"

她拿着包转身离开，还没走出片场，迎面就走过来几个很年轻的女孩，挡在了她的面前。

看一眼她就知道来者不善。

"你是慕晚安？！"其中领头的一个染着黄色头发的女孩指着晚安，恶声恶气地问道。

慕晚安扫了她们一眼："我是。"

"听说你最近跟顾公子走得很近？"黄发女孩双手环胸，一副大姐大的派头，故意上上下下地打量她一番，然后冷笑道，"别怪我没提醒你，离顾公子远一点！"

慕晚安的肩膀上挂着包，闻言神色没有任何的变化，淡淡地应了一句："哦。"

说完她就要走。

几个人没料到她会有这样的反应，相互对视了一眼，再次挡住她的去路，横眉竖目地看着她："你什么意思？打发我们吗？"

慕晚安展颜笑了笑："那你们要怎样呢？"

她这样淡然的态度，看上去就像是面对无理取闹不懂事的小屁孩，仿佛她们在她面前说什么都只是跳梁小丑。

黄发女孩脾气一上来，就忍不住推了她肩膀一把，露出凶神恶煞的表情："这一次是警告，如果下次再看到或者让我们知道你和顾公子有什么牵扯，我们不会这么轻易放过你的。"最后，黄发女孩看着她的眼睛，一字一顿地道："谁都知道，顾公子是我们笙儿的！"

她虽然也年少轻狂叛逆过，干过不少匪夷所思的事情，但她觉得自己真的不曾如此傻，扬起嘴角勾出笑容的弧度："好的，全世界的男人都是你们笙儿的。"

她以为她们是顾公子的"脑残粉"，原来并不是。

"笙儿姐姐是我们的偶像，顾公子是我们心目中的爱情神话，就像民国时的金岳霖，痴情于一个人，为她终身不娶。"

说这话的时候，黄发女脸上带着陶醉和得意。

慕晚安觉得少女天真起来蛮好笑的，忍不住真的笑了出来："你们觉得为了你们心目中的爱情神话，顾公子应该终身不娶，守护着你们心目中的女神？"

"是，所以像你这种乱七八糟的女人离他远一点，尤其是你这种矫情没有个性的千金小姐，顾公子不会有兴趣的。"

慕晚安抬手将长发拢到一边，朝她们笑："嗯，你们陆女神魅力足够大的话，即便以后嫁了人结婚了，也能让顾公子为她终身不娶……不过容我纠正，金岳霖先生即便未婚，也一直都有同居的恋人，还生了孩子。"

说完，她正准备离开，那几个女孩中的一个手机忽然响了，女孩拿出来低头一看，立即愤怒地叫了出来："今天送她过来的那辆劳斯莱斯，之前不是让人查了车牌号吗？那是顾公子的另一辆车。"

黄发女孩很震惊，一把拽住晚安的手腕："你为什么会坐顾公子的车过来？"

"可能他喜欢我这种矫情没有个性的千金小姐，也不是不婚主义者。"

慕晚安还没反应过来，她们就激动得集体炸毛。

慕晚安想把手收回来，抓住她的女孩被这个动作刺激到了，直接用力地推她。慕晚安猝不及防，也没料到对方力气会这么大，就这么摔倒。

片场的道具还没收拾，她不知道自己撞在什么东西上，脑袋和膝盖同时传来阵阵剧痛。

温热的液体流出，慕晚安下意识抬手去摸，手指上都是血。

旁边有人看她摔倒，连忙过来扶，唐初本来在交代事情，远远看见，眉头一皱，扔了嘴里叼着的烟走了过去。

一抹顾长笔挺穿着加长黑色西装的身影，突然极其不协调地出现在片场，气场在某些时候是让人无法忽视的。

黄发女孩看着被推倒在地上流着血的女人也吓蒙了，她只是随手一推，真的没怎么用力，对方怎么会摔出血呢？

背脊一凉，她被召唤了一般转过身，一张英俊而极端冷漠的脸出现在她眼前，男人温和的脸上明明无表情，偏偏散发着令人胆寒的愠怒气息。

顾南城出现在这里，整个场子突然之间变得鸦雀无声。

黄发女孩身边的另一个女孩被他的脸色吓得后退了几步，呆呆弱弱地道："顾公子……你来探笙儿姐姐的班吗？"

顾南城看都没看她一眼，迈着修长的腿走了过去，踹翻挡在他前面的一张椅子和一个气垫。

慕晚安正要把手搭在跑过来扶她的手臂上，熨烫得笔直的西装裤映入她的眼帘，下一秒，俯身的男人已经将她从一堆东西里打横抱了起来。

有些熟悉的男性气息将她包围，她诧异地抬头看着男人的侧脸。

唐初之前自然听说过他们的绯闻，但是身在娱乐圈，真真假假的事情很难说，所以没有当真。

他正想着要不要趁机套套近乎，毕竟是马屁都难拍得到的大 boss。

他还没走到男人跟前，就听到男人低沉淡漠的声音不紧不慢地吩咐着："广告撤了，把动手的人送去派出所。"

对身侧的秘书很随意地扔下这么一句话，他抱着女人没有给任何人一个眼神，准备直接离开。

唐初正寻思着摆个什么造型，这么一句话就砸了下来。

关他的广告什么事？跟他的广告有半毛钱的关系吗？

慕晚安看着顾南城深沉冷漠的俊脸，一下竟然忘记了脑袋上的伤："你怎么来了？"

顾南城瞥都没有瞥她一眼，冷淡地道："你是生活不能自理，还是仇敌遍布天下？刚结婚两天我就要替你收拾两拨人。"不等她回答，他又兀自冷笑了一声，"也是，像你这种不识好歹的女人是很容易得罪人的。"

她手环着他的脖子咕哝道："才不是，人家是你和陆女神的 CP（指人物配对）粉，所以看着我碍眼。"

"顾总、顾总，"唐初小跑了过去，"那个……顾总，这支广告差不多拍完了，只要后期再剪……"看了一眼被他抱着的慕晚安，唐初有意道："而且这广告后半部分基本都是晚安拍的……"

"GK 花钱让你拍广告，是让你请一个新人代班替你卖苦力的？"

这边还没有说完，那几个吓蒙了的女孩几步走过来，颤巍巍道："顾……顾总，我们不是故意的……"

"发生什么事了？"陆笙儿远远就看见这边的动静，走了过来。

"笙儿姐姐，你跟顾公子说说吧……"黄发女身后的女孩一见救星到了，眼泪弄花了妆容。

陆笙儿看着晚安额头上的血,她刚没有看到这边发生的事情,蹙眉问道:"晚安,你额头怎么了?"

黄发女孩咬牙:"我就推了她一下,是她自己倒在椅子上的……我根本没用那么大的力气……她是故意摔倒的。"

看到陆笙儿皱眉不赞同的眼神,她低头不甘地道:"笙儿姐姐……我真的不是故意的。"

顾南城压根就没有要听的意思,反倒是跟在他身后的秘书已经打电话报警:"这里是……"

"南城,"陆笙儿迫不得已开口,"她们还小,受点教训就好了……还在念书的小姑娘闹到派出所去太难看了,能不能卖我一个面子,高抬贵手?"

"年纪小,就更应该被教训。"

一句话表明的态度清晰明了,陆笙儿只能转而看向他抱着的女人:"晚安,"她眼神复杂地看着慕晚安额头上的伤,轻声道,"看在我撤诉让你朋友出狱的分上,能不能算了?"

慕晚安还没表态,黄发女孩就倔强地出声了:"笙儿姐姐,我不用你向她求情,去派出所就去派出所,没什么大不了,有些人分明是自己变心了,有什么了不起的?!"

陆笙儿脸色一变:"够了。"她沉着脸,语气重了很多,"无论如何推人就是你不对,给慕小姐道歉。"

"我不,我不会向她道歉的,她是自己撞上去的。"

慕晚安的下巴搁在男人的肩膀上,只是笑,没有要说话的意思。

陆笙儿很头疼地看着他们:"晚安……算我麻烦你了,小姑娘不懂事,你不至于计较到……"

"我也觉得,年纪小是小,但已经长歪了,为了将来好,趁着还小掰一掰,否则以后还有吃不完的亏,你觉得呢?"

如出一辙的潜台词,陆笙儿怔怔地看着一言不发的男人:"南城……"

唐初抓了抓脑袋:"晚安,这支广告……"

他话没有说完,但是很容易听懂,唐初拼命地朝晚安使眼色,好几次想飞白眼都忍住了,谁知道她果然是这男人的新宠,早知道他能让她做助理吗?

慕晚安不懂顾南城为什么第一句话就要撤了这支广告:"顾……"

"放血放得还畅快吗？"

她轻声道："这支广告……"

男人瞧都没有瞧她一眼，不咸不淡地道："GK 的广告我还不能做主？"

因为中午办公室的事情，他还在生气吗？

既然这么生气，他为什么还要过来呢？

顾南城见她乖乖地闭嘴了，这才抱着她离开，一路上，他始终没有什么好脸色。

慕晚安抬起眼眸，看着男人线条完美的侧脸，慢慢地问道："你是过来……接我的吗？"

"不是。"他冷淡地回答，"我过来散步。"

夜色笼罩，她的手搭在男人的肩膀上，胸口的那一处无法控制地慢慢软了下去："唐导是我念大学的时候就认识的导演了，他人蛮好的……可能是以为我需要工作，才打电话给我。我有时间，所以就去了。"

顾南城没有搭理她，一言不发地抱着她上车。

亦步亦趋地跟在后面的秘书不知道什么时候买了药："顾总……太太的伤药。"

他关上车门，接过药，英俊的脸阴沉得可怕，满脸都写着"老子不想跟你说话"，淡漠道："头发。"

"哦。"她伸手去撩自己的头发。

清洗伤口，消毒，上药。

他脸上的神色很冷淡，但是手上的动作熟练而温柔。车内的光线很柔和，落在他脸上的光线晕开，柔和了脸部的凌厉气息。

慕晚安忽然觉得无法呼吸，慌忙地偏过自己的脸——

"动什么？！"

陈叔和坐在副驾驶的秘书同时看向后视镜。

被他凶了，慕晚安也不恼，只是乖乖坐着不动，让他给她上药。她看着男人好看的下巴，道："膝盖……也摔伤了。"

男人仍没有瞥她一眼，利落地把她额头上的伤口处理好，然后稍微掀起她的裙子，将她的腿放在自己的膝盖上。

膝盖也破了皮，在她整条白皙如玉的腿上显得很不和谐。

他当即皱起眉头，盯着那点儿伤看了一会儿。

虽然只是一会儿，但是那眼神叫她心底发慌。

"慕晚安。"

"怎……怎么了？"

"你不是挺嚣张吗？骂到我的头上来了。"

"你还在生气。"她抿唇看着他，"陆小姐已经帮你教训过我了，你揍我几句骂，我揍她一个巴掌，还被你俩的CP粉伤了，你该气消了吧。"

慕晚安不知道为什么，男人看着她的脸忽然嗤笑了一声，特别平静地道："我还真是养了一只白眼狼。"

说完这句话，他连药也不替她上了，将药膏扔到她的身上，腿也被他挪了下去，看都不看她一眼，闭目养神地坐在自己的位置上，散发一股不可触碰的气场。

慕晚安有点儿反应不过来，他为了什么而忽然发脾气？车内的气氛变得很尴尬，前面的两个人大气都不敢出。

她静默地坐了一会儿，拿起药膏低着头自己抹。

没一会儿，他的手机响了，慕晚安看他拿出来接，他的声线一如既往地低沉淡漠："笙儿。"

"南城，广告的事情……你如果不满意唐导交给晚安拍，至少先过目再说，行吗？毕竟差不多已经完成了，而且她受伤跟这支广告无关……"

顾南城眉目不动，淡淡地道："既然签了合同也拍好了，那GK自然会给你代言费，至于后期的事情你就不必操心了。"

"你为什么要撤广告？"他是GK总裁，区区一支广告压根轮不到他来操心。

顾南城良久没有说话，呼吸沉而平稳："嗯，大概是因为我不高兴。"

陆笙儿沉默了一会儿，轻声道："我知道了。"

挂了电话，车内再次恢复安静。

半个小时后，宾利慕尚回到南沉别墅。

顾南城打开车门就下车了，顾长挺拔的身形在夜幕中显得格外冷然，不近人情。

慕晚安怔怔地看着，不明白他怎么忽然变得这么冷漠，他傍晚还去片场接她，刚才在车上还给她上药。

"太太，"陈叔咳嗽了一声，"您的腿受伤了，要我扶您进去吗？"

"不用了，不是很严重。"

"太太，有些话，我们外人不知道该讲不该讲。"

"陈叔，"晚安看着陈叔有些意味深长的神色，"您说。"

"刚才在片场您被陆小姐的粉丝推倒摔伤了，顾总让人把她送进派出所甚至没有给陆小姐面子，可是您口口声声说，顾总该消气了……您置顾总于何地？"

她落在座位上的手慢慢地握起来："他为这个跟我生气？"

"顾总本来想亲自去接您吃晚餐，结果您一个劲儿地说些让他生气的话……"

慕晚安没说话，过了一会儿才道："陈叔你先回去吧，我自己可以上去。"

"那好吧，太太您小心。"

晚上的温度很低，她一条腿的膝盖磕伤了，走起来很慢。经过草地时，她在一条长椅上坐下，看着别墅里亮着的灯光屈起腿，下巴搁在膝盖上出神。

坐了十分钟，她低头看着握着的手机，想了想，还是拨了他的号。

直到快要自动挂断，那端才接了电话。

"顾南城……"温软的嗓音响起。

"嗯。"

"陈叔走了……"她看着前方沐浴着夜色的花朵，慢慢地道，"我一个人在花园里，你下来接我下呗。"

回应她的是男人淡淡的嗤笑。

"我膝盖受伤了，走不了……"

顾南城声线优雅矜冷，淡淡地道："你活该。"说罢直接把电话挂断了。

慕晚安听着手机里传出的忙音，撇撇嘴，有点怅然若失，她不想马上回去，因为不知道怎么面对那个男人。

她在长椅上坐了一会儿，直到高大的身影投了下来，挡住了她的视线。

她抬起头，看着立在自己眼前面无表情的男人。

在她说话之前，他已经俯身将她打横抱了起来，西装已经脱了，深灰色的衬衫让他看上去少了几分阴沉，显得干净、温文尔雅。

"顾南城，"她不知道自己脑子里哪根弦忽然被狠狠地拨动了，一句话没有经过思考就这么蹦了出来，"我们好好过日子吧，我不嫌弃你……"

在某些词蹦出来后，慕晚安立即闭了嘴。

然而已经来不及了。

顾南城原本只是冷淡的脸色当即大变，整张俊脸变得阴沉，隐隐能看见冒着寒气。

她顿时恨不得抽自己一巴掌，结结巴巴地道："我不是……不是……"

不是什么？不是那个意思吗？

自掘坟墓吗？

她看着他的侧脸，急急忙忙想解释什么，但是直觉说什么都会惹他更生气。

脑子空白，她突然亲了上去，唇瓣碰触了一下就退了回来："你别误会我的意思。"

回应她的话仿佛是从男人的喉骨中蹦出的："我懂你的意思。"

顾南城抱着她回了卧室，途中林妈叫他们吃饭他也充耳不闻。

"陈叔说……你没有吃饭，我们吃饭吧……"

"等会儿再吃。"

铺天盖地的都是他的味道。

"顾南城……"她揪着他凌乱的衬衫，试图和他说话，"你别这样……我只是想说，如果你准备长长久久地和我一起生活下去，我们可以交流……"

男人不知为什么发了怒："长长久久地一起生活下去？"他的话里有嘲弄的意味，不知道是在嘲笑她还是在自嘲，"你无缘无故挑衅笙儿，什么恶毒的话都往我身上砸，是准备长长久久地跟我过下去？迫不及待想甩了我，嗯？"

慕晚安觉得，他哪怕什么都还没有做，光是这些声音、这些气息、这些话，就要生生地将她的思维撕得粉碎。

有什么东西在清晰地一点点地彻底崩塌。

她想要抓住点理智，可是刚触到，就又被男人一把扯进另一个深渊。

第五章

别试图挑战我的容忍限度 • ≫ ≫ •

慕晚安再睁开眼睛时天已经亮了,抬手下意识地去遮光线,皱着眉头嘤咛了一声。

好饿。

她有些茫然地睁着眼睛,下意识地摸了摸很扁的肚子,饿死了。

一道阴影压了下来,她还没抬头腰就被抱住了,干净的带着沐浴露味道的气息环绕鼻间,低沉好听的男音透着一股愉悦:"顾太太早安。"

她仰起头看着清晨时男人的脸。

她的眉头仍是蹙着的,有点迷蒙、不高兴,被子从肩膀滑下,身上穿的是吊带睡裙,裸露着白玉般的手臂和肩膀。

她看上去带着点将醒未醒的慵懒。

顾南城心里一动,低头去吻她的腮帮子,手锁着她的细腰,满怀的温软,本来准备直接去上班的男人改变了主意,低哑着声音哄道:"陪我下去吃早餐?"

听到吃的,她眉头蹙得更紧了,喃喃地抱怨:"好饿……"

顾南城瞧她迷糊的模样,猜到她还没清醒,不由得失笑,捏了捏她的脸颊,温热的唇碾压她的下巴和腮帮子:"大清早你就饿了?"

慕晚安闻言终于清醒了一点,睁大眸看着眼前可恶的俊脸:"顾南城!"

他挑了挑眉梢:"你想见识,我可以试试。"

慕晚安抓了抓自己的脑袋,脸迅速地低下去,火辣辣的。

她拉过被子,将自己重新塞了进去,脸蛋埋进枕头里,胡乱地道:"我要继续睡,你去上班好了。"

女人似乎闷闷不乐,顾南城拨开被子,把她挖了出来,眯着眼睛温柔地问道:"哪里疼吗?"

慕晚安看着他的脸,有几分失神地想,他对女人都这么温柔吗?

难怪他风评不错,有种男人温柔起来,的确能把人迷得头晕目眩,不记得他有多过分了。

"你没有做措施。"她躺在很软的枕头里,忽然闷闷道,"难道以后我都要吃药吗?"

顾南城皱起眉,脸色沉了沉,波澜不惊道:"你不想要孩子?"

慕晚安愣了愣:"要孩子?"

男人淡淡的语调似乎很寻常:"结婚了不应该有个孩子吗?"

慕晚安从床上坐起来,平静地看着他:"顾公子,你我心知肚明,我们现在不适合要孩子。"

他没发怒,淡淡地问:"哪里不适合?"

慕晚安抿着唇,坐着没有说话。

顾南城抬手捏着她的下巴,看着她,噙着淡淡的笑:"说清楚,顾太太,你是不想要孩子,还是不想给我生孩子,抑或是打算往后找个时机转身离开,所以不想留一个不必要的羁绊?"末了,他唇畔的笑意变深了几分,盯着她的眼睛,温淡的眉目勾出了几分矜贵的轻佻,"别说你一点都不喜欢我。"

也许是清晨刚醒,女人温软的嗓音带着浅浅的沙哑:"顾南城,要么将来你爱上我了,要求我这个顾太太为你生儿育女,到时候我会相信你能对孩子负责;要么我爱上你了,我心甘情愿地为你怀孕,到时候无论结局如何我都不会怨恨,自己对孩子负责。"

顾南城面上没有很明显的情绪变化,盯着她的脸听她将一番话完整地说完,末了手指插进她的长发里揉了揉,淡淡地笑:"有时候我觉得你迷迷糊糊的跟个小女孩似的,有时候我觉得你精明起来挺没意思的。"

她脸上依然挂着温温浅浅的笑:"那是我考虑过跟你过日子呗,你当初只说要和我合作,我能装一段时间讨你欢心。可你非要娶我当你太太,我总不能跟你装一辈子,你看着累不说,我肯定是会累的。"

卧室里安静了好一阵。

良久,男人薄唇勾勒出淡淡的笑,俯身将手臂撑在她的身侧:"还有什么想说的?"

慕晚安眨了眨眼睛,挤出笑容在他下巴上亲了一下:"开车小心,顾先生。"

"早安吻,顾太太。"

她想了想,还是从床上爬起来,抬手环着他的脖子主动地亲了上去,碰了一下就准备退,结果还没离开就被扣住了腰,结结实实的一记深吻落下。

那长长的睫毛划过他的脸,像一根羽毛刷着他的心脏。

痒痒的。

顾南城走后,慕晚安重新躺下补了一会儿眠。

过了一会儿,她起来洗漱穿上衣服,正在喝林妈煲的粥时,唐初的电话就轰炸过来了。

"小祖宗,你起了吧?"

慕晚安喝了口水,歉疚地道:"唐导……昨天的事情对不起啊。"

唐初翻了个白眼:"你还知道对不起我,小祖宗。"接收到助理的眼神,唐初干咳了两声,忍不住抱怨,"你既然跟了他,什么资源什么片子拍不到?跑到我这儿当助理,害我莫名其妙变炮灰。"

"我会……跟他说的。"

唐初皱皱眉头,忍不住哂笑:"还真看不出你这么有本事,不声不响勾搭上了顾南城,据说他身边差不多一年没女人了。"

慕晚安沉默着没说话。

"不过为什么人家都是片约不断,分分钟走上人生巅峰,到了你这里,代班拍个小广告他还要撤?"

晚安把手里的玻璃碗放下,微微一笑:"我已经搞定了。"

唐初"扑哧"一笑:"那就好。"顿了一下,他变了语气,颇有语重心长的意思,"姑娘,我知道你迫不得已才走这条路,但是顾南城那样的男人,你惦记他的钱就算了,人你就别惦记了,免得到时候伤心。"

她原本打算笑着"哦"一声,话到嘴边却变了:"为什么呢?"她垂着眸,慢慢地笑着,像是不经意地道,"我看他还不错啊,温柔体贴,没什么不良嗜好……"

"晚安,你记住一件事情,顾南城没别的什么臭毛病是公认的,但是对爱他的女人来说，陆笙儿就是他的不良嗜好。"

　　陆笙儿就是他的不良嗜好。敲开总裁办公室门的时候，慕晚安脑海中忽然闪过这句话。握着门把手，她看着自己的手指，忽然笑了笑。
　　推开门进去的时候，顾南城正低头在研究一份报表，骨节分明的手指间夹着一支黑色的钢笔，微皱的眉使他原本温和的五官有些凌厉，但是自有一种成熟男人工作时的魅力。
　　"顾总。"慕晚安关上门走过去，手指轻轻地叩了叩他办公桌的桌面。
　　没料到来的人是她，顾南城挑挑眉梢，嗓音低沉温和："有事找我？"
　　"我找你想说唐导广告的事情。"慕晚安的手绞在一起，"如果你真的看不上我拍的那一段，可以剪掉重新拍，前面都是唐导亲自拍的。"
　　"为这个找我？"
　　她微微愣怔，点点头："是的。"
　　顾南城把玩着钢笔，身子往后倾，衬衫上有两颗扣子没有扣上，似笑非笑，嗓音低沉："专程到我的办公室来找我，你想我了吗？"
　　她的嗓音很轻很软："我跟着唐初拍电影，你不会反对吧？"
　　顾南城眯起狭长幽深的眸，带着淡笑："不让我捧你？还是说慕导想靠自己？"
　　"我喜欢拍电影，跟成就相比，更喜欢做这件事本身。"晚安浅浅地笑着，条理分明，"导演不是女明星，不是靠捧就能够成功，没有足够的经验挑不起大梁，我有自知之明，就算你如今给我最好的剧本和导演班子，也可能砸在我手里。
　　"唐初准备拍的那个剧本我看了，我挺喜欢的，跟着他能学到很多东西。"
　　顾南城依然把玩着手里的钢笔，掀起淡淡的笑："顾太太，谁得罪你了？"
　　晚安下意识地问道："怎么了？"
　　男人眯起眼睛，看似温淡，却莫名地让她毛骨悚然："我不喜欢几个小时前才从床上爬起来的女人，公事公办地跟我说话。"
　　她看着他俊美又高深莫测的脸，说道："公私分明不好吗？"
　　他优雅地笑着："我向来公私不分。"
　　她侧过脸，看着他电脑旁边摆着的仙人掌："为什么不答应？我喜欢拍电影，而且我要赚钱。"

"我有很多钱缺人花。"

"我可以帮你花，但是我自己也要赚钱。"她的脸庞重新对着他，已经摆好了笑容，"我能赚钱，以后跟你吵架的时候才有底气，不然我吃你的、穿你的、住你的，只能让你欺负。"

"你整天想着跟我吵架？"

她静静地看着他："顾南城，你不喜欢我拍电影吗？"

男人手里的钢笔落在了桌上："慕晚安，你打算每天招我不开心一次吗？"

"我不明白。"

她自问虽然不是八面玲珑能捏准男人心思的那种人，但也不至于木讷到为什么惹他生气都不知道。

可是他为什么忽然冷了脸，她是真的不知道。

顾南城盯着她不惊艳但是极其耐看的脸庞，半点没有早晨的娇软和迷糊，她温温静静地站在他面前，像个职员，他唇上的弧度越发深，也越发冷淡："既然要公私分明，那你也应该知道像你这种只有光秃秃的学历，年纪又太轻的新人，想混出点明堂，不是木头人一样说几句很一般的话就可以的。"

她不懂他的意思，办公室的气氛变得僵持而尴尬，晚安无意中看了一眼自己的表，只想说点什么打破沉默："中午……去吃饭吗？"

说完她就后悔了。他不搭理她，只会让气氛变得更尴尬，她正想说她去医院陪爷爷吃饭，端坐着的男人"嗯"了一声。

然后，他从旋转椅上站了起来，在慕晚安反应过来之前淡然地问道："想吃什么？"

这一次她反应很快："我们去吃西餐吧，我刚刚过来的时候好像看见一家意大利餐厅离这里不远。"

"好。"

他不是正在生气吗？怎么说到吃饭又搭理她了？

慕晚安看着男人不紧不慢地拎着西装穿上，正要打领带时忽然转向了她。他淡淡睨了她一眼："昨天给你的功课学会了吗？"

打领带。

她点点头："上午学了一点……但是不怎么熟练。"

"过来。"

慕晚安乖乖地走了过去，还没有碰到那条领带，腰肢就被一条手臂狠狠地禁锢住，脸被另一只手抚着，然后俊脸压了下来。吻到她喘息，男人才放开她："成天就会惹人生气。"

她蹙眉，抑制不住地委屈，嘟囔着反驳："是你自己阴晴不定。"

顾南城冷笑："除了你没人觉得我阴晴不定。"

"我还是出了名的好脾气呢。"

虽然没有多远的距离，但是顾南城还是驱车载她一起去她看上的那家意大利餐厅。

慕晚安看了一眼他开车的侧脸："我想跟唐初一起拍电影的事情另说，广告的事情你别跟他过不去……"

顾南城的手搭在方向盘上，看着前面："你觉得他有什么地方值得我跟他过不去吗？"

她愣住："你在跟我过不去？"

男人嗤笑。

"你……"晚安终究忍不住有些恼怒，"我到底哪里招你生气了？"

顾南城开着车，没有出声。

慕晚安觉得她脾气再好也要被他炸了，咬唇忍了又忍还是说道："要怎么样你才肯让广告过？"

男人只扔了一句很敷衍的话："看你的表现。"

车开进停车库，顾南城亲自拉开副驾驶的门让她下车，小女人似乎委屈了，气呼呼地，就是不肯看他的脸，不声不响地生着闷气走在一边。

锁好车后，他不紧不慢地道："顾太太，你真的想跟我吵架吗？"

慕晚安顿住脚步，转过头看他："顾总想吵架，我配合。"

男人好整以暇地站着，就这么不温不火地瞧着她，又似乎兴致盎然。

她一下就泄了气，闷闷地道："去吃饭成吗，老公？"

见他还是站着不动，她只好抬脚走过去，手很自然地挽着他的手臂，抬起脸，笑靥如花："顾先生我们去吃饭吧，真的很饿。"

"再叫一声。"

她忽然有些难以维持脸上的笑容，但还是越发温软地唤道："老公。"

"告诉你老公,谁惹你不高兴。"

她真觉得……她没有不高兴,她能有什么不高兴的?

慕晚安看着他侧脸的线条,心脏有被攥紧般的窒息感,是他的眼睛太毒,难道那些她自己都没察觉的蛛丝马迹他捕捉到了?

她挽着他的手不自觉地收紧了一点,仰脸笑了笑:"不知道啊……可能是上午看了唐导发给我的剧本所以挺难受的,嗯,是个悲剧。"

顾南城皱了皱眉头,薄唇溢出若有似无的叹息,低头亲了一下她的脸,语气却带着宠溺:"多大的人了。"

慕晚安垂首没说话,忽然觉得自己更加难过了。

走到意大利餐厅门口时,她仍旧挽着他的手臂,正想说什么,忽然一个身影直直地撞了上来,撞到了顾南城的胸口上。

"对不起……"撞上来的女孩看到顾南城的脸,先是震惊了一下,随即低下头细声细气地道歉。

慕晚安无意中看了一眼,然后视线没有移开。

女孩穿着白色的长裙,长长的头发很飘逸,五官算不上特别精致出彩,但是胜在干净清秀,也算是别有一番风味。

一个混迹三线的小明星,楚可。

因为出演过一个讨喜的女配角而在各大论坛刷了不少存在感,说是不愿意接受"潜规则",所以始终不温不火爬不上去。

还有很重要的一点——她是顶着"小陆笙儿"的称号出道的。

顾南城淡淡地看了一眼,视线并没有过多停留,带着晚安往里走去了。

迎面又走来另一个女人,看到英俊而笔挺的男人,她先是睁大眼睛,随后便露出满脸的笑容:"顾……顾总。"

慕晚安猜测,这女人应该是楚可的经纪人。

顾南城淡淡地"嗯"了一声,算是回应,同样淡漠。

因为方位问题,她几乎和慕晚安擦肩而过,看着那一身名贵衣裙的女子的背影,撇撇嘴,走过去跟上年轻女孩的脚步:"你就使劲作使劲犟吧,等再过几年人老珠黄都争不过那些年轻水灵的小姑娘。"

女孩的声音很细,但是透着坚决:"那种脑满肠肥的男人我看着就倒胃口……做那些恶心的事情我办不到。"

"脑满肠肥的你看不上,本事够你倒是去找一个英俊的男人啊。"女人白了她一眼,"刚刚过去的那个就是,放眼娱乐圈没谁比他更厉害了,你有本事和他在一起,我以后什么都听你的。"

楚可停住脚步,转身看向那两人离去的方向,咬咬唇瓣:"他是谁?"

女人摁着眉心:"GK的总裁你都不认识,我还能指望你什么?"

"他女朋友比我漂亮。"想了想,她问道,"也是娱乐圈里的吗?"

刚才擦肩而过的那女人特别有气质特别漂亮,说不出哪里特别,但就是让人过目不忘,如果也是娱乐圈里的……估计是下一个陆笙儿。

"算吧,她学导演的,跟唐初的关系很好。"

"那总裁应该挺喜欢她的。"年轻漂亮有才华,跟娱乐圈里别的女星不一样。

"有消息说她可能是将来的总裁夫人。谁知道呢,有钱男人的喜好都是瞬息万变的。"

慕晚安出神地想着刚才那女孩,看上去心不在焉,抬眸看着对面英俊而矜贵的男人,忽然问道:"你知道陆笙儿和薄锦墨什么时候结婚吗?"

她看到他拿着菜单的手微微一顿:"锦墨没跟我说。"

"哦。"

"晚安,"他用那低沉好听的声线忽然问道,"你知道盛大小姐在哪里吗?"

难道世界上所有人都认为,知道盛绾绾在哪里的人一定是慕晚安?

她以为顾南城不会问她,因为连薄锦墨都清楚她不会说。

慕晚安微微一笑:"我不知道。"

顾南城依旧翻着菜单,仿佛只是随口一提:"有本事消失,还消失了这么久,她挺出乎我意料的,她爸爸还在医院里,我以为依她的性子,应该会找个机会拿一把水果刀去捅笙儿一刀。"

"你觉得她有这么蠢?"

男人波澜不惊,虽然他的态度内敛,但是那轻薄的笑毫不掩饰轻视的意味:"盛大小姐什么时候掩饰过她的蠢?但凡她有你一半聪明,盛家就不会落魄到这个地步。"

"我比她聪明这么多,慕家却并不比盛家好。"慕晚安同样浅笑,"聪明这么不值钱,要来做什么?"

她哪有比绾绾聪明呢?至少绾绾不想被薄锦墨找到,他就找不到。

而她并不想嫁给这个男人,但还是嫁了。

"婚纱已经到了,后天周六,把时间腾出来。"

慕晚安放慢低头喝水的动作:"哦,好。"

这个男人处处周到体贴,可她就是觉得……他不是她的。

吃完午餐陈叔过来接她,她扯着顾南城的袖子无奈地道:"你吃饭吃得挺开心的,是不是该松口了?"

顾南城不紧不慢地瞥了她一眼:"别人什么都陪,你陪吃餐饭就行了。"

"我是顾太太,怎么能跟别人一样?"

俊美的脸上染了笑,手扣着她的下巴亲了一下,他懒洋洋地道:"这句话还算是顺耳,今晚我回家吃晚餐。"

"好。"

陈叔开车载她回去,路上经过菜市场的时候,她忽然叫了"停":"陈叔停一下。"

"太太,您想买东西吗?"

慕晚安浅浅地笑道:"我下午没事,想买点菜回去煲个汤送到医院去。"

下午四点多的时候,慕晚安煲了个汤给爷爷送去,然后陪着爷爷说了一会儿话。

"乖孙女儿,你什么时候把他带过来给爷爷瞧瞧?"

晚慕晚安抿唇仍然挂着浅笑:"好的爷爷,我会跟他说。"

五点回到南沉别墅,慕晚安在林妈的指导下勉强做了一桌子菜,大概六点的时候看了看表。

切菜之前她给他发了短信,他说六点半会到家。

现在六点十五分了。

慕晚安百无聊赖地坐在餐桌前等他回来,托腮看着桌面像模像样的菜,颇有成就感。

拿着手机把玩着,她头一次觉得时间过得这么慢。

等人……真是一种奇妙的感觉。

六点四十分,她抱着手机不开心地蹙眉,说好的六点半呢?她的菜都要凉掉了。她犹豫了一会儿,还是拨了个电话给他,手撑着下巴,手指在脸上轻拍着。

过了很久才接通,她闷闷地抱怨:"顾先生,菜都凉了,你不守时。"说完她才注意到,电话那边很吵,不像是在办公室,反而像是在夜场之类的地方,她下意识地问道,"你没有在回来的路上吗?"

"晚安,你先吃。"男人的声音一如既往地低沉好听,像是缱绻已久的恋人间的低喃,"我这边的事情还没有处理完,晚点才能回来。"

慕晚安愣了愣:"哦,好。"

"嗯,再见。"

顾南城挂了电话,幽深的眸淡淡地看着屏幕,包裹在西装裤里的长腿优雅地交叠着,骨节分明的手漫不经心地把玩着大屏手机。

包厢里乌烟瘴气的味道和氛围让他皱眉,远远不及电话里女人温软的嗓音让他舒服,他捏了捏眉心,沉静的眉目间已有不悦之色。

不少人想过来给他敬酒,但是看男人手指摁在眉心的动作便不敢再凑上去,谄媚的声音在他耳边响起:"顾总,要不要我找两个漂亮的过来陪陪您?有名有姓的小明星也不少,有没有看得上的?我马上给您找来。"

顾南城抬手往酒杯里加了两块冰,不紧不慢地摇晃着,慵懒随意地道:"你们玩就行,我今天没什么兴致。"

他们很少见这男人有兴致。

不好女色的男人,讨好起来都无从下手,这种商人也是蛮惹人嫌的。

"对不起,高先生……我真的不能再喝了……"

五光十色的光线里甚至看不清彼此的表情,响亮的巴掌声响起:"喝不了来这里干什么?来卖哭的吗?"

这种场面在这里几乎每天都会上演,旁观者要么见怪不怪,要么在一边兴致盎然地看戏。

平常在镁光灯下衣冠楚楚的男人,一旦喝高了丑陋的嘴脸就出现了:"一句话,喝不喝,不喝就趁早滚蛋。"

"滚蛋"是什么意思,谁都听得出来。

周围已经有不少或同情或鄙夷的目光朝那被训话的女孩投去。

那女孩已经哭花了妆,忽然狠狠地咬住唇,像是破罐子破摔:"我就是不喝,高先生。"声音里的哭腔都没有了,她变得镇定,"如果高先生有其他的需求,麻烦你换一个人。"

"我今天还就是看上你了。"

那女孩显然没想到大庭广众之下,有身份有地位的男人会如此堂而皇之地强迫她。她吓得全身发抖,尖叫:"放开我……"

顾南城不紧不慢地摁下打火机,幽蓝色的火焰点燃他手指间的香烟。在火光掐灭的瞬间,那张泪痕满满甚至花了妆容的脸映入他的眼帘。

明明柔弱,却带着满身的刺。

他吸了一口烟,带着烟草味的青白烟雾从高挺的鼻梁下徐徐喷出,手指弹了一下烟灰:"高总,何必跟小姑娘过不去。"

温淡随意的一句话,甚至连声音都不算很高,但是开口的人太有存在感。

正在兴头上的男人调笑道:"我可以忍痛割爱让给顾总……"

顾南城淡淡地笑了:"高总可能喝高了,小姑娘挺烈的,万一闹出个好歹,这事儿传出去会很麻烦。"

高总是个四五十岁的中年男人,有很多这个年纪的男人有的啤酒肚,秃顶,喝得醉醺醺的,远远就能感觉到冲天的酒气。

那话说得温和,但是话里那不客气的劲儿并不难听懂。

高总听着就来气,正要说话,旁边的助手立即拉着他的手臂,俯身凑上去小声地耳语了几句。

顾南城另一只手晃动着酒杯里的冰块,碰撞出的声音有一下没一下的,在并不安静的包厢里,依然显得格外有存在感。

高总脸色微微变了一下,即便还是带着相当不高兴的成分,却还是起身放开了那女孩。

"既然顾总喜欢,那我就当卖顾总一个面子,不必为了女人伤和气。"

顾南城扬唇淡笑着,将酒杯送到唇边抿了一口。

包厢的气氛悄无声息地变了许多,他将酒杯搁在茶几上,烟头也掐灭在烟灰缸里,起身朝她走了过去。

楚可透过忽明忽暗的灯光,看着慢慢朝她走来的男人,英俊挺拔,温淡冷贵,仿佛世界都在他的脚下,每一步都踏在她的心尖上。

顾南城淡淡地睨了一眼，将身上的西装脱了下来扔到她的身上："起来吧。"

愣了好一会儿，她才慌慌张张将那件一摸就知道无比昂贵的西装穿在身上。

那几秒钟里，她后悔自己今天要化一脸浓妆，还哭花了脸。

唐初本来是被新电影的制片人逼来串场的，上边儿一听顾大boss亲自撤了他的广告，生怕他得罪了大boss，让他认认真真地来赔礼道歉。

他看着缩在角落里那个披着男人西装的女孩，总有一种第一次在试镜现场看到陆笙儿的似曾相识感。

眉头皱了又皱，他摸出手机默默地编了一条短信。

叶庄的门外，女孩踩着高跟鞋踉踉跄跄地跟着男人的步伐。

"顾总……"楚可轻轻地喊道。

顾南城一手搭在车门上，闻言转了一半的身，没有开腔，只是温淡地看着她。

她低着头不敢跟他对视，手拢着他的西装领口弯腰朝他鞠了一个躬"谢谢您帮了我。"

顾南城看着她长长的黑发，面上并没有明显的情绪变化，只是简单地"嗯"了一声，弯腰上了车。

楚可站在原地，直到黑色的宾利慕尚离开她的视线。

他朝她走来的那瞬间，她甚至以为……

那时候她在想什么？

如果是他，那么她愿意……

顾南城回别墅的时候大概是晚上八点，夜色已经渗透了天空。

别墅里灯火通明。

在结婚之前，他其实是一个人住的，只请了个钟点工按时过来替他打扫卫生。

林妈见他回来立即递上了一杯水："先生回来了。"

"嗯。"他扫了一眼楼上，"太太休息了吗？"

"太太在书房。"林妈看了一眼他的脸色，状似无意地笑着道，"今天晚上太太一直在等您回来呢，晚餐都是她亲自下厨做的。"

顾南城喝水的动作微微一顿:"她亲自下厨?"

放下水杯,他嗓音低沉地问道:"我没回来,她生气了吗?"

"也没有吧……太太脾气很好。"

她当时挂完电话,神情很自然地吃晚餐了。

顾南城上了二楼的书房,推开门果然看到女人纤细的身子装在大大的椅子里,正垂着头看剧本,洗了的长发带着湿意垂下。

看上去安静而认真,桌面上的笔记本也是打开的,她咬着笔杆在思考,连他走进来都没有察觉。

他俯身,抱了上去。

慕晚安心悸,仿佛窒息了,捏着纸张的手越发用力。

啄在她下巴处和耳后的吻带着淡淡的酒气,他嗓音低醇:"生气了,嗯?"

男人优雅好看的下巴搁在她的肩膀上,有意无意地蹭着她的脖子,温热的呼吸搔弄着她的肌肤:"怎么不说今天的晚餐是你做的?"

她的视线仍落在剧本上,闻言只是浅浅一笑:"下午闲着就想学下厨,多一门生存的技巧总归是不错的……唔。"

下巴被抬高,他已经低头吻了下来。

带着酒味,还有点凉意,她睁大眼睛刚想动,腰肢也被掐住了。

他每次吻她的时候,都让她生出要被他吞下去的心慌和错觉,尤其是昨晚亲密过后,他更肆无忌惮地亲吻她。

她睁开眼睛看着他的脸,一瞬间,仿佛所有的旖旎和心跳全都沉了下去。

直到她的眼睫毛刷过他的皮肤,沉醉在这个吻中甚至越发深入的男人才停下来。

他眯着眸,哑声问道:"不高兴?"

晚安扬起嘴角笑了笑,声线慵懒:"没有啊。"她维持着这个被他困在怀里的姿势,仰起脸庞,"吃饭了吧?"

男人深邃的眸越发显得幽深,敛下某种情绪:"没吃。"

他一路将她抱回卧室,反脚一勾将门关上,超大号的床中间顿时深陷了下去。

"我需要你……我要你……陪着我……"他低声呢喃,有些甚至模糊在亲吻中。

需要她……

哪怕是层层漫上来的无休无止的奇怪感受,也无法淹没她心里阵阵的难受……

她看着床头的光线和窗外的月色,竟然有种恍若隔世的错觉。侧躺在气息浓郁的空气里,她闭着眼睛不想再动。

她听到窸窸窣窣的声音,大概是男人在收拾,随后有力的手臂搭上她的肩膀,将她的身子翻转过来。

顾南城看着她明明嫣红却神色寡淡的脸,慵懒而温存:"抱歉。"他说着毫无歉意的话,有一下没一下地啄着她的嘴角,"是不是累着你了,嗯?"

黑色的长发散开,青丝铺枕,顾南城觉得她的眸清明得仿佛能滴出水,脸上却挂着浅浅懒懒媚媚的笑意。她抬起手,白皙的手指插入他的发中,嗓音微哑地道:"去吃饭吧,我有点儿累,想休息了。"

顾南城好几秒才说话,依然温柔:"我抱你去洗澡。"

他知道她很爱干净,尤其是在睡前。

慕晚安已经闭上了眼睛:"没事儿,我躺会儿就自己去,现在不想动。"

他低头看着她恬静安然的脸庞,还是"嗯"了一声,给她盖好了被子就起身出去了。

慕晚安半合着眸看着那道挺拔的身影,这世上的女人这么多,他为什么偏偏要选择困着她?

起身洗了个澡,出来的时候快十一点了,她深吸了一口气,重新爬上床闭上眼睛睡着。

也许是一直没有真的睡着,也许是忽然惊醒了,慕晚安再次睁开眼睛的时候,不知道几点了。

灯已经关了,屋子里很暗,窗帘没有拉上,银色的月光投下剪影。

烟火在黑暗中忽明忽暗。

顾南城站在落地窗前,垂首看着下面的草地,不知道在思考还是在回忆。

他不会觉得更加孤独吗?

应该是,否则他不会显得如此落寞。

那么亲密,那么遥远。

顾南城第二天醒来的时候，床上的女人静静地躺着，仿佛依然睡得很沉。

平常一般他起床的时候她也会跟着醒来。

出门前，他坐在床沿低头看着她的脸，撩开掉下来的长发，露出女孩白皙干净的脸，睫毛纤细浓密。

上午的天气很好，没有阳光，带着点风，很舒服。

慕晚安搬了张沙发放在阳台上，大部分时间都在研读剧本和考虑电影角色的候选人。

唐初给她打了个电话："小祖宗，你昨晚没跟他吵架吧？"

慕晚安凉凉地笑："吵什么，我嫌日子过得太舒服了吗？"

唐初被她噎了一下，忍不住皱皱眉头："我说小丫头，你小小年纪怎么半点刺儿不带？楚可那女人呢，你注意着点，别被她拽了下来，娱乐圈里的女人再干净也单纯不到哪里去。"

"顾公子跟个有裂缝的鸡蛋似的那么招苍蝇，谁都要注意，我哪有那么多工夫？"

唐初有点头疼，好歹认识她有几年了，多多少少了解她，她不是没脾气，只是很多事情懒得发脾气。

"我不指望你吹枕边风多给我拉点投资，但是你别到时候跟他闹得罪他，连累我的电影一块儿黄了，这电影我准备很久了。"

慕晚安淡淡地笑道："我平白无故得罪他做什么？"

唐初掂量了一下她话里的意思："你打算跟他多久？"

"这种由不得我考虑的事儿，想得再多也没用。"

慕晚安没有拿手机的手把玩着手里的笔，无意中抬头往下看，一抹白色的身影出现在黑色雕花的铁门外，手里提着一个纸袋。

这么快就找上门了，顾公子招蜂引蝶的本事也是可以的。

慕晚安朝电话里道："苍蝇来了，我先不跟你说了。剧本我研究得差不多了，主演有几个人选，回头我们商量一下，再见。"

唐初叮嘱："我好心好意帮你，你可千万别得罪顾南城害我混不下去。"

他对她看主角的眼光、拍电影的实力不怀疑，但是对她的脾气有点儿担心。说得难听点，他觉得这丫头简直就是会咬人的那啥不会叫唤，比不爽就上来甩你一巴掌的盛绾绾难对付多了。

慕晚安挂了电话，远远地看着听到门铃声去开门的林妈和外面的人交谈，垂眸看着笔尖若有所思。

门口。

林妈上上下下地打量门外的年轻女孩："小姐，你找哪位？"

"请问这是顾南城顾先生家吗？"

"是。"林妈又看了她一眼，道，"但是顾先生不在家。"

"我知道现在是他的上班时间，这是顾先生的外套，我已经送到干洗店洗好了……可以帮我转交给他吗？"

林妈看了一眼她手里的纸袋子："这个我不能决定，不过我们家太太在家，我可以问问她，你不介意的话可以等一下。"

太……太太？

楚可脸上的笑容僵住了，还不等她开口，林妈就拿着手机拨了个号出去。电话很快被接通，她听到林妈朝那端的人恭敬地问道："太太，有位小姐说来还先生的西装，要请她进来吗？"

慕晚安一只手拿着手机，另一只手有意无意地敲着桌面，淡淡地道："不用，扔了吧。"

林妈愣住了，虽然她看得出这女孩的出现有点猫腻，但没料到慕晚安的反应这么直接。

林妈挡着手机，小声地道："太太……这样是不是不大好？"她婉转地道，"不如我把衣服先收下，就不让她进来了。"

"扔了吧，扔给她看，不然的话我只能自己下来扔了。"

林妈一时间没反应过来，她来这边当保姆虽然没几天时间，但是感觉这对夫妻的脾气都很好，尤其是太太。

可能是外面纠缠先生的乱七八糟的女人惹太太不高兴了。

林妈很快想通了，脸上一下冷淡了很多，挂了电话就走过去接过楚可手里的纸袋子。她也不说话，直接关了门，然后往里面走，经过最近的垃圾桶时顺手扔了进去。

楚可脸色一变，她当然知道这种行为来自谁的授意，无非就是电话那端被保姆称为太太的女人……

是真的名副其实的顾太太,还是顾南城的同居情人?

她忽然想起昨天在餐厅门口见到挽着顾南城的那个女人……是她吗?

林妈泡了一杯蜂蜜花茶送上去,看到盘腿随意地坐在单人沙发上的女人,很认真地在剪辑视频,神情很正常,还时不时地在纸上写着什么。

"太太,您的茶。"

慕晚安抽空抬头朝她笑了一下:"谢谢。"

"太太……刚才来的那女孩,要告诉顾先生吗?"

慕晚安眼睛仍然盯着电脑屏幕,波澜不惊地道:"他会知道的。"

林妈在旁边替她抱不平:"现在的年轻女孩越来越不像话了,看见有钱的男人就贴上去,也不管人家是不是有家室。"

慕晚安端起杯子喝了一口花茶,只是笑,并不说话。

下午六点,GK写字楼的地下停车场,章秘书和另一个年轻的男秘书跟在顾南城的身后。

男秘书来开宾利慕尚的车门,优雅冷贵的男人还没上车,急促的脚步声从后面传来:"顾总……"

章秘书最先转身,看着气喘吁吁跑上来的女孩,微微挑眉。

楚可跑到男人的面前,肤色偏白的一张脸跑得很烫。她抬头看着面前英俊温淡、深沉而冷贵逼人的男人,脸更烫了,低头将手里的纸袋捧上,声音镇定地道:"顾总,您的西装,我在商场找了一件一模一样的,昨晚的事情谢谢您,西装还给您。"

这是她找了几乎一天,在安城找到的唯一一件一模一样的。

她研读过杂志,这男人的西装几乎都是纯手工制作的,昨天那件是某大牌出的一款——是陆笙儿在他生日的时候送给他的。

男人瞥了一眼那纸袋上的Logo,淡笑:"新买的?"

"是新买的。抱歉顾总,我本来打算干洗了送到您家里去,但是……"她深吸了一口气,吐字清晰地道,"您太太似乎误会了……让保姆扔了。"

楚可抬头看着男人淡漠而高深莫测的脸庞,微微一笑:"我以为这件西装对您很重要,希望不会给您造成困扰。"

章秘书站在那里,表情没有丝毫的变化,这样的场景她见得不多不少,唯一意外的只有那句"您太太似乎误会了让保姆扔了"。

顾总那件西装，价格确实不菲，不过的确比不上其他的昂贵。

那个拉开车门的年轻男秘书将楚可坚持捧着的装着西装的纸袋子接了过来。

男人似笑非笑："你说我太太扔了，我再带回去，岂不是惹她不快？"

楚可抿唇，仍微微地笑："顾太太可能是有洁癖，不喜欢自己丈夫的衣服被别的女人碰过……这件是新的，您若坚持扔了也随您。但是于我而言，不能让恩人平白无故地损失一件西装，哪怕您不在意。"

不同于昨晚的浓妆，她今天只上了简单的裸妆，看上去清新干净，即便吐字清晰镇定，眉眼处流露出来的娇羞还是显而易见。

顾南城淡淡地看了一眼，俯身上了车。

车上，男秘书从后视镜看着后座的男人闭目养神的模样，低声问道："楚小姐在娱乐圈口碑和实力不错，如果不是几次三番拒绝那些……应该是有实力火的，顾总，您看要不要……"

"嗯。"

安城有名的古玩街，一家茶馆的角落里。

年轻的女子长发编成辫子拢在左肩，头上戴着一顶黑色的礼帽，手边摆着一口皮箱，漂亮的五官淡然："是你买了永恒的眼泪？"

三十岁左右的男人，竹竿一般瘦弱，长相普通，典型的路人，唯独一双闪着精光的眼睛算是有点辨识度。

他笑着看了一眼那口皮箱，搓了搓手："客人钱够的话，那个是在我这里。"

慕晚安点了点那口皮箱，轻轻地笑："五百万，一手交钱一手交货。"

"这个……小姐……你应该知道这戒指不止这个数……"

"我还知道，这戒指你是用五十万买进的。"慕晚安直视对方的眼睛，"纯利润四百五十万，现金，你这辈子难遇上一次。"

那男人也不着急，打着哈哈："看你……应该是有钱人家的小姐，跟上次把戒指卖给我的那姑娘差不多。以我的经验来看，带着名贵的珠宝廉价贱卖或者带着一口大皮箱装着现金跟人做交易……通常都有不可见人的秘密……"

"那你的经验有没有告诉你，知道太多的秘密或者卷入别人的秘密，很容易出事的？"

"姑娘,你这样威胁人就不厚道了。"

"五百万,再加十万。"慕晚安继续道,"我知道你用了区区五十万买下永恒的眼泪却没有向你的老板汇报,情况不是很妙。这笔钱算是你出国的路费,对你来说,待在国外比待在这里要安全得多吧?"

男人犹疑,慕晚安将箱子推了过去:"做生意犹豫得太多,有时候会失去良机,戒指给我,你可以验钱。"

慕晚安从茶馆出来,夕阳刚好落下,天差不多要黑了,一到夜晚就起风。

她缩了一下肩膀,加快步伐,顾南城这个时候可能已经回南沉别墅了。

刚想到这个名字,包里的手机就振动了,她抬手去拿,果然看见男人的名字在跳跃,突然一个身影朝她撞了过来。

手机落到了地上,屏幕摔了个粉碎,那人像是用了狠力,她明明没穿高跟鞋也被撞得跟跄,摔倒在地上。

膝盖处传来钻心的疼痛。

下一秒,她落在地上的包就被一股大力扯去,被抢走了。

慕晚安的脸色瞬间变得苍白,顾不得膝盖上的伤,手撑在地面上就要起来。

有路人好心想上来扶她,却被一个箭步冲过来的男人抢在前面:"晚安。"

熟悉的声音,慕晚安抬起头:"左晔……"她只呆愣了一秒钟,"左晔,帮我……帮我把戒指抢回来……很重要……"

左晔皱着眉头,不放心地看着她。

"我没事……戒指……"

左晔将她的手交给旁边围过来的一个中年大婶,匆忙说了句"麻烦帮我照顾一下她",就起身追了上去。

屏幕摔碎的手机仍然在振动,但是在喧闹的环境中完全被忘记了。

膝盖磕到地面染出一片濡湿,应该是破皮出血了,她咬牙站起来,苍白着脸低声对旁边的人说了句"没关系",拨开人群追了上去。

问了路人,一路追到隐蔽的巷子里,慕晚安小跑到路口的时候,一眼看到巷子里倒了七八个人在哼哼唧唧地痛叫,还有半跪在地上低头捂着腹部的左晔。

"左晔。"那些不断滴在地面的血让她一下乱了方寸,什么都顾不得就跑了过去,吓得脸色惨白。

他的腹部被捅了一刀,那把染血的刀被扔在一边了。

听到她的声音,左晔抬头朝她露出安抚的笑,说话有些艰难:"戒指抢回来了。"

"我送你去医院……你别说话,我马上叫救护车,医生很快就到了……"她慌慌张张地去找手机,却怎么也找不到。

包不在,手机也不在。

"别慌,晚安,别慌。"左晔的手搭在她的肩膀上,脸庞因失血过多而逐渐显得惨白,"这只是小伤,我以前在部队受过更重的伤,没事的。"

"你的手机……左晔,你的手机在身上吗?"问话间,她已经从他外套的口袋里摸出他的手机。

慕晚安抖着手指拨打了急救电话,脑子一片空白,却又异常冷静地报了地址。挂了电话,她看着靠在自己肩膀上似乎要睡着的男人,慌了:"不要睡……左晔,你别睡……"

她不知道他有没有伤到要害……流了这么多血。

"嗯,没事,别哭了,晚安。"他抬手想摸摸她的脸,却发现自己满手的血,遂将手收了回去,有些虚弱地道,"这种地方鱼龙混杂什么样的人都有,你一个女孩子不安全。"

慕晚安下意识问道:"你怎么……会在这里?"

"我在路上看到你打扮成这样鬼鬼祟祟来这种地方……好奇,所以跟上来看看。"

无聊……自然是不能成为理由的。

远处救护车的声音响起,慕晚安紧绷的神经终于稍微松懈了一点点。

南沉别墅。

第七道电话无人接听,顾南城的脸色已经阴沉得令林妈不敢直视了。

将黑色的薄款手机直接扔到茶几上,他冷漠地启唇:"她什么时候出去的?"

"下午……四点以后,太太说有点事情要办,晚餐前应该会赶回来。"林妈小心翼翼地道,"今天上午……有个女孩子来家里给您还衣服……可能太太吃醋有点不高兴。"

吃醋不高兴,他昨晚没有回家吃饭,她就在同样的时间里也玩消失?

还不肯接电话,谁惯得她养成臭脾气?!

正陷在低气压里,茶几上的电话忽然响了。

顾南城冷眼看着没有动,林妈俯身去接,按了免提,里面响起的是恭敬的男声:"顾总,太太现在在医院……"

医院。

慕晚安有些疲倦地趴在病床边,左眸正昏迷,医生说他的伤不在要害,只是失血过多,所以造成暂时的昏迷。

他曾经在部队待过两年,算是半个军人。

她手里握着红宝石戒指,鲜红的颜色落在眸底,她有些迷惘和怅然。

"晚安……"低哑的嗓音响起。

慕晚安立即抬起头:"你醒来了……伤口疼吗……"

已经分手的恋人,他有他的新欢,她有她的纠缠,慕晚安看着病床上的男人,手落在床沿,心情无法形容。

左眸掀起眼皮看着她,淡淡微笑:"没什么事,不用担心。"

"要……喝水吗?"

"好。"

慕晚安连忙起身去接水。

她将杯子放在一边,拿起枕头垫在他的身后,小心翼翼地扶他起来:"小心点……别碰着伤口了。"

将水喂到他的唇边,慕晚安低声道:"我给你爸爸打过电话了……他现在不在安城,晚点应该会赶过来,还有你女朋友……"她想了想,"我担心她会误会……所以暂时还没打电话给她。"

左眸没什么情绪变化,淡淡地道"没事,只是小伤,她也不见得会关心。"

晚安愣怔,有些尴尬,但是左眸好似无心谈论宋泉,只是问道:"你一个人去古玩街做什么?天黑以后那种地方很乱,有些抢劫犯是有组织在那里潜伏的,你这种一看就是有钱人,不抢你抢谁。"

他其实是在拐弯的路口看见她,然后鬼使神差地跟上了。

她低着头没说话,倒不是不愿意告诉他,只是戒指的事情说起来很麻烦。

"今天真的很谢谢你……如果不是你出现,我都不知道……"

左晔的目光聚焦在她的脸上:"他呢?"看了一眼她的膝盖,他问道,"你受伤了吧,有没有打电话给他?"

"我……手机丢了。"

来到医院,她才真的冷静下来,想起她的手机丢了。

病房的门忽然被推开了,连着响起的还有医生的声音:"左少的伤没什么大碍,但是失血过多需要在医院休养,调养得好的话不会留下什么后遗症……"

慕晚安转过身,一眼就看到了优雅矜贵、干净淡漠的男人走了进来,他没有穿西装,身上是一件大牌的黑色薄款风衣。

顾南城直接走到了慕晚安面前,低头就看到她灰扑扑的脸蛋,脸上还有干涸的泪痕,带着狼狈。

他抬手去摸她的脸,女人下意识地偏头,躲了过去。

气氛瞬间就变了,僵硬至极的低气压让人感觉尴尬。

男人的眸色又暗了一层,隐隐酿出戾气。

跟着进来的医生和护士相当识相地带上门出去了。

顾南城的手转了方向,落在她的头发上,另一只手揽住她的腰将她搂进了怀里,低声温柔地道:"是不是吓坏了?"温热的手掌抚着她的发,他哄慰着,"有没有受伤?医生说你还没有做检查,乖,先跟我去处理一下伤口,待会儿再回来陪左少。"

慕晚安很抗拒他的气息,忍了又忍才没有推开他。

她偏头胡乱地道:"我没事,只是磕了一下,待会儿贴个创可贴就行了。"

慕晚安的声音不算大,但是蹙着的眉和身上散发出来的拒绝意味很明显,甚至透着隐隐的不耐烦。

顾南城压着的脾气一点一点地冒了上来。

他收回了自己的手,语气温淡:"我再说一次,先去处理伤口,你这个样子待在这儿是做给他女朋友看的还是做给我看的?"

慕晚安不想跟他闹,侧过身跟左晔说了一句"我待会儿过来",就准备离开病房。

刚好病房的门被打开,一个穿着职业装的年轻男人走了进来,朝慕晚安颔首唤了一声"夫人",然后走到顾南城的面前微微鞠躬。

"顾总,古玩街的那几个人已经被带去派出所了。上面专门派了人整顿,应该明天就能彻底把那条街上的犯罪团伙端了,夫人过去……"

因为慕晚安在场,男秘书有些顾忌,但是看了一眼顾南城的脸色,只能硬着头皮继续道:"夫人过去是……买戒指的,就是上次陆小姐在找的……永恒的眼泪。"

慕晚安侧过去的半边肩膀微微僵硬了,落在身侧的手慢慢地收紧,脑子里出现短暂空白。

男秘书汇报完后不敢去看老板的脸色,垂着脑袋道:"顾总没别的事情的话,我先出去了。"

病房里又只剩下了三个人。

顾南城的薄唇慢慢挑出弧度,似笑非笑地道:"那天你在我的办公室找笙儿的碴,说是我的错。"他的声音平静,绕着低低徐徐的笑,"我倒是想知道,是什么样见不得人的戒指,让顾太太这么放在心上。"

慕晚安几乎面对着病房门口的,因此顾南城和左晔都只能看到她的侧脸。

左晔靠在枕头上看着站着的女孩,眉头渐渐地皱起。

慕晚安回过头,男人的双眸也染着笑,只是那笑毫无温度。

他的眼神过于犀利,好像要将她看穿。

"我……"

"那枚戒指,"左晔看了一眼慕晚安的脸色,转而看向那立在灯光下深沉挺拔的男人,淡淡道,"是我以前送给晚安的。"

顾南城看着她的脸,哂笑一声,眼中蓄着令人心惊肉跳的笑,偏偏语调闲适:"所以顾太太,你在嫁给我之后,背着我跟你的前任藕断丝连,是吗?"

慕晚安闭了闭眼睛,然后睁开。

她看着他的眼睛,没有避讳,下意识挺直的背脊让她看上去从容冷静:"没有,我没有跟他藕断丝连,我们没有过任何联系,今天的事情是意外,左晔恰好看到我被人抢劫,恰好救了我。"

男人的薄唇溢出两个字:"恰好?"

"是恰好,那个茶馆、那条街上的人都可以做证,只是恰好。"

顾南城看着她白净的脸庞,勾唇笑着,慢条斯理地道:"顾太太,你是不是还要告诉我,昨晚你心里头想的也是你前男友?"

他说这话时的表情,恶劣到极致。

慕晚安的手攥成拳,回了他一个笑:"反正你想的也不是我,我想的是你或是我前男友,又或是阿猫阿狗又有什么关系?"

有什么关系?

顾南城看着这个微微抬着下巴微笑着的倨傲的女人。

他是真的应该好好地想想。

"够了。"两个清冷的字蓦然响起,宋泉推门走了进来。

她显然已经在外面站了一会儿,死死地盯着慕晚安,没几秒钟就走到慕晚安的面前,扬手一个巴掌就甩下去。

"宋泉!"沉冷的两个字从病床上传来。

宋泉抬头看着将她的手腕截在半空中的男人,冷笑着讽刺道:"顾公子真是心胸宽广宰相肚里能撑船,绿帽子都戴在头上了还护着她。"

男人的手半分力道都没有少,寒凉的嗓音淡淡地道:"我的女人,还轮不到别人教训。"

宋泉怒了,狠狠地收回了自己的手,但是她更怒刚刚出声阻止她的男人,转头冷冷地看着左晔:"你对她余情未了是吗?为了你们曾经的戒指挨了一刀子,左晔,你当我是什么?"

左晔脸上几乎没有情绪变化,缄默无声。

宋泉的眼圈红了,咬牙问道:"你是不是想分手?"

他甚至没有抬眸看她一眼,波澜不惊地道:"你想分的话,就分吧。"

宋泉明显愣了一下:"好……好,左晔,是你说的。"

扔下这句话,她转身就跑出了病房。

顾南城盯着慕晚安错愕地看向左晔的那张脸,低声嗤笑:"怎么着,顾太太,迫不及待地想以身相许吗?"

他抬起脚走过去,慕晚安心口发紧,看着这个男人从病房离开,房间里属于他的气息散去。

左晔看到她脸色煞白,微微叹了一口气:"那枚戒指……盛家的事情我知道一点,我猜你担心他去调查的话会直接查出绾绾的线索,所以只能这么说。"

"对不起……"慕晚安勉强地朝他笑,"连累你和宋泉……"

"跟你无关。"左晔捏捏眉心,"我跟她的事情跟你无关,有没有今天的事情结果都不会有什么改变……他叫你顾太太,你们?"

"是啊。"晚安轻轻地道,"我们已经结婚了。"

已经结婚了。

左晔说不出这句话落在他的心头是什么感觉,像是空了一块小小的地方。

他面上依然挂着笑:"他误会我们的关系了,你去解释一下吧,我休息一下就没事了。"

"今天真的谢谢你……"

"无妨,换了别人,我也一样会救的。"

慕晚安走出医院的时候,宾利慕尚停在门口。

她打开车门,还是上了车,顾南城坐在她的身旁,优雅矜贵。他淡淡嗤笑道:"我还以为你们要依依惜别个把小时,我还得回现场捉个奸。"

慕晚安没有看他,低头系好安全带:"陈叔,走吧。"

陈叔不敢耽搁:"好的,太太。"

她咬唇看着车窗外,外面的世界已经暗了下来,昏黄的路灯一一掠过。

回到别墅,她跟在男人身后,身上穿的浅色牛仔裤,膝盖处染着浅浅的血。

林妈听到引擎声就迎了出来,满脸的笑容:"先生、太太回来了……还没吃饭吧,饭菜都热着,赶快来吃吧。"

顾南城将身上穿的大衣脱了下来扔到一边,轻描淡写地道:"胃口倒足了。"

林妈脸上的笑差点挂不住,眼角余光看到慕晚安的膝盖,连忙关心地道:"太太……您的腿怎么了?都出血了。"

慕晚安轻轻地摇摇头,还没说完就看到男人朝楼上走去了。

那背影很冷漠。

她自嘲地低头,他回来没动手摔东西说更难听的话,算不算她幸运?

林妈哄着慕晚安先把伤口处理了,让她坐在沙发上涂了点药水,拧上瓶盖的时候不忘叮嘱道:"等下洗澡的时候记得不要碰水,太太,先吃点东西吧,您中午就没怎么吃东西。"

"我吃不下……"她现在很累很疲倦,没有胃口。

"吃不下也要吃,太太,我特意做了您爱吃的,吃饱了才有精神,精神好了呢,您再和先生谈谈……夫妻哪有隔夜仇,还不是床头吵架床尾和。"

"嗯……好。"

慕晚安还是点点头答应了,她不是不想吃饭……她是不知道怎么应付楼上的男人。

应付他对她来说,好像越来越吃力了。

卧室的门关着,慕晚安抬手叩门。

里面没有人应。

她再叩,低声道:"顾南城、顾南城,我进来了。"

拧开门把手,她走了进去。

围着浴巾的男人刚好从浴室里出来,湿漉漉的黑色短发凌乱,他不像穿正装那般优雅矜贵,多了漫不经心的痞气。

造物主通常是不公平的,像顾南城这样有钱有权有势有颜的男人,连身材都保持得很好。

"顾南城……"她仰着脸看他,咬咬唇道,"你先……下去吃饭吧。"

"吃饭?"他玩味般地念着这两个字,抬手捏着她的下巴,居高临下地睨着她的脸,手劲大得几乎要捏碎她的骨头,偏偏脸上带着温和的笑,"顾太太,我有点儿后悔娶了你这么个没心没肺的女人,倒自己的胃口。"他撤了手指,拿起一条毛巾擦拭着自己的头发,淡淡地道,"我向来不打女人,所以现在你滚出我的视线。"

慕晚安深呼吸了一口,看着他英俊淡漠的侧颜,转过身,还没跨出一步又顿住了。她身上还带着被抢劫的狼狈气息:"你说得没错,我不过是你孤独时花高价买的消遣玩意儿,想宠就宠,想侮辱就侮辱,想发泄必须奉陪的金丝雀。顾总这样精明的商人,何必花钱买不开心?"

说罢,她一言不发地走出去。

到门口的时候,她又顿住了:"我要滚出你家吗?"

顾南城笑着睨了她一眼:"你滚出我家了,我孤独寂寞的时候,拿什么消遣?"

慕晚安点点头表示明白了:"我在隔壁次卧。"

她原本以为没有那个男人睡在她的旁边她会睡得更好更安心,可是洗完澡躺在床上,在黑暗中久久没有睡意。

第二天早晨，慕晚安起床下楼后，顾南城已经不在家了。林妈小心翼翼地告诉她："先生今天很早就去上班了，早餐都没吃。"

慕晚安垂眸，"哦"了一声。

林妈不放心地道："太太啊，林妈年纪大了可能有点啰唆，再大的事情夫妻都不能分房睡的，这样小事都会变成大事……"

"他让我滚，我总不能死皮赖脸地待着。"

林妈叹了一口气，嘀咕道："先生也真是……"

吃完早餐，慕晚安就接到一个电话："请问是顾太太吗？"

"我是。"

"顾太太您好，我们是婚纱公司的，之前顾先生定制的婚纱米兰那边已经做好送过来了。顾先生约了今天来试婚纱，请问两位有时间吗？"

慕晚安这才想起顾南城前天就说了今天要试婚纱："嗯，好，我下午过来。"

刚挂了婚纱公司的电话，唐初的电话又打了过来："有空吗？"

"除了准备这部电影，我没其他的事情。"

"那你赶紧过来，剧组的工作人员和敲定的演员基本都要到场，投资商又要叽叽歪歪往我的电影里塞一些不中看又不中用的花瓶。"唐大导演很烦躁，"你好歹跟了个最大的，待会儿震慑一下那帮烦人的东西。"

"唐导，"晚安道，"最大的那个我已经得罪了。"

唐初半分钟没说话，然后骂了一句脏话，郁闷至极地道："祖宗你别来了。"

十分钟后，唐初更加暴躁的电话打过来："主角的演员基本都是你选的，投资商点名要你到，过来。"

叶庄有专门提供给会员的会议室，方便开完会后继续消遣。

慕晚安过去的时候已经迟到了，她走过去在唐初的身边坐下，环顾了一下四周，低声问道："在等我吗？"

唐初朝她翻了个白眼："大 boss 还没到，没看见主座上空着吗？"

慕晚安怔怔地问道："顾南城……不会出现在这种会议上吧？"

他是整个 GK 的总裁，娱乐圈最有话语权和决定权的大亨，区区一部电影怎么可能劳驾他现身？

唐初皮笑肉不笑："如果不是为了你，那多半就是为了别的女人。"

如果是为了他家的副导,那他多半是来找碴的;如果是为了别的女人……呵呵。

正说着,那扇门再度被推开了。

唐初眼皮跳了跳,看着身材颀长而浑身透着低气压的男人不紧不慢地走了进来,他的身侧除去首席秘书外,还跟着一朵颜值和演技都并不出色的"小白花"。

慕晚安倒是没什么别的感觉,只注意到章秘书走过去的时候特意看了她一眼,一副无奈的样子。

顾总在主座上落座,章秘书站在他的身后,楚可和她的经纪人没跟他们坐在一起,找了个偏角落的位置坐下。

但是再角落的位置也盖不住她跟顾公子一起出席会议所受到的关注。

顾南城没有出声,只是低头兀自漫不经心地翻阅着面前的资料。

章秘书微微一笑:"顾总只是过来看看,各位按照程序继续就是了,制片人,开始吧。"

唐初睨着慕晚安,皮笑肉不笑:"顾南城是想把他的小白花塞进我的电影里吗?传达一声就行啊,亲自到场是想让她演女主角吗?"

慕晚安端起面前的茶,默默地喝了一口,无辜地看着他:"那这样……也跟我无关吧?这不是我能决定和干扰的事情啊。"

唐初把脑袋凑过去,低声问道:"你们彻底闹掰了?你被踹了?"

慕晚安想了一会儿,淡淡地道:"好像还没有。"

说话的制片人在娱乐圈很有资历和话语权,但他还是会时不时地看一眼顾南城的脸色,最后只是草草介绍了电影的剧本,需要的投资成本,初步考虑的主演阵容。

说到演员的时候,制片人咳嗽了一声:"这个,唐导应该准备得差不多了,让唐导说吧。"

唐初摆摆手,直接把球扔给了慕晚安"选角儿这种事情副导负责,晚安,你来说吧。"

慕晚安没办法,这个确实是她在负责,她没推辞,很自然地打开平板,声音平缓清晰地介绍道:"男主角基本定了,是目前人气最火的当红小生沈言,他的外形和气场都比较符合角色,他演技不错很有爆发力。女主角的性格和年纪跨度比较大，所以对演员的要求很高，我选了几个条件比较符合的，试镜完再做决定……"

"副导，"一道带着笑意的声音打断了她，"还有没有角色可以给我们家可可试试？"

唐初摁着眉心，面无表情。

慕晚安愣了一下，抬眸看向坐在她斜对面的楚可，对方回了她一个笑。

"慕导你好，我是楚可。"楚可抿着唇继续道，"我很仰慕唐导的才华，一直都希望有机会能够合作。"

制片人坐在慕晚安斜对面，见年轻的美人副导坐在那里既不接话茬也没什么笑脸，心跳有点儿快，连忙道："可可的口碑一向不错，人漂亮演技又好，只是一直没什么机会合作，晚安……"

"如果楚小姐感兴趣的话，这边有个角色可以过来试试。"慕晚安没看谁的脸色，低头翻着平板，淡淡地道，"男主角的姐姐欧雪……"

"才三号啊……"经纪人在后边插嘴，看着慕晚安抬起的显得寡淡的脸庞，笑着道，"慕导，我们可可出道两三年了，只是一直踏踏实实地演戏所以没能遇到合适的机会。剧本我们看过了，三号那个角色是蛮适合可可的，但是可可最近正准备转型，不走清纯端庄的路线，转走性感轻熟女……"

慕晚安温温浅浅地笑道："那么楚小姐是想演一号吗？"

楚可愣了一下，没料到她会说得这样直白，但是面上还是维持着笑容："如果唐导愿意给我机会，我会……"

"既然看过剧本，楚小姐觉得……"慕晚安捡起手边的钢笔，手指转着圈把玩，唇侧带着笑，"你演得了女一号璎珞？"

话语里的轻慢，她半点没有掩饰。

楚可自然感觉到了，调整了一下呼吸，微微一笑："没有试过……慕导怎么知道我不能呢？"她对上慕晚安的眼睛："陆笙儿小姐刚出道的时候接的也是清纯仙气飘飘一类的角色，后来她很快转型演御姐，拿了那一届的最佳女主角奖。所以副导，演员不应该受外形限制。"

唐初忍住了翻白眼和拍桌子的冲动。

慕晚安看着她，手托着腮，七分认真三分懒散："陆笙儿陆小姐呢，是公认的美人中的美人，意思就是她长了一张可以刷票房的美人脸。她转型前积累的人气就注定她参演的电影会有大批粉丝为她埋单,能拿奖是凭她的演技。"慕晚安精致的眉目微微抬起,挑出细细的冷艳,"恕我直言,楚小姐,你的外表没什么号召力不说,也远远驾驭不了女一号璎珞。璎珞美艳、风情万种,一颦一笑都是诱惑。"

唐初无视制片人投过来的眼色,就放任慕晚安不疾不徐地在那儿说,视线扫过冷漠端坐的男人,无意中撞见他双眸格外幽深,似乎蓄着说不出的笑意。

顾公子身边什么样的女人没有,他家副导的颜值都完胜小白花。

慕晚安言笑晏晏地看着楚可,轻描淡写地道:"抛开脸蛋儿的话……呵,楚小姐真的觉得你能演这个女一号,挑得起大梁吗?"

制片人背上的冷汗都要打湿背心了,脸上挂着的笑容快僵住了。

当了这么多年的大小姐,果然不是个会看人眼色的主儿。

楚可咬着唇,看着慕晚安沉静如水的面容,落在膝盖上的拳头慢慢地攥了起来。这女人,堂而皇之地在桌面上说她脸不够漂亮,身材不够有曲线,气质不够媚。

低沉的笑徐徐淌开。

顾南城漫不经心地翻着面前的几张纸:"慕导入行比楚小姐还要晚,都做副导了,年纪差不多,何必把人批得狗血淋头?"

慕晚安偏过脸,看着那端优雅尊贵的男人,直直地对上他的视线:"顾总认为楚小姐适合演女主角?"

他至于为了跟她过不去来毁唐初的电影吗?

唐初这几年拍的电影已经从迎合大众口味转为走精品路线了,口碑直线往上走,以他的脾气,一爆发就会直接甩手不干。

顾南城的眼神聚焦在她的脸上,温温淡淡地笑着:"我是觉得,论脸蛋和……身段,慕导完胜很多女演员,岂不是比不上你的都没资格演你的女主角?"

唐初敏锐地察觉到,这男人说"身段"两个字的时候,有种格外的……轻佻。

慕晚安不自觉地握着手里的铅笔,学着他的模样温温淡淡地笑着:"顾总,你是想捧楚小姐吗?"

她不把这个男人彻底得罪真的不甘心吗?

顾南城俊美的脸上勾勒出凉薄的笑,优雅闲适:"我说是呢?"

制片人要把眼珠子瞪出来了,生怕大小姐下一刻就抛出一句"你们有钱人真恶心任性"之类的话。

慕晚安看着顾南城，攥着笔的手松开了，微微一笑："顾总最大，您开心就好。"

会议陷入僵局，章秘书适时出来结束会议。

慕晚安低头将平板和纸笔收入包里，偏头正准备跟唐初告别时，章秘书柔和带笑的声音响起："慕导，待会儿的聚会您可不能缺席。"

慕晚安抬手用手指梳理着自己的长发，站了起来，浅浅地笑道："我待会儿要去医院看朋友，晚点儿要去看婚纱，没时间，不去。"

章秘书愣住了。

唐初无奈地看着她。

"慕导，"低沉矜贵的嗓音徐徐响起，染着轻薄的笑，"你这么不给面子，是打算连累整个剧组吗？"

唐初拉住她的手腕，压低声音训斥："小祖宗，你跟他抬杠是想毁了你下半辈子吗？"

慕晚安觉得，她真没什么好跟他抬的。

他不就是想让她混不下去吗？直接把她踢出剧组就成了，以后也没人敢用她，何必这么磨磨叽叽？

换了一个 VIP 包厢，慕晚安坐在离顾南城很远的地方。

即便光线很暗，她仍然可以看见楚可坐在他的身边，仰着脸在跟他低声交谈。他不说话，薄唇噙着淡淡的笑，仿佛很认真地听着。

唐初叹了口气，同情地看着她："很难受？"

她明显很难受，眉头蹙着。

这丫头不是什么表情都摆在脸上的，难受到这份上，估计是非常难受的。

"我警告过你了，对这男人不要太上心……"

"你给我摸摸……我好像发烧了。"

唐初又无奈地看了她一眼，但还是伸手摸了上去——很烫。

远处男人的余光瞟了一眼角落里"亲密"的两人，薄唇抿成一条直线，眼角的戾气加深。

"烧成这样……"唐初吓了一跳，皱眉，"自己感冒了不知道吗？赶紧去医院。"

慕晚安抿唇："他不会放过我的。"

昨晚换了房间，她把房间里的空调调低了好几度，整个人缩在被子里睡，一大早起来就觉得有点儿冷。

吃早餐的时候她就觉得不舒服，只是忍着了。包厢里的灯光跟音乐转来转去，她快晕掉了。

她起身把包交给唐初："你帮我看会儿，我去洗手间冲个凉降一下温。"

她手捧起凉水冲着自己的脸蛋，像是要把脸上的温度和胸口隐隐的火苗全都浇灭。

包厢里的洗手间是单独的，没有分男女。

她只顾着冲凉，甚至没注意到有人进来了。

"顾太太。"慕晚安听到声音，顿住手里的动作，没有关水龙头，转身看着他。

男人幽深寒凉的眸盯着她干净而满是水珠的脸："一个晚上没有男人陪你，你就耐不住寂寞？"

慕晚安胡乱地抹着自己脸上的水，看都不看他就要从他的身侧挤过去，腰肢被一只手掐住，一股力袭上来，直接将她抵在门上。

顾南城眯着双眸，温和淡漠的脸庞透着凌厉的戾气："慕晚安，你给我安分点。"

慕晚安看着他好看的弧度完美的下巴，可能是因为头晕目眩，连带着她整个人都显得疲惫，没有刚才在会议上的气势了，有点懒散地道："哦，说你的新欢几句大实话就是我不安分了？顾大公子，你想捧她也不能这么揠苗助长，不是演了大制作大导演的女一号就能火的，你想让好端端的小白花被黑成炭吗？"

她的脸开始烧了，在会议上神经绷得太紧没察觉，现在一阵阵发晕。

慕晚安干脆靠在门板上，好声好气地跟他说话："顾南城，我脑袋有点儿晕，你想教训我一次性教训完就让我走吧。"

顾南城居高临下地盯着她，似笑非笑："去看你那英勇受伤的前男友？"掐着她的下颌，他眯着眸平平淡淡地道，"很惦记他？你信不信我让他永远翻不了身？"

"我信。"慕晚安低着头，态度乖巧得敷衍，"好，我知道了，我不去医院看他了，可以走了……唔。"

她的眼睛蓦然睁大，看着陡然压下来的男人的脸。

顾南城带着强烈的属于男人的气息，混着淡淡的烟草味，一想到他的唇可能纠缠过外面那朵小白花，慕晚安就不受控制地挣扎起来。

她的挣扎显然挑起男人本来蠢蠢欲动的征服欲。

见挣脱不了，慕晚安心一狠直接咬了上去。

"呵。"顾南城怒极反笑，舌尖舔了舔被她咬伤的地方，"你可真喜欢咬人啊。"

他被她咬过不少次了。

慕晚安抬手就去推他的胸膛，想出去，但是手还没落上去就被男人轻而易举地抓住了。

"慕晚安，"温存又带着狠辣的声音贴着她的耳郭响起，"给我记清楚谁是你的男人，别试图挑战我的容忍限度。"

她有些喘，闭了闭眼，兀自浅笑道："罢了罢了，你是大爷什么都是你说了算，你想捧她你就捧吧。当年陆小姐拒绝你的帮助一路摸爬滚打，你只能看着心疼，现在有机会让你弥补当年的遗憾，是应该高兴。

"今天是我不对，我不应该批评她，嗯，我记住了，以后也会乖乖的，你想亲就给你亲，不跟你抬杠了。对了，下午你安排了我去试婚纱我也会去的。"她抬手摸了摸自己的额头，"不过我现在真的有点儿不舒服，顾总也不会这么不近人情，非要为难病患吧，不如晚上回去再说，现在楚小姐陪你，我先走？"

"慕晚安，"顾南城盯着她半晌，忽然笑了，"你这副样子，真是虚伪得比叶庄的那些女人还让人讨厌。"

慕晚安笑了："我觉得我不比叶庄的女人高级啊！对了，楚小姐拿了这么大一个女一号，陪你了吗？好像没有，你昨晚在家呢，说起来我好歹陪了你两晚，结果半点好处没捞到，连本来的副导都没得做了，就这点来说我未必比得上叶庄的女人。"

顾南城觉得，他其实不算是很容易动怒的人。

上一次大发雷霆，他都不记得是什么时候的事情了。

灯光下，她的脸色越来越白，难受得一副随时都会晕死过去的模样。

顾南城黑沉着脸，皱着眉头："你是学导演的还是学演员的，自带特效？"

腹部阵阵疼痛从浅到深，转过半个身子，垂着脑袋虚弱地道："我真的不舒服，让我回去行不行？"

细细密密的汗水渗出她的额头，她把手搭在门把手上，想要拉开门，却被男人一只手抵着门板，她本来就没什么力气，根本拉不开。

顾南城低头看她，才发现她红着眼圈，眼睫毛都被泪水打湿了，像是受了天大的委屈。

手还是探了上去，一片滚烫。

"发烧了？"

额头烫得厉害，可是她脸色显得很白，不像是发烧这么简单。

"感冒了。"慕晚安还是拉着门把手，"已经没我的事情了，你让我回去……啊。"

她用力地拉门，结果男人的手一松开，她就因为用力过猛而直接往后倒去，一下撞在男人坚硬的胸膛上。

慕晚安眼冒金星，眩晕得更加厉害。

腰被搂住，她刚想稳住身体站起来，整个人就离开了地面。

因为慕晚安去洗手间太久，眼尖地发现顾大boss也跟着去洗手间的唐初，此时正姿势猥琐地趴在门板上——门突然开了。

他看着英俊挺拔的男人眼神淡漠地看着自己，再看看被公主抱的慕晚安，眉头皱了皱，立刻冷静下来："晚安发烧了，我担心她在里面出什么事……"

男人淡然地瞟了他一眼，然后走了出去。

一帮玩得兴致正高的人看着这场陡然而生的变故，面面相觑。

唯有章秘书没感到意外，很快走了过去，低声询问道："顾总，夫人不舒服吗？"

"嗯，联系医生去南沉别墅。"

说罢，他又皱眉低头看了一眼怀里的女人，迈开步伐就往外走。

第六章
你的婚纱，配不上我 • ≫ ≫ •

一上车，晚安就自动地找了个角落蜷缩着，长发掩住她的脸蛋。

顾南城看着她缩着肩膀，眉头皱得厉害，几次想将她扯进自己的怀里，心头那股还没消退的气焰又让他忍住了。

没准她现在心心念念想着的还是医院里的那个。

章秘书坐在副驾驶座上，从后视镜里看着零交流的两人，微微叹息，又看到慕晚安几乎缩成一团的模样，有点疑惑，一般人就算是感冒发烧也不会这么难受。

"夫人，您很不舒服吗？我看您一直捂着肚子，是不是腹痛？"

"没事……回去休息一下就好了。"

顾南城冷着一张脸，还是把她拖了过来："腹痛？"

"我想回去睡觉……"

"陈叔，去医院。"

因为无力而被迫靠在他肩膀上的女人一下就抬起头："不去医院、不去医院。"她两边的鬓发都已经被染湿了，"我回去休息就好了……"

"自己睡一个晚上就能折腾出高烧的人没资格说话，闭嘴。"

"不去不去不去，我不去医院，你要我说几遍才听得见我说不要去医院？"

顾南城皱眉看着她莫名可怜巴巴的模样，还是摸了摸她的发，放软了语气安抚道："生病了别耍小孩子脾气，以后不让你一个人睡成吗？"

"我就是困了想回去睡觉。"慕晚安的思维已经被剥离得有些混乱了，胡言乱语一般地道，"我不舒服……不想睡在医院……你让我回去，我自己回去就可以了。"

章秘书猜到了一点："顾总，夫人想回去就让她回去吧，生病了休息不好更难受。"

顾南城摸了摸她的脸，还是"嗯"了一声。

到底是没有了力气，慕晚安趴在他的腿上也没劲儿再挪。

到了下车的时候，她已经站不稳只能被男人抱着回去。

顾南城抱着她回到了主卧，掀开被子将她放在床上。林妈被她惨白的脸色吓了一跳："太太这是怎么了？"

医生几乎后脚就跟着到了。

顾南城站在一边看着医生检查，眉头始终不悦地皱着："她昨晚还好好的，刚才突然病得厉害，发烧站都站不稳了，是不是还有其他的地方有问题？"

来的是个年轻的男医生："顾先生，您太太应该是生理期加上受了凉，身体本来就虚弱，所以病来得很快。"医生俯身问闭眸蜷缩着的慕晚安，"太太……您是不是一直都有痛经的毛病？"

慕晚安点点头。

医生了然，站起身，抬手扶了扶眼镜："顾先生，是这样的……您太太可能从小就养得娇，加上先天的体质问题，最好不要吃避孕药，很伤身体。"

医生还说了些什么慕晚安没有听到，她只觉得房间安静下来了。

光线被挡住，隐约觉得身边有人，慕晚安连睁眼的力气都没有，哑声道："你回公司上班吧……谢谢你送我回来。"

那道挡住光线的阴影并没有消失，顾南城在床边坐下，看她紧紧蹙着的眉，他的眉头也跟着皱得更厉害，久久不曾舒展。

五分钟后，他起身离开卧室下了楼。林妈看得出来他很烦躁，只好跟着劝说："先生，女孩子生理期痛经严重的会很难受，没办法的事情。"

他沉声问道："有没有能止痛的药？"

"我刚刚泡了红糖水，也许能起到一点作用，您要不要亲自喂太太喝？"林妈把杯子递到他的面前，"您可能不知道，生理期时除了身体之外心情也很重要，您昨晚跟太太吵架，她一大早起来心情就不好……不如趁着她生病您哄哄她，别再跟太太怄气了。"

又有人影出现在床边的时候，慕晚安迷迷糊糊地低语道："林妈……我自己休息就好了，你别管我……"

那人再度坐到了床边，慕晚安睁开了眼睛。

"先把感冒药吃了，待会儿再喝点红糖水。"

她恹恹地说："你放着……我晚点吃……"

顾南城把原本属于他的枕头拿过来，垫在后面，然后抱着她将她扶起来"乖。"声线低沉温柔，"生病了就听话，把药吃了。"正说着，几粒药丸躺在手心被喂到她的唇边，"张口，嗯？"

她闭着眼睛不高兴地把脸蛋转到一边："不吃药。"

"晚安，"顾南城耐着性子，继续哄，"把药吃了感冒才会好，不闹脾气？"

"我不喜欢吃药，不要吃。"她往下就要缩回被子里。

顾南城眉头开始跳动。

这女人看着特别懂事特别通情达理，一生病就变成孩子脾气了。

他把药搁在一边，将被子从她的脸上扯开，阴沉着一张脸："慕晚安，你马上起来给我把药吃了。你是23岁不是3岁，要我给你灌才肯吃？"

慕晚安抱着枕头，把脸埋了进去。

这个动作表达的意思很明显，她拒绝吃药。

他没发脾气，看着她接近幼稚的行为又好气又好笑，怒火反倒是散了，温温淡淡地道："顾太太，你如果不自己爬出来吃药，那就只能我喂你，反正男人喂女人的方式只有那么一种，你要是喜欢那就来。"

慕晚安腹痛得厉害，觉得这男人真是吵死了："不吃。"

让她自生自灭一天就好了，为什么他总是在这里烦她？

痛经而已，痛过了就过去了。

死不了的，她已经习惯了。

顾南城捡起搁在一边的药，俯身，一手掐着她的下巴，俊美的脸面无表情，直接将那几粒感冒药和退烧药喂进她的嘴里，另一只手端起水杯喝了一口水，低头吻下去。

水连着药丸被抵入喉咙深处，她被迫咽了下去。

被水轻微地呛到，她咳嗽了好几声。

顾南城替她拍着胸口，忽然低声笑："顾太太，我在想，你究竟是任性耍小孩子脾气，还是在故意勾引我？"药已经吃下去了，他又端起另一杯温温的红糖水，"这一杯是你自己喝呢，还是也要我一口一口地喂你喝？"

慕晚安看着他的脸,还是自己坐了起来,接过杯子慢慢地把整杯红糖水喝完。

"喝完了。"她把杯子递给他,"我睡会儿就好了,你回公司吧。"

"翘班。"淡淡地说了两个字,男人的手掌落在了她的腹部,"不是想休息吗?睡吧。"

慕晚安看着他深邃的眸和温和淡然的五官轮廓,茫然地躺了下来。

"顾南城,你抱着我离开,不怕别人误会吗?"

"误会什么?"

"我们的关系。"

"我们的关系是误会吗?"

他们的关系不是误会,是事实。

慕晚安低声浅浅道:"你不用特意抽时间陪着我……"

顾南城倚在床头,不咸不淡地道:"是不是我赖着陪你还赶不走,很傻?"

"你不是有新欢了吗?"

"是吗?我怎么不知道?"

"楚小姐不是你的新欢吗?"

"我要是有了新欢,顾太太,"他似笑非笑,"那一定是因为你把我得罪狠了,到时候你也不要指望能在娱乐圈混了。"

"我脾气这么好的人怎么会主动得罪你?只要你不欺负我,我可乖了。"

顾南城眯起眸,挑出狭长的冷笑:"为了你前男友的戒指被人抢劫,然后被英雄救美。依依惜别、含情脉脉、婚内出轨,也很乖。"

慕晚安脸贴上枕头,没有说话。

他另一只手摸了摸她的脸蛋,淡淡地道:"晚安,从你成为顾太太那天开始,就注定你往后只能是顾太太,不要想着背叛或者跟别的男人有什么不该有的关系。"顾南城的语速很缓慢,波澜不惊仿佛很随意,"倘若哪天你不是顾太太了,说不好我会对你做出点什么。"

"你好像笃定了,倘若哪天我不是顾太太,一定是我的过错?"

他没有回答她,深邃如海地看着她:"左眸不过是一个抛弃你的男人,为了他跟我闹,顾太太,这不值得。"

"啊……是不值得。"慕晚安抚着眉尖,又轻又无奈地笑开,"可你需要的,不过是一个伴儿而已。"

顾南城低头看她,淡淡道:"乖乖休息,我今天陪你。"

一整天,慕晚安睡睡醒醒,要么睡着睡着就疼醒了,要么疼着疼着就睡着了,整个人快要死了一般,完全没有一点精神。

基本每个月她都会有这么一天,只是这一次更加严重。

中午林妈敲门叫她吃饭,她也只是恹恹地答了一句:"我没胃口,林妈。"

林妈走到她的床边,温柔耐心地哄着:"太太,您处于特殊时期,又感冒发烧了,不吃饭不补充点营养会更加没精神。午餐顾先生亲自下厨,他专门问了医生您现在吃什么比较好,看在先生的面子上,您好歹吃一点。"

慕晚安愣了愣:"他没去公司吗?"

"您睡着之后他就在书房处理了一会儿公事,快中午的时候就下来准备午餐了。"

慕晚安舒了一口气,慢慢地道:"林妈,麻烦你给我倒杯热水,我去洗个澡。"

又是发烧又是冒冷汗,她觉得自己身上黏糊糊的,很不舒服。

林妈去给她倒水,慕晚安晕着走到衣柜前找了身居家的毛线裙出来,没找到拖鞋,直接光着脚走在地板上。

顾南城一进来就看到她那双落在地毯上的脚。

心头的火苗一下就蹿了出来,大步地过去,他劈头盖脸地吼道:"慕晚安,你到底有没有轻重?"

慕晚安本来就很虚弱,被他吼得吓了一跳,差没有摔倒。

等她反应过来的时候,已经被男人抱起来扔回了床上,摔得她头晕目眩。

慕晚安抚着自己的脑袋,茫然又无辜地问道:"你这么凶干什么?"

顾南城走了过去,眯起眼睛居高临下地看着她:"你几岁?没人教过你下床穿鞋子?没人教过你感冒了不能再着凉?"

慕晚安抿唇,垂着脑袋闷闷地道:"那我没找到……等下就要洗澡了。"

"洗完澡也找不到,然后光着脚出来?"

她的脑袋又低了一点,撇撇嘴没有回答他。

顾南城不悦地冷声道:"我说错了?"

"没，是我错了。"

男人冷哼了一声："下去吃饭。"

"我要洗澡。"

"你会淹死在浴缸里。"他一边说着，一边把柔软的毛拖鞋找了过来，顺便接过林妈倒过来的水。

"我不会死，我要洗澡。"她蹙眉抗议，"不洗澡不吃饭。"

他一把扣着她的下巴，也没用力："是谁把你惯得一身的臭毛病？"

慕晚安十分不满他的说法，秀气的眉头蹙得更紧："爱干净难道是臭毛病？"

顾南城懒得跟她争论，吩咐林妈去取一件披肩过来，裹着她就要下楼。

慕晚安一点也不配合："我不要，顾南城，我生病了你就是这么虐待我的？如果不是因为你，我就不用吃避孕药。我已经被你虐待成这个样子了，你还不给我洗澡？"

这句话给男人俊美的容颜染上了一层颜色，他温温淡淡地道："因为我？顾太太你倒是说说，我是怎么着了？"

"不做安全措施的男人都不是好男人。"慕晚安没什么力气，趴在他的肩膀上嘟囔，"而且我并不是每次都好受。"

"嗯，全世界当爹的都不是好男人。"

"他本来就不是好男人。"

顾南城听着从怀里传来的冷冰冰的声音，眉尖不动声色地挑起，低头瞧她，但她的脸蛋压在他的肩膀上，所以看不到表情。

这个话题转过，他低声淡淡地道："知道了，以后都听你的，现在下去吃饭，嗯？"

慕晚安还是那三个字："去洗澡。"

虚虚弱弱的声音，其实很软，但就是透着一股子蛮不讲理的倔强劲儿。

顾南城觉得，对待这种女人，冷着脸教训一顿比较实在。

然而他还没开口，怀里的女人就用下巴蹭着他的肩膀："不洗澡不舒服，不舒服就没有胃口，没有胃口就不想吃饭。"她蜷在他的怀里，像只受伤的猫，手按着腹部，好似被虐待了，"如果不是林妈说你亲自下厨，我都没有胃口吃饭，让我洗个澡是会浪费你多少水？"

顾南城闭了闭眼，不战而败，认命地道："行，别装了，给你洗。"

他转了方向,朝浴室走去。

"你出去吧,我自己洗就好了。"

顾南城睨着她:"你现在站几分钟就会倒,能在这里洗个澡?衣服脱了,我不想顾太太被冲进下水道。"

她这才反应过来,他要帮她洗澡。

"我可以自己洗,你在外面等我……有事我会叫你的……"

"顾太太,"顾南城淡淡地盯着她的眼睛,如此陈述,"你是我太太。"

慕晚安咬唇,调整呼吸:"我不习惯……"

"那就从现在开始习惯。"

慕晚安被他拉到花洒下,温热舒服的水落下来从肩膀处流下,顾南城低着头帮她洗澡,温柔细致又专注。

慕晚安唇动了动,仰脸看着他:"你的衣服都湿了。"

男人眉目不动,嘴角的笑似有无奈,声音很低:"还不是你喜欢折腾。"

她在氤氲的水雾中看着他,像是审视,又像是端详,注视着他,杏眸一眨不眨。

低哑的男声忽然响起:"别看着我。"

慕晚安没反应过来:"嗯?"

"别再盯着我看……"顾南城低头去看她,深邃的瞳眸蓦然一暗,忍不住就扣着她的下巴吻了上去。

慕晚安睁眼,可以看到花洒的水落在他的肩膀上,将他的衬衫彻底淋湿,耳边是水声,呼吸里却铺天盖地全都是男人的气息。

她的视线下移,落在近在咫尺的俊美容颜上,神情慵懒,带着享受般的迷离和沉醉。

她的睫毛动了动,没错,那是沉迷。

似有一只手拨动她的心弦,她试探性地回吻。

等到一吻结束,慕晚安几乎昏过去,手臂圈着他的脖子,就这么靠在他的怀里。

顾南城幽深暗色的眸盯着虚软地靠在他怀里的女人,绯色的唇瓣有点红肿,脸蛋儿也嫣红,气息不平,微微地喘着。

"慕晚安,"他扳着她的脸,忍不住一字一顿地骂,"小狐狸精。"

吃完饭后差不多又睡了一个下午，傍晚的时候，慕晚安接到一个电话，手机屏幕上的是她没有备注的陌生号码。

她接起："你好，请问是哪位？"

"晚安啊。"

她正踩着拖鞋下了床，腾出的手去拉窗帘，苍劲得几乎掩饰病态的声音笑呵呵地响起。

慕晚安的动作一下就顿住了，她动了动唇："盛……盛叔叔。"

"晚安有没有时间过来看看叔叔？"

私人疗养院，坐落在郊区。

环境幽静雅致，空气也很好。

盛柏病得很重，哪怕他强打精神，也掩饰不住灰白的脸色。

"晚安来了啊。"

"对不起盛叔叔，我应该早点过来看您的……"

盛柏摆摆手，笑了笑："你早点来也见不到我的，如果不是我开口拜托笙儿，让她向薄锦墨求情，你今天也见不到我。"

慕晚安愣住："盛叔叔……"

她倒了一杯水，小心地喂到他的嘴边。

"晚安，今天请你来，是想拜托你一件事。"

"您说、您说。"

"替我告诉西爵……把他妹妹带走……离开安城，不要再和薄锦墨打对台，我已经一把年纪活不了几天了。"他拍着晚安的肩膀，"我不希望我的儿子和女儿……为了报仇而活……走吧，让他们走远一点，活得开心一点。"

盛柏是笑着说这话的，但慕晚安心头莫名地生出一股凄凉的感觉。

她知道，盛叔叔不惜放低姿态求陆笙儿，不过是为了让她转达他想交代的"遗言"。

凉凉的泪水不知何时掉了下来。

还没到长白发的年纪，但是黑发间已然夹杂着不少白发，盛柏温和地笑着，叹息道："哭什么？嫁给顾家的小子，你的眼光比绾绾好多了。"他看着年轻女孩满是泪痕的脸，有些欣慰有些恍惚，"作了一辈子孽，我恐怕很难再见到我家闺女了，不过你们向来关系好……你能来看看我……也不错了。"

慕晚安走到疗养院门口的阶梯时，没有忍住心里头层层蔓延崩溃的情绪，蹲在阶梯上哭了出来。

世事变迁，其实最荒凉不过。

疗养院的环境虽然很好，但是地方很偏，所以基本没什么人。

慕晚安慢慢地坐了下来，看着前面很远的地方出神。

包里的手机振动，响了很久她才回过神，把手伸进包里拿出手机。

是婚纱公司的电话，她滑过接听："不好意思，顾先生这两天可能没空，所以我们暂时没时间过来……"

"顾太太，您好。"电话那边是柔和而歉疚的声音，"定时间的事情顾先生已经跟我们说了，不好意思打扰您了，有关婚纱的事情，想冒昧地问一下您。"

"有什么问题吗？"

"是这样的……有两位客人过来看婚纱的时候，想花双倍的价钱买您的婚纱。"

慕晚安拎起自己的包，慢慢地朝打车的地方走去："我记得我们家顾先生跟我说……婚纱是他亲自设计再定制的。"

"是的是的，您不同意也没关系……"店员显然很紧张也很无奈，"只是那位先生说，如果您不肯卖的话，他会把我们公司买下来。"

慕晚安淡淡地道："这么财大气粗，不能请人自己设计吗？"抬手拦了一辆的士，"是什么大人物，你们要特意给我打电话？"

既然知道这件婚纱是属于顾南城的，一般的人他们估计也不敢开口。

"是……薄锦墨薄先生。"

慕晚安听到这个名字并不感到意外，敢跟顾公子抢婚纱的人是不多。

她淡淡地道："让他们等着，我待会儿过来。"

半个小时后，安城某婚纱店。

慕晚安走进去，整个婚纱店只招待了两个人，像是清场了。

她踩着红色的地毯走过去，一眼看到陆笙儿站在玻璃橱窗前，双手合十侧过脸朝长腿交叠坐在沙发上等候的男人笑，语气里带着少见的轻快喜悦："我真的很喜欢这款婚纱，感觉就是专门为了我而设计的……待会儿人家来了你不要太凶了，我来跟他们说，毕竟婚纱对要结婚的新人都很重要。"

慕晚安一眼就看到主玻璃橱窗里挂着的婚纱，有好几秒钟没有挪开视线。

"陆小姐……顾太太来了。"店员很尴尬地朝陆笙儿笑，"顾太太……不好意思，麻烦您特意过来一趟。"

"顾太太"三个字就让陆笙儿愣了一下，她转过身，对上了慕晚安的眼睛。

慕晚安其实没有看陆笙儿，她在看那件挂着的婚纱。

"这件婚纱……是你的吗？"陆笙儿有些惊讶。

慕晚安收回视线，看着陆笙儿的脸。

她点点头："嗯，大概是我的。"

"对不起。"陆笙儿的手落了下来，脸上的欢喜也一下都落了下去，"他们没有告诉我这是你和南城的。"

慕晚安淡淡地问："你们准备结婚了吗？"

"还没定，只是过来看看。"陆笙儿的表情很清淡，"如果我们结婚的话，一定会第一个给你和南城发请柬的，如果你肯到的话。"

"以我和薄先生的交情，他结婚我自然是会到的。"慕晚安侧着半边身子，长发拢到一边，气质温静清凉，"这件婚纱，陆小姐好像很喜欢。"

应该不是感觉，这就是事实吧。

陆笙儿沉默了一会儿，还是点点头："我很喜欢，因为它符合我喜欢的所有特征。"

慕晚安挑了挑嘴角，波澜不惊地问一边的店员："这婚纱，顾先生付钱了吗？"

"已经付了全款，只等您随时来试，合适的话可以直接取走。"

"我是顾太太，可以做主吗？"

"那自然是可以的，顾先生原本就是为您买的。"

慕晚安点点头，很随意地笑："那给陆小姐试吧，我送给她。"

陆笙儿几乎立即出声："晚安。"她皱着眉头，不大满意她身上那股轻描淡写又漫不经心的气息，"你别这样，南城只是觉得这种款式的婚纱漂亮……毕竟我们穿过同样款式的晚礼服，他也许觉得我喜欢的，穿在你身上也很漂亮。"

"陆小姐似乎误会了。"

"是你误会了。"陆笙儿平静地道,"你也许不了解南城是什么样的人,但是我了解。他既然选择跟你结婚跟你共度一生,那就说明他会专一地对你。这件婚纱他花了很多心思,慕家风光尚在,也配得起你的身份了。"

"所以我说是陆小姐误会了。"慕晚安温凉懒散地道,"我嫁给他,从法律意义来说是他太太,所以有权处置这件婚纱——穿、剪掉或者送人。

"陆小姐既然这么喜欢,那我便代替绾绾送给你——当作是给你们新婚的贺礼,镶了很多的钻石呢,顾总亲自画的设计稿,大师手工剪裁,应该名贵得够衬陆小姐新任影后的身价了。"

陆笙儿看着她,然后视线越过她,朝着面无表情走过来的男人道:"南城。"

顾南城朝她淡淡地"嗯"了一声。

视线就这么对上了。

男人漆黑的双眸很淡漠:"你对婚纱不满,可以跟我说。"他的语调很平和,较之平常少了温度,"没必要把气撒在笙儿的身上,我们之间的事情跟她无关,你看不上的东西,她也不会要。"

慕晚安的眸里隐含笑,面庞却很恬静:"她喜欢,送给她不好吗?就因为是我让出来的,你就觉得我在侮辱她?"

顾南城盯着她:"晚安。"他颀长的身子很挺拔,低沉平缓的声音淡漠如凉水,"她喜不喜欢,你们都不是可以让的关系,既然从前不屑于装,如今和以后也都没有必要装。"

她们的确不是可以让的关系,倒是更接近侮辱的关系。

只不过慕晚安向来觉得,不喜欢一个人是一回事,侮辱是另外一回事。

陆小姐没做过什么需要她侮辱的事情。

慕晚安脸上的笑容始终维持着:"为什么不呢?"她侧过脸,视线再度落在那件纯白如雪,高贵得一尘不染的婚纱上,裙摆下方镶嵌的钻石在灯光的反射下熠熠生辉,"送给她,我们各自皆大欢喜。"

装潢高档的婚纱店,四处都恰到好处地明亮。

陆笙儿站在半米之外看着他们近乎僵持地对峙,捏了捏眉心,忍不住低声开口道:"南城。"她叹了一口气,"她不喜欢,你就……"

"锦墨,"顾南城没什么起伏的声音响起,"没什么事情的话,你带笙儿走。"

沙发上的男人习惯性地扶了扶眼镜，斯文的镜片反射着白光，无法捕捉到他眼底的神色："嗯？"

顾南城斜睨他一眼："给我腾地方。"他嘴角挑起一抹浅浅的弧度，"怎么，你真的准备买我的婚纱？"

薄锦墨气定神闲地坐在那里，视线自慕晚安的身上掠过。

陆笙儿走过去拉住他的手臂，低声道："算了，今天不看了，我们走吧。"

薄锦墨反握住她的手，淡淡道："我觉得他们待不了多长时间，等他们吵完我们再看，难得有时间。"

这一两个月，他一直都很忙，基本抽不出时间。

陆笙儿被他一把拉到沙发上坐下，手也被他捏着，也就不再挣扎，顺从地坐了下来。

慕晚安始终只是看着立在她身前的男人，看他的俊脸面无表情，眼神接近阴沉。

她兀自笑了笑，抬脚就要走向门外。

擦肩而过的瞬间，手臂毫不意外地被男人反手扣住。

他的力道很大，捏得她的手骨隐隐作痛。

慕晚安抽气："顾南城，你弄疼我了。"

"说说看，"淡漠逼仄的嗓音渗出嘲弄的意味，他眯着狭长而幽深的眸，薄唇掀出笑意，"什么叫作皆大欢喜？"

那捏着她手臂的手指越发收紧。

男人的笑却冷贵低迷："因为笙儿喜欢，而你不屑，你是不是想说这件婚纱穿在她的身上，是遂了我的愿？"

慕晚安忍着痛，笑容温浅："所谓皆大欢喜，是陆小姐喜欢那便让陆小姐穿，你们这么多年的交情送件婚纱当作礼物并不过分，而我……你设计这件婚纱的时候一点都不了解我吧？不了解我的审美，不了解我的喜好。

"这件婚纱符合陆小姐喜欢的所有特征，却无一处让我中意。顾南城，我真心实意想和你一起生活，所以不希望床头挂着的婚纱照日日夜夜提醒我某些不愉快的事情。与其让我来日永远如鲠在喉，不如今天吵这难看的一架。"

顾南城低头，眼神锁着她的脸庞，竟然有瞬间的失神。

在这几秒钟内，慕晚安已经将自己的手腕用力地抽了回来，然后面无表情地从他的身边走了过去。

薄锦墨低声哼笑出声。

陆笙儿神色复杂地看着立着的男人,晦涩地目送慕晚安消失的背影。

明明一开始他是带着怒意来的,结果慕晚安说完之后,错的人好像变成别人了。

安城的城市规划做得堪称典范,花草树木分布得漂亮。

顾南城驱车,很快发现走在人行道上的女人。

法国梧桐光影婆娑,初秋偶尔有落叶掉下。

他面无表情地下车,长腿很容易跟上她的步伐,手扣住她细细的手腕。

"慕晚安。"

有风吹过,黑色的长发飞舞。

慕晚安没说话,也没有搭理他,只是低着头蹙眉想甩开他的手。

他扣着她手腕的手用力,几乎要将她拉进怀里:"上车,别闹。"

"你把手放开,你弄疼我了。"慕晚安不肯跟上他的脚步,调整着呼吸开口道,"我去片场,你回公司,我们不是一个方向。"

"现在跟我上车。"

顾南城失了耐心,几乎把她拖进自己的怀里,拽着她跟跟跄跄地往停车的地方走:"慕晚安,你今天闹得够大了。"

慕晚安犟不过男人,只能被他拖着上车。她最后放弃了挣扎,任由他将她扔上副驾驶座,然后用力地关上车门。

她将长发往后撩,低着头平缓呼吸:"好,那你送我去片场吧。"

顾南城发动引擎,手搭在方向盘上,淡淡地道:"感冒还没好,要么我送你回家,要么你跟我一起去公司陪我。"

"我跟唐导说了我待会儿会过去。"

他抬手扯了扯自己的领带,看着前面:"要我端了你们的片场吗?"

慕晚安忽然感觉很疲倦:"前面路口放我下来,我回去睡觉。"

"我办公室有休息室,可以给你睡。"

说话间,他已经打了方向盘,转上了去 GK 的路。

"我不想去,顾南城。"可能是感冒确实没有痊愈,加上她的身体本来就在特殊时期,一有情绪就头疼,"我认床,陌生的地方睡不好。"

他没有停车,明显也没有转方向的意思。

车内响起男人温淡的声音:"笙儿说喜欢,所以我的婚纱就配不上你了,嗯?"

慕晚安没有回答,只是看着窗外飞速掠过的风景。

"慕晚安。"

听出他情绪里按捺不住的愠怒,慕晚安轻轻地笑了:"顾总是大 boss,自然是顾总说了算,别说价值千金的婚纱我得穿,就算是乞丐装我也得穿。"

顾南城眯起眸,脸色变得越发深沉阴冷。他也不怒,反倒是扯出笑容:"价值千金的婚纱跟乞丐装没什么区别,是不是对你而言嫁给我跟嫁给路上的任何男人都没有区别?"他的嗓音被压得很低,似笑非笑,"只不过我比他们霸道,所以你迫不得已嫁给我,委曲求全地跟我过日子,你是不是觉得自己很伟大,很孝顺,很有牺牲精神?送你多少克拉的钻石和宝石,也只是一块冰冷的石头,配不起你那颗高贵傲慢的心,嗯?"

慕晚安把视线从窗外转了过去,落在他的侧脸上,轻轻缓缓地笑:"钻石就是钻石,谁送我很多钻石或者宝石,我都挺开心的。"她顿了一下,继续道,"不过顾先生,那件婚纱在我心里的确——不配我。"

宾利慕尚在车流中靠边,然后突然停了下来。

即便有安全带,晚安也被刹车的惯性带得身体往前面冲。

顾南城有条不紊地松开踩着的刹车,摸到一包烟,抽了一根出来。

打火机的声音落下,燃起一簇火苗。

香烟被点燃,空气中慢慢散开尼古丁的气息,青白的烟雾让原本俊美的脸变得很模糊:"晚安,你想怎么样呢?"

低低淡淡的一句话,没有携带半点恼怒,却让她原本像气球一样鼓鼓的情绪,一下瘪了下去。

她看着他抽烟的模样,深沉而优雅,仿佛天生带着气场。她低喃着重复了一句:"我想怎么样?"

"要怎么样,你才能不闹了?"他吸了一口烟,而后朝她的方向徐徐吐出,"婚纱你不喜欢是吗?"

也许是因为烟雾太浓,所以她突然看不清他的脸。

然后,她看到他拿起手机,拨了个号码,朝电话那端的人淡淡地吩咐:

"替我把婚纱剪了。"不知道那端的人是怎么说的,他冷漠地道,"我的东西要怎么处置,需要跟你们解释?不要卖给人,不要留着,不要让我看到或者知道它还存在。"说完这句话,顾南城就挂了电话将手机扔回原处,"你应该有自己喜欢的设计师,回头告诉我名字,我请他过来。"

末了,男人淡淡地看着她的脸:"这样,你满意吗?"

半晌,慕晚安闭上了眼睛,温温静静地道:"好。"

过了一会儿,她再度开腔:"你想说的话应该都说完了,前面有路口,我可以打车回去。"

顾南城没有回答她,但是如她所愿把车停下了。车门打开的时候他没看她,只是淡淡地道:"到家给我打电话,记得吃感冒药。"

"好。"说完这个字,她就顺手带上了车门。

走了十多米,她拦了一辆的士,系安全带的时候前面的司机问她到哪儿。

"南沉别墅"四个字还在脑子里,但是她说出来就变成了"中心医院"。

慕晚安推门进病房的时候,左晔靠着枕头在看书,见到她的身影微微诧异地挑起眉:"晚安。"

将手里提着的水果放在床头,慕晚安有些局促地站在病床边,摸了摸自己的头发:"你身体好点了吗?"

"好歹被捅了一刀子,两天就痊愈?"左晔注视着她,半开玩笑地道,"我还以为你老公不会准你来看我了。"

慕晚安被他看得有点不自在,搬了张椅子坐下:"我昨天本来应该过来的,但是发了点烧不是很舒服,所以在家休息了。"

她跟左晔的过去已经过去,他为了帮她抢回戒指受伤,即便是个陌生人,于情于理她也应该过来探望。

"伤没什么事,只不过一个人躺在这里快发霉了。"左晔看着她坐着的姿势,抱着原本放在椅子上的草莓抱枕,"心情不好?你们因为戒指的事情吵架了吗?"

她的心情不好……有这么明显吗?

慕晚安低下头:"不是。你和宋泉和好了吗?她没有请假照顾你?"

左晔只给了最简单的答案:"没,分手了。"

"那天的事情只是误会,你可以跟她解释清楚的……"慕晚安蹙眉,宋泉那天是听到了戒指的事情才一怒之下说分手的,"任由哪个女孩子听到这样的事情都会接受不了。"

左晔看着她淡淡地笑了,不经意一般道:"那天顾南城也听到了,他怎么没跟你离婚呢?"

慕晚安一愣。

为什么顾南城没有跟她离婚?他怎么会跟她离婚呢?

大抵是因为,不爱。

除非她真的给他戴了一顶货真价实的绿帽子,否则他多半不会有这个念头的。

当然这话,她是不能跟前男友说的。

"我们跟你们……不一样,"她斟酌着用词,慢慢地道,"结了婚自然不能轻易离婚。她那天那么生气,你打个电话哄哄她……应该就没事了。"

左晔随意地"嗯"了一声。

慕晚安发现他不怎么愿意谈起宋泉的话题,所以不再提起。

包里的手机振动,慕晚安起身对左晔说了一句"不好意思",就出去接电话。

屏幕上显示的备注是——老公。

她并没有这样存过。

带上门,她接了电话:"有事吗?"

"林妈说你没有回去,去哪儿了?"

"在外面逛,待会儿就回去了。"

"你不是身体不舒服吗?"

"我有点儿闷,吹吹风。"慕晚安再度重复,"待会儿就回去了。"

顾南城微微哂笑:"在医院吹风?"

慕晚安顿了一下:"顾南城,你派人跟踪我?"

"我让你受委屈了,你找前男友安慰?"

"我来看看为了救我而受伤的人,也不可以吗?"

电话那端的人顿了一下,随即溢出冷笑:"慕晚安,为了那件婚纱,你没完没了是吧?"

"那挂电话吧,拜拜。"说完,她就把手机掐断了。

GK 的总裁办公室。

顾南城听着手机里的忙音,英俊的脸上浮起一层暗黑的戾气,隐在眉目间,薄薄的手机被他捏在手里,几乎要变形了。

章秘书听他讲完电话,再看看充当了替罪羊的手机,默默地站在一侧没敢吭声。

顾南城站在办公室的落地窗前,居高临下地俯瞰写字楼下渺小的事物。

过了大概五分钟,章秘书觉得顾总可能会站到天荒地老,只好小心翼翼地开口:"顾总……我觉得夫人去医院看看左晔……是合情合理的。"

顾南城转过身:"所以,是我不够通情达理?"

为了一枚破戒指弄得含情脉脉刻骨铭心也是合情合理?

他心底漫出层层的冷笑,就那么个男人,也值得她念念不忘惦记到如今?

她眼睛瞎了。

慕晚安没在医院待很久,毕竟她是有夫之妇,加上左晔和宋泉因她分手。

刚拉开病房的门把手,病床上的左晔忽然出声:"晚安,他爱你吗?"

门已经被拉开了一条缝。

"他对我很好。"

"你回避了我的问题,晚安。"

慕晚安没说话。

左晔又问:"那么,你喜欢他吗?"

她笑了一下,轻袅得恍惚:"我……害怕。"

门打开,顾长挺拔的身影立在她的面前,漆黑的眸猝不及防地对上。

慕晚安完全没有防备,心脏狠狠地跳动了一下,愣怔地站在那里。

顾南城低头瞧着她,温润的脸庞稍显冷峻,但很内敛:"谈心谈完了?"

"你……怎么来了?"

慕晚安徒生了一个荒唐的想法,她感觉顾先生是来捉奸的。

他抬手把开了一条缝隙的门打开,长腿不急不缓地往前迈,没有来势汹汹的气势,但是自有一股不容侵犯的气场,朝着左晔走过去。

慕晚安紧张地握住了他的手臂:"顾……顾南城……"她咬了一下唇,强自冷静,"我说过了,我只是过来探望他……"

顾南城低头睨着她紧张的模样,嘴角勾勒出似笑非笑的弧度:"来探望为了你心爱的戒指受伤的英雄吗?"他波澜不惊地道,"上次忘记了,所以我今天特意过来感谢左少,毕竟救了我太太。"

他这副模样,实在是不像来表示感谢的。

但他这么说了,慕晚安也不能一直拽着他的手臂,于是慢慢地松开了。

左晔将手里的书搁到一边,见穿着一身西装深沉温雅的男人走来,调侃般不经意地道:"顾总大白天的不上班来医院看我,我还以为是来捉奸的。"

慕晚安蹙眉,在后面朝他摇摇头。

顾南城闻言没什么大的情绪变动,薄唇噙着笑:"我在想,左少以命相搏追回的戒指,怎么会流落到那里?"他的姿态闲适,话语意有所指,"落魄到只能求助于陌生人,难道那个戒指比较重要?"

他的语调温淡,但眼神过于犀利。

说罢,他侧过半边身子看向慕晚安,瞥了一眼她绞着的双手,眼角往上挑:"既然这么重要,怎么弄丢了,顾太太?"

他之前没有怀疑过,她也完全没有想过这个问题,慕晚安被问得猝不及防,一时间一句话都说不出来。

顾南城继续笑,眼神也变得越发晦暗和凛冽,带着点玩味:"不喜欢我的婚纱,我订的戒指镶的也不是红宝石,要不要也给你换成你喜欢的?"

慕晚安侧过脸,躲开他的视线:"不用了。"她淡淡地道,"我不挑戒指,你感谢完左晔的话,我们走吧。"

她并不认为顾南城会真心实意地感谢左晔,他不找左晔麻烦就已经很好了。

关于那件婚纱,也许从一开始就是她错了。

是他给了她错觉,让她太不冷静。

慕晚安不管顾南城要不要走,自己已经转身走了出去,在走廊外的长椅上等他。

一分钟后,男人带上门出来。

顾南城走过来,很自然地搂上她的腰,温淡地道:"陪我去吃饭。"

慕晚安点点头:"好。"

"想吃什么?"

她温静乖巧地回答:"都好。"

"没有都好给你吃。"

慕晚安抿唇:"那就去对面的餐厅点两个菜吃吧。"

"环境太差,我吃不下。"

"前面路口左转有家西餐厅,干净舒适安静,去那儿吧。"

"我在美国吃了很多西餐,现在更喜欢吃米饭。"

慕晚安顿了一下,仍然好脾气地道:"那你等下慢点开车,看见哪里有中餐厅就去吃。"

他始终都是那种清淡的语调:"随便找个地方吃饭,厨师做得难吃怎么办?"

慕晚安吸了一口气,按捺着性子道:"那你选,你想去哪里吃就去哪里吃。"

"我不知道。"拉开副驾驶的车门,他的手搭在门上,淡淡地道,"你在安城生活这么多年,不知道哪里的菜好吃吗?"

顾南城绕过车头坐进车里,侧身看坐着没动的女人,俯身凑过去替她系安全带,低头淡淡地盯着她的脸:"我找你求和,你就是这么敷衍我的?"

他靠她很近,仿佛下一秒就要吻上。

慕晚安看着前面:"红楼坊。"

顾南城又盯了她几秒钟,然后才回到自己的位置上。

车子发动,慕晚安的脑袋仍然隐隐疼着,偏过头靠着小憩。

"你喜欢红宝石?"低沉淡然的声音打扰她休息。

她没有睁眼:"还好。"

"你喜欢什么?"顾南城偏头看了她一眼,白净的侧颜平淡疲倦,"钻石、珍珠、红宝石、蓝宝石,还是翡翠之类的?"

"钻石吧,一般都是钻石。"估计她再说随意,他又会捉着她吵架,饭都没有吃,实在是没力气,索性一次说清楚,"婚礼上有戒指就可以了,至于多大的钻石呢,顾先生觉得多大才能衬托顾太太的身价就多大,反正只是在婚礼上交换,我以后拍戏不可能戴一颗斗大的钻石在手上。"

"慕晚安。"男人唤她的名字,声音冷而沉,"你还想跟我吵架?"

"我不明白你的意思。"慕晚安越是疲倦就越是心平气和,"顾先生到底想我怎么样?"

他想怎么样?

顾南城一脚踩下油门,车子加速:"吃完饭我再跟你算账,现在睁开眼睛指路。"

"你可以用导航仪。"

"我喜欢活的。"

慕晚安觉得这男人简直就是在找她的碴,摁了摁眉心无奈地睁开眼睛:"前面第二个路口左转。"

十五分钟后,宾利慕尚停在红楼坊的停车区。

慕晚安自己解开安全带,然后推开车门下车,安安静静地跟在他的身侧进门。

"两位,是大厅还是包厢呢?"

慕晚安等他决定,但是半天没有听到他出声,直到服务生尴尬地再度问道:"两位,在大厅还是包厢呢?"

慕晚安这才抬头看了他一眼:"就在这边吃吧,找一个靠窗的位置。"

"好的,这边请。"

坐下,点菜,等上菜,吃饭,慕晚安偶尔会主动说想吃什么,要不要喝水之类的完全没话找话的话。

吃完饭,慕晚安一边擦拭自己的唇,一边自然地道:"待会儿你要回公司吧?这边打车很方便,我可以自己回去。"

顾南城吃得比她慢,姿势优雅不疾不徐,闻言掀起眼皮:"你这张脸准备摆到什么时候?"

慕晚安一愣,不明所以地看着他。

"去医院招惹前男友还不够,跟我吃饭也摆脸色,慕晚安,我是怎么你了?"

慕晚安看着他冷漠而带着淡淡嘲弄的脸色,闭了闭眼站起身:"我去下洗手间。"

她要去洗手间冷静一下。

她用手接了冷水不断地浇在自己脸上,直到心头那些蠢蠢欲动的情绪散去。

"慕导和顾总吵架了吗?"

一句话在身侧响起,慕晚安关了水龙头偏头看了一眼。

楚可一边洗着手,一边从镜子里看着她。

慕晚安抽了张纸出来擦着脸上残留的水珠,淡淡地道:"男人跟女人吵架不是很正常吗?"

楚可先是脸色一僵，随即笑开："看来顾总和慕导的感情很好。"她伸了一只手过去，"上次的事情希望慕导不要误会，我和顾总只是简单地说过几句话，没有什么其他的。"

慕晚安对着镜子擦水珠，像是没有看到她伸过来的手："我没误会，楚小姐放心。"

楚可的手顿在半空中。

几秒钟后，她把手收回身侧。

"慕导很快就要忙新电影了。"楚可笑着，"电影开机前你们是不是会正式举行婚礼呢？到时候场面一定盛大。"

慕晚安把湿了的纸扔了，微微一笑："还好吧。"说罢就转身走了出去。

盛大的婚礼。

她露出一丝自嘲的笑，所谓盛大的婚礼，都是给别人看热闹的。

回到座位上，慕晚安才发现这男人被围观了。

他坐在深色的沙发上，可能是等得有点不耐烦了，指间的烟已经燃了一半，另一只手随意地搭在扶手上，衬衫的袖子往上挽着，露出叫不出牌子的腕表。

黑色短发下英俊的脸初看温和而风度翩翩，只是眼神过于淡漠，气质成熟深沉，看似君子如玉，但是抬眸看你一眼瞬间就生出无形而深刻的疏离冷漠感。

偏生叫女人看着就怦然心动。

"走吧。"

顾南城听到声音才抬头看她，不紧不慢地掐了烟头，起身。

"跟我去公司。"上了车，他简单扔下一句话，然后开车。

慕晚安看着他："我去你们公司做什么？"

"你不是说以后你都会乖乖的吗？"顾南城视线看着前面，"想亲就给亲，让你去我办公室待着你也这么多话？"

"我身体不舒服也不能给你亲……"

他淡淡道："说不定我什么时候想亲，难道要开车回去亲吗？"

慕晚安看着他波澜不惊理所当然地说着这些话，抚着额头竟然一句话都说不出来。

她没什么心思跟他争论，闭上嘴不再说话，跟着他去了GK，从地下车场搭私人电梯直接到总裁办公室。

把手里的包放在沙发上，她低声道："我进去休息会儿。"

休息室虽然不算很大，但空间足够，可以让她睡觉。虽然她痛经基本只有第一天比较严重，但是身子仍有些虚，加上感冒，更是怏怏的。

更重要的是，她不想整个下午都跟他待在一起。

有些时候无话可说比激烈争吵更让人心累。

"坐下！"正在脱西装的男人瞟了她一眼，不温不火地吐出两个字。

"什么？"

他抬起好看的下巴指了指那张沙发，微眯着黑眸："坐沙发上去，把话说清楚再去睡。"

她不知道他想说什么，看了他一会儿就退了回去在沙发上坐了下来。

顾南城将西装脱了下来搁在一边，也走过去，没有坐在她的身边，反而坐在沙发稍宽的扶手上："时间不多了，所以重新准备的时间也不多，一次性说清楚，你想要什么样的婚纱？哪一种设计方案，还有哪个设计师的风格。"

慕晚安真的不明白，他为什么要用一副谈公事的姿态问她喜欢什么样的婚纱。

突然有点儿想笑，但她忍住了。

她想了一会儿："还不知道。不如等明天我有时间了去逛逛，卖婚纱的地方那么多，应该不是很难选，反正只是在婚礼上穿就可以了。"

顾南城的声音微微有点儿冷："把我设计的婚纱送出去，你现在跟我说随便选一件就可以了。"他眯着眸，眼神像是要将她穿透，"你要是随便，安城就没有难伺候的女人了。"

慕晚安静静地看着他咄咄逼人的脸："顾公子啊。"她叹息一般地笑了，想说什么但是又忍住了。

过了一会儿，她抬手摸着自己的长发，干净的五官很温婉："上午我去疗养院见盛叔叔了，他得了心脏病剩下的时间不多了，所以我心情不好……对不起，迁怒于你的婚纱。你放心，戒指只要大小适合就很好了，婚纱我也会去找，觉得喜欢我就穿给你看，你觉得好就好。"

她的背脊其实挺得很直，但双眸垂着，扬唇微笑："还有什么问题吗？"

她作势摸了摸自己的太阳穴,嗓音温温的,"没问题的话,我就去休息了。"

慕晚安还没站起来,就被温热有力的手拽住,然后跌在他的身上。

"我好好问,你就不能好好回答吗?"

顾南城扳过她的脸蛋,漆黑的眸蓄着没有温度的笑容:"你不嫌累,就继续闹。"他捏了捏她的脸颊,淡淡地道,"我腾时间出来陪你闹。"

"我要怎么样你才觉得我没有闹?"

"婚纱、戒指,既然你不喜欢我给的,那就去选你喜欢的,没必要一副委曲求全的隐忍模样,我不爱看。"扣着她脸蛋的手指挪动,转而捏上她的下巴,"你就是靠这副模样得到大家夸赞的?难怪左晔为了那么个不识好歹的女人把你甩了。"

慕晚安觉得有些事情虽然已经过去了也不至于会疼了,但是伤疤被戳,还是无法无动于衷,毕竟距离的时间不是很长。

于是,她露出牙齿,浅浅一笑:"顾公子,你应该知道有些事情掰得太清楚真挺没意思的,比如婚纱、戒指。事实上这些是没办法拒绝的事情,你为什么觉得我非要欣喜地为你披上婚纱,满怀期待地等你给我戴戒指,心甘情愿地跟你做爱人才会做的事情?"

她不闪不避直视他的眼睛:"你应该知道我并不是那么愿意,只不过像你说的那样,我既然已经同意了,整天摆着不甘不愿的怨妇脸实在是太矫情,大家都不开心。但我就是一个普通人,不可能像个木偶没情绪,我觉得你也挺不喜欢自己的女人是木偶的,但是你这么难伺候,我真没辙了。"

顾南城看着她笑,轻轻薄薄,仿佛弥漫在轮廓外,没有半点真实感,不知道在嘲弄什么:"你不说,我还真不知道你对我有这么多不满。"

"我没有不满啊,遇上你虽然不至于感恩戴德,但我还是觉得挺幸运的。"慕晚安温温地浅笑,杏眸弯着,"但是爱和不爱还是有区别的是不是?"她看着他漆黑深邃的眸:"比如你设计出那件宛如为陆小姐量身定做的婚纱,难道也是这样咄咄逼问出来的?你办不到的事情,何必这样为难自己,还来为难做配角的我?"

温软而带着些许凉意的手指慢慢地抚上他的脸:"顾南城,你到底是装给她看的,还是演给你自己看的?"

他是为了让陆小姐觉得他的婚姻很美满吗?

还是他并不想扮演一个痴情无望的角色,所以制造很宠爱她的景象出来?

他孤独想要陪伴,所以强迫她嫁给他。

慕晚安收回手,低声道:"我不是你心里的人,所以没办法治愈你的孤独。"

为什么偶尔想抓住他呢?她真正接触的男人并不多,但是清楚被顾南城这样的男人宠爱很容易让人沉迷。

她也觉得他可怕,不是因为情敌多么强大,她怕的是斗不过他心底的执念。

而执念不是不死不休的深情纠缠,而是他就这么随随便便地选了她宠了她,就好像他从一开始就放弃爱那个人以外的任何女人了。

顾南城始终维持着抱着她的姿势,一言不发地盯着她,气息平缓。

"我知道你对我很好,给我最好的物质,给我你能给的体贴,但我知道你宠爱的是顾太太,不是慕晚安,所以我感激你,也会克制,不用感动。"

毕竟感动太容易衍生爱情。

说罢,面前的男人仍盯着她,那眼神过于深沉晦涩,她并不能看懂。

慕晚安伸手去端茶几上的杯子,将水杯慢慢地送到自己的唇边,动作幅度很小地喝着水。

顾南城看着她喝完水,然后把杯子放回去,脸再度偏过来的时候,他抬手掐住她的下颌,稳住这样的姿势跟他对视。

"你觉得我对你好,只是因为你嫁给我了?"他看着她的眼睛慢条斯理地开腔,英俊的脸庞带着一丝阴郁的气息,"你觉得无论谁当顾太太,对我而言都一样?"

慕晚安蹙眉,但是没有动,只是平静地道:"我觉得……是谁应该都差不多吧。"

如果没有她这个他眼里最符合要求的女人,他选了其他的女人,结果不会有很大的差别。

他手上的力道没有那么大,慕晚安从他的身上挪到了沙发上。

顾南城不温不火地瞧着她,半晌忽然出声:"你这样说,似乎也有道理。"他侧过脸,淡淡地道,"我是不是该试试让其他的女人当顾太太,看看和你有没有区别。"

慕晚安一愣,她真的没想到他会这么说。

他之前的态度坚决,不管她愿不愿意,都只能困死在这场婚姻里。

双手交叠，慕晚安微笑道："要离婚吗？趁着婚礼没有举行，不会有人知道我们结过婚。"她想了一会儿，抿唇补充道，"虽然我们结婚了，但是在财产方面你可以放心，你的财产都不是我的，我也不会要。"

　　顾南城微眯了眸，玩味般地咀嚼这两个字："离婚？"他挑起眼角，浅浅淡淡地笑，"就这么离婚了，你什么都没捞到，岂不是白陪我了？"

　　就连她爷爷的手术费，她也不是在他这里拿的。

　　慕晚安扬起嘴角："没关系，就当是一段短暂失败的婚姻。"

　　总好过一直被困着，毕竟做人应该学会止损。

　　顾南城从沙发上站了起来，长腿迈开步子走到办公室的落地窗前，一只手插在西装裤裤袋里，淡淡然地俯瞰下方。

　　"离婚的事情你不用考虑，如果真的有那么一天我会通知你。"顾南城低沉缓慢的嗓音在安静的空间里响起，"婚礼的日期不变，婚纱和戒指你照旧去选，如果婚礼前我改变主意了……"他转过身，沉沉地看着她，淡淡地道，"也许你能从这段婚姻中解脱。"

　　慕晚安最终还是没有留在他的休息室，打车回了南沉别墅。

　　说不出哪里不舒服，她就是觉得特别累。

　　吃了点感冒药，她就回床上休息了。傍晚起来后她熬了汤，然后炒了几个菜装好送到医院去，陪着爷爷吃完，聊了一会儿天。

　　"爷爷，医生说再过几天您就可以出院了，我到时候会安排地方给您住，也会每天去看您的。"

　　其实如果不是她和顾南城的关系……她原本打算接爷爷过去一起住，有白叔和林妈一起照顾，她多少比较放心。

　　可是现在……她只能另外找地方了。

　　吃完晚餐，她跟唐初打了半小时电话，商量了女主角的几个人选。

　　"我通知她们明天过来试镜，你有时间吗？有时间的话过来看看。"

　　"嗯，我会过去的。"

　　"那个楚可。"唐初摸着下巴，漫不经心地道，"她经纪人跟制片人磨磨叽叽地说了很久，然后制片人也磨磨叽叽地跟我说了很久，她虽然扛不起女一号，但是演个小配角是没问题的……"

毕竟是有点小人气的小白花,演技和颜值还算是差强人意。

"好啊,我没意见。"慕晚安想也不想就道,"你觉得哪个角色合适她就给她,或者我看看有什么合适她的。"

如果没有之前的事儿,她对楚可的印象还是不错的。

不过顾南城那种招苍蝇的有裂缝的鸡蛋,小姑娘对他有心思也很正常。

"你还真挺随意的。"唐初忍不住笑,"那女人可是当众跟你叫板过抢过你男人的。"

慕晚安轻描淡写地道:"她说话还算是客气了,这我都要计较,以后在这娱乐圈里混我不是得气死?"

"你抓着顾公子当靠山,以后谁都不敢对你甩脸。"

"唔。"慕晚安托腮,有些忧愁地道,"好像是蛮不错的,但是我觉得我离被甩不远了。"

唐初头疼:"小祖宗你别啊,好歹撑到电影上映成吗?"

说完电影的事情,慕晚安的心情好多了,在书架上找了本英文原著看了一个小时,再看时间已经十一点了。

顾南城还没有回来。

她想,她不是在等他,只是习惯了他向来回得早,即便平常吃完晚餐后他也会在书房开电脑处理两个小时的公事。

合上书本,她玩着手机,想了想,还是拨了个电话出去。

一阵嘟嘟声后,低沉慵懒的男声响起:"嗯?"

"你最近是不是都不打算回南沉别墅了?"

顾南城淡淡地道:"今晚我可能不回来。"

慕晚安斟酌了一会儿,问道:"如果你不打算回来睡的话……等我爷爷出院,我能不能暂时搬出去跟他老人家一起住?"

"你这是在告诉我,如果我不回来,你也不打算回去了是吗?"男人轻轻地嗤笑了一声,"我应该理解成你希望我回去睡,还是你在表达你的迫不及待?"

慕晚安抿唇:"我爷爷过几天出院,他需要照顾。"

"知道了,我会安排一栋宅子出来,然后请几个专业的看护,你有时间的话可以每天过去探望或者陪他老人家吃饭。"

慕晚安咬着唇瓣:"顾南城……"

像是料到她要说什么,顾南城淡淡地道:"你说得对,其他女人做顾太太也许一样,但是如果不一样,抱歉,你这辈子都只能被我霸占着。"

沉默了一会儿,慕晚安道:"哦。"

第二天,慕晚安一大早就去了片场。

因为是 GK 旗下的电影,所以试镜的地方在 GK 写字楼七楼,已经过了上班的高峰时段,电梯里只有她一个人——

"等等。"

一个人蓦然跑了出来,看了一眼,还是伸手摁开了快要合上的电梯。

"谢谢啊。"跑进来的女人伸手要去按"7",却发现已经被按了。

她挑起化得很精致的眉:"你去七楼?"上上下下地打量了晚安一番,"你也是去试镜的?"

慕晚安看着电梯门合上,侧首微微一笑:"不是。"

站在她身侧的女人很高,目测超过了一米七,加上踩着高跟鞋,足足比她高出了一个头,穿着深 V 领的红色长裙,大波浪鬈发,烈焰红唇,妆容精致。

慕晚安想了想道:"夏小姐,我觉得你待会儿试镜的时候可以换双平底的鞋子,原著里的主演是没这么高的。"

"是吗?"

慕晚安面上维持着笑容:"不过我记得原定的候选名单里没有夏小姐。"

夏娆是当红女明星,艳而不俗,性感而不风尘气,既有人气又有演技,不过……她确实没定夏娆做女一号的候选人。

夏娆闻言再度毫不顾忌地打量她:"你真的不是来试镜的?"狐疑的眼神直白得毫不收敛,"长了一张明星的脸出现在 GK,还要去七楼,除了试镜好像没其他的可能,不过我不认识你……"

慕晚安很漂亮,这是毋庸置疑的,但她的漂亮不属于惊艳型,是那种看不出什么瑕疵和问题,越看越耐看和养眼的。

慕晚安浅浅一笑:"我是职员。"

"职员啊。"夏娆摸着下巴,"我听说你们副导和 GK 的总裁有一腿,是真的吗?"

"这个啊……好像是。"

"听说她很漂亮?"夏娆哼笑一声,略有不屑,"有我漂亮吗?"

慕晚安笑了笑:"这个,我也不好说。"

"听说她在会议上公然呛了情敌,想必不是什么简单的人物。"夏娆抬起手指轻轻地吹了吹指尖,"好久没有遇到对手了——像样的男人或者像样的情敌。"

慕晚安笑而不语,七楼到了,她抬脚走出去。

夏娆撇嘴,不满地看着慕晚安兀自一个人离去的背影,GK 的小职员还这么大的谱儿?

唐初见慕晚安走过来,远远抬手打招呼:"试镜人选多了一个……"

"夏娆吗?"

唐初挑眉:"你怎么知道?"

慕晚安拾起桌上的资料,随意地回答:"刚才在电梯遇到了。"果然资料里面多了一个人的档案,"走了谁的后台,唐导你都要给她面子。"

唐初这人,平常看着除了脾气有点爆,还蛮随意的,但是其实一点都不随意。

"顾大 boss。"

慕晚安手指一顿,抬头问道:"勾搭上了?"

昨天下午到今天早上,这么短的时间就勾搭上了。

"不是。"唐初斜睨着她,"夏娆爸爸是谁你也知道,夏董事长亲自打电话给顾总,说是她女儿喜欢这个剧本,无论如何让她试一下。"

是的,夏娆跟一般的女明星不一样。

她的靠山是亲爹。

她在美国长大,作风豪放,刚出道就放话要追遍三大洲七大海的小鲜肉以及老鲜肉。

慕晚安捏着眉心,有点儿头疼:"好吧,不适合可以淘汰掉吗?"

"你跟顾大 boss 撒娇呗。"

慕晚安无奈地看了唐大导演一眼。

半个小时后正式试镜。

加上后面加进来的夏娆，参加试镜的一共有五个女演员。

慕晚安手指间夹着笔，漫不经心地转着，很安静地看着，基本没有出声。

直到夏娆进来。她换了旗袍，长发也被发型师做成了类似老上海时的盘发，一颦一笑颇有那个年代的韵味。

她一进来就看到安静地坐在唐初身边的慕晚安，先是诧异，再看前面摆着的牌子：副导，慕晚安。

也就几秒钟的意外，夏娆还是秉着专业女演员的素质很快地进入状态。

唐初侧首看她："你觉得怎么样？"

"还可以，比我想象中的好。"慕晚安依然托腮，若有所思地道，"外形挺符合的，演技也没什么问题，就是……"她斟酌了一下用词："我看她资料26岁了……璎珞刚出场才17岁，她少了点……"

"少女初恋时自然而然的娇羞。"

慕晚安点点头。

她眼睛里缺少那种既大胆，又忍不住要遮掩的娇羞。

"再看看吧。"

面试完最后一个，慕晚安伸了个懒腰，咕哝道："好累，好困。"

唐初拿了根烟出来抽，乜斜了她一眼："面个试你就喊累，娇滴滴的大小姐到哪里都一样。剧组一起吃饭，你去顶楼找你男人。"

慕晚安鼓鼓脸："不去，我跟你们一起。"

"吵架了？"

"大概吧。"慕晚安不愿意多说，她跟顾南城的关系三言两语很难说清楚，"你带我一起呗，我被抛弃了，一个人会很孤独。"

唐初横她一眼："收拾东西。"

"马上。"

"为什么骗我？"慕晚安收拾好自己的东西就准备去找唐初会合，人还没找到背后就传来一阵气势汹汹的声音。

慕晚安提着包转过身，一眼就看到站在她面前的夏娆。

夏娆双手环胸，居高临下地打量慕晚安，抬手撩起自己的长发："我即便是抢男人也从来是光明正大的，话说慕导，还没开始呢你就怕我了吗？"

慕晚安的眉梢挑了挑："嗯？"她扬起嘴角微微地笑，"我哪里骗你了？"

"你说你是这里的职员……"

"副导在我眼里原本就是职员啊,夏小姐,你也没有问我是干什么的。"

夏娆被她堵得一时无言,抬着下巴问道:"你是慕晚安?"

"我是。"

"你是顾南城的现任小情人?"

慕晚安将包推到肩膀上,淡淡地笑道:"夏小姐,我们似乎没有熟到……可以谈论这种私事吧?"

夏娆撇撇嘴,踩着鞋跟细细的高跟鞋转身离开。

唐初在背后叹息:"你的情敌太多了。"

"是啊,顾总太能招惹苍蝇了。"

"嗯,你把自己说成是苍蝇好吗?"

夏娆转身进了电梯,摁了顶楼键。

出了电梯,她笔直地朝总裁办公室走去,章秘书立即过来阻拦:"小姐,没有预约不能进去……"

夏娆不满地道:"不能进去?你算什么?当年我穿开裆裤的时候就认识你们家总裁了。顾南城每年过年都要去我家给我爹拜年,你敢拦着我?"

说完,夏娆不等章秘书做出任何反应,推开她就直接走了过去,很用力地打开门。

顾南城皱着眉头,抬头不悦地看着擅自闯进来的女人,看清了脸后,淡淡地道:"你怎么来了?出去。"

"我来请你吃饭,你的员工和剧组都去吃饭了,你是老板还在加班?"

男人言简意赅道:"不吃。"

夏娆走到他的办公桌前,抬手直接将他的笔记本合上,瞪着他:"吃不吃?不吃我就一直在这儿骚扰你。"

他不悦地眯起眼睛,冷冷淡淡地睨着她:"骚扰我,很想我?"

"哎,你这人怎么一点都不含蓄,哪有人这么直白的?"夏娆噘嘴笑着,"难怪陆小姐不喜欢你咯,她那样的女人可不喜欢你这样直接的男人。"

顾南城任由她一点点凑近,靠到他的面前,不疾不徐地开腔:"夏娆,你的香水很难闻。"

"你……"夏娆站直了身体,脸上红白交错,末了看着他的脸,冷冷一哼,"算了,看在你长得入我眼的分上我不跟你计较。"她吊儿郎当地绕着自己的头发,笑道,"我刚刚在试镜的时候看见你传说中的小情人了,长得倒是挺漂亮的,就是我怎么觉得来来去去都是这种类型啊,很无趣的,你难道……不想换一个风格吗?"

顾南城掀起眼皮,温淡地看着她:"换你吗?"

"也许你会觉得我们很合适啊,谈个恋爱也无伤大雅,是不是?不尝试怎么知道喜不喜欢呢?"

修长而骨节分明的手把玩着钢笔,他淡淡地掀唇:"那就去吃饭吧。"

夏娆立即喜笑颜开:"哼,这才像话。"

章秘书看到他们总裁和夏娆并肩走出来,睁大眼睛,然后默默低下头没有说话。

从私人电梯直接下到地下停车场,顾南城拉开宾利慕尚的副驾驶位置:"想吃什么?"

夏娆眯眸想了一会儿,刚才面试完,剧组的人好像要去吃火锅来着,她侧脸朝英俊的男人一笑:"吃火锅吧,我觉得你这样的贵公子应该没人带你吃过火锅。"

"嗯。"

在GK写字楼这条街的转角处,就有一家很大的火锅店。

自从遇到顾南城,慕晚安觉得她的人生满是狭路相逢。

"Hello,慕导,真是好巧。"夏娆挽着男人的手臂,炫耀般朝慕晚安笑道,"好巧,你们也来吃火锅吗?"

慕晚安看了一眼笑靥如花的女人,又看了一眼一言不发深沉而淡漠地看着她的男人,露出轻浅的笑:"夏小姐、顾总,巧。"

夏娆看着慕晚安拿了几瓶水和饮料就准备转身,脆生生地笑道:"既然这么巧,不如一起吃吧。"她意味不明地看着晚安的眼睛,"慕导应该不会介意吧。"

抱着好几瓶饮料,慕晚安有些吃力,抬头回了一个笑:"不,我介意,跟大老板一起吃火锅太拘束了,两位可以找个小包厢,有情调,我们也好吃得畅快。"

一只手从天而降，拿走了她怀里的几瓶饮料，凉薄的嗓音徐徐地响起："带路吧，慕导。"

慕晚安抬头看顾南城，一眼撞进他湛湛深沉的黑眸里。

转身，带路。

一桌子人面面相觑，看着出去拿一趟饮料就带着两个人回来的慕晚安，呆滞完了之后，大家立即干巴巴地招呼着："顾总……夏小姐……"

慕晚安坐下，轻描淡写地解释："嗯，顾总和夏小姐想和我们一起吃。"

唐初吃得正欢，见状差点没把食物咳进气管里。

慕晚安连忙递了杯水过去，被没好气地白了一眼。她很无辜地回瞅了一眼，又不是她引来的，瞪她作甚。

说是火锅，其实早就不是最早的一个大锅子一起吃的那种，而是一张大圆桌上，每个人面前一个小锅，方便又干净，中间放着食材，想吃什么自己烫。

慕晚安以前偶尔会跟朋友吃火锅。不是经常吃，就图个热闹，然而顾公子显然没怎么吃过。

慕晚安坐下后就静默地自己涮，斯文地喂给自己吃。

顾南城皱着眉头，有点不悦。

旁边都是察言观色的精明人，见状，制片人连忙朝慕晚安使眼色，笑着道："晚安，你帮顾总拿点吃的啊。"

慕晚安还在想，她是应该识相点不打扰，还是做做样子给大老板面子，身侧的男人就慢条斯理地开腔了："不必。"他淡然地问道，"想吃什么？"

娇媚的声音立即轻快地响起："你要帮我涮吗？嗯，我想吃……香菇、鸡肉、牛肉、培根……然后土豆、青菜，还要那个粉丝。"

慕晚安拿着筷子的手还是顿了一下，猝不及防。

她闭了闭眼，然后低头继续吃。

但是，她明显感觉到没有刚刚那么好吃了。

搁在手边的手机振动了一下，慕晚安看了一眼号码，接了起来，嗓音清凉："喂？"

"现在有时间吗？一起吃饭吧，我过来接你。"

慕晚安闭了闭眸，有那么一瞬间想借机落荒而逃，但睁开眼时她已经换了说法："没有，我已经在吃饭了。"

"那晚上吧，我有东西想给你。"电话那端的声音低沉而厚重，"过两天我就回美国了。"

慕晚安想了想，淡淡道："好。"

电话那端的男人说了时间和地点，慕晚安道了声"好"就把电话挂了。

她还真的……没有见过顾公子宠爱其他女人的模样。

就连陆笙儿，大部分都只是听说的，她没有亲眼见过。

她放下手机重新拾起筷子，继续安静地慢慢吃。

她是应该……亲眼看看。

夏娆气场太足，坐在这一桌存在感十足。

顾公子什么地方不坐，偏选在她的身边坐下，因为是圆桌，所以慕晚安眼角的余光可以看到他们的身影。

夏娆几乎半个身子都贴上了一旁的男人，言谈举止间的亲昵毫不掩饰。她咬着一颗丸子，歪着脑袋看向慕晚安，笑眯眯地问道："慕导，你这么年轻漂亮，有男朋友吗？"

"没有。"

"我今天的面试慕导还满意吗？有没有可能上唐导的新戏？"她展露着笑颜，"我可是推了好几个剧本很有诚意过来的。"

慕晚安斟酌着怎么样才能不得罪顾总的新欢，还没开口说什么，一道突兀的酒瓶碎裂声响起。

所有人都吓了一跳，包括慕晚安，她下意识地抬头看向出声的地方。

坐在唐初身边的年轻男人，架着一副斯文的眼镜，偏白的肌肤此时明显透着喝高了的红，看着慕晚安，直勾勾地，蓄满了某种浓烈的情感。

慕晚安眼皮跳了跳，有种不祥的预感。

"慕……慕导，你真的没有男朋友吗？"

她不知道自己怎么了，可能本来在走神，然后突然砸下来这么一句话，她连反应的时间都没有，就直接回道："没……没有。"

没有男朋友，不过，有个随时会散的老公。

酒壮怂人胆，听慕晚安这么说，那男人的眼睛蓦地亮了，摇摇晃晃地站了起来，仍然直勾勾地看向她，然后朝她走过来。

一时间鸦雀无声。

"晚……晚安,我喜欢你,我喜欢你很久了。"还没走到她的跟前,男人就磕磕巴巴地道,"你能……能做我女朋友吗?我愿意跟你一起照顾……照顾你爷……啊。"

慕晚安目瞪口呆地看着还没走到她跟前,就"扑通"一声五体投地般跌倒在她跟前的男人。

她有些无奈地抬头看向将侧着的身子转回去,继续慢条斯理地吃饭的顾南城。

她觑了一会儿,还是起身扶起他。

"那个……你没事吧?要不要紧?"慕晚安很尴尬,她甚至不知道他叫什么名字。

好不容易扶着他坐起来,慕晚安刚想叫个人过来跟她一起扶,才偏头的工夫整个人就被抱住了——带着浑身酒气的拥抱。

零点几秒的时间,她甚至在思考,顾南城也曾带着满身的酒味抱她,甚至是吻她,她也不曾这样觉得反感。

也许可能……是酒的品种不同、味道不同。

慕晚安正想推开他,一只手就从天而降,提起他的领子将他整个人拎到了一边,伴随着响起的是云淡风轻的低沉男声:"清醒的时候不敢告白,趁醉酒占女人便宜吗?"

他好不容易才爬起来,又被顾南城这么拎着扔到了一边,慕晚安有点不忍,俯身准备再去扶一把。

"哎,你们这些男人都是干什么的呀。"夏娆的声音响起,"看到有人摔倒了还不过去扶,慕导一个弱女子怎么扶得起这么大的男人。"

慕晚安看有人过来,正准备站起来,还没起身手臂就被拽住了:"晚安。"喝醉酒的男人毫不顾忌力道,死死地捏着她的手腕,"我真的喜欢你很久了,你当我女朋友吧,我不介意你爷爷住院,也不介意你们家……我真的很喜欢你。"

慕晚安的手都被捏痛了,想抽回来又没男人的力气大,下意识抬头看向离她最近的顾南城。

顾南城正低头淡淡地瞧着她,眼神刚对上,一边的夏娆就蹿了过来,毫不优雅地俯身蹲下去:"南城,我看慕导的手都要被他弄断了,你赶紧来把他掰开……喝醉酒的男人可真是恐怖。"

顾南城没有动。

夏娆作势帮慕晚安掰，不知道是压根儿没什么力气还是没用什么力气，最后慕晚安几乎用尽全身的力气才将手抽回来。

然后因为用力过度没能收住，她往后一栽，倒在了地上。

"慕导……你没事吧？"夏娆看着她狼狈的模样，也不知道该不该扶。

手掌在撑着地面的时候擦伤了，不知道是不是有点疼，慕晚安的眼眶有点湿意，只是不明显。

"没事。"慕晚安还是自己站了起来，"我去下洗手间。"

手心可能磨破皮了，火辣辣地疼。

唐初想起身去扶慕晚安，但是瞟了一眼没什么表情的男人，还是选择了没有动。

对这里不熟，所以慕晚安找了一圈才找到洗手间。手心有摩破的血迹，她用冷水小心翼翼地冲洗，一贯怕疼，轻微地抽气。

她咬唇看着自己的手，真是倒霉……好端端吃个饭也这么扫兴。

熟悉的脚步声在她身后响起。

慕晚安甚至没有抬眸看镜子，淡淡地出声笑道："顾总，你是对洗手间有什么情有独钟的癖好吗？"

看冲洗得差不多了，慕晚安才抽了一张纸出来把手擦干净，还没把纸扔掉，手腕就被扣住了。

"顾南城。"慕晚安没有抽回自己的手，甚至没有抬头看他，"你这么跟着我出来，他们都知道你是来找我的。"

他懒懒地回道："所以？"

他用牙齿咬住创可贴，然后抬起空着的手撕掉包装，将它贴在那处擦伤处。

慕晚安皱着眉头："顾南城，你什么意思？"

"你没有男朋友？"

"没有。"

顾南城低着头，平静地看着她："那我呢？"

她也平静地回："你不是我老公吗？"

也许是她说得自然，并且没有经过任何考虑，顾南城无端地被取悦了，英俊温淡的脸上勾勒出浅浅的笑意，颇有一股颠倒众生的魅力。

他低头，抬起她的下巴，低声笑："吃醋了？"

"我比较感兴趣，为什么顾总总是喜欢跟着我上洗手间。你很喜欢洗手间的构造，还是真的有什么特殊的癖好？"

他淡淡地笑着："因为你每次上洗手间，不是醉得跟猫儿似的，就是满脸委屈。"

慕晚安微笑道："我没有满脸委屈。"说罢神色不变依然微微地笑，"谢谢顾总特意给我送创可贴，我的小火锅要煮坏了，先回去吧。"

说着，她就要从他的身侧走过去。

手臂被拽住，下一秒，整个人都被拉入男性气息浓郁的怀抱中，顾南城从后面搂着她的腰，低低的叹息声响在她的耳侧："好了，你不委屈，是我委屈。我不喜欢吃火锅，你陪我去吃别的，嗯？"

慕晚安咬唇，被烫着了一般想挣脱，奈何她人小力微不是男人的对手，只能低声叫："顾南城。"

男人像个懒洋洋的无赖："有点儿困，有点儿饿。"

"你不是有夏……"

男人低沉的声音打断了那个"娆"字："我们谈个恋爱吧。"

慕晚安一下僵住了。

"想想跟夏娆谈真的没什么意思，我还是更喜欢你。"顾南城身形挺拔，下巴搁在她的肩膀上，"那个戴眼镜的是什么东西？你是有老公的人不知道被男人告白要严词拒绝？你跟他说你没有男朋友？"

"顾总，我只是被告个白而已。"慕晚安低着头试图掰开他的手臂，"你如花美眷在怀我可识相了，你把人家绊倒是不是太没风度了？我二婚又负债累累，再嫁很难的。"

"我已经很有风度了，所以没上去踩两脚。"

"你扔下夏美人在洗手间私会我很有风度？"

"我私会媳妇还没风度？"顾南城低声嗤笑，"难不成私会小三比较有风度？"

慕晚安转过头，朝他嫣然一笑："顾总，你呢，先光明正大地带小三出镜，又跑到女洗手间里来私会我，什么风度都没了。"

本来距离就很近，她这一转头，她的脸蛋刚好凑到男人的薄唇上。

慕晚安愣住了。

顾南城看着她细细密密的睫毛，卷曲且纤长，他心里微微一荡，抬手扳过她的脸蛋，低头吻上去。

搂住她腰肢的手更加用力地将她拥往自己的胸膛，重重地压了下去。

旖旎而深长的吻结束，男人睁开蓄着笑意的黑眸："我们谈个恋爱，这样你会不会比较满意？"

"我不大想在洗手间谈论要不要谈个恋爱的事情，顾总。"

顾南城微眯了眸："女人的事情就是比较多。"他撩了撩她的长发，有意无意地亲着她的脸颊，"那你想在哪里谈？"

慕晚安想了想："让我回去把我的午餐吃完好吗？我面试了一上午劳心劳力真的很累。"

"娇气。"顾南城松开手臂，淡淡睨她，"面试半天就这么累，以后整天整天地拍电影你不是要躺尸？"

"放心顾总，你给薪水，我就会认真工作的。"

"我给你薪水，让你不工作成吗？"

慕晚安立即蹙眉："不好。"

顾南城看着她的小模样，忍不住捏了捏她的脸蛋，低声嗤笑："知道了。"

"你出去吧，我不要被人看到和你一起从洗手间出去。"

顾南城有些不悦，但还是听了她的话，只是临走之前捏住她的下巴亲了一口，低声道："别说你不喜欢我，不扶你一把你都要哭了。"

慕晚安抿唇看着他，并不说话。

他又用下巴蹭了蹭她的脖子，低低哑哑地道："带我去吃饭，饿。"

带他去吃饭……

慕晚安看着他离开的背影，转身回到盥洗盆前，接了一捧凉水浇在脸上。

——晚安，我们谈个恋爱吧。

她抬头，镜子里映着她满是水珠的脸，还有迷茫。

包里的手机在振动，慕晚安以为是顾南城在催她出去，慢吞吞地把手机摸了出来，屏幕上显示的却是唐初。

"你们不是在洗手间聊天吗？"唐初的声音明显压低了，"你们是有多喜欢洗手间这种地方？夏娆已经找过去了，你别被她捉了个正着。"

慕晚安蹙眉："她有什么资格捉我？"

"她是夏董事长的女儿。"唐初凉凉地道，"当然，你如果能搞定顾南城，她是谁的女儿都没用。但是我看你俩的关系跟过山车似的，夏娆的脾气向来火爆，尤其是对跟她抢男人的女人，她能踹了你的饭碗，让你在娱乐圈混不下去。"

慕晚安无所谓道："让她试试。"

啧，无形嚣张，姿态最高。

唐初头大如斗："我知道你当了很多年的大小姐，现在脾气能收敛一下不？"

他在娱乐圈里混了十几年，难得遇上对他胃口的后辈，不想她年纪轻轻才华横溢就这么被碾压。

慕晚安无辜道："你不觉得在所有的千金大小姐里，我算是脾气很好的吗？"

"你杀人不见血。"

慕晚安摁了摁眉心："嗯，我会保住我《璎珞》副导的地位，就算把顾公子让出去。"

外面有争执声，还有她熟悉的声音，慕晚安皱了皱眉头，简短地说了几句就把电话挂断了。

鞋跟细细的高跟鞋刚好踩在她的面前，夏娆高出她太多，慕晚安下意识后退了两步，跟她拉远了距离。

"顾南城呢？"

慕晚安用手指梳理着自己的长发，脸上挂着微微的笑："不知道啊。"

她是真的不知道，她以为他该在外面等她的。

夏娆哼了一声，不冷不热地道："他的眼光从小到大没怎么变过，就喜欢你这种笑起来能掉下一张面具的女人。不过，你跟陆笙儿那女人的气质倒是像了个八成八。"

慕晚安摊摊手："他为什么喜欢这种你应该质问他，毕竟他的喜好不是我决定的。"

"你勾男人的本事倒是出乎我的意料，看着规规矩矩，端庄矜持得要命，转身就能把人勾着走了。"

慕晚安微笑："过奖了。"

夏娆冷笑着，重新上下打量了她一番:"哟，看来你跟陆笙儿不是一路的，她比你可要脸多了。"

慕晚安不想继续这种没有营养的对骂："夏小姐，你想找顾公子就自己找吧，搜完女洗手间可以搜男洗手间，我没有兴致奉陪。"

说罢，她就准备离开，夏娆双手环胸，斜睨她："话说如今这个年代了，女人藏着掖着挺没意思的，你想跟我抢男人可以光明正大一点吗？我又不会看不起你，至于偷偷摸摸地跟偷情似的吗？这样比较刺激？"

慕晚安侧过脸看着她，也笑了："如今这个年代了，你想追男人就追好了，反正你又不在乎当小三，总逮着女人说些废话做什么？赶走了他身边的女人，男人就会喜欢你了吗？"

夏娆一时愣住了，哑口无言。

"所以，你们真的有一腿？"

"显而易见。"

夏娆挑起眉头："他喜欢陆笙儿你也不在乎？"

"夏小姐，既然你喜欢的是顾总，关心他就好了，我的精神世界无须你费心。"

夏娆刚想说话，就看见英俊挺拔的男人从一侧的洗手间走了出来，看见她微微皱起了眉头，但是面无表情。

她立即满脸笑容地走过去，作势要挽上男人的手臂。

顾南城淡淡睨她一眼，一个眼神止住了她的动作，不温不火地道："你没听她刚才怎么说的吗？"

夏娆委屈地看着他："你什么意思？"

"字面上的意思。"男人很敷衍地答了一句，"回去跟饭桌上的人说一声，我把他们副导带走了。"

夏娆跺脚，愤愤地道："顾南城，你不是说你要换个风格吗？"

"抱歉。"薄唇吐出毫无歉意的两个字，"很显然我们不太合适，所以没必要耽误彼此的时间。"

慕晚安没有听他们的对话，而是一个人往前走了。

快到转角的时候，手臂蓦然被拉住，她抬头，就见男人蹙眉不悦地道：

"我说了我不喜欢吃火锅,陪我去吃别的。"

说着,他自然而然地将她往怀里带。

慕晚安被他搂着腰,也不知道他怎么使的力气,怎么转都转不出他的怀抱:"顾南城。"她抬眼瞪他,心底有些怨气,他总是想怎么样就怎么样,看着脾气温和其实强势得不讲道理,"我说要一起来的,中途说走就走了很没有礼貌的。"

看得出来她有点发怒,顾南城捏着她的脸,低声道:"不高兴?"他微微地眯了眯,淡声道,"嗯,那我去跟他们说。"

"顾南城……"晚安抓了抓头发,"你到底想怎么样啊?我昨天说的,你不是也觉得对吗?你不是说要认真考虑吗?"

"要怎么样才算是考虑?"顾南城淡淡地道,"去跟每个女人谈一场恋爱试试看吗?我像是那么有闲情逸致的人?"

慕晚安抿唇:"你没试过怎么知道?"

"你抹杀了我跟其他女人试试的兴致。"

慕晚安落在身侧的手蓦然攥紧,像是有人忽然抓住了她的心脏,一句话不过脑就突兀地问了出来:"是顾太太,还是我?"

顾南城低下头看着她的眼睛,气息也跟着笼罩下来,无孔不入地钻进她的毛孔,他低低哑哑地道:"是你,顾太太。"

后来她想,大抵是太少被男人的甜言蜜语哄,所以她总是缺少抵抗力,明明知道很多道理,仍然挡不住悸动。

慕晚安低下头,看着自己的脚尖:"火锅有那么难吃吗?我觉得还好。"

"嗯,那个戴眼镜的倒了我的胃口,你喜欢我下次叫林妈做。"

一听就是不知道吃火锅乐趣在哪里的男人。

她不甘不愿地嘟囔道:"你这人真是麻烦,都来了还要换地方,不喜欢不要来就是了。"

顾南城环上她的腰往外走,懒懒地低声道:"有美人主动送上门,我本来是挺想试试的。"

"那你饭都不吃完?"

"谁让你在呢。"

陪顾南城重新吃了午餐,电影剧组那边下午也没她什么事,慕晚安主动道:"下午我自己去逛逛,你回公司吧。"

"一个人逛?"

慕晚安点点头,微微抿唇,笑容很温婉:"你不是说要我自己去看婚纱吗?今天下午有时间,我去看看。"

"不用我陪?"

"不用了。"她仰着笑脸,"逛街是女人的乐趣,你还是回去工作多赚点钱吧。"

顾南城低头在她的眉心落下一个吻:"乖,下午早点回去。"

慕晚安愣了愣:"我晚上跟人有约了,可能会吃完晚餐再回去。"

男人眸色暗了一层,淡淡地笑:"跟人有约?男人?"

他的视线过于犀利,慕晚安莫名有些心慌,移开眼神胡乱地道:"不是什么重要的人,说几句话应该就会回去了。"

"好。"顾南城抬手揉了揉她的头发,眼神温淡深邃,低声道,"我不喜欢我太太跟我之外的男人有过于亲密的接触,记住了?"

他的声音接近温柔,但是晚安隐隐听出了其他的味道。她没多想,只是点点头:"我会早点回去的。"

顾南城看着她上了一辆出租车,眯眸面无表情地回到车上,他没有立即发车,拾起手机拨了个电话出去。

"顾总,有什么吩咐吗?"

男人英俊的脸庞阴沉似水,淡声吩咐:"派个人去看看夫人今天跟谁一起吃饭。"

"好的,顾总。"

将手机扔回原处,他敛着的眸光泛着淡淡的寒凉气息,眼前浮现出上次在医院见到的那个男人。

第一次在叶庄,她亲口说"我和顾公子婚期将至"是受了那个男人的刺激。

上一次见到……她的情绪几近失控。

要让顾太太情绪失控到歇斯底里……可真是不容易。

喜欢他,有多喜欢呢?

第七章

• ≫ ≫ • 顾太太又要不高兴了

慕晚安一个人逛婚纱店,其实那些婚纱在她眼里都很漂亮,没什么特别的地方。

二十岁的时候,她和绾绾曾经定制过一套闺密婚纱,一直挂在她的卧室。后来慕家出事,慕家别墅被查收,爷爷住院,她根本无暇顾及那些。

一直逛到下午五点,她才慢悠悠地晃到约定的餐厅。

她去得很早,但是约她的人显然更早,他坐在靠窗的位置,俨然已经是一道风景,招惹众多的视线。

慕晚安直接坐下,温凉的面庞淡然:"有什么事要跟我说?"

男人弹了弹烟灰,眼睛一眨不眨地盯着她年轻美丽的面庞:"顾南城,他对你好吗?"

"你找我过来是为了打听我的婚后生活吗?"

"晚安。"他似有些无奈,"你就这么排斥我?"

慕晚安背脊挺直,不温不火道:"你应该感谢我这么排斥你。"

"你还没有回答我,顾南城对你好不好。"男人皱着眉头,还是不满她的态度,"你太年轻了,草率地嫁给这么个男人,如果他对你不好……"

"你放心。"慕晚安温温凉凉地打断他的话,双眸里没有半点波澜,"我的确很年轻,决定嫁给他也很草率,不过我的婚姻幸不幸福,他对我好不好,我会全都受着,无须任何不相干的人负责。"

她的态度过于冷淡,坐在她对面的男人眼神复杂隐晦。半晌,他抬手将摊开在自己面前的一份文件推到她面前,语调缓慢平和地道:"我本来想等你的婚礼结束后再回美国,但是你们的婚期还没有公布,而且你会拒绝让我参加你的婚礼,这个算是我送给你的新婚礼物。"

慕晚安先是笑了笑,随即低头看了一眼,嘴角的笑意淡了。

是慕家之前被查封的别墅……

"爷爷快出院了,慕家的宅子他老人家住了几十年已经习惯了。"低而慢的嗓音,仿佛每个字都叩在她的心弦上,"如果将来你和顾南城吵架了,也有地方待着,难道你要一直住在那治安都没有保障的简陋套间里吗?"

慕晚安抬手随意地翻了翻,扬唇笑笑:"如果我老公问我,谁这么大手笔送这么大的豪礼给我,我要怎么回答他呢?"

她脸上的笑容更生动了,只是嘲弄的意味更深更明显:"我要跟他说,这是美国唐人街最有名气的华裔金融家威廉先生送给我的吗?这样他会以为我在外面有什么苟且。"

"你最近不是在拍电影吗?"

男人的眼神跟她对上好几秒钟,女孩弯弯的杏眸黑白分明,漾着凉凉的嘲笑意味,埋藏在记忆深处的熟悉感拉扯着不经意的神经,他突然不敢直视。

"就当是我借给你的,你高兴的话到时候可以连本带利一起还,这是你需要的,为了跟我斗气而拒绝值得吗?"

慕晚安凉凉地笑道:"威廉先生,你是不是已经老了?"她的手指按在那薄薄的纸张上,轻言慢语地道,"我记得你以前都不愿意拿正眼看我,好像我活在这个世界上于你是奇耻大辱,你恨不得把我塞回我妈的肚子里,如今这么巴巴儿地讨好我,据我所知,你不缺女儿送终啊。"

"啪——"

巴掌砸在桌面上,威廉向来不喜形于色的脸阴沉得厉害:"慕晚安。"

慕晚安从沙发上站起来,拿起那几张文件,完全无视他的怒意,浅浅地笑:"这个我收下了,你欠我的我不需要你还,但是你欠爷爷的我替爷爷收,谢谢威廉先生。"

说罢她就转身,干净利落地离开,无一丝一毫的犹豫和留恋。

慕晚安走出餐厅,天上夕阳已收。

一辆熟悉的车刚好在她的身侧停下,慕晚安偏过脸看去,陈叔朝她笑:

"太太,顾总让我来接您。"

慕晚安愣住。

顾南城派人跟踪她?她一言不发地上了车。

等车开到南沉别墅的时候,天已经黑了。

林妈听到车声就迎了出来:"太太。"她拉住慕晚安的手,压低声音道,"先生在餐厅里等您……我看先生的脸色不大好,您待会儿……"

慕晚安反手拍了拍林妈的手,微笑:"我知道了。"

走过客厅的时候,她把外套脱下递给林妈,然后一个人走进了餐厅。

餐桌上摆着丰富的菜式,男人黑色短发下的俊脸没什么表情,见她过来,抬眸波澜不惊地道:"吃饭吧,你晚上好像也没吃东西。"

慕晚安咬唇站了一会儿:"我今天……"

"先吃饭。"顾南城抬手拾起筷子,淡淡地瞥了她一眼,"吃完饭再说你今天的事情。"

慕晚安看着他的脸色,道:"我觉得你不像是胃口很好的样子,我看着你的脸色,也吃不下什么东西。"

顾南城抬起头,笑了一下:"我怕谈完我也会吃不下东西。"

慕晚安蹙眉:"你专程派人跟着我?"她顿住,放缓了语气,"你既然派人跟着我了,应该知道我跟他就说了几分钟的话。"

男人盯着她的脸,手里的筷子不知道什么时候落了回去,英俊的脸上看不出怒意:"和你是跟他说了几句话还是吃了一顿饭比起来,我更关心顾太太你见什么样的男人,这么不可告人。"

"我哪里不可告人了?"

顾南城目光幽沉地看着她,淡淡开口:"好,既然可告人,那你就说。"

慕晚安张口想说话,却一个字都说不出来。

她闭了闭眸:"我跟他没什么特别的关系。"

"没什么特别的关系。"他的声音低沉缓慢,眼神温淡又犀利,"顾太太,没什么特别关系的男人,特意在第一时间为你拍下慕家那栋宅子,送给你?"

慕晚安看着他:"那你觉得我应该跟他有什么不可告人的关系?还是有其他的什么更肮脏的关系?"

顾南城眯起幽深的黑眸:"在叶庄的那天,你找他应该是去拿钱的吧?"

他轻轻地笑了一下，意有所指地道，"他说了什么伤害你的话，让你中途改变主意不要他的钱转而投向我？"

有些事情，他不是不曾察觉，只是没有说出来而已。

慕晚安这次懂了："所以你觉得我是之前插足他的婚姻，是见不得光的小三，因为慕家破产问他要太多的钱他不同意所以我们谈崩了，然后我才选择了你，是吗？"

顾南城看着她的眼睛，敛着茫然，语调依然很淡："你可以否认。"

慕晚安咬了一下唇有些无力："我跟他没关系，也不想说。"

扔下这么一句话，她转身朝楼上走去。

回到卧室，她反手就将门反锁上了，背靠着门板，慢慢地往下滑。

慕晚安屈膝坐在地毯上，环抱着自己的膝盖，下巴搁着，然后看着安静而光线昏暗的卧室，怔怔出神。

不知道过了多久，敲门声忽然响起。

慕晚安没有搭理，维持这样的姿势太长时间让她的血液流通不畅，腿都麻了。

敲门声又响了好几下，安静了几秒，随即响起的是男人低沉不悦的嗓音："晚安。"

慕晚安低头，把脑袋埋进膝盖里，不想听到他的声音。

顾南城去拧门把手的时候，才知道门被她从里面反锁了。皱皱眉头，他再度开口："慕晚安，把门打开。"

回应他的是无声无息。

他眉间的褶皱更深了，嗓音也变得越发低沉："晚安，把门打开。"

里面还是没有人出声回答，连脚步声都没有。

男人的脾气瞬间就上来了，沉声道："慕晚安，我再说一次，把门给我打开。"

"不开。"两个字清晰地从里面传来，"我今天一个人睡，你自己去隔壁次卧，我不想看到你。"

"慕晚安。"

"你已经骂完了，还想进来打我吗？"

"你自己开门，还是让我来开？"

慕晚安扶着门想站起来，但是蹲了太长时间整个腿部都已经麻痹了，还没起来就跌了回去。

幸好地上铺的是地毯，她不至于摔疼。

顾南城站在外头听到里面的声音，以为她出了什么事，敲门的声音加重："慕晚安，把门打开，听话。"

不是很疼，却仍然有止不住的委屈。

她默不作声地爬起来，手撑着床沿躺了上去。

卧室的门从里面被反锁了，不管顾南城怎么说怎么敲门里面都没有一点回应，他的手落回身侧，转身下楼，对刚好要上来的林妈吩咐："打电话通知人来开锁。"

这套别墅是顾南城父母当初在国内的时候特意建的，虽然有些年头，但是自有岁月的别致，开锁匠也不敢破坏锁的内部结构，捣鼓了很久用细细的铁丝伸进去拨开了。

所以门开的时候，基本是没什么声音的。

卧室里没有开灯，借着走廊的灯，顾南城还是一眼看到了躺在床褥中间的女人，她静静地蜷缩着，仿佛睡得很沉。

开锁匠忍住翻一个白眼的冲动。

所以是小夫妻吵架了……老公被关在了卧室门外……算了，看在有钱人给的工钱比较高的分上，他干好活儿就行了。

顾南城挥挥手示意闲杂人等消失。

他没有开灯，走到床边。

深蓝色的床褥，女人长长的黑色头发铺散开来，像是水下摇曳的海藻。

她缩成小小的一团，像个小可怜。

可是他心头还是蹿着幽幽的火苗，很想把她拉起来揉捏搓扁教训一顿。

他真是低估她了，臭脾气一套一套的。

他还没把她怎么着，她就敢把他关在外面。

顾南城面无表情，伸手就要去揉她的脸，手指还没碰到，忽然看到昏暗的光线下隐隐的泪痕。

他的手一下顿住了。

半分钟后。

慕晚安只觉得自己的呼吸全都被堵死了,她睁开眼睛,还没看清楚人,属于男人浓郁的气息就灌入她的呼吸中:"顾……顾南城……"

下唇被不轻不重地咬了一口,她疼得皱眉,恼怒地去捶他的肩膀。

顾南城捏着她的下巴,情绪不明地嗤笑着:"敢把我关在外面,嗯?"

慕晚安用力地拍他的手:"走开。"

奈何敌不过他,慕晚安拿起一边的枕头用力地往他脑门上砸:"你还想怎么样?你能让人跟踪我,那就派人去查啊,没完没了地揪着我干什么?担心我出墙你的钱都打了水漂?我一开始就说得很清楚了。"

顾南城眯着眸,她的脸涨得通红,似乎怒得丧失语言逻辑,阴沉着一张脸:"把你的话收回去。"

女人想也不想就反驳:"准你说不准我说?"

顾南城一只手撑在她的身侧,定定地看着她。慕晚安受不了他的眼神,偏脸就要躲开,下一秒,却被捞进了男人的怀里。

他在她的耳边低声叹息:"你脾气可真是大得很,说你两句,又是锁门又是掉眼泪,不知道的还以为我怎么你了。"

他搂着她的腰,使得她整个人几乎都趴在他的胸膛上。

"谁叫你说话那样难听。"有些情绪是平行感染过来的,有些委屈多少年不曾觉得是委屈,却因为一点点的委屈全都被点燃,肆无忌惮地蔓延开,"你明知道我不可能跟他有什么乱七八糟的过去。"

他明知道……嗯,他是知道,毕竟他是她迄今为止第一个且唯一的男人。

他用手指梳理着她的长发,极好的发质,手感也极好,流水一般从他的指间泻下,他像是抱着一只温软的小动物。

"晚安。"他低头,低哑的嗓音耐心而缓慢,"我知道你不会跟有妇之夫有染,但是你要知道,我的顾太太跟别的男人有一些隐晦的不清不楚的关系,我就会不开心,我就会介意,你明白吗?"

那声音似哄似慰,很温柔,又带着太深的蛊惑。

这个男人的占有欲其实强烈得可怕。

偏偏他的姿态这样温柔,让人看得到宠溺,隐匿了所有的强势。

慕晚安的手臂圈着他的脖子,脑袋靠在他的肩膀上,瑟缩着身子躲避他亲昵的摩擦,可是躲来躲去还是在他的怀里:"我跟他没有什么不清不楚的关系……我不想提起他,好不好?"

沉默了良久,顾南城才淡淡地"嗯"了一声。

末了,他扳过她的脸蛋,似笑非笑地低声问道:"顾太太,在左眸之前,你还喜欢过别的男人吗?"

慕晚安没想到,有朝一日她会听到他问这个问题。

慕晚安看着他的眼睛,喃喃道:"我不知道。"

"不知道?"

她仰着脸看着他阴暗交错的俊颜,心底溢出一股无法形容的感觉,似遥远,又好像很熟悉:"嗯,年纪太小了,我分不清。"

顾南城不喜她此时脸上的神色,像是在回忆记忆深处的某个男人。

他抬手将她从床上抱了起来,低头狠狠地亲了一口她的脸蛋,漫不经心地道:"去吃饭,没轻没重的。"抱着她走到走廊,他淡淡地道,"我该早点认识你,那样我就会早点喜欢你,就没左眸和路人甲什么事了。"

"你不会的。"慕晚安这样回答,"认识得再早,你也不会。"

林妈看着吵完架连卧室的门都是叫开锁匠撬开的两人,转眼间又腻乎得跟什么一样——年轻人就是喜欢折腾,当即去热了饭菜重新端上来。

吃完饭,顾南城照例回书房处理一些后续的公事,慕晚安在客厅的沙发上看了一会儿电影就准备回卧室洗澡看书,然后睡觉。

还没起身,门铃声就响起,正在打扫卫生的林妈念了一句"这么晚谁会过来",放下手里的抹布去开门。三分钟后,一身湿漉漉的女人几乎是闯进来的。

慕晚安手里拿着遥控器刚把电视关了,抬眼就看见一身狼狈、脸色难看的陆笙儿朝她走来。

她蹙了一下眉,随即淡淡开口:"找顾南城吗?他在楼上的书房。"

陆笙儿直勾勾地看着她:"我是来找你的。"

"找我?"慕晚安抬起头,眼角余光掠过她几乎湿透了的衣服,"什么事?"

陆笙儿来势汹汹,像是来讨债的。

"我问你。"外面下着雨,不算很大,也不知道她怎么淋成了这样,"盛绾绾和薄锦墨是不是结过婚？"

慕晚安抿唇："这种事情，你不应该问当事人吗？"

"是还是不是？"

慕晚安的手搭在扶手上，沙发很软，她靠在靠枕上，不温不火地看着她："你跟薄锦墨的事情，与我无关。"

陆笙儿盯着慕晚安看了好几秒，忽然笑了，讥诮地看着她："慕晚安，结过婚就一个字，没有结过就两个字，有这么难回答我吗？"

慕晚安本来准备说话，却听到背后的楼梯有脚步声响起，而陆笙儿的视线也从她的身上转到了下楼的男人身上。

陆笙儿的头发还在滴水，眼睛一眨不眨："我不知道，你不可能也一点都不知道吧？"

她冷冷地看着面容温淡似凉水，没什么表情的英俊男人，手攥成了拳头，冷冷地道："你也跟他们一起骗我？为什么连你也要骗我？"

顾南城走过来，侧首看了一眼恬静垂眸的女人一眼，随即皱着眉头道："把衣服换了。"他淡淡地吩咐站在一旁的林妈，"去二楼的衣帽间拿一套干的衣服下来给陆小姐换上。"

林妈下意识地看了一眼慕晚安的脸色，答了一声"好"就上去了。

"不用了。"陆笙儿清冷地道，"你太太向来不喜欢我，也不喜欢我穿她的衣服。"

顾南城无视她的话："把衣服换了，我打电话给锦墨，让他过来接你。"

"顾南城。"陆笙儿用力地闭上眼，清秀美丽的脸上全都是水滴，"所有人都不肯告诉我，你太太知道得最清楚，不过她显然很不待见我，我也不想待在这儿打扰你们温馨的新婚生活，你给我一个答案，我马上就走。"

慕晚安手撑着自己的太阳穴，长发垂下掩住半边面颊。

顾南城皱眉，沉声："你淋成这样想去哪儿？待着，等锦墨来接你。"

"你到底说还是不说？！"陆笙儿揉着自己的长发，像是竭力控制自己的情绪，"他们不敢告诉我是因为不敢得罪薄锦墨，慕晚安不肯告诉我是因为她为她的闺密打抱不平，那你呢？你为什么不肯告诉我？"

林妈抱着衣服下来了，小心地插嘴："先生，衣服拿下来了。"

"把衣服换了。"

陆笙儿看出他根本没有要告诉她的意思，咬唇泛出冷笑："你们什么都知道，就我一个人不知道，你们是不是觉得我像个傻子一样？"

说罢，她转身就朝门口走去。

没走几步，她就被男人的手大力地扣住，回头看见一张冷峻的脸。

"去把衣服换了。"他皱眉，顿了一会儿，然后道，"等会儿锦墨来了，我会让他亲口跟你说。"

陆笙儿站着没有动，盯着他。

顾南城很快失了耐性，扣着她的手腕不顾她的挣扎将她往洗手间的方向拉去，然后一把将她扔了进去："笙儿，你待会儿准备把自己弄得像个出水的怨鬼一样质问锦墨吗？"

一句话仿佛踩住了陆笙儿的死穴上，她没有再动。

将手里的衣服递给她，他带上门前嘱咐一句："把头发吹干。"

客厅里，林妈给慕晚安倒了一杯温水，小声地道："太太，那身衣服我看您也没怎么穿，可能不大喜欢……"

慕晚安抬起脸，笑容温婉："没事的林妈，那些衣服原本就都是顾公子买的，而且，不过是衣服。"

端起水杯喝了一口水，慕晚安放下杯子就要起身，用手指梳理着长发："林妈，你待会儿倒两杯茶就去厨房收拾吧，如果弄完了就早点休息。"

说罢，她转身朝楼梯的方向走去，准备回卧室。

她才走了几步，恰好遇上折返的男人。

顾南城看着她恬静的脸庞，没有开口，倒是她见他不说话，开口道："他们的戏我就不围观了，先上去休息。"

"不高兴？"

慕晚安想了想，笑着道："没啊，陆小姐除了你跟我也确实没有其他人可以问了，不过我因为个人立场不想说什么，你们自己解决？"

男人的眼神蓦地暗沉下来。

慕晚安失笑："你怎么了？"

门再度被打开，携带进了丝丝的寒意和潮气，修长的身形带着一身的冷漠气息，薄锦墨迈着极稳的步伐走了进来。

薄锦墨看了一眼慕晚安，视线最终落在顾南城的身上，淡淡问道："笙儿呢？"

"在换衣服。"

正说着，换好衣服出来的陆笙儿从后面走了过来。

薄锦墨看着她的湿发："把头发擦干。"

陆笙儿深吸了一口气，直接走了过来，换了一身干净的衣服让她看起来没那么狼狈："头发算什么？直接告诉我答案有这么难吗？"

"你想知道什么？"

"我知道你好本事啊，可以让全世界都骗我。"陆笙儿好笑地看着他，"可是薄锦墨，你以为你能骗我一辈子吗？"

薄锦墨看了她一会儿才开口道："回去再说，你要待在这里打扰南城和他太太吗？"

"回去你会跟我说吗？"陆笙儿往后退了一步，嘲讽地笑，"这样不好吗？你们全都知道，就我一个人像个傻瓜，什么都不知道。"

顾南城皱眉看着她："笙儿……"

"我不想听废话！"陆笙儿咬牙打断他，"你不是也跟他们一样，骗了我这么久吗？说不定他跟那个女人的婚礼，你还参加了。"

温凉沁人的嗓音缓缓响起："他们举办婚礼的时候，顾公子为了你跟薄先生打了一架，他怎么会参加？他自然是小心翼翼地陪着你。"

慕晚安说得自然而然，好似全然与她无关。

慕晚安一只手已经搭上了木质的扶手，红唇萦绕着若有似无的浅笑"结过婚就结过婚，你何必一副全世界都对不住你的样子？你当初一气之下出走美国，负气也好放弃也罢，选择顾公子做你的避风港，那么前男友跟谁谈恋爱跟谁结婚，于情于理都是你自己选择的结果。

"你又不是白玉无瑕，哪里来的这么多委屈？"

这段话像是一根针准确地戳在了陆笙儿的疤上，陆笙儿转而冷冷地看向她："当初，是你给盛绾绾出的主意吧？"

慕晚安挑眉，扯起嘴角笑："什么？"

"她向来头脑简单，从来不屑于耍什么阴招，跟我过不去向来明着来明着去。"陆笙儿勾出几分讽刺的笑容，"但是你就不一样了，我一直以为慕家千金高高在上，骄傲得根本不屑于做这些无聊的事情或者耍些无聊的手段去得到一个男人。"

慕晚安随手将长而顺的头发绑着拢在一边,闻言浅浅淡淡一笑,温凉不在意地开口:"我们的关系一般,你不了解我很正常。"她微微地抬起了下巴,杏眸稍弯,好像在笑,但是那笑意半点不达眼底,"陆小姐,你男朋友已经来了,我想你们之间的事情不大适合在别人家里解决,尤其在别人家里吵架,显得很没礼貌。"

陆笙儿看着她平淡的侧脸,一时间说不出话来。

在几秒钟的安静里,顾南城看了一眼一只脚踩在阶梯上的慕晚安,最后朝薄锦墨开腔:"你带笙儿回去。"

陆笙儿深吸了一口气,准备绕过挡在前面的薄锦墨从另一侧离开,她穿的是高跟鞋,鞋跟细而高,又因为走得急,鞋跟往一边撇去,整个人都往一边栽倒。

薄锦墨和顾南城同时去扶她,不知道是距离还是动作速度的原因,她的手下意识搭在了顾南城的手臂上。

陆笙儿看着薄锦墨僵在半空中的手,咬牙稳住自己的身体,目光冷冷地跟他对峙。

薄锦墨很自然地收回手,脸上倒是没有浮现出什么特别的表情,只是清清淡淡地道:"南城,你太太在看着。"

顾南城稍微偏首看向站在楼道口的慕晚安,她安安静静地站在那里,极浅的黄色毛衣袖口很长,映衬她白皙的手背,很养眼。

那双杏眸仍旧黑白分明,她像个局外人一样看着他们。

顾南城低头看向陆笙儿:"他们是结过婚,但在你回国之前已经结束了。"他用最波澜不惊的声音道,"笙儿,男人有男人的顾虑,他不想让你知道,因为你知道了对你们的关系没有任何帮助,只能让你心里多一根刺。"

陆笙儿冷笑着看向薄锦墨:"既然明知道我心里会有刺,那你为什么要跟她结婚?"

薄锦墨习惯性地扶了扶眼镜,淡淡地道:"你当初一个人去美国,是想让我跟过去还是想放弃?你也知道,我有事要做,不可能跟过去。"

陆笙儿的脸一下变得苍白,像是情绪失控了一般拔高了声音:"所以你把戒指一并给了她是吗?"

原本已经往上踩了两级阶梯的慕晚安陡然顿住,心也跟着猛地跳了一下。

"那枚戒指本来就不祥,她非要买那个,所以才买的。"

"戒指有了,婚礼也有了,你们之间,只差一个孩子了吧?如果连孩子也有了,你是不是会改变主意?"陆笙儿抱着自己的脑袋,喃喃地道,"我不想再听这些了,南城,你送我回去……不,我今天不想回去。"

她的脸色苍白,头发原本就是湿的,这让她整个人看上去像是一个凄惨的女鬼,失魂落魄。

薄锦墨走过去想抱着她离开,她却触电了一般拒绝他的碰触:"你别碰我!"

她踩着高跟鞋不断地往后退,几次都跟跟跄跄地差点跌倒。

顾南城没有办法,只能伸手去扶她:"笙儿,"他皱眉,沉声道,"你冷静点。"

薄锦墨瞳眸缩起,异常冷漠地开口:"南城,"那只手已经拽住了陆笙儿的手臂,干净的嗓音像是渗了一层薄薄的冰,"你该清楚,我们之间的事情你没有资格插手。"

陆笙儿显然不愿意被他碰到,他的手伸过去她就剧烈挣扎,排斥的意味很明显。

半空中,薄锦墨伸过去的手被另一只有力的手截住。

顾南城眉目温淡:"锦墨,笙儿的情绪很激动,你别再逼她了。"

两个男人的视线无声无息地对上。

"等她冷静下来再说。"顾南城将陆笙儿拉到自己的身后,看着薄锦墨的眼睛淡淡地道,"如果你不放心,让她住这里,你明早过来接她,晚安在这里。"

最后一句话是什么意思,听得见的人都懂,慕晚安在这里,他们之间不会发生任何逾矩的事情。

薄锦墨盯着陆笙儿看了良久,半晌,才道:"好,那你不要让慕晚安跟她说话。"

这话慕晚安也听到了,她的唇畔弥漫出淡得几乎没有的笑容。

薄锦墨斯文的镜片反射出一片白光,冷漠而森寒,他对陆笙儿道:"要么你今晚住这里,要么我带你回去,还是你想看看我能不能从南城的手里把你带回去？"他的声音不高，但是自有一股不怒自威的震慑力，薄唇撩起浅浅的弧度，"你想在慕晚安的家里闹？"

陆笙儿咬唇看着他俊美冷漠的脸，知道他说到做到，这个男人看似对她千依百顺，可他从来就不是真正对女人千依百顺的男人。

二十分钟后。

慕晚安洗了澡穿着睡裙出来，随手放下绑起的长发，然后走到床边将窗帘拉开。

透过玻璃，可以看见外面细细密密下着的雨。

淅淅沥沥的雨声，显得世界很安静。

顾南城半倚在门框上，看着女人露在空气中白皙纤细的手腕。她把窗帘全都拢到边上，然后在玻璃前站了一会儿，最后扯散了长发，准备回到床上。

她很随意地看了男人一眼，然后走到床边，拧开了床头的灯："待会儿把灯关了，然后把门带上。"

她没有说是让他进来的时候记得关灯关门，还是出去的时候记得关灯关门。

顾南城走进来，反手将门带上，然后顺着她的意将卧室最亮的灯关掉了，房间一下暗了许多，光线变得柔和。

她不言不语，手指滑过手机屏幕，垂着脑袋。

他看了一会儿，主动开腔："她睡下面的客房，明天早上就会走了。"

慕晚安过了好一阵才"哦"了一句，淡淡道："我听到了。"

男人英气的眉皱着，迈开包裹在西装裤里的长腿，走到她的身侧坐下，抬手抽走了她手里的手机："让你不高兴了？"

慕晚安看了一眼自己的手机，没有拿回来，只是仰起脸庞笑了笑，声音缠绕着慵懒，歪头瞧着他："不高兴又如何？"

这样的一张脸，五官恬静白皙，带着笑意，温度不及眼底，有些凉。

他看着她黑白分明的眸："当初盛绾绾逼婚，是你给她出的主意吗？"

慕晚安失笑："你这是在替陆小姐质问我？"

"晚安，是你的主意？"

"不是。"她平静地否认道，"你看我像是能做出这么有魄力不计后果的事情来的人吗？说逼未免太难听了，一场你情我愿的交易而已。而且，我以为我表达得很明显了，陆小姐的那一位，我真的从来没有待见过。"

"晚安。"顾南城盯着她好似在笑的脸，平平淡淡地道，"你还是不待见笙儿，这无妨，但是你应该清楚，当初如果没有盛绾绾，他们不会分开……他们三个的感情，跟你我无关，盛大小姐做过什么你比任何人都清楚……"

"她做过什么？"

顾南城站起来，皱着的眉宇间已有淡淡的不耐烦："慕晚安，你讲点道理。"男人沉郁的黑眸带着薄薄的戾气，"你再怎么维护盛绾绾也不用替她为难笙儿，最起码的是非你分不清？"

慕晚安的手搭在被子上，如玉的肩膀和手臂都暴露在空气中，她呼吸艰难，侧过脸淡淡地道："这些事情没什么好争的，你睡这儿的话就洗洗睡吧，不早了。"

她的语气很淡，除去敷衍的意味过于明显了一点，没什么其他的情绪。

但是顾南城莫名地留意到了那句——你睡这儿的话。

他盯着她的脸："如果我不回来，你是不是也准备就这么关灯睡觉？"

慕晚安已经躺了下去，闭上眼睛抱着被子的一角："难不成，顾公子喜欢我下楼找陆小姐去抢男人吗？不大好看吧。"

她侧身躺在床的一边，俨然一副准备入睡的模样。顾南城看着灯光下温凉恬静的脸，薄唇抿成一条线。

末了，他还是侧过身准备去洗澡睡觉。

"对了。"懒懒的嗓音在他身后响起，"待会儿你洗完澡出来，记得找林妈拿一床被子下来。"

顾南城眯眸看着她，有了几分不悦，却还是耐着性子问道："拿被子做什么？"

"嗯，最近天气有点儿凉，我们盖两床被子吧。"

天气凉？别墅内几乎是恒温的，根本不存在转凉转热的情况。

按捺住脾气，他以同样的语调淡淡地回道："已经没有多余的被子了。"

慕晚安睁开眼睛，没有说话。

过了一会儿，听到他走向浴室，以及花洒里的水落下来的声音，淅淅沥沥的和窗外的雨声融为一体。

末了，她手枕着脸，重新闭上了眼睛。

在她迷迷糊糊快要睡着的时候，一条带着清凉湿意的手臂从她的眼睛上方伸过，拾起之前搁在床头的手机。顾南城看了一眼她的手机屏保，几秒钟后长指摁下关机键把手机关了，然后放了回去。

慕晚安的脑袋往胸口靠了一点。

顾南城的手搭在她的肩膀上，下一秒，就将她整个人往自己怀里捞。

慕晚安蹙眉，忍不住开口道："我生理期不舒服，你这样抱着我，我们都没法好好睡，床这么大，你不需要抱着我。"

男人清清淡淡地陈述："外面在下雨。"

慕晚安不懂他忽然扯出这么一句风马牛不相及的话是什么意思，遂不咸不淡地回道："淋不到你。"

"可能会打雷。"

"炸不到你。"

然后，慕晚安听到他慢悠悠地道："打雷我会怕，所以你得让我抱着。"

慕晚安静默了一会儿，脑袋朝床侧挪了一点，不冷不热地道："随便你。"

于是，她被顾南城又抱过去了一点。

男人的胸膛很硬朗，温度比房间的温度高了不少，整个怀抱都透着一股炙热的气息，还有心跳声、呼吸声——简直吵死了。

慕晚安本来就有点烦他，只是不想吵没有价值的架，人一燥热脾气也跟着往外冒，她闭了闭眼努力压抑住不耐烦："顾南城，你身体很热，靠我这么近我也很热，没办法好好睡觉。"

顾南城觉得，她毫无疑问在借题发挥对他的不满。

他闭眼，装睡。

手臂上的力气半点没有松懈。

慕晚安听着身后男人均匀的呼吸声，有些无力，索性睁开眼睛低头去掰他箍住她腰腹部的手臂。

纹丝不动，越用力越没办法掰开，她越是烦躁，恨不得爬起来咬死他。

怎么会有这么烦人又不要脸的男人？

慕晚安折腾了大概有十分钟，他呼吸的频率都没怎么变过，倒是她自己弄得一身的汗。

气恼，泄气，最后，她累得疲倦，迷迷糊糊地睡着了。

第二天早晨，顾南城睁开眼睛看到的就是一头柔顺的青丝和黑色长发下白净的属于女人的脸蛋，长睫毛下的眼睛紧紧地闭着，睡得很沉。

女人的身上自带一股淡淡的若有似无的幽兰香。

他轻手轻脚地起床，收拾好要出门的时候，她仍然没有起来的迹象。他皱皱眉头，还是带上门出去了。

楼下客厅，陆笙儿已经起床在沙发上坐着了，正低着头看着手机屏幕出神，眼睛隐隐肿起来。

听到男人的脚步声，她才抬起头，看了一眼他的身后，有些尴尬地问道："她呢？"

顾南城淡淡地自然道："在睡，没醒来。"

经过一个晚上，陆笙儿显然已经没有那么激动了，她摸着自己的长发有些生硬地想开玩笑缓和气氛："不是你折腾她折腾得太厉害……让她起不来吧……"

话一出口，原本就微妙尴尬的气氛变得更加尴尬了。

陆笙儿看了一眼外面的天色，平和地道："她可能是不想在家看到我……上午还有通告要赶，我先走了。昨晚谢谢你……打扰你们了。"

"吃完早餐再走。"顾南城抬脚往厨房走去，淡然地启唇，"晚安有时候会很晚起来。别再跟锦墨闹脾气了，他待会儿会过来接你。"

"她……你们昨晚是不是吵架了？"

男人波澜不惊地回了她两个字："没有。"

刚好林妈听到声音出来了："先生……"她眼神复杂地看了一眼陆笙儿，还是颇为客气地问道，"陆小姐，你们早餐想吃什么？吃面还是喝粥？要不我切点吐司？"

"煮两碗面条。"

"好的。"林妈多看了一眼，"太太呢？她还没起来吗？"

"嗯，给她温一盅糯米粥，等她醒来的时候让她喝了。"

"好的，先生。"

陆笙儿猝不及防地愣住，抬眸看向淡淡立在晨光中的英俊男人，他的侧脸干净温润,漫不经心地挽着白色亚麻衬衫的袖子,说到太太的时候自然而然。

心尖上忽然溢出细细的异样的情绪,她想,顾南城的确不是只待她如此温柔,也许在她看不到的地方,他们亲密如斯。

慕晚安迷迷糊糊醒来,下意识去摸手机看时间——手机昨晚睡前被顾南城关机了,她睁开眼睛开机,然后伸了个懒腰坐了起来。

手机刚开就有一条短信跳了出来。

是关于慕家宅子的,别墅里原本的家具有些还没有清理,请她尽早过去看看亲自处理。

慕晚安一下清醒了,匆匆忙忙地爬起来洗漱,换了一身衣服,收拾好手机和包就要出门。下楼的时候,她想着跟林妈说一声,结果走进餐厅就一眼看见了长方形的餐桌边正在吃早餐的两人。

她倒是忘记了,昨晚陆小姐在这里。

顾南城抬头看她肩上背着的包和绑着的发辫,一看就是要出门的样子:"吃早餐,林妈,把太太的粥端出来。"

慕晚安没有的闲情逸致跟他们一块儿吃早餐:"我有事要处理,没时间吃早餐了,你们吃吧。"

说完,她转身准备走,别说她懒得应付这样的场面,她确实也没打算吃完早餐再走。

还没走几步手臂就被人从后面拽住,她转过身看到一张黑沉的俊脸:"有事?"

"把早餐吃了。"

慕晚安好声好气地微笑道:"我会在路上买的。"

顾南城拉着她就往餐桌走:"外面的不好,我让林妈给你熬了粥,吃完再走。"他顿了一下,淡淡地道,"你要去干什么?我待会儿送你过去。"

她想了想,浅淡地微笑着:"我今天很想吃一家店的饺子,不想喝粥。很久没有吃了,待会儿刚好顺路可以买到,很方便的。"慕晚安看着他,又看了一眼桌上的面条,把自己的手抽了回来,"你回去吃面条吧,不然糊掉就不好吃了。"

顾南城低头眯眯看着她,眼神晦暗。

他娶她有部分的原因,其实是明白她这样出身和性情的女人,遇到类似的情况大约就会有这样的反应。

教养和骄傲绝不会允许她们大吵大闹让场面难看。

天大的事情砸下来,只要她想,她还是笑得出来。

大大方方,风轻云淡。

可他着实觉得不喜。

"你身体还没好,不能吃油腻的东西,喝粥最合适。"顾南城不温不火地开腔,语气不重,却笃定得不容反驳,"你想吃的饺子,等过了这几天我陪你去吃。"

慕晚安仰起脸,浅笑着道:"顾公子,陆小姐在呢,你要为了吃饺子还是喝粥的事情跟我吵一架吗?"

从慕晚安现身开始,陆笙儿就一直看着他们:"南城。"看了一眼慕晚安的脸色,她淡淡地道,"她喜欢吃饺子,那你陪她去她喜欢的店吃饺子吧,我待会儿自己会走。"她顿了一下,又道,"又或者,你们在这儿吃,我已经吃得差不多了。"

顾南城英俊的脸温淡得仿佛面无表情,他的手扣住慕晚安的手腕,几乎半强制性地将她带往餐桌前,沉沉地道:"林妈,去把粥端出来。"

慕晚安的手挣扎一分,他手上的力道就跟着不声不响地重一分。

她忽然失笑,吃个早餐而已,有那么重要吗?

还是他想证明什么?

慕晚安被他按坐在椅子上,林妈很快端了一小碗软糯的粥出来,低头微笑着道:"太太,这是先生特意嘱咐我给您熬的,您最近身子不好喝这个好,您尝尝看,味道应该还不错。"

陆笙儿看着林妈慈祥而苦口婆心地劝晚安喝粥,陡然意识到什么叫作一个家的女主人。

林妈对她,客气里带着无形的防备。

她低头,看着碗里已经有些糊的面条。

慕晚安不给顾南城面子,却不会不给林妈面子,她拿起勺子回了个笑:"好。"

陆笙儿没有继续吃面,放下了筷子淡淡地打量安静斯文一勺一勺喝着粥的女人，微微一笑，由衷地道："南城很体贴。"

慕晚安未曾抬眸，不咸不淡地道："陆小姐想跟我交流心得吗？"

陆笙儿看着她有些凉薄的眉目，不再说话，识相地站了起来，朝皱眉的男人微笑："我去外边儿，你陪晚安吃。"

顾南城淡淡地"嗯"了一声，他其实早就没有吃面了，一只手搭在椅背上侧过半边身子，深邃的目光聚焦在慕晚安的侧颜上。

"这么看着我，我又为难陆小姐了吗？"

他也不生气，只是好脾气地道："待会儿吃完你要去哪儿，我送你过去。"

"你上班时间快到了，我们不顺路，我自己打车就可以了。"慕晚安转过脸朝他笑了一下，"你担心我见什么不三不四的男人的话，可以让陈叔送我，既方便，也省得你花钱雇人跟踪我。"

男人一张脸终于沉了下去，语调暗含了几分警告："慕晚安，你给我好好说话。"

慕晚安抿唇，继续低头喝粥，餐厅恢复了安静。

等慕晚安吃完擦完嘴，两人走出去，林妈递了两杯水过来："刚才陆小姐说她先回去了，让我等你们吃完再告诉你们。"

顾南城点点头示意他知道了，没很大的反应。

他走上前俯身拿起搁在茶几上的车钥匙，长身如玉地站在那里，朝慕晚安扔下一个字："走。"

慕晚安蹙眉："我真的不用你送。"她闭了闭眼，低声浅浅地笑，"如果你是因为昨晚或者因为陆笙儿的事情，完全没有必要。我不会怎么样的，日子该怎么过还是怎么过，你放心，不会有什么改变。"

顾南城盯着她的脸，只说了三个字："去哪里？"

他要送她，好似就没有不给送的余地。

慕晚安败下阵来，淡淡地道："去慕家别墅，我要亲自过去处理一些事情。"

那张温和内敛的俊颜漾出似笑非笑的玩味："顾太太，你收了他的别墅？"

"是的。"她看着他的眼睛，平淡地回答，"我收了。"

有些误会，她并不是不愿意解释，她向来不愿意多添没有必要的麻烦，她也从没有所谓的"懂你的人自会懂你不必解释"这套矫情的逻辑。

只是慕家别墅的事情,她无从解释。

他要误会,那就误会吧。

慕晚安以为顾南城会发飙,依照他骨子里那股霸道的脾性,他不会容忍顾太太收下别的男人送的别墅,但他没有发飙。

"上车,我送你过去。"

他想送就送,她受得起。

拉开车门上了车,慕晚安低头自己绑着安全带,才抬起头,一股熟悉的男性气息便压了下来,她还没看清,唇就被狠狠地堵住了。

顾南城像是在发泄怒火,她缩在座位上刚想动就被道劲的大手压了下去:"唔……"

慕晚安睁大了眼睛,手抵在他的胸膛上,用力地想将他推开,这样毫不温柔毫无技巧的吻让她很不舒服,尤其是她现在本就反感和他亲密。

慕晚安想咬他,于是她真的这么做了,细白的齿咬上他的唇,带着浓浓的恼怒和泄恨的意味。

浑蛋。

慕晚安被他气昏了头,呜呜地想骂人,可是说不出口的话语全都被男人霸道地吞咽了下去。她被他压在座椅上,像是奓毛的野猫,捏着拳头想捶死他。

她在被他困住的一方天地里闹腾得厉害,顾南城稍微离开她的唇的时候,她只能攥着安全带了。

她重重地蹙眉,喘着紊乱的气息,一双眼睛瞪着他:"顾南城,你就是个伪君子、强盗、土匪!我真是烦透了你。"

他平平淡淡地看着她,温温和和地开口:"你再说一次。"

慕晚安的胸口剧烈地起伏着,愠怒到不可控制:"再说多少次都一样。"她精致漂亮的下巴在他的面前抬起,凉薄倨傲,"你就是伪君子就是强盗就是土匪,我就是烦透了你,你打我啊!"

"你烦我的朋友,我更烦你喜欢的女人,烦你们三个组团在我面前刷存在感!"

看着男人面沉似水,阴沉冷漠的眸,她就明白,这次她是真的惹到他了。

唐初后来抚额问她："你到底做了什么天怒人怨的事情，让我的电影成为第一个因为私人感情而被GK搁浅的对象。"

见她低着脑袋抿唇沉默，他又问："你是不是耍大牌，和他对着干？"

她抬起头，脸色很寡然："我要去求他吗？"

"不是这么简单吧。"唐初睨着她，试图从她的表情中探测到蛛丝马迹，"我看他也不像是会为了一个女人要封杀整个剧组的，除非你弄得他残废了。"

"大小姐，你怎么着那位爷了？跟过他的女人没有像你这样凄惨的。"唐初觉得她丝毫不值得同情，"你能充当这么一个先例，也是不简单，说出来分享一下你的经验呗。"

慕晚安下巴搁在桌面上，看着来来往往的人，叹了口气，喃喃道："没我这么惨的吗？"

"没有，顾公子追过一个姑娘，但是人家有心上人了，他最后也没把人家怎么着，像他那样的男人要什么样的女人没有，不会为了区区一个女人大动干戈。"

慕晚安又趴下去了一点，叹气："那我岂不是很作？"

"不。"唐初叼着烟，讽刺道，"是你有本事。"

慕晚安撇撇嘴，双手交叠放在桌上，无精打采："我骂他了，我说他是强盗是土匪是伪君子是臭不要脸的，我还说我烦透他了。"

早知道他没甩她一张离婚证书，没让她打包行李滚出别墅，而是取消了拍摄《璎珞》，她真想让时光给她一瓶药，把她毒哑。

唐初一张脸都黑了："你是不是最近在看琼瑶剧，把脑子看坏了？"他手指恨不得戳穿她的脑门，"没有金刚钻就不要揽瓷器活，你大小姐脾气就不要学人家和这种有钱男人搅和在一起。"

慕晚安弱弱地道："我没有大小姐脾气。"

"你都说自己的靠山是臭不要脸的，你没有大小姐脾气谁有？！"唐初觉得，慕大小姐不是随随便便就会大小姐脾气的，有些狐疑地道，"他基本在国外长大，难不成染了什么臭毛病……他有特殊嗜好你受不了了？"

慕晚安茫然地看着他："什么特殊嗜好？"

唐初白她一眼。

电影被撤了,没有事情做,只能在咖啡吧游荡的大导演和新人副导演百无聊赖地待着。

唐初咬着吸管喝了一口果汁,随口问道:"你被扫地出门了,睡哪儿?还睡那个贼随时都能破门而入的小破套间?"

"他家。"

"你不是被甩了?"

"他警告我了。"慕晚安也咬着吸管,恹恹地,"我一个晚上没回家,他就收拾我身边一个人,我不想对不起有知遇之恩的你。"

最后一句话,慕晚安说得委实真诚。

唐初的太阳穴跳了下,事实总是跟他以为的有所出入。

看着对面软趴趴的大小姐,他拿下叼着的烟:"他喜欢你?"

"当然喜欢,不然他费这么大劲儿干什么?"

唐初没好气地抬手敲了一下她的脑门,严肃道:"我说的是喜欢,男人对女人的喜欢,不是别的,我和你说正经的,再趴着信不信我踹你?"

慕晚安手撑着下巴,百无聊赖地用吸管搅拌果汁,懒懒散散地道:"我有这么大的魅力?"

唐初皱眉打量了她几分钟,一句话冷不丁地冒了出来:"你是不是爱上那男人了?"

慕晚安咬着吸管,怔怔地看着桌面没出声。

"爱上了就爱上了,有什么不能说的?"唐初看着她垂在睫毛下的双眸,"爱就大声说出来,你没事说什么人家臭不要脸。"

慕晚安托腮,皱着一张脸,很是悲伤地叹息:"其实我比较想离他远一点。"

唐初觉得鸡皮疙瘩都要被她抖出来了:"你再在这儿演怨妇我就走了。"

"别啊,你走了我连说话的人都没有了。"

慕晚安垂下脑袋,把剩下的果汁都喝完了,转脸就变了一副认真严肃的模样:"电影被封了,如果我不去找他低头赔礼道歉,你们会记恨我一辈子吗?"

"你还真的爱上他了?"

慕晚安蹙眉:"这两件事情有什么逻辑上的关系?"

"因为一般这种合作,只要双方遵守游戏规则关系都是很稳定的,你也不是那么贪钱的人,顾公子也不至于不给你钱,总有事情发生了才会让这段关系的天平失衡,而显然是你打破了你们之间的关系。"唐初直视她的眼睛:"你既然选择了跟他,跟到一半又想反悔……晚安,你们之间不是合作那么简单吧?顾南城也不会为了没有价值的女人大动干戈,毕竟我的电影都是摇钱树。"

在外边游荡到下午五点钟,慕晚安才磨磨蹭蹭地回到了南沉别墅,没办法,她不敢不回来。

自从那天吵完后,他们基本没有任何交流。

即便是他强制性地取消了拍摄《璎珞》,她也没有质问一声。

其实她知道,最先妥协的那个一定是她。

她不可能放任自己拖累整个剧组。

顾南城没有回来吃晚餐,但是他不准她不回来。

她当时问了一句为什么,他淡淡地瞥了她一眼:"你跟强盗、土匪问为什么?臭不要脸的可以回答你所有的问题?"

慕晚安无话可说。

晚上十一点,顾南城回来的时候慕晚安已经关灯睡觉了。

每天他回来之前她肯定已经睡了,在他去上班之前,她也还是在睡,至于是不是装的,他懒得拆穿。

他不会抱着她,就这么躺在一张床上。

他一靠近床边,慕晚安就嗅到一股淡淡的酒味。

顾南城毕竟是商人,开会应酬喝个酒很正常,只是最近几天很频繁,林妈曾隐晦地提醒过她,但是她没说什么。

不知道为什么,每次他回来拧开床头另一侧灯的时候,她心头就会涌出一阵莫名的酸涩感,淡淡的,却经久不散。

一般他回来后,开着小灯,然后去浴室洗澡,出来后就关灯睡觉。

没什么多余的内容,这几天都这样。

但是今天,她久久没有听到他去浴室洗澡的动静,他反倒是一直坐在那张她睡前坐着看书的小小单人沙发上。

慕晚安睡不着,半晌后还是悄悄地睁开了眼睛。

果然,她看见昏暗的灯光下,男人静静坐着的身影。

黑色短发的头颅微微地垂着,一只手摁在眉心上,平常干净凌厉的眉头紧紧皱着,一眼看去便知道……他好像不大舒服。

他大概是想……坐着休息会儿吧。

还是不要管了。

她闭上眼睛,继续装睡,近日,她装睡的功力已炉火纯青。

又过了大约十分钟,他仍没有什么动静。

也许是卧室太安静了,男人的呼吸分明不是很重,但是那频率晚安听得一清二楚。

她睁开眼睛,还是掀开被子坐了起来,下床,走到他的身前,有些踯躅地开口:"你是不是不舒服?"

男人掀起眼皮,淡淡地看了她一眼:"没事。"

她咬唇缄默了一会儿:"要不要我去给你煮一碗醒酒茶?"

顾南城眼神很淡漠,哂笑里带着凉薄的嘲弄意味,被酒迷得嗓音低哑:"你既然烦透我了,主动凑上来做什么?"他闭上眸:"我没心情和你闹,滚回床上睡觉。"几句话的时间,他的手又捏了捏眉心,英俊的脸上透着不近人情的冷漠疏离,亦有一层薄薄的不耐烦。

慕晚安轻轻地舒缓气息,低声道:"我去煮醒酒茶,你进去洗个澡……早点睡吧。"

顾南城抬眸看着她走向门口的背影,薄唇挑出淡漠的浅弧,他的身躯往后仰,捏眉靠着身后,半合着双眸。

酒精给他的大脑带来淡淡的不适感。

慕晚安回来的时候,看到的就是男人闭眸假寐的模样,光线太暗,打在他的脸上或明或暗,无法看得真切。

慕晚安把杯子递到他的面前,低声道:"喝吧,不然明天早上起来会头疼的。"

顾南城睁开眼睛,没有接,只是淡然地看着她,过于深邃的黑眸,甚至分不清他是清醒的还是醉着的。

慕晚安又道了一句："喝吧，快冷了。"

这一次，顾南城接了过来，仰头慢慢地喝了。

慕晚安看他这架势，不知道他准备坐到什么时候才肯洗澡睡觉，抓了抓头发，低声温和地道："我帮你拿衣服，你洗了澡就休息吧，坐着也很累。"

慕晚安说完就转过身走到柜子前，从里面取了一件浅灰色的浴袍出来，想了想，又抬手到另一层随手拿了一条内裤。

将衣服叠放在一起，她顺手关了柜门，兀自走到浴室里放好才出来。

他好像说过她很难伺候，洗个澡也要千呼万唤，谁比谁难伺候？

慕晚安只能再度走到他的跟前，俯身温言软语地道："洗完澡休息会比较舒服，你就撑一会儿，淋个浴就可以了。"

慕晚安还在思考要说点什么才能让这位爷洗澡睡觉不要再闹了，手腕却被温热有力的手扣住，下一秒，她整个人都跌倒在他的腿上。

说不出是什么感觉，他只是看着那唇瓣想吻，于是便吻了下去。

慕晚安自然不会再挣扎，上次发了一通脾气已经尝足了恶果，不敢造次，乖乖地被他抱在腿上，任他亲吻。

他忽然停下了，抬起了头。

慕晚安愣住了，他低声散漫的嗓音卷着嘲弄响起："你一直是这个样子吗？"他似在低笑，但是眼睛里没有笑意，"嘴里说着烦透了，亲一下就这么大的反应，还自己凑上来。"

即便听出了他话里刻意侮辱的意味，慕晚安的脸蛋还是不可抑制地变得通红。

顾南城淡淡地睨着她，没有抬手将她提下去，反而顺势抱起她，扔到了床上。

慕晚安睁开眼，看到他皱着眉头胡乱地扯开衬衫的扣子，然后转身走向了浴室。

慕晚安看着他高大挺拔的背影，一时间没反应过来他究竟想干什么。

咬着唇瓣，在被褥上坐了一会儿，她躺回了被子里。

这个澡，顾南城洗了很长时间，等他满身湿气地出来时，慕晚安迷迷糊糊快睡着了。

他淡淡地瞟了一眼女人青丝铺枕的背影，抿着薄唇掀开被子的另一边躺了进去,然后像往常一样,抬手拧灭了灯。

卧室陷入安静和黑暗之中。

慕晚安那点睡意忽然消失了,脑子一下变得清醒起来。

他坚持到如今这个地步,又有什么意义?

第二天早晨,照例在顾南城起床离开后,慕晚安才慢吞吞地爬起来。

外面的天色已经很亮了,她一只手撑着额头,另一只手胡乱地抓着头发。

她已经耽误很多天了,绝口没有跟顾南城提过电影《璎珞》的事情,不对,应该说,除了昨晚,他们几乎处于零交流状态。

他白天上班不在家,晚上他回来她不是睡了就是装睡。

低头很难吗?

慕家出事后,她已经低过很多次头了。

何况这一次原本就是她自己不识好歹非要惹毛他。

她甚至想不起来那时她到底在想什么了。

慕晚安倒头摔进了柔软的被褥中。

窗明几净的总裁办公室,章秘书敲门进来。

男人手边放着一杯还散发着香气的咖啡,深色的袖口挽起,露出考究的腕表,英俊的面容较之平常更加凌厉。

"顾总。"章秘书当他秘书的时间不是很长,但是察言观色很多年,很敏锐地察觉到顾总这几天心情指数不高。

将一沓资料放在他的面前,她恭敬地道:"这是您前几天吩咐去查的资料,费了很大劲才从大使馆查到……顾总,他是美国华尔街的金融家……威廉·史密斯,跟夫人见面后第二天他就飞回美国了。"

顾南城眯起了眸。

章秘书没有再说,因为这个名字顾南城自然是有所耳闻的。

只不过这个男人过于低调,没有媒体曝光过他的照片,大众对他的私生活知之甚少。

他淡淡地开腔:"他们什么关系?"

章秘书摇摇头:"顾总……查不出来有什么关系……除了您都知道的

这两次，我们连他们什么时候认识怎么认识的都不知道，抱歉。"

顾南城只是淡淡地"嗯"了一声。

既然是有妇之夫，他如要跟别的女人有什么关系，必然不会让任何蛛丝马迹存在。

慕家出事，他专程从美国飞回来，明知她结婚了，他盯着慕家的别墅拍卖下来，出手阔绰不求回报。

奇妙得无法不令人遐想的关系。

偏偏他的太太讳莫如深。

顾南城盯着那张资料，薄唇弧度似深似浅。

章秘书摸不透他的心思，小心翼翼地问道："下面有人请示……《璎珞》是不是真的要取消拍摄？毕竟已经筹备很久了……"

慕家的落魄千金失宠的事情已经传遍 GK 了，甚至有传言说慕晚安惹得顾总震怒，估计以后永远别想在这一行混下去了。

其实下面的意思是，如果顾总真的不满慕晚安，换掉副导封杀她就是了，为什么要让整部电影搁浅？损失的都是公司的钱。

男人薄唇勾出嘲弄的笑意，不咸不淡地道："她都不急，你们急什么？"

她只是秘书，她并不急。

问题是，慕导只是副导……她也不会着急。

据她所知，他们吵架一般都是转眼就好了……这一次貌似已经持续好几天了。

章秘书不好多说什么："顾总还有什么吩咐吗？没有的话我先出去做事了。"

"嗯。"

下午大约五点的时候，慕晚安在 GK 写字楼的地下停车场找到了顾南城的宾利慕尚。坐了一会儿后，她便趴在方向盘上休息。

下班的时间一到，停车场时不时就有了动静，慕晚安一眼就看到人群中挺拔的男人的身影。

他身上不是中午时穿的西装，而是换了一件偏休闲的黑色风衣，很薄，显得很有型，让他整个人显得更加年轻散漫。

慕晚安推开车门走了下去。

她想好了，待会儿请顾南城吃晚餐，然后在吃饭的时候提电影的事情。

还没开口，她就发现自己后知后觉地忽视了站在他身侧的不是章秘书，而是淡妆得宜甚至带着微醺意味的楚可。

顾南城瞧见推门下车的女人，深沉的黑眸掠过一抹淡淡的意外之色，但是很快便消散了。

楚可没想到慕晚安会出现在这里。

按照她的理解，这位名门千金应该多少有点骄傲清高，分手了不会死缠烂打——她的经纪人说公司传闻他们分手了，顾总甚至因为迁怒，取消了《璎珞》的拍摄。

气氛有些尴尬，慕晚安心里堵了几秒钟，还是大方微笑地出声了："你晚上有事吗？"

顾南城盯着她，不经意地道："怎么？"

有事她就回去，明天再说，没有事她就开口请吃饭。

可他回了个"怎么"。

她抿唇："有时间吗？"

"如果要安排，我可以连睡觉的时间都没有。"

慕晚安听懂了，他的言下之意是，他确实是日理万机，不过是有些事情轻有些事情重，当看哪一件事情更重。

他似乎给了她一半的面子。

"如果你有时间的话，我想请你吃饭。"有些人际关系不难揣测，无非是她那次失了理智说了过分的话，送上门还给他，总是没错的。

顾南城薄唇勾出几分笑，眼里的意味或明或暗，带着点微微的嘲弄："来找我求和，嗯？"

"顾总晚上有应酬，是GK旗下新开发的酒店合作项目，很重要。"楚可笑容很得体，半点不带炫耀或者张扬，跟她今天的装扮一样，很低调，"需要带女伴出席，慕小姐不要误会。"

不论外界如何盛传他们分手，但是顾南城从未亲口承认过，所以她这样说。

慕晚安的手原本是搭在车门上的，脸上也始终维持着笑容："对不起，我不知道。"她低下头,"下次我来找你会提前打电话。"

她以为专门来找他,显得更有诚意。

慕晚安准备转身走,却看到章秘书朝她轻轻地摇了摇头。

她其实不是很懂章秘书的意思,却还是顿住了。

顾南城眉目间笼罩一片凉薄的笑:"这就是你的诚意?"他迈开脚步,朝前走了几步,停在了她的面前,温淡闲散地道,"女人的目的太直白,会显得很不可爱。"他抬手扣着她的下巴,凉凉地盯着她的脸,低声嗤笑,"跟我说话的机会那么多,想来求我放过你的电影,你这样聪明的人,不是最清楚这种事情在哪儿谈最有效果吗?"

他撒了手,低声笑道:"慕导,你是做导演的料,演技渣得没法儿看,没有别的来得实在。"

这话其实没什么实质上的内容,可是细细揣测,楚可又莫名地觉得心惊。

——跟我说话的机会那么多。

据她所知……他们白天基本没什么碰面的机会。

吵架分手也势必不会……

他们还在同居吗?

如果真的分手了……怎么会同居甚至可能仍然睡在一起?

她莫名地想起那句"太太"。

慕晚安咬着唇,仰脸笑着,轻声道:"好,我等你晚上回来说。"

顾南城淡笑了一下,轻描淡写地道:"我今晚不回去,下次吧。"

就当是她有失分寸所承受的恶果,慕晚安对上他暗而散漫的眸,抿唇开口:"你不是需要女伴吗?我陪你过去。"

楚可的脸色立时变了,盯着慕晚安,双手握拳忍耐着。

顾南城薄唇刚扬起,慕晚安就抢在他之前开口了,有些耍无赖:"你不带我去,我也会跟着的,你去哪里我都会跟着你。"

顾南城看着她今天特意编的发辫,不像披着头发时那般温婉柔顺,反倒是多了几分少女的俏皮。他瞥了一眼,淡淡地道:"随你。"

楚可没想到,他会这样说。

"随你"的意思就是默许了慕晚安当女伴,那她算什么?

慕晚安眼角余光察觉到楚可脸色的变化,开口,温软的嗓音在地下停车场显得格外舒服:"顾公子,我想我一个人陪你就够了。"

她的声音虽然温软,可是姿态未免太理所当然。

楚可觉得这个女人……

她觉得她再不说话就要被这个女人扫出局了,于是咬着牙有些委屈地朝顾南城开口:"顾总……"

可那尊贵温淡的男人已经不紧不慢地吐出了一个字:"好。"

他说话时是听的人莫名地不敢插嘴打断,楚可听到他低头朝她淡淡道:"你先回去。"

楚可的脸几乎僵住了,但还是很快反应过来,扯出温柔的笑容:"好,顾总。"

在他面前闹得太难看对她而言没有任何的益处,楚可明白这点,她甚至很勉强地朝慕晚安颔首笑了一下。

司机这才恭敬地去拉车门,慕晚安坐在顾南城的身侧,低头系着安全带,慢慢地调整自己的呼吸。

顾南城坐在她的身侧,自上车开始就闭目养神一言不发,一副高冷不准备说话的模样,优雅疏离,典型的贵公子做派。

慕晚安温婉低柔的嗓音浅浅响起:"章秘书,待会儿是直接去饭局吗?"她低头看了一眼自己偏休闲的衣服,"要不要换身衣服?"

她看楚可好像是特意换了衣服的,虽然不是特别正式的,但她身上这件显然是不怎么合适的。

章秘书看了一眼后座闭目养神的男人,转头笑道:"应该没关系。"

反正顾总是老大,他带去的女伴穿成什么样都没有人敢诟病,尤其她还是顾太太。

慕晚安"哦"了一声,想了想,抬手准备把自己编的发辫拆了。

低沉淡漠的嗓音在头顶响起:"就这样。"

慕晚安眼珠转了转,眼睛对上他睁开的湛湛黑眸:"你喜欢吗?"

顾南城看她一眼,依然没什么表情。

慕晚安猜测一般这种饭局都是在叶庄,足够高档也足够隐蔽,虽然不知道背后的大老板究竟是谁,但显然不容小觑。

到的时候差不多六点,正是吃晚餐的时候,她默不作声地跟在顾南城的身侧,进了叶庄六楼一间很大的包厢,然后看一帮老板模样的男人跟顾南城寒暄,握手。

饭局一般都会带个女伴的,显然她代替楚可成了异类。

她平常走的都是轻熟或者偏淑女的路线,但是最近心情不好……所以在穿衣服的时候稍微跟平常不一样,头发也弄了少女式的。

用顾公子的形容来说就是,她今天十分的邻家……少女,妆更是清淡得不适合这样的场合。

GK准备进军酒店行业,所以顾南城才需要亲自出席这种场合,他最近好像是比以前要忙。

"顾总今天竟然把藏了这么久的小美人带出来了,慕小姐是我们安城数一数二的又漂亮又有气质的美人儿,顾总果然艳福不浅。"

周围立即响起笑声应和的声音,反正跟顾南城有关的女人,不管是不是真的漂亮气质好,总要被吹上一拨。

慕晚安不怎么适应这样的场合,但自然是不能太失礼的。

饭桌上,男人一般都是喝酒聊天谈生意,女人在一边偶尔调节一下气氛,倒酒,撒娇。

其实有那么个瞬间,慕晚安也在想她要不要尽一下女伴的职责,给他倒杯酒什么的。

顾南城已经低下了头,像是不经意地看了她一眼,淡淡道:"饿了就自己吃东西。"

慕晚安愣了一下,点点头道了一声"好",就默默地给自己喂东西吃。

顾南城一边谈着事情,偶尔喝酒,一边时不时有意无意地看一眼安静吃东西的女人,白净的侧脸,吃相很斯文,不过显然……她很嫌弃这里的菜式。

每个菜式转到她面前,她都会夹一点放在碗里,细细地吃着,不大愉悦,偶尔会蹙一下秀眉,遇到她觉得很难吃的脸都要皱一下,不过不明显,并且很快就会过去,然后不动声色地端起一边的水喝。

顾南城亲眼看着她把酒当成水喝了下去。

是烈酒,很辣。

她小脸皱了一下,随即吐了吐舌头,然后抬手去找水。

他刚好将手边的茶杯放在她伸手去拿的地方,全程没有开口,无声无息得晚安几乎没有察觉到。

缓了一会儿,她才继续慢慢地吃。

慕晚安觉得这里的饭菜委难吃。

不过一般在饭局上,喝的酒比吃的饭多。

想想这些整天谈生意应酬饭局的商人,她忽然有点同情。那盅她觉得味道还勉勉强强的鹌鹑汤转到她跟前的时候,她想了想,拿了顾南城手边那个干净的碗小心地盛了半碗,然后放在他的手边。

趁着旁边几个人在高亢地议论而顾南城只是默默听着的时候,她低声道:"味道还可以,你喝点吧。"顿了一下,她还是补充了一句,"不要喝太多酒了。"

温软的声音很浅很小,几乎只有他能听到。

顾南城看着她可能因为喝了那口烈酒而有些红的小脸,眸色渐暗,"嗯"了一声。

慕晚安倒是没想到他还会回答她,眨了眨眼,看他碗里空空的,几乎什么都没吃——难怪他每次喝了酒回去就坐着半天不动。

他不懂空腹喝酒更伤身吗?

她托腮看着面前走马而过的菜式,看到觉得不错的便给他夹一筷子。

顾南城过一阵便吃一口。

饭局上最不可避免的就是喝酒,顾南城偶尔象征性地喝点,闲适地坐在那儿,也没人敢吭声非要他喝。

"慕小姐,"过了大概四十分钟,桌上的男人们喝了酒有点原形毕露了,"来来来,我们敬您,您是不是要跟我们透露一下和顾总大喜的日子?"

慕晚安轻轻地舒了口气,只能抬手去端酒杯,露出笑容正要开口答话,身侧的男人不温不火的训斥声已经响起了:"喝这么多酒,你回去想怎么闹腾?"

那声音温淡随意,似乎笼罩着淡淡的宠溺意味,细听又什么都听不出来。

慕晚安也没能捕捉到什么。

那声音不高不低,但是在场的都是人精,轻易就听出意思来了。

他们不明白……不能喝酒的女人,带出来做什么。

劝慕晚安酒的男人先是一愣,随即笑道:"顾总你真是不厚道,慕小姐今儿个连一滴酒都没有碰过，就喝这么一小杯也舍不得。既然顾总这么心疼美人，就替慕美人喝了这杯酒。"

慕晚安侧过头去看他，顾南城瞧都没有瞧她，就把她手里的酒杯取走了。

微微仰头，喉结滚动，半杯酒就被他轻而易举地喝了下去，他薄唇噙着淡笑，嗓音随意而微哑："行了。"

慕晚安有些愣怔，其实她以为，他叫她过来是为了给她难堪的，甚至做好了应付的心理准备。

顾南城随便一瞟就能看到她脸上薄薄的意外之色，心里嗤笑一声，大概猜到她在想什么，薄唇勾出弧度，似笑非笑，有些寒凉。

饭局持续的时间太长，慕晚安虽然没有喝酒，但是喝了不少水，低声说了句"去上洗手间"就起身。

包厢里有洗手间，但她看到之前有个姑娘进去，估计一时半会儿不会出来，索性去了外面走廊尽头的公用洗手间。

慕晚安洗了手，对着镜子整理了一下头发，准备回包厢。

"放开我……"一阵惊惧的尖叫声响起，声音有点熟悉，慕晚安顿住了脚步，下意识地朝着声音传来的方向看去。

是宋泉。

如果慕晚安没看错的话，她身上穿的应该是舞衣，她被一个男人拖拽着往包厢里走，那个男人她认识。

宋泉咬着牙，死命地抗拒，然而力气再大都斗不过一个男人，尤其是已经有了几分醉意的男人。

见宋泉挣扎，那男人甩手就给了她一个大嘴巴："你给我识相点。"还算年轻甚至人模狗样的一张脸上，满是流里流气的暴躁之色，"你不就是出来玩的吗？和左晔玩是玩，和我玩也是玩，装什么清高？我给的钱比他给的钱多！"

纨绔子弟就是纨绔子弟，过多少年都是废物一个。

宋泉整张脸都被扇到了一边，她的脸上化着妆，却还是一脸的倔强和不屑："你给我滚！"

手被抓住，她不顾一切地用脚踢。

下一秒，毫无意外地引来一记更狠的耳光，男人怒道："给脸不要脸，你知道我是谁吗？信不信让我心情不好了，我让你更不好过？"

宋泉看到晚安的时候，慕晚安刚好把手机收起来。

她以为慕晚安是要打电话，脸色骤变，想也不想就朝慕晚安尖叫："不准打电话给左晔，慕晚安，我不要你多管闲事！"

宋泉看到慕晚安时脑子里只有一个念头：她不要让左晔看到她现在的样子。

尤其是当着慕晚安的面。

她这么一叫，那男人自然也发现站在不远处的慕晚安。沈丁的眼睛里先是掠过极重的狠狈之色，转而恼羞成怒，冷笑着开腔："哟，这不是慕大小姐吗？怎么出现在这种地方？不会是缺钱了来这里……"

慕晚安嘴角撩起若有似无的笑："我缺不缺钱就不劳沈少关心了，倒是沈少成天干这种勾当，小心又被人揍断了一条腿再躺一年。"

她的话显然戳到了男人的痛处，他手劲加大抓得宋泉脸都白了。那是他这辈子的耻辱，没有人敢在他面前提起，只有慕晚安敢这么轻描淡写地提起。

"我今天没空收拾你，马上给我滚远点。"沈丁恶狠狠地盯着她，恶声恶气地警告，"你敢多管闲事试试看。"

慕晚安淡淡一笑："我知道了，沈少请便。"

宋泉难以置信地看着一脸淡然事不关己的女人，她刚刚虽然那样说，但是完全没有想到慕晚安真的会这么做。

沈丁也明显有些意外，但是想想这女人目前的处境，也就不奇怪了，当即不屑地冷笑一声，就要将宋泉扯向他的包厢。

宋泉死死地咬着唇，看着慕晚安仿佛看着恨之入骨的仇人。

"沈少。"细细而显得有些柔弱的声音响起，穿着一身白色长裙披着黑色直发的女人在他转身的瞬间，冲到了他面前。

她忐忑而畏惧，甚至整个人都像是秋风中的落叶在颤颤发抖，却又异常坚决地挡在了沈丁的面前，不忍地看了宋泉一眼："沈少……"

"你又是什么东西？滚开！"

楚可明显被他吓了一跳，却还是硬着头皮道"沈少，以您的身份和地位，想要女人陪的话，哪位都比这位更漂亮更懂得讨您欢心，您何必为难一个姿色一般的小姑娘呢？"

沈丁不知道这个女人是从哪里冒出来的，用醉醺醺的目光上下打量她："我最近对女明星不感兴趣，一个比一个脏，我对你没兴趣，走开。"

桀骜不驯的灰姑娘当然比女明星更让人心痒痒。

说着，他就要把宋泉拖走。

"救我。"宋泉立即道，嗓子因为之前喊得过于歇斯底里而嘶哑，慕晚安的袖手旁观也让她一下绝望，此时吓得眼泪全都掉了下来，"我求求你……救救我……"

楚可似乎极度不忍，一把拉住了宋泉的手臂，脸上更加坚定决绝："沈少，我想您也不希望……啊。"

楚可的话还没说完，就被一股大力直接摔了出去，加上穿高跟鞋，摔倒的时候脑袋甚至撞到了墙上。

慕晚安蹙眉，仍旧站着没动。

沈丁是什么人物——他是最肆无忌惮目无王法的二世祖，是个活物看见他都想绕道。

几年前他就如此，更何况是今天。

楚可额头上撞出了伤口，鲜血流下，她一只手撑在地面上，抬头看向慕晚安："慕小姐……"她抬手去摸，满手的血，"慕小姐……求求你……替我报警……"

楚可有点儿心慌，她跟慕晚安接触得不多，捏不准慕晚安的性子，尤其是慕晚安现在的表情和眼神都过于冷静，没有要插手的意思。

又或者她预料错了，宋泉抢走了慕晚安的前男友，而她表现出了对顾总的觊觎……所以慕晚安真的不准备插手吗？

她扶着墙壁慢慢地站了起来，不在意额头上的血滴到了白色的裙子上。

楚可一边往前走，一边哆哆嗦嗦要去摸手机报警，还没按下，慕晚安清凉的嗓音响起："楚小姐，你确定要自找死路吗？"

楚可咬牙，小溪般流出来的血让她苍白的脸显得十分狼狈和凄惨："慕小姐，我们有什么仇怨？你要眼睁睁地看着……"

"我不想惹麻烦。"慕晚安波澜不惊，轻描淡写地打断她。

楚可脸色一下就白了，她靠着墙挪动自己的身体，因为受伤而显得很虚弱，又透着股异常的倔强。

慕晚安出来的时候只是随意地带上了包厢的门，一个人直接靠上去，整张门都被撞开了，楚可倒了进去，直接摔倒在地板上。

里面正聊得起劲的一群人被突然的变故吓到了，全都下意识地看了过去。

楚可很狼狈，额头上淌着血。

"救……求你救救我们……"

她的长相偏清秀，嗓子很细很柔，此时更显得楚楚可怜："救救我们……"

怜香惜玉是男人的本能，尤其是对美人。

楚可放在娱乐圈只能算是中人之姿，但她仍然是个标致的美人。

顾南城淡淡地扫了一眼，眼神没有任何波动，倒是忽然想起了什么，猛地站了起来，熨烫得笔挺的西装裤包裹着修长的腿，他朝门口走过去。

楚可看着他英俊淡漠的脸，心脏莫名地快要停止跳动。

走到她跟前的时候，他果然停住了脚步，眼神淡淡地掠过她的脸，略微失神，但很快过去，黑眸里依然是捉摸不透的深沉意味："爬起来，擦干净你的脸。"

楚可顾不得什么，抓着男人的裤脚站了起来，眼泪甚至和小溪般的血混在一起："顾总……只是您一句话的事情，您救救那个女孩吧，为了钱来这种地方不容易……如果被……带走，她这辈子都会毁掉的……"

她的眼睛里有过于浓重的哀伤。

餐桌上其他的旁观者一听便隐隐猜到什么，楚可清高是出了名的，一开始甚至连喝酒都不肯，大约是遇到了相同遭遇的年轻女孩，宛如看到了当年的自己，所以才不顾一切。

顾南城淡淡地瞥了一眼被她抓过的地方，没有开腔，又迈了几步，在门口看到了站在那里的慕晚安，以及两米外僵持挣扎的宋泉和沈丁。

男人的视线掠过，最后落在慕晚安的身上，皱眉有些不悦地道："站在那里做什么？"

慕晚安抿唇，抬脚走过去，在他的面前站定，微微地垂首："没事了，我们进去吧。"

楚可一步冲了出来，清秀的脸上浮现出深深的怒意，重重地叫她的名字："慕小姐，"她好像怒不可遏，甚至控制不住自己的音量，"那么年轻的一个女孩子，你就忍心这么袖手旁观吗？就算她抢了你的男朋友，但是事情已经过去了……你就这么耿耿于怀,看着她被糟蹋?"

"那我应该怎么做呢?"慕晚安疏离地看着她,声调没有变化,"你要向顾公子告状吗?既然明知道这种地方鱼龙混杂还要坚持待着,大家都是路人甲,哪里来的义务为她得罪沈大少爷?"

楚可看着她寡淡的脸庞,一时间竟然找不到反驳的话。

慕晚安转移了视线,对上男人缄默而幽沉的眸,伸手拉住他垂在身侧的手,喉间有些压抑,但还是温声低声道:"走吧。"

楚可觉得有些不可思议——对于慕晚安的态度。

在男人面前如此表现,她不嫌自己过于愚蠢吗?

顾南城低头,目光深沉地盯着慕晚安的脸,眸底好似掠过很多意味,却又无法捕捉和琢磨,让人看得不真切。

他抬手摸了摸她的脸颊,手指覆着薄薄的茧,有些粗糙:"嗯。"

楚可微微一愣。

她惊慌地开口,带着不明显的哭腔:"顾总……"脸上的眼泪都干涸了,却更显得凄惨,"您只需要开口说句话而已……"

顾南城低头捏了捏软得像是没骨头的女人的手,淡淡开腔:"我只需要开口说句话,但顾太太又会不高兴了。"

楚可又是一愣。

不是没有怀疑过,但是她始终不相信。

心脏发紧,她苍白着脸勉强地朝慕晚安乞求道:"慕小姐……你既然已经跟顾总……又何必介意跟前男友有关的女人呢?这样……"她轻声道,"这样耿耿于怀,顾总也会不高兴的。"

慕晚安静静地看着她,然后抬头,越过楚可的肩头,叫住就要推门回到自己包厢的男人:"沈少。"

顾南城暗沉的眸毫无波澜地看着从电梯里出来的几个穿西装的男人,又淡淡地看了一眼眼角微微扬起的女人。

要不是宋泉闹得太厉害太不配合,他们这会儿应该已经进了包厢。

沈丁回过头,看了一眼晚安,又看了一眼缄默挺拔的男人,冷笑着讽刺道:"怎么着,有男人做靠山又想多管闲事了?"

"没有。"她下巴微微朝向另一侧,淡淡地陈述,"好像有人找你。"

沈丁转身，看着那几个朝他走来的男人，一时间没有反应过来："你们是什么人？"

"沈少，"领头的先是看了一眼宋泉，"我们接到通知，有人举报您涉嫌聚众吸毒，并且使用暴力逼迫女性。"

宋泉虽然不知道眼前的人到底是谁，但直觉他们是救星，连忙扯着对方的西装哭着求道："是……他就是想对我图谋不轨……不止我，还有我一起工作的朋友……起诉他吧，我可以做证，我们都可以做证。"

沈丁看着这几个人，似乎有点眼熟："你们到底是什么人？"

"沈少醉了，先带沈少去醒醒酒。"对方没有直面回答他的问题，始终用着陈述的语调，"这位小姐，麻烦你去换件衣服。"

事情到这里，顾南城已经单手搂住了身侧女人的腰："戏看够了，回去。"

"好。"

慕晚安温顺地让他搂着自己回去，转身时，对一边站着没有反应过来的楚可淡淡一笑："楚小姐好像受伤了，去医院擦点药，当明星的脸上如果留疤可就麻烦了。"

楚可看着慕晚安的脸，神色复杂："那些……是什么人？"

慕晚安浅浅地笑着："我怎么知道呢？"

楚可动动唇还想说什么，慕晚安已经被男人抱了进去。

而显然，这个包厢楚可没有理由进去。

包厢里的人没有出来插手，但自然是有所关注的，何况刚才顾南城起身了。

慕晚安就温静地坐在一旁听他们聊。

"沈家迟早会败在这个败家子的手里。"

"有这么个儿子，沈家辉也是糟心。"

"儿子都是自己养出来的，养出这种儿子本来就是败笔，好好的前途迟早会被毁了。"

"不过，如果没人通知，检查组的人怎么会刚好出现呢？"

有些目光落在慕晚安的身上，毕竟她刚才在外面，知道得最清楚。

她端着茶杯，低头慢慢地抿着，微笑着道："可能沈少被他爸爸的对手盯上了……最近人员不是有变动吗？"

饭局很晚才散，等他们坐到回南沉别墅的车上时，差不多十一点了。

顾南城打开车窗，夜间的凉风吹了进来，男人黑色的短发被吹得有些乱，慕晚安穿得少，不自觉地瑟缩了一下。

他没看她，却不知道怎么感觉到了，抬手将身上的风衣脱了下来，扔到她的身上："穿上。"

带着体温的外套，慕晚安刚想说不用，男人温淡且深沉的目光就投了过来。

她还是穿上了。

顾南城那微微有些沙哑的嗓音响起，带着淡淡的仿佛不经意的笑："你倒是清楚，通知谁制得住沈大少。"

"嗯，知道。毕竟当年我差点死在他的手上。"慕晚安温声微笑，"薄锦墨因为他差点入狱，盛叔叔和我爷爷想了很多办法才勉强摆平，有些事情第一次不懂怎么面对，第二次再不懂就真的该死了。"

"你不是一千个一万个瞧不上锦墨？"

"我瞧不上他，跟他是不是有本事是两码事。"慕晚安笑了一下，"毕竟他以前给我们收拾过不少烂摊子。"

慕晚安正在犹豫要不要提电影的事情，偏头再看过去的时候男人已经闭上了眼睛，眉目间隐隐有疲倦之意，不怎么舒服地靠着座位。

窗外的风还是吹了进来，慕晚安想了想，靠过去了一点，准备把他的衣服脱下来披在他的身上。

还没来得及动，一股力压了下来，她已经被抱住了。

男人低低沙哑的嗓音在她耳边响起，带着温热的气息扑下来："别动，让我靠会儿。"

慕晚安没有再动，只是抬眸看着抱着她的腰、脑袋枕在她肩膀上的男人的脸，呼吸均匀，眉间微微拢出褶皱。

这么近，那么远。

回到南沉别墅时，林妈已经睡了，客厅和楼道的灯都还开着。

慕晚安看着那张温淡沉郁的俊脸，依稀能看出他不悦："你没怎么吃东西，我给你煮碗面吧。"

顾南城眼神晦暗地盯着她看了几秒钟，带着穿透般的审视，半晌才在她坦荡得黑白分明的目光中，淡淡吐出一个"好"字。

"你先去洗澡，洗完面就煮好了。"

二楼的卧室，阳台上刮着微微的秋风，不大，有些凉。

"沈丁是你举报的？"薄锦墨打来电话问道。

顾南城低声嗤笑，抬手将衬衫上面的三颗扣子松了，露出精瘦而肌肉均匀的胸膛："有我的好处？"他一手撑在栏杆上，看着远处漾着蓝色水光的游泳池，漫不经心地开腔，"你跟慕晚安很熟？"

"你想从我这里知道她什么事？"

顾南城的薄唇开启，波澜不惊地吐出两个字："男人。"

"跟她来往过密的人，据我所知只有左晔。"

"威廉·史密斯，一个结了婚的老男人。"

薄锦墨在手机那端沉默了几秒钟，不紧不慢地开口："慕晚安很骄傲，她不得已嫁给你，即便脸上坦坦荡荡地写着'我就是和你合作'，心底也可能觉得你就是个钱多人傻的蠢蛋。"

顾南城没出声，他继续有条不紊地道："她厌恶出轨的男人，鄙视小三，更不会跟已婚男人纠缠，这点你可以放心。"

"如果那男人一开始骗了她呢？"

"你想要她的人，没人抢得过你，你想要她的心……"薄锦墨玩味地淡笑道，"难不成没法子得到？"

第八章
· ≫ ≫ · 迟早两败俱伤

慕晚安把面条煮好后，又照惯例准备再泡一杯醒酒茶，找了一圈才发现茶没有了。上网搜了搜，她用温水冲了一杯蜂蜜水，一起端了上去。

浴室的门打开，男人随意地在腰间围了一条白色的浴巾出来。他的肤色偏白皙，但是丝毫不显得女气，标准的宽肩窄臀倒三角形身材，腹部肌肉不显得粗犷，线条分明。

"你先喝蜂蜜水，再吃面，我去洗澡。"慕晚安绞着手指，仰起脸温婉地笑，言罢准备拿衣服进浴室。

腰被圈住，顾南城将她带到自己的怀里，让她坐到了他的腿上，低低沉沉地道："待会儿洗，先陪我吃。"

湿气里混着淡淡的沐浴乳香味，萦绕在鼻息间经久不散。

顾南城端起面条旁边装着蜂蜜水的玻璃杯皱着眉头问道："这是什么？"

"蜂蜜水，也可以解酒的，你先喝了吧。"

他将玻璃杯送到唇边，低头喝了一口，甜味立即在舌尖蔓延开，皱眉，他不喜地放下："太甜。"说完就要拾起筷子吃面。

慕晚安捉住他的手，坚持地道："我没放很多蜂蜜，你必须喝了，不然会头疼。"

顾南城低头看着怀里女人的脸，喉结滚了滚，嗓音有些低哑："我不喜欢甜味。"

她蹙眉："甜就一会儿的事情，但是头疼会很久。"

慕晚安端起他放下的玻璃杯，抬手亲自喂到他的唇边："喝完就可以吃面，面的味道会中和甜味的……唔。"

下巴被掐住，慕晚安第一反应是握紧了手里的玻璃杯，不让里面的液体洒出来。

长吻结束，顾南城端起杯子一口气喝完，深色的眸锁着她的脸，声音低沉沙哑地道："喝完了。"

"哦。"慕晚安不明白他为什么要特意跟她说，但还是回答道，"那就吃面吧。"

"很甜。"

慕晚安愣了愣："不然你先喝点……面汤，还是我去给你倒杯水？"

男人皱眉看着她，显然很不满她的提议。

慕晚安一开始不懂他的意思，愣愣地看着他线条利落的鼻梁，以及鼻梁下薄薄的唇，忽然想起刚才那个吻。

她一下明白了他是什么意思。

她咬了一下唇瓣，舌头有些打结："顾公子……只有小孩子怕苦才要哄着吃药。"

他眉间的皱褶一下更深了，声音沙哑地道："所以，你骗我？"

这么个大男人，外人看他是优雅成熟、矜贵淡漠的GK总裁，喝一杯稍微有点不喜欢的甜味的蜂蜜水……需要女人的亲吻来哄。

慕晚安看着他甚至有点认真严肃的模样，心里又好气又好笑，刹那间百转千回。

"那……你先把面吃了吧，好不好？"

"不好。"他贴着她的唇，炙热的气息压了下来，喃喃道，"太甜了，吃什么都很难吃。"

言罢，他低头再度吻上去，封住她的唇。

"还是甜。我不喜欢，听话，你亲亲。"

他的话落在她的耳里，刹那间炸得她脸蛋上血花绽开。

慕晚安觉得要疯了，甜味，哪有什么甜味？

她没有放很多蜂蜜，蜂蜜水的味道本来就是淡淡的。

他那火热的视线如网一般锁住女人绯红的脸蛋，他眼前蓦然出现她在饭局上被酒辣到吐着舌头的模样。

他低声唤着她的名字，像是要钻进她每一个毛孔里，一句模糊低喃的话在她的耳旁低低响起。

慕晚安整个头宛如被炸开了。

第二天早晨,顾南城到时间便睁开了眼睛,女人黑色的长发映入他的眸底,她的脑袋靠在他的胸前,睡得很沉。

嘴角勾出星星点点的笑意,他低头封住她的唇。呼吸被堵住,晚安很快迷迷糊糊地醒了过来:"顾南城,我好困,你别再闹了。"

"我约了婚纱设计师。"她脸上没什么肉,但是手感莫名地很好,他忍不住捏了又捏,淡淡道,"上午来我办公室找我。"

慕晚安愣了愣,不明白在婚纱的事情上他为什么这么较真,但没多说什么:"好。"

男人低头在她眉心吻了一下:"嗯,走了。"

他的轮廓仿佛一下变得温存起来,慕晚安温顺地道:"好。"

顾南城淡淡笑了,亲了一下她的脸蛋:"乖。"

他走了,可是空气里仍带着经久不散的属于他的气息。

慕晚安盯着天花板看了一会儿,困倦得厉害,忍不住又睡了过去。

等她再醒来的时候,手机里躺着唐初的一条短信。

——可以开工了,副导辛苦了,么么哒。

她琢磨出这个"辛苦了"指的是什么,顿时一脸黑线。

起床梳洗穿好衣服,吃了林妈切的一片吐司和一杯牛奶,收拾了一番后,她给陈叔打了个电话让他来接。

一到秘书室,她就被章秘书神神秘秘地拉到了一边。

慕晚安不解:"怎么了?"蹙眉,"他心情不好吗?还是……里面有女人啊?"

章秘书看慕晚安笑得一脸温柔,心里莫名发慌,总裁夫人笑着还真的是……像是总裁夫人。

"那个……夏小姐在里面,我刚进去送文件,她泼皮似的赖在里面,赶都赶不走。您待会儿进去了,可以忽视她。"

慕晚安嘴角扬起浅笑:"啊……真的是有女人在里面啊,章秘书担心我误会吗?"

"您和顾总冷战好几天了……"章秘书捂嘴笑,意有所指地道,"我们做秘书的,老板心情好点我们日子也好过点。"

慕晚安状似无意地问道:"跟我冷战,他心情很不好吗?"

"那必须心情不好,最近几天下边的人开个会都要被顾总骂哭。"

他骂人又不带脏字的,一张温和儒雅的俊脸,一个个字吐出来侮辱得你简直想重回娘胎。

"是吗?"慕晚安轻轻浅浅地回了两个字,嘴角微翘,"那你继续工作,我先进去了。"

章秘书含笑道"好"。

慕晚安走到总裁办公室的门前,抬手叩了叩,就听里面传来女人懒洋洋的声音:"进来吧。"

如果不是章秘书提前跟她报备了,她的心情可能比现在还要差,因为这慵懒而自然而然的语调。

她拧开门把手走了进去,总裁办公室的温度较之外面低上几度。

门开时,坐在办公桌前的男人仍低着头微微锁眉,专注而认真地看着手中的单季报表,眉宇带着不动声色又咄咄逼人的气势,瞧着蛮迷人的,如果没有夏娆堂而皇之地坐在沙发上的话。

慕晚安反手带上门,浅笑着出声:"在忙吗?"

温凉浅笑的声音打断了男人的思路,顾南城从报表中抬起头,眯起一双眸子,薄唇不自觉地扬起笑意:"嗯。"

那声音很低沉,宛如情人间的耳语:"你等会儿,很快就好。"

夏娆娇媚地开口,歪着头看向慕晚安:"等着吧,我进来的时候他就说等会儿,我已经等了两个钟头。"

夏娆穿着包臀短裙,修长笔直的美腿几乎完全露在外面,令人遐想。

慕晚安先是低声回了声"好",然后淡淡地看向夏娆,对方涂着红色指甲油的手指卷着自己的长发,斜眼轻笑着看着她,隐隐带着点若有似无的挑衅意味:"反正我们都闲着,不如来谈谈电影的事情吧。"夏娆的手托着下巴,"据说唐导把选角的任务都交给副导了,慕导不觉得……你选的男主角不是特别合适吗?"

"唐导把选角的任务都交给我了。"慕晚安淡淡地重复着她的话,然后问道,"所以夏小姐想跟我谈什么?你想演女一号,然后再选一个你觉得合适的男一号吗?"

夏娆哧哧地笑了:"我想演女一号?难道慕导不知道我已经是被定下的女一号吗?"

慕晚安静了静,在夏娆有些肆无忌惮的笑里攥紧了双手,末了,云淡风轻地开口:"是吗?可能唐导定了人选没有跟我说。"

夏娆脸上的笑容越发娇艳灿烂:"怎么顾太太,顾总没有通知你他亲自定了我做女一号吗?"她笑眯眯地看着慕晚安不怎么好看的脸色,心里很畅快,"我还以为顾太太已经知道了,今天是特意来兴师问罪的。"

慕晚安脸上的神色不知道什么时候冷淡了下来,她捏了捏手上的包,清清淡淡地道:"这种事情,要兴师问罪应该也是唐导来,我一个小小的副导,确实不需要顾总亲自告知。"

刚刚签好字的顾南城有些好笑地看着坐在沙发角落的小女人,她别过脸,不高兴的模样半点不掩饰。

扔下签字笔,他从旋转办公椅上站了起来,迈着长腿笔直地朝她走过去。

夏娆在一边十分不满地道:"顾总,先来后到,我等了你两个钟头。"

顾南城基本无视她,像是完全没有听到她的话,俯身将双手撑在慕晚安的身侧,以这样的姿势将她圈在自己的怀里,下巴蹭着她的脸蛋,低低哑哑地道:"这是不高兴了?"

她依然别着脸,就是懒得看他,清凉地开口:"顾总,夏小姐在等你。"

男人的唇瓣几乎要贴上她的肌肤,低低地笑着:"吃醋?"

"你好像说你约了莫里斯大师谈婚纱的事情。"慕晚安温温凉凉地道,"如果你和夏小姐有什么更要紧的事情,我就先回医院陪爷爷。"

一脸的温婉,一脸的笑容,一脸的不冷不热,吃醋能吃成她这个模样,不掩饰,又别扭,他竟然只觉得可爱,心头发软,唇畔的笑意越发深,捏了捏她柔软的脸:"莫里斯再过十分钟到。"

兴许是他态度还算好,慕晚安轻轻地哼了一声,身子往后靠:"那你去解决夏小姐的事情吧,人家等了两个小时,我再等等也是无妨的。"

顾南城听着她温软又傲娇的语调,忍不住低头亲了亲她,末了才侧头淡淡地瞥了一眼因为被彻底忽视而要发飙的女人,温温淡淡地道:"我要跟我女人亲热,你准备旁观吗?"那眼神看过去,温和中裹着犀利,"还是说,你想让我叫保安把你扔下去。"

夏娆冷哼一声,转身前朝慕晚安冷艳一笑:"顾太太,你真的以为他有多爱你吗?顾总对他身边的每一个女人都这么好。"

扔下这句话,她踩着高跟鞋朝着门口走去。

慕晚安收回视线:"设计师还没来,你先去工作吧,我看会儿杂志。"

"我让夏娆做女一号,"顾南城半带强制性地扳过她的脸蛋,唇间的气息喷洒到她的肌肤上,"你很不高兴?"

"你是总裁我是副导,顾总决定的事情我无权过问或者干涉,娱乐圈的规则,我懂。"

男人的衬衫白得一尘不染,她瞟过去就知道是纯手工打造的,质地精良,手感极好。

她虽然是新人,但也不是第一天接触娱乐圈,有潜规则她看得很多也看得很清楚。

下巴被男人抬起,她仰着脸对上他居高临下的眼神,他薄唇掀起,低低沉沉地开腔:"嗯,现在我是你男人。"

平常的语调,被他带出一股蛊惑的意味。

又是那样近的距离,慕晚安的心跳有些乱,越是如此,她越是有些气鼓鼓的:"你跟她做了什么交易?为什么非要把她插进电影里,还是女一号?"

交易。

顾南城的眸色暗了一层,不动声色地淡笑开:"夏娆合适。"

慕晚安才不信他的鬼话,他事务繁多,最近GK更是忙着进军其他行业,哪有空管一部小电影。

他连剧本都没有看过,怎么可能知道合适不合适。

"我没说她不合适。"慕晚安蹙眉,还是压制住情绪心平气和地跟他交流,"她外形蛮合适的,脸蛋身材包括气质也像那么几分,演技虽然偶尔失常但是发挥得好的话还是不错的,可她未必是最合适的,尤其是……"

慕晚安想了想才道,"这个角色变化很大,所以跨度也很大,尤其是前期……"她看了男人一眼,淡淡地道,"她心有点儿苍老,稍微带点儿风尘气。"

顾南城安静地听她说完才说话,清晰而缓慢,有条不紊,光是温和中内敛着的气势就叫人无法反驳:"夏娆是郁少司一手调教出来的,从离开他的电影开始就走下坡了,她本身的条件,能打八十分。

"不过电影是电影,唐初不是郁大少有足够的资本砸几千万拍一部他喜欢的不需要票房的电影。GK投拍一部电影需要赚钱,而夏娆的话题度和关注度足够弥补她在这个角色上二十分的缺陷。"

他英俊的脸近在眼前,每一句话都让她无法反驳。

慕晚安有些泄气,却又明白他说的是对的。

夏娆其实已经在候选的名单内,只是他亲自插手让她不高兴,她低头闷闷地"哦"了一声。

顾南城搂着她的腰亲了上去,微微有些粗糙的手指摩擦着她的脸颊,低声笑道:"如果你想找你心目中十全十美的女一号,也可以。"

慕晚安抬头,困惑地看着他。

男人英俊的侧脸染上了邪气:"你把唐初从导演的位置上挤下来。"他低着头凑近她,深邃如海又蓄着笑的双眸仿佛要将她溺毙,"那怎么拍都随你开心,亏多少都无所谓。"

慕晚安有些愣怔,任由他亲近:"你真是懂得怎么哄女人开心。"

耳边忽然响起夏娆那句话——顾太太,你真的以为他有多爱你吗?顾总对他身边的每一个女人都这么好。

大抵,的确是如此的吧。

顾南城吻上她的唇,慕晚安攥着他衬衫的衣角。

缠绵的吻被手机的振动声打断。

顾南城皱了皱眉头,还是离开她的唇,瞥了一眼屏幕上的名字,滑开接听:"什么事?"

电话那端是清冽的男声:"慕晚安在你身边吗?"

他下意识地低头看了一眼垂首用手指梳理自己长发的女人,手落在沙发的扶手上,撑起了自己的身子,走到落地窗前:"什么事?"

"来叶庄,老地方。"薄锦墨语调未变,甚至藏着蠢蠢欲动的笑意,"刚刚接到的消息,盛西爵三个月前在美国提前出狱了。"

"三个月前。"顾南城凉凉地嘲讽道,"我要是不知道美国在哪里,还以为远在外太空呢,能有这么久的时差。"

挂了电话,他转身看着坐在沙发上瞧着他的慕晚安,眼神微微复杂。

——你不要低估慕晚安和盛绾绾的感情,盛绾绾的亲哥哥基本等于慕晚安的亲哥哥,如果你不想你的女人为了另一个男人跟你反目,就不要把她牵扯进来。

他俯身吻了吻她的头发,低声道:"晚安,我有事要出去。"

她愣了半晌才开口:"很重要吗?离你定的婚期没多长时间了,如果再拖,赶工都很难完成婚纱。"她看着他的眼睛,"过一两个小时再去不好吗?"

男人温和英俊的脸上没很大的情绪波动,他静静地看着她。

她抬手抱住他的腰,脸蛋靠在他的腹部:"你本来就是先约了莫里斯和我,中途扔下我一点都不讲信用。"

她的语气里带着明显的不开心。

他的手掌抚过她的发顶:"晚安。"

慕晚安闭了闭眸,慢慢地松开了自己的手,低着脑袋道:"我知道了,下次再说吧,你去忙。"

慕晚安看着他从休息室的临时衣橱里拿了件外套穿上,不是平常去正式场合的正装,而是偏休闲的风衣。

她看在眼里,没有说话。

两人同时出门,顾南城亲自送她上了陈叔的车:"有什么事给我打电话。"

顾南城关上车门,目送黑色的轿车离开他的视线,俊美的脸上那层温和的宠溺渐渐变成寒凉的暗色。

叶庄顶层的包厢,没有闪亮的灯光,布置得很舒服。

岳钟见温和儒雅又淡漠疏离的男人最后一个走进来,挑了挑眉打趣地问道:"我可是听说你和慕女神和好了,没有带她过来吗?"

顾南城瞥了他一眼。

陆笙儿用清凉的嗓音低声解释道:"她跟盛家的人关系最好,不插进来对南城和我们都好。"

"可她迟早会知道的,不如在开始之前就让她站好队。"岳钟不是特别清楚这群人之间的关系,只顺着现状分析,"不管怎么样她都嫁给顾总了,总不会帮外人吧？我看慕小姐还挺明事理的。"

包厢里零零散散地坐着些人，大部分都是互相认识的，慕晚安是顾南城已经娶了甚至蛮喜欢的女人，除了薄锦墨和陆笙儿没人敢评价什么。

安静了一会儿后，陆笙儿看向深沉缄默的男人，淡淡地道："看南城吧，他的妻子，他们之间的感情他自己比我们清楚。"

有人提议道："我觉得……如果慕晚安肯帮我们，我们能更快逼盛西爵现身，现在他在暗处我们在明处。"

顾南城没回答他们，深沉的视线直接投向始终沉默的男人，嗤笑一声："他坐了好几年的牢，盛家也没有半点势力给他依仗，现在成了你们在明处？"

薄锦墨皱眉看着他，没有回答他的话，手指间把玩着一只打火机，像是漫不经心又像是在思考，直到一簇火苗幽然蹿起，他才慢吞吞地点燃了一根烟。

"他回国了。"

"你废了？"顾南城眯起一双眼睛，嗤笑的意味越发明显，"也是，你连盛绾绾那么个从小娇生惯养、没半点生存能力的女人都找不到，没搜到盛西爵的踪迹再正常不过。"

薄锦墨弹了弹烟灰，波澜不惊地道："我是没找到，早上才收到美国那边的消息说盛西爵提前三个月出狱，一个月前回国了。他一个人掀不起什么风浪，但是他的背后似乎有人。"

岳钟听完，有些不解地道："他能有什么人……"

顾南城望着那不远不近被一团暗色烟雾笼罩着的男人说："那边有人刻意隐瞒这条消息？"

否则，他不至于现在才收到消息，三个月，可真是够长了。

"回来了就回来了。"薄锦墨淡淡地道，透明的镜片让人无法真切地看清楚他的眼神，"南城，这些我会查，你注意好市面上的动静就可以了。他如果不是一个人回国，势必要带一股势力回来。"

顾南城随意地"嗯"了一声，算是答应了，眼角余光无意中瞟到一旁的陆笙儿，她低着头，似乎在想事情。

他收回了视线，没多说什么，去了趟洗手间准备回包厢时，却见陆笙儿站在他的跟前，面有不豫之色。

他们认识有不少年头了，顾南城几乎可以一眼看穿她的情绪，瞥了一眼她细白的手指，还是淡淡地问出声："还没和好？"

"南城，"陆笙儿仰头看着他的脸，清秀漂亮的五官苍白得近乎透明，"你觉得……锦墨真的没有找到盛绾绾吗？"

"安城就这么大的地方，盛绾绾连生存能力都没有……她爸爸在医院里她都没有出现过。"陆笙儿的手攥得很紧，"她不见慕晚安是因为不能泄露行踪，如果盛西爵回安城了，她不可能不见……她躲到现在就是为了撑到她哥哥出狱。"

顾南城不动声色道："也许他们已经会合了。"

盛西爵回国第一件事一定是找到盛绾绾，然后想办法去疗养院看盛柏。

"我有预感……他们没有会合。"

顾南城半侧着身子，语调仍然没有半点变化："你怀疑锦墨，那就问他。"

陆笙儿觉得有些好笑："问？我要怎么问？"

男人淡淡地看着她："像问我一样问他，你们以后不是要做夫妻吗？连怀疑都问不出口，要怎么做夫妻？"

陆笙儿愣怔。

"你不愿意承认，盛绾绾成功地插在了你们中间。那年你负气出国，是负气，还是不肯承认她始终存在？笙儿，你什么时候才能面对现实？那个女人一直都存在，锦墨那样讨厌她，可是除了她，再没有人能惹得他耗费心力去讨厌。"

陆笙儿踩着高跟鞋，往后退了几步。

谁都知道薄锦墨讨厌盛绾绾，态度恶劣不加掩饰。

她有时觉得安心，可是有时那样喜形于色的厌恶，让她无端地感到不安。

"我不知道……我真的不知道。"她化着的淡妆掩饰不住她的苍白，"你没有跟我说过，我真的不知道。"

"我说过。"顾南城挺拔地站在那里，淡漠地道，"我往常跟你说过很多，我还说过你们不适合，不过那时你大概认为我在挑拨离间。"

陆笙儿愣住，茫然地看着他："什么意思？"

"锦墨本来就是个闷葫芦，你不问，他不可能主动解释，这是他的性格。而你即便怀疑生气，不到崩溃爆发的时候也不会主动提出来，这是你的性格。"想起了什么,顾安城牵起嘴角淡淡地笑,"就这点而言,盛绾绾那种性子可能更适合他。"

陆笙儿的脸更苍白了。

晚上,顾南城在浴室里洗澡,传出淅淅沥沥的水声。

慕晚安从柜子里拿出自己的衣服,准备等他出来就去洗澡,正要将他放在床上的风衣挂起来时,里面传来一声短信的提示音。

她将手机拿出来准备等他洗完澡出来让他看,却在拿到手里的时候一眼就看到锁屏上显示的一句话——南城,你帮我查她的消息了吗?锦墨最近一个月购置了很多房产,你查查他名下的房子。

"笙儿"两个字,倒毫不意外。

心口一阵窒息感压来,像是一块重石压在她的心上。

顾南城洗完澡出来,看到她坐在床边看着地面,一副出神的模样。

他走到她的跟前。慕晚安看到他长长的腿,没有抬头,伸手把手机递给他:"陆小姐给你发的短信。"他没有接,慕晚安顿了一下,补充道,"对不起,我不是故意看的,只是拿出来的时候她刚好发过来,没有解锁也能看到。"

顾南城看着她落下了阴影的脸,接过手机。

解锁看了一眼短信,他表情没有很大的变化,淡淡地问道:"不高兴我跟她联系,还是不高兴短信的内容?"

"你应该问我是不是不高兴你帮她查我朋友。"慕晚安同样淡淡地笑,这才抬起了头,绯色的唇勾出点笑意,星星点点,"不过陆小姐这条短信让我觉得,她似乎还没有我了解她的男人。"

顾南城没有开腔,依然只是静静地看着她。

"连我都知道,以薄先生的老谋深算,如果他真的找到了绾绾,或者说……"语气微微一顿,她嘲弄地道,"养着她,他一定不会选自己名下的房子,毕竟还有你在,要查出来太容易了。"

顾南城眯起了眸,眼底暗流涌动。她没有看他,他从上方看着她或明或暗的脸庞,淡淡地开腔:"那么,以你对他的了解,他会养着盛绾绾吗?"

有好几秒钟的缄默。

她仰起头笑了:"难说,毕竟他们做过夫妻,在这个世界上,没有谁比盛绾绾对他更好,绾绾的脾气看上去没那么好,但她可比陆小姐会疼男人多了。"慕晚安伸出手,捏住顾南城的浴袍,仰头看着他轻轻地道,"我想知道,如果你查出绾绾的行踪了……准备拿她怎么办呢?"

"陆小姐不至于……置绾绾于死地吧?"慕晚安笑了笑,"情敌而已,尤其是她们还流着一半相同的血液,没必要弄到这个地步吧?"

男人摸着她的发,淡淡地问:"所以呢,你想说什么?"

"很简单啊,我知道陆小姐现在有点害怕绾绾出现,她不希望绾绾再出现在她和薄锦墨的生活里,我很理解,那你就帮她找绾绾,也顺便帮帮我,找到以后我会送绾绾离开,永远不出现。"她低低软软地笑着,"你盼着陆小姐幸福,我也盼着绾绾平安,这样……各取所需,是最好的结局,不是吗?"

"你确定他们兄妹会永远消失吗?"他的语调带着点凉薄,不明显,但慕晚安还是感觉到了。

慕晚安愣了愣,慢慢地反应过来,然后慢慢地道:"薄锦墨……或者说你们担心西爵回来报复吗?"女人的五官恬静,"好吧,如果有一天你们非要开战,商场上的事情我不懂,男人间的战争我也插不了手,不过我觉得,既然是男人之间的事情,就没必要扯到女人,比如——试图用绾绾控制西爵,这样就显得没有格调了,是不是?"

慕晚安下午在 GK 的写字楼跟剧组的人讨论电影的事情,所有的角色演员基本都定下了,正式开机的日子也定下了。

晚上六点下班,顾南城打电话叫她上去,说晚上订了餐厅一起吃饭。

吃完饭,慕晚安以为他们会直接回家,因为一般顾南城傍晚后都要在书房处理一两个小时的公事,到八点才回卧室。

取车的时候,他侧过脸问她:"累不累?"

"嗯?"慕晚安没反应过来,不解,"还有什么其他的事情要做吗?"

顾南城温温淡淡地笑:"婚礼后,我们依然住在南沉别墅。"

慕晚安点头:"我明白。"

"别墅里的那些家具有些是我爸妈留下来的,很老了,有些是我让秘书换的，你喜欢吗？"

慕晚安眨了眨眼睛，看看他开车时专注的侧颜："说真的哦，虽然谈不上讨厌，但不是特别符合我的喜好。"

男人脸上似有失笑的痕迹，为她小心得可爱的语调，带着愉悦的笑："那我带你去换。"

她微微诧异："可以吗？"

毕竟是他父母留下的，她以为意义非凡，所以没有提过。

"当然。"他道，"你是女主人，你可以决定。"

顾南城驱车载她去商场。

转了大概两个小时，在看沙发的时候，慕晚安注意到有道很不善的视线一直紧紧地绞着她，说不上多让人不舒服，但就是紧跟着不放。

慕晚安开始没有在意，后来实在是觉得打扰她逛商场看家具的心情，遂站直了身体循着那道视线直接看了过去。

视线来自一个年轻的女人，长发及腰，烫成了稍卷的大波浪，那身段是真的玲珑，跟夏娆的气质有几分相似，但是那股傲慢比夏娆更加浓厚，她有点儿像是混血儿，脸蛋轮廓偏东方，但是精致的五官比一般东方女人深邃立体。

七分妩媚，三分英气，站在那里就两个字——张扬。

女人左手的无名指上，戴着镶嵌着鸽子蛋大钻石的婚戒，带着不明显的晦涩和复杂神色，更多的是轻蔑的审视。

她的身后跟着两个穿着黑色西装的男人，看模样应该是保镖。

带着保镖来选家具的贵太太？

慕晚安仰起脸庞看着搂抱着自己的男人，皮笑肉不笑地道："这不会是你的旧宠吧，瞧着不大像是你的菜啊。"

顾南城只淡淡地瞟了一眼："不要什么盆子都往我脑袋上扣，不认识。"

慕晚安持怀疑态度："可是她看我像是看情敌。"

她看出来的东西，他自然也早就一眼看出来了，语气凉凉地道："所以，顾太太你好好想想，你是不是背着我招惹了什么男人。"

慕晚安眼珠转了转，道："啊……让我想想。"

男人英俊的脸一下变得寒凉，眯起眼睛阴恻恻地道："慕晚安。"

看着他冷峻逼人的脸，慕晚安朝他吐了吐舌头："真是小气……没有招惹过，不过我要是走在路上就被看上了，那就不是我的错了。"

顾南城将她圈进自己的怀里，冷淡的眸光扫过莫名其妙盯着慕晚安的女人，无形中透着咄咄逼人的气势，让人不敢直视。

那女人很快败下阵来，收回了视线，又看了一眼顾南城搂着慕晚安的姿势，脸色稍微缓和了一点，朝身后的保镖哼了哼："走吧。"

顾南城暗沉的眸无波无澜，目送她离去，看着她重新架上了墨镜，良久收回冷漠的视线，低头亲了亲怀里的女人："继续。"

慕晚安见她走了，便也不在意："好。"

时间不充足，加上慕晚安的审美和性子都挑剔，她又想顾虑着全套的色调搭配，所以只选了一套放在餐厅的餐桌椅，然后左挑右选地买了几盏灯，一对台灯放在床头，两盏放在书房。

末了，男人刷卡付钱，慕晚安有些遗憾地道："下次再来吧。"

"嗯。"看了一眼她的小脸，他懒懒地低声道，"下次陪你来。"

回到家，白天忙了一天，晚上又逛了几个小时商场，慕晚安确实困乏得厉害，她先洗了澡，披着浴袍出来的时候男人正站在落地窗前打电话，声音很低听不清楚在说什么。

不知是不是因为恰好，她一出来他就结束了对话。

慕晚安愣了愣，没说什么，只道："我洗好了，你去洗澡吧。"

"你先睡。"顾南城拾起扔在床尾的外套，又走到小圆桌前捡起搁在上面的车钥匙，温和自然地道，"我临时有点事情需要处理，要出门。"

"哦。"慕晚安愣了愣，心头涌出一股失落感，末了还是问道，"那你今晚回来睡吗？"

男人走过去抱了抱她，低声道："如果太晚了可能就不会回来了。"

她不知道他晚上要忙什么重要的事情，但还是没有问什么，只是仰头看着他的下巴嘱咐道："很晚了，那你开车小心点。"

顾南城低头亲了一下她的脸颊："好，你早点睡。"

五分钟后，晚安一边拆散洗澡时绑着的头发，一边走到连着卧室的阳台上，手落在扶手上，看着那辆黑色的宾利慕尚笔直的车灯穿透黑暗，慢慢地驶出大门。

刚才洗澡时的困倦疲乏，仿佛一下消失不见了。

回到卧室,拿起放在床上的手机,想了想,她拨了个电话给江树,压低的嗓音显得有些沙哑:"有绾绾的消息了吗?"

"没有。"江树很快答道,"很难找到她的踪迹,她之前差不多隔一天或者两天就会换地方住,而且从来不用身份证,整个安城几乎找不到她的蛛丝马迹。"

慕晚安沉默了一会儿后说:"薄锦墨和顾南城都找不到的话,除非绾绾主动联系我们,否则我们也找不到。"她紧紧地捏着手机,慢慢地道,"江树,你帮我做一件事吧。"

江树没有犹豫:"你说。"

"陆笙儿似乎避开薄锦墨在找绾绾,顾南城会帮她的。"她闭上眼睛,淡淡地道,"你跟着他手下的线索找,小心一点,不要被发现了。"

江树隔了好几秒才出声:"晚安,你跟顾南城……你们……"

"没什么。"她垂着眸,每一个字都说得很慢,"有些事情,我跟他立场不同。"

江树沉默了一会儿:"你打算怎么办?"

她茫然,低声喃喃地道:"我也不知道该怎么办。"白皙如玉的手落在冰凉的栏杆上,"等西爵回来再说吧……盛叔叔希望西爵把绾绾带走,离开安城。"

江树想说什么,又欲言又止。

慕晚安神思飘忽,走神得厉害,没有注意到江树的异常。

正准备挂电话,江树在电话里忽然问道:"晚安,你能先跟顾南城取消婚礼吗?"不等她回答,他又急急忙忙地道,"不是永远取消,是把婚礼推迟,你刚才也说了,你们之间立场不同,如果以后因为立场的事情起了分歧你要怎么办?"

"可是我们已经结婚了。"

江树诧然,几乎震惊,喃喃地念道:"已经结婚了……"

挂了电话,慕晚安依然久久地站在阳台上,秋日夜晚的风带着凉意,吹起她的长发。

手机被她搁在一边,她看着已经暗下去的屏幕,最终还是拿了起来,拨了个很久没有拨过的号码。

响到一半的时候，电话被接起了，她开了免提，手机里响起男人干净冷漠的声线："这个时间，你不应该打电话给我。"

慕晚安轻蔑地笑道："看来他们都不在你的旁边。"

"他们？"薄锦墨波澜不惊地道，"你说的是南城和笙儿？"

"你似乎很放心他们。"

"我比你了解他们。"

慕晚安拿起手机，转了个身，靠在栏杆上，夜晚的秋风在她的身上掀起一层浅浅的鸡皮疙瘩："是吗？但他们好像不那么放心你呢，薄锦墨。纸是包不住火的，绾绾在你手里吗？"

薄锦墨笑了笑，没有温度："你这样问我，南城应该不知道。"

慕晚安没有说话。

"对你而言，跟你结婚的男人没有盛绾绾重要吗？"

她也笑了一下，声音散在晚风里："我也知道，跟他结婚的我，并没有陆小姐重要。"

她的语调很平静，没有任何的嫉妒和怨恨。

薄锦墨意味不明地嗤笑了一声。

"如果你舍不得绾绾，那就跟陆笙儿断个干净，她那么爱你又好哄，你又对她那么有办法，重新开始也没什么不可能的。"

薄锦墨低声笑："如果我跟她和好了，那你怎么办？"

慕晚安闭上眼睛，无声无息地笑了："很遗憾，我也很难过，但强扭的瓜不甜。"

只需要说几句话，慕晚安便明白这个男人不会告诉她实情。不过一开始她就没有指望他会告诉她实情。挂电话的时候，慕晚安说了最后一句话："我想你比我了解她，她那种性子禁不起逼，你不要做得太绝了。除非你真的打算弄死她，否则迟早两败俱伤。"

薄锦墨没说话，挂了电话。

曾经属于盛家的别墅，同样是高处的落地窗前，戴着眼镜的男人满脸冷漠，望着下边波光荡漾的水面，俊美的脸上没有任何的情绪波动。

两败俱伤吗？又是谁在逼谁呢？

第二天中午，慕晚安忙完手里的事情，正握着手机考虑是叫外卖一个人吃，还是打电话给顾南城叫他一起吃。

手指刚好落在"顾公子"三个字上面，办公室的门忽然打开了。

因为她是副导，又跟唐初的关系很好，更因为GK上下都知道她跟顾总的关系，所以她有专门的办公室。

迈开长腿走进来的男人身上的阴郁气息，仿佛能滴出水来，慕晚安乍一看到他，吓得手里的手机都跌落到了桌面上。

她认识他这短短两个月里，从未见过他身上有如此明显的戾气，这个男人向来温润内敛，真正的情绪不大会显示出来。

她的心脏绞了一下，下意识地问道："怎么了这是？"对上那暗黑却表面平静的双眸，"发生什么事了？"

他盯着她的脸，视线像是一张密不透风的网包裹着她的呼吸，一双眼睛像是黑洞深处的旋涡，有将近一分钟的时间，顾南城就这么看着她没有开口说一个字。

最后，他收起自己的视线，淡淡地开腔，说了一句无关紧要的话："吃饭了吗？"

"还没。"她本想缓和一下气氛，问他是不是来找她吃饭的，但他疏离的眼神让她开不了口，只能傻瓜般地坐在那里，等他说话。

顾南城确实开口了，他说："我跟客户中午有约，过来看看你。"声音依然低沉温淡，"记得吃饭。"

她沉默了好几秒钟，还是笑了笑："好。"

然后，他毫不犹豫地转了身，拉开门走了出去。

整个过程没有一丝拖泥带水和停顿。

等那扇门重新合上，慕晚安才发现自己心头仿佛落下了一块厚重的石头，压得她喘不过气来了，逐渐深重的钝痛转为疼。

慕晚安始终不知道发生什么事了，突然之间就像是连罪名都不知道就被他判了刑。

他们之间好像没有发生很大的变化，每晚他都和以往一样和她一起睡，下班早就回来吃晚餐，再晚也不超过七八点，偶尔有客户需要应酬，他也会在十点回来，都会给她电话或者短信通知。

他不会夜不归宿,也没有对她冷漠或者横眉冷对,言语间不乏温存,温温的,淡淡的,像是隔了一层透明的玻璃,看得见摸不着。

慕晚安想,也许他需要想想,于是就没有打扰,也没有主动开口问。

偶尔想起那天中午在办公室时他看她的眼神,以及一身戾气,她都会忍不住怅然若失。

就这么过了大约一个星期,她基本忙着电影的事情,有空就去逛街给爷爷买点新衣服,问江树绾绾的消息,或是就自己看书。

傍晚,夕阳落下,某家大型商场的地下停车场。

奢华低调的宾利慕尚里,英俊的男人漫不经心地翻阅着手边的资料。

米悦,美籍华人,米氏集团董事长的独生女,二十四岁,二十岁控告华人男子盛西爵强奸,胜诉,被告判刑四年。

半年前发新闻取消和门当户对的裴家二少的婚约,裴家二少在婚约取消的下个月便和米氏集团大股东之一的女儿——也就是米悦的堂妹举行婚礼。

米氏频频传出内部斗争随时会易主的传言。

三个月前,米悦闪婚,下嫁身份神秘的男人,两个月前她成为米氏占股最多的大股东,随即代替父亲成为董事长。

虽然她完全不懂商业上的事情,但丝毫不影响她挂这个名头以及拥有话语权。

大概在一个月前米悦来到安城,购置了一套别墅。

顾南城薄唇溢出冷笑,嫁给自己告上法庭的男人,有意思。

他抬起头,将几张纸扔到副驾驶座上,这才推开车门下了车。

戴着墨镜的女人一身奢华的衣裙,大波浪长发自带张扬的气场,踩着鞋跟十二公分的高跟鞋,身后跟着的两个保镖手上都提着名牌购物袋。

蓦地,她脚步停了下来,抬手取下墨镜,看着一米外半倚在宾利慕尚车上矜贵慵懒的俊美男人。

她这才恍然醒悟过来,偌大的停车场里竟然没有其他人。

她看他一眼,凉凉地讥讽道:"顾总果然财大气粗,我刚还在想这号称安城最大的商场是不是没生意,怎么半个人影都没瞧见。"

顾南城脸上挂着优雅温和的笑,徐徐地开腔:"该称呼米董事长为米小姐呢……还是盛夫人？"

米悦毫不客气地回道："顾总可以直接称我为米董。"

顾南城眉目不动，丝毫不介意她的态度，若不是他眸底不见半点温度，米悦几乎要以为这男人是真的温润如玉，风度翩翩。

即便是块玉，这也是块能凉到骨头的寒玉。

他淡淡地笑："好，米董。"

米悦双手环胸，不自觉地形成戒备的姿势："顾总是大忙人，特意来找我应该不是顺便慰问吧，虽然我们好像有合作要谈。"

男人看着她的眼睛，幽深如黑暗的旋涡让人无处可逃，正如他低沉浅淡似乎漫不经心的嗓音，却每一个字眼甚至连着标点符号都能准确无误地钻进她的耳朵里："我们合作，为了你的丈夫。"

米悦不是特别聪明的女人，至少在商场上她连勉强维持江山的本事都没有，更别说快准狠地稳住局面。

她先是一愣，随即冷漠地嘲笑道："为了我的丈夫？我像是会……或者需要用这种方式来留住丈夫的女人？"

高傲之外，还带着鲜明的不屑。

米悦抬起下巴，立体的五官，化着美艳精致的妆："就算他以前喜欢慕晚安又怎么样？别说我不在乎，就算我在乎，我能给他的，也随时能收回。"她看了一眼立在半米外儒雅却淡漠的男人，止不住冷笑："上次我看你陪慕晚安逛商城的时候还很恩爱的样子，怎么，现在这么紧张你的旧情人？"

顾南城并不在意，扬起嘴角波澜不惊地开腔："他仰仗你的势力，你仰仗他的手段，米董。"俊美的男人似笑非笑着，"你不在乎？何必自降身价嫁给一个强奸犯。"

米悦的脸色一变，又听得他继续不紧不慢地道："即便你瞧不上那个男人，也不能让别的女人抢走。"

他始终倚在车身上，在她握拳沉默的半分钟里抽了根烟出来点燃。

米悦看着这张被青白色烟雾缭绕变得模糊的俊颜，冷冷一笑："你什么意思？"

"意思就是，"他淡漠地对上她的眸，寒凉的深处是暗黑的戾气，表面却又不动声色，"你丈夫手上的女人必须毫发无损，有件事米董要记得，米氏集团是你的，毁不毁，他未必多在乎。"说完这句话，他站直了身子，反手拉开车门，英俊的容颜又恢复了一贯的温和儒雅，淡笑道，"三天后的合作会上见。"

慕晚安中午的时候和唐初一块儿吃饭，唐初慢悠悠地倒了一杯酒，像是忽然想起什么："对了，小祖宗。"他把玩着小酒杯，睨着她，"我听说陆笙儿最近连着两个广告被取消了，陆小姐是不是跟你男人闹翻了？"

慕晚安先是一愣，随即淡淡地道："是吗？我不知道啊，可能是陆小姐通告太多了吧，推掉一两个广告没什么稀奇的。"

唐初意有所指："她好像有一两个礼拜没有露面了，之前排好的通告、广告也全都被经纪人推了。薄先生光是付违约金就烧了不少钱，她出道以来都没有出过这种事情。"

陆笙儿在业界的口碑是没话说的，不耍大牌不迟到，敬业，脾气又好，导演和传媒界的人都喜欢和她合作。

慕晚安想起顾南城最近这段时间的反常态度，淡淡地笑道："这个啊，我也不知道，可能是身体不舒服之类的吧。"

她并不关注陆笙儿，尤其是这段时间她忙着电影的事情。

唐初敲了敲桌面，语气似严肃似调侃："她推掉的两个广告，一个给了夏娆一个给了楚可，晚安，这两个女人你小心点。"

"怎么了？"

"夏娆就不说了，她好歹算是有点身价有点实力的。"唐初轻轻一哼，"陆笙儿接的广告，跟楚可这种二线半红不紫的小明星是一个档次吗？还不是你们家顾总亲自点的名，财大气粗也不怕亏本。"

慕晚安抿抿唇："反正她俩都是你新电影里的角儿，多拍两个广告增加点曝光度，就当是免费给你打广告了呗。"

唐初看她一眼，摇了摇头。

晚上六点，慕晚安在她的临时办公室接到顾南城的电话，那端是男人寻常而自然的声音："我今晚有个重要的合作案要谈，不能陪你回家，已经吩咐陈叔来接你了，自己乖乖回去吃晚餐早点休息。"

她收拾东西的动作停了下来,随口问道:"你今晚不会回南沉别墅睡了是吗?"

他的声音低沉:"嗯,今晚不回家睡。"

"好,我知道了。"慕晚安没多说什么多问什么,"我收拾好就自己回去了。"

"我不在家,不要乱跑。"

顾南城不回去,她又不想一个人面对偌大的别墅干巴巴地吃饭,索性决定去慕家别墅跟爷爷一起吃,于是摸出手机给白叔打了个电话。

慕晚安跟爷爷一起吃了晚餐,下了一盘棋,正准备洗澡看会儿书就睡觉,正在拿衣服的时候接到了夏娆的电话。

"夏小姐,"因为有合作,所以慕晚安对她算是很客气的,"有什么事吗?"

"有啊。"夏娆在手机那端妖娆地笑着,"看在慕导尽心尽力工作的分上,我决定卖个消息给慕导。"

慕晚安拉开窗帘淡淡地笑:"哦?"

"今天晚上呢,顾总带着楚可去了一个俱乐部哦。"

慕晚安平静道:"是吗?"

夏娆漫不经心地道:"就是那种……你这种名门淑女不太合适去的地方啊,具体的活动我就不说得太明白了。不过顾太太你应该多少知道一点吧,顾公子在美国待的时间可比在国内待的时间长太多,观念开放一点很正常的啊。"

慕晚安垂着眸,听她说话没有出声。

"你不相信我?"

"听着挺像挑拨离间的。"

"啧啧。"夏娆在那端道,"要不是她在我背后耍心眼,你以为我会告诉你吗?顾太太,你可是生在有钱人家、长在有钱人家、又嫁到有钱人家的正统千金小姐,对付这种不上台面的人,应该有的是手段吧?"

慕晚安没有在她面前表态,只是道:"好,我知道了。"除去沉默的时间过长,她几乎没有其他情绪表露出来,"谢谢夏小姐告诉我这个消息。"

她挂了电话,耳边又恢复了安静。

慕晚安握着手机坐到床上，屈起膝抱着自己，下巴靠在膝盖上，看着地板出神。

心情一下就被破坏了。

手机的短信提示音突然响了，她几乎下意识地就去看。

来自陌生的号码，只有简单的一句话。

她的瞳眸蓦地扩大，心脏也跟着猛然地跳动，她想也不想就下了床。

一个小时后。

慕晚安从出租车上下来，来到看上去不奇特甚至是普通的所谓俱乐部的门前，出门前她给唐初打了电话咨询，甚至拿到了一张会员卡。

像这种隐蔽的地方，没有会员卡连门都找不到在哪里。

大概是因为出现在这里的都是有钱人，外边儿虽然普通，但是里面装潢得富丽堂皇，喜欢热闹的可以在大厅，身份隐蔽的也有隐蔽的包厢。

慕晚安在唐初几番叮嘱下换了衣服，化了妆，最大限度地隐藏自己。

她到的时候快十点了，正好开始热闹。

兴许是为了配合气氛，灯光闪得厉害，时不时有拥抱亲吻的人从她的身边擦过，各种香水的混合气味让她难受得快要窒息。

慕晚安低着头有些不知所措，忍住落荒而逃的冲动。

一只手抓住她的手臂，慕晚安吓得几乎弹跳起来，转过头就去看那个拉她的人。

对方是个三十岁左右的男人，穿着职业范儿的西装："慕小姐吗？"

慕晚安谨慎而警惕地打量着对方："你是谁？"

对方压低声音，微微地笑："我是盛先生派来接您的，盛先生在楼上的包厢等您，您跟我来就是了。"

也许是因为身在这种地方，慕晚安格外不安："你是西爵的手下？"她有些困惑地问道，"为什么……要我来这种地方？"

西爵那样冷清的人，不应该知道这样的地方，更不会……让她来这边碰面。

对方彬彬有礼地微笑着，语气从容没有任何破绽："这个的话，慕小姐，毕竟您是有妇之夫，而盛先生也有妻子，虽然清者自清，但是有些事情还是避嫌的好。这个俱乐部虽然环境差了点儿，但保密性一流，还是说……慕小姐不相信盛先生？"

慕晚安蹙了蹙眉，始终紧紧地握着自己的手机："好。"

搭乘电梯到顶楼，职业西装男领着她去了最后一个房间。到门口的时候慕晚安看着他摁开密码，打开门，里面漆黑一片。

她站在门口没有进去，只是扬起脸问道："不是说在等我吗？西爵好像不在呢。"

玄关的按钮被按开，满室的灯光亮起，慕晚安随意地扫了一眼，里面堪比五星级总统套房。

"盛先生过来有桩生意需要谈，所以可能要您等半个小时。"

慕晚安纤细的手指把玩着银白色的会员卡，抬脚走了进去。

职业西装男做了个手势让慕晚安坐在沙发上等，然后泡了一杯茶放在茶几上，略为恭敬地道："慕小姐，请您在这里等一下，我过去问问盛先生什么时候到。"

慕晚安觉得"慕小姐"这个称呼，似乎别有一番意思。

套房里很快就只剩下了她一个人，慕晚安看了一眼那茶，没有伸手去碰，眼神流转，手指在手机屏幕上很快地动着，给唐初和江树发了两条短信出去。

唐初秒回：乖，在你的竹马哥哥到之前，坐着等就行了。水和饮料之类的先忍会儿，尤其是女人，不要吃东西了。

江树没有回复。

她将手臂搭在沙发的扶手上，身子慢慢地往后靠，垂首思考。

西爵提前回来了。

他已经结婚了。

唐初来之前就跟她说过，这个俱乐部的高级会员全都是有钱人，而背后的老板更是来路不明。

无声无息的困意阵阵来袭。

慕晚安不自觉地打了一个呵欠，脑袋慢慢地往手臂上枕去，因为姿势，脑袋一下失重，然后她整个人从瞌睡中惊醒。

一时间有些茫然，慕晚安下意识地去摸手机看时间，发现已经差不多过去半个小时了。

慕晚安想站起来走走，还没站起，身子一软跌回了沙发上，她抚摸着自己的额头，一阵阵眩晕袭来。

额头好烫，一股说不出从哪里蹿出来的热意在她的身体和血液里流淌着，好热，好像房间的温度被调高了很多，她抬手扇着风，只想把衣服脱下来。

手撩开领子时，她终于意识到了什么。

脑袋晕得厉害，慕晚安几次想站起来还是倒在了沙发上，最后放弃了，一只手摁着自己的眉心，一只手拿起手机想打电话。

迷迷糊糊间她想着，顾南城好像在谈很重要的生意……会马上过来找她吗？

找到号码拨出去后，她才发现房间的信号被屏蔽了。

慕晚安咬住唇，滚烫的脸蛋苍白得厉害。

怎么办？

她的脑袋逐渐成了一团糨糊。

似乎有门开的声音，慕晚安抚着脑袋努力想看清楚走进来的是什么人，但是混沌的意识致使她的视线也跟着模糊。

唯一能判断清楚的就是耳边油腻腻的男人的声音："哎哟……可真是个美人啊。"

慕晚安晕得厉害，但是翻腾的恐惧和反感加深，所以当那看不清模样的男人越凑越近就要亲下来的时候，她几乎用尽了全身的力气一脚踢了下去。

男人毫无防备，被踢了个正着。

慕晚安没有力气睁开眼睛，呼吸有些急促，拿着手机，俏媚的脸蛋上没有表情，沙哑的嗓音显得很冷漠："我不管你是谁的人，也不管你是谁叫来的，你敢动我，就准备死吧。"

她不知道是谁设的局，也没有那么多的时间去分析，恐慌到极致，除了冷静没有别的反应有用……她有预感，她清醒的时间不多了。

陌生男人又凑了上去，小心地避开她可能袭击的手脚，拍了拍她的脸，笑得一脸愉悦："啧啧，嘴上那么强硬，但是现在没人会救你。"

慕晚安不明白，她什么都没有吃什么都没有喝，为什么也会像是被下了药？

慕晚安用力咬住唇，只想让疼痛感维持清醒，可是，即便是清醒了她也丝毫没有力气阻挡。

男人身上有酒和香水混杂在一起的气味,加上本身就有的抵触情绪,慕晚安几近呕吐。

她拔高声音,断断续续地道:"滚……"

仿佛随时都会晕死过去,慕晚安还是用力地去推——身上忽然轻了。

一阵声响传来,男人直接拎起来扔到了一边的地板上。

那男人还没反应过来发生了什么事,一道凌厉的声音同时响起:"你敢动或者敢出声,我现在就废了你。"

男人抬起头,入目的是一张年轻男人的脸,俊美、阴郁、冷漠,眼睛里寒意森森,却又平静,让人毫不怀疑他说到做到。

慕晚安感觉到有男人靠近她,但不是刚才的气息和让人反感的味道了,一只凉而带着糙感的手抚上她的脸颊:"晚安,没事了。"

慕晚安想睁开眼睛,但是太困又太无力。

有人将躺在地上的男人身上穿的衬衫脱了下来,用刀子准确地割成条,将他的手反剪到身后绑了起来,在嘴巴被捂住之前,男人恶狠狠地问道:"你知道我是谁吗?"

冷如寒霜的声音:"我对你是谁不感兴趣,媒体可能想知道,要我替你联系记者吗?"他随即把剩下的布料揉成团,直接塞进男人嘴里,转身,将房间里所有的窗户打开,让外边的风透进来。

年轻的男人从裤兜里摸出手机,伸出窗外才勉强有两格信号,刚显示有服务就有一个电话打了进来。刚接通,江树的声音在手机那端急切地响起:"大哥,他们已经上电梯了,你马上把晚安带出去。"

带出去?

他转过身看着半躺在沙发上的女人,冷静淡漠地道:"来不及了,你拖着他们,拖一秒是一秒。"

说完,他不等江树回复就迅速挂了电话,转而拨通了另一个电话:"来4110,马上下来。"

"我和顾南城还没谈完。"

"马上下来。"他的语气自然、低沉,却又带着一股命令的味道,明明是很急迫的事情,他却说得有条不紊,"谈生意谈合同你在他身上占不到半点便宜，下来，下次我替你谈。"

米悦这一次没有犹豫，很快答应了："好。"跟顾南城这种人说话，她快被转晕了，从头到尾半点让她谈条件的余地都没有。

她挂了电话回到桌前，看到那看似英俊儒雅的男人朝她淡淡地笑："米董，你身后的智谋团给你出了什么新的主意吗？"他慵懒低沉地笑道，"让他亲自来跟我谈好了，不然显得我欺负一个什么都不会的女孩子。"

米悦扬了扬下巴，倨傲地笑了笑："很抱歉顾总，今天的合作我们没法继续了，我有点急事要走。"

顾南城丝毫不意外，不疾不徐地笑："米董，虽然我很想和米氏有进一步的合作，不过如果贵公司实在看不起我们GK的话……"

这话里的意思米悦听出来了，她不顾坐在一旁拼命朝她使眼色的经理，回了他一个笑："下一次，我会代表米氏先表达我们合作的诚意，很抱歉。"

说是抱歉，但是她的神情里实在没有多少抱歉的意思。

漫不经心地目送她离去，顾南城把玩着签字的钢笔，转而朝对面一脸冷汗的经理闲适地笑了笑："看来，跟为公司鞠躬尽瘁十多年的忠诚员工相比，米董还是更加信任她的新婚丈夫。"

经理这才抬起头："这个……毕竟是米老先生亲自嘱托的对象。"

米悦走了，没有了能做决定的人，合作案自然谈不下去，只能散场。顾南城将剩下的事情交给章秘书，正准备起身，搁在手边的手机忽然提示接到一条短信，他一眼瞟过去，英俊的脸一下变得阴鸷暗沉。

第九章

• ≫　≫ •　他不爱她，也不需要她的爱

4110。

慕晚安被从头顶泼下来的凉水刺激得一下清醒了不少，费力地睁开眼，模模糊糊地看清楚了将她扯进浴室淋了一通冷水的男人。

他身材高大颀长，跟顾南城有得一拼，但是肤色显得更黑，不是顾南城那种翩翩贵公子式的短发，而是简单而利落的板寸头，配上英俊硬气的轮廓，男人味十足。

等终于看清了他的五官，慕晚安喃喃地念道："西爵。"

"房间里的香薰有问题，你待了半个小时，抱歉，天气凉让你冲冷水，但是没办法。"

门铃声响起，慕晚安混沌的大脑被冷水刺激得清醒了一点，懵懂地看着他："我不明白……发生什么事了？"

盛西爵定定地看了她一会儿，不温不火地解释道："有人借我的名义骗你过来——顾南城、薄锦墨或者其他人，我会查清楚的。"

"敲门的人……是谁？"

门铃声已经停止了，慕晚安听不到，但是盛西爵已经听到门被打开的声音了。

他转过身打开浴缸上方的水龙头："别管，在浴室里待着，如果不舒服就冲会儿凉水，我会解决。"

说罢，他摸了摸她的脑袋，然后带上门出去了。

带着几个黑西装男走进来的两个年轻女人，一进门就看见一边解着衬衫的纽扣，一边踱着步子走出来的男人。

他的头发比板寸头稍微长一点，皮肤比小麦色深一点，轮廓硬朗分明，流畅完美的线条勾勒出一股浓烈的成熟男人的味道。

堂而皇之进来的两个女人都愣住了，缓了十几秒才回过神。

"盛西爵。"其中一个染着黄发的女人扬扬得意道，"你果然出现了，把陆姐姐交出来。"

男人坐在沙发上，被水打湿的衬衫被他抬手解开了三颗纽扣，露出古铜色的胸膛，很随意的姿势，未曾抬眸瞧过她们一眼，倒是抽空点燃了一根香烟："叫你们主子来，我不跟智商低的东西说话。"

那理所当然，似是不外露又着实高高在上的态度惹恼了两人，其中一个女人双手环胸不屑地冷笑："盛西爵，你真的以为你还是以前那个了不起的盛家大少吗？回国了也不敢吱声，是坐了牢不敢见人呢，还是吃女人的软饭不好意思见人？"话语伴随尖酸刻薄的笑，在这个空间里显得格外刺耳。

然而沙发上冷漠又泰然坐着的男人没有丝毫反应。

两个女人恼羞成怒得厉害，冷冷一笑，吩咐带进来的手下："既然盛大少不屑于跟我们说话，那就直接带盛大少走吧。"

盛西爵吐了一口烟："这种小猫小狗是谁的手下，薄锦墨还是顾南城？"

"盛西爵。"其中一个女人大怒，"你知道这间房、这个俱乐部的外面埋伏了多少人吗？"她冷笑着的模样有几分狰狞，"慕晚安就在里头吧？你不就是抓了陆姐姐吗？她一天没有回家，慕晚安就一天别想出这道门。"

盛西爵扬起嘴角，笑意绵长阴郁："是吗？"

"是不是，"女人带着挑衅的笑意，"你看看就知道了，你们还不……"

高跟鞋踩在木地板上，脚步声明显得让人无法忽视。

及腰的长发卷成大波浪的女人踩着高跟鞋进来，身后惯例跟着两个身材高大的外国男人做保镖。

米悦看了她们一眼，又扫了周边几个男人一眼，开口，却是对着沙发上的男人："你叫我来，是为了给我看这些阿猫阿狗吗？"

那高傲的语气，带着混血味道的张扬美丽的五官，女人有时候对比自己漂亮的女人天生带有敌对感，尤其是当对方摆出高姿态之后。

两个女人的脸色都难看了些，却还是很快镇定下来，反而笑意盈盈地问道："米小姐也是过来捉奸的吗？捉了个正着哦，不过老公敢在自己眼皮子底下跟其他的女人鬼混……啊，反正只是养了一个长得好看的小白脸，像这种喂不熟的再换一个就好了——"

"啪！"

响亮的巴掌声响起。

波澜不惊的男人都抬眸看了过去。

被打的女人不敢相信自己被打了，瞳眸睁得溜圆。

米悦十指染着蔻丹，透明的钻石在光线下流光溢彩，长发垂落遮住半边脸颊，精致高贵，她睁着一双美眸淡淡地笑着："谁家养的狗在别人的地盘上也叫得这么欢？"

被打的女人从小娇生惯养，在哪里都是被吹捧的主儿，什么时候被另一个女人堂而皇之地扇过巴掌？她几乎立即炸毛了，泼妇一般要朝米悦扑过去。

那架势使得穿高跟鞋的米悦往后退了一步，她正准备叫一边的保镖，腰却被一条手臂搂住，整个人又被迫往后退了几步，跌进身后男人的怀里。

那只反手要甩回来的巴掌也被利落地截在半空中，女人当即痛得泪水掉了下来，尖声叫着两边的保镖。

"盛西爵，"另一个女人听着这叫声都觉得疼，在一边手忙脚乱地喊道，"你马上松手，再不松信不信我告你……"

男人对她们的叫嚣无动于衷，倒是循着门口的脚步声掀起眼皮看了过去。

儒雅淡漠的男人穿着一身剪裁合体的西装，矜贵温和得一丝不苟，和英俊完美的五官相得益彰。

顾南城眸色相当淡地扫了他们一眼，不紧不慢地开口："大男人何必对手无缚鸡之力的女孩子动粗。"

站在一旁着急又畏惧盛西爵的女人看到顾南城，宛如看到救星，她只差没有扑过去冲到他的怀里："顾先生……你快救救小茹吧……她的手会被折断的。"

盛西爵缓缓地笑道："是顾先生啊。"他的眉宇铺陈开一层嘲弄，"我还以为来的人……应该是薄锦墨。"

说话间，他已经松了手。

顾南城淡淡地扫了他和米悦一眼，随即看向两个哭得泪眼蒙眬几乎花了妆的女人一眼："在干什么？"

两人瑟缩着，有些埋怨地道："慕晚安趁着你谈合作案不会回家，偷偷来见盛西爵，我们本来打算跟着她过来逮住盛西爵，好盘问出陆姐姐的下落，可是……"

顾南城的声音没什么起伏，听不出情绪："你说你们跟着晚安来的？"

"是啊，她大晚上的来和盛西爵私会，我们早就说了绑架陆姐姐肯定有她一份，她和盛绾绾从小就看陆姐姐不顺眼。"

盛西爵掀起眼皮，眸色淡得几乎透明，没什么表情地看着站在灯光下优雅清贵的男人。

他们有过无关紧要的几次见面，点头之交都算不上，更别说他和薄锦墨的关系匪浅。

他隐隐约约听到从浴室里面传出来的水声。

米悦转身，细细的高跟鞋踩在木地板上，发出极有节奏的响声。她侧着身子，倨傲的视线扫过在场的人，精致的下颌微微地仰起："顾总，看在我们以后可能有的合作上，我就不计较你的人大晚上跑到我的地盘上大吵大闹，又出言侮辱我的丈夫，现在麻烦你把她们带出去。"

她穿着一身米白色的设计繁复奢华的裙子，长发下的脸铺着一层笑容，带着深入骨髓的坦然傲慢。

那模样，叫人厌恶又艳羡。

顾南城没有看她，只是眯着眼睛看向盛西爵，扯开嘴角语气很淡地开腔"我太太在这儿吗？"

盛西爵嗤笑一声："既然是你太太，为什么要问其他的男人？"

顾南城看了他一会儿，随即偏头看向站在一边的两个女孩儿，不咸不淡地开口："你们跟着晚安过来的？"

两人小鸡啄米似的点头，却在撞到男人的视线时低下了脑袋："她反正……就在这个房间里。"

顾南城将视线从她们身上收回，又似笑非笑地对盛西爵道："不介意我带晚安走吧？你一只手抓着笙儿，另一只手抓着我太太，我担心你没法兼顾。"

盛西爵眼底弥漫着浅浅淡淡的冷酷笑意，不在意地道："可能是丈夫来这种地方让她很不放心，所以她才偷偷地跟了过来……"那低沉的嗓音带着些许玩味，"晚安想去哪儿或者想留下，她自然是自由的。"

顾南城瞥了他一眼，目光冷漠，迈开长腿便朝着浴室走过去。

磨砂玻璃门被关上了，男人的薄唇抿成一条直线，开腔低声唤道："晚安。"

里面的水声停了下来。

女人温凉平静的声音响起："衣服湿了，你替我拿一套衣服过来。"

浴室里，慕晚安对着镜子用干净的毛巾擦拭着已经湿透的长发，脸蛋有些木木的，眼神有几分恍惚，不知道是因为淋了冷水还是因为药效未散。

三分钟后，敲门声再度响起，她随手将毛巾挂在挂钩上，将门打来一条缝伸手把衣服接了过来。

换上干的衣服，将擦得半干的头发拨到一边，她才打开浴室的门。

男人修长的身体半靠着墙，淡然地站在那里。

她一打开门，便与他四目相对。

慕晚安的脸寡白得有些不正常，顾南城皱了皱眉头，一步走过去手掌探上她的脸颊，冰冷，他低声问道："怎么这么凉？"

慕晚安看着他，或者说是审视着他，没有说话。

顾南城也不在意，将身上的西装脱了下来，将她单薄又冰冷的身子裹住，在她的耳边低声道："我带你回去，嗯？"

慕晚安仰着脸看着他，静静地问道："你不准备告诉我发生了什么吗？还是我应该去问西爵呢？"

他抬手摸了摸她的发，温和又淡然："回去再说。"

慕晚安没说话，虽然没有很大的感觉了，但是身子还是有些无力发软，任由他搂着自己出去。

等在客厅里的人见他们出来，除去盛西爵的深眸仍然敛着暗光，不动声色，其他的人神色各异。

两个年轻的女人狠狠地瞪了过去，满脸的厌恶和不屑。

米悦仍双手环胸，精致美艳的脸上没明显的变化，双眸流转着，最后事不关己地将视线挪到一边，眼角眉梢都冷艳。

两个女人见这看上去风平浪静的场面就急了，几步冲到顾南城的面前，其中一个着急地道："顾公子，盛西爵就在这里，你倒是问问陆姐姐在哪里啊，你难道不管陆姐姐了吗？"

另一个也附和："我们已经通知了薄先生……"她又恶狠狠地瞪了一

边的盛西爵，有些畏惧又得意地道，"他已经赶过来了。"

慕晚安平淡地看着她们，温静地开口问道："所以，是你们叫我们过来的？"

她的脸上没什么表情，但是那漆黑的眸和冰冷的眼神让人不敢与之对视，尤其是原本就心虚的人。

"我们叫你来你会来吗？"女人本来很心虚，随即挺直背，嘲弄道，"你自己来这里见谁你不知道吗？你是有夫之妇，大晚上来这样的地方见另一个男人合适吗？你不是出了名的矜持端庄？"

见慕晚安不说话，两人更加盛气凌人了："哼，你知道陆姐姐在哪里吧？还不赶快把她交出来！"

慕晚安勾了勾唇："她是我的谁，有什么值得我知道？"

"你……"女人说不过她，又担心男人会偏袒她，用力地跺跺脚，转而看向了低头注视着她的顾南城，"顾公子，你看看她……我们就说有她的份。"

顾南城只淡淡地扫了一眼，随即朝慕晚安道："我们回去。"

"我没说要回去啊。"慕晚安轻描淡写地开口，"她们还没告诉我，是不是她们叫我来这里的。"

房间里很安静。

"你又不是我们绑过来的，腿长在你自己的身上，你为什么要过来自己不知道吗？现在在这里反咬我们一口。"

"闭嘴。"低沉的两个字，顾南城抬眸一个冷眼扫了过去，无声无息又震慑力十足。

两人肩膀缩了缩，不甘心却又不敢说什么。

顾南城身上的手机振动，他面无表情地拿出来看了一眼，随即接了："什么事？"那端不知道说了什么，他的声音很快又沉了几度，"嗯，我知道了。"

简单的对话，他便挂断了电话。

顾南城一只手搭在慕晚安的肩膀上，另一只手抬起她的下巴，让她仍旧没什么血色的脸庞面向他，眸底晦暗又平淡。

像是大海最深处阳光照射不到的地方，表面风平浪静，深处暗涌流动。

"晚安，"他问她，眼神落在她的脸上，"你知道笙儿在哪里吗？"

慕晚安看了他半晌，最后突兀地笑了："怎么你们都觉得我该知道吗？"

顾南城手上不重，却让她无法轻易挣脱开："知道就告诉我，不知道就说不知道。"

"她肯定知道。"一旁的女人立即开口，声音响亮，"她要是不知道的话怎么会半夜来见盛西爵？谁知道他们孤男寡女的在干什么呢？！"

男人温和的嗓音敛了几分厉色，一个眼风扫了过去："我叫你们闭嘴。"

两人撇撇嘴，不情不愿地低下脑袋。

顾南城垂着眼，眸光锁着她的脸蛋："晚安。"他的语调始终是淡淡的，"你晚上来这种地方见盛西爵。"

"你应该问问她们我……"

"没有谁强迫你。"他淡淡地道，"你如果不想见他，骗你又有什么用？"

慕晚安愣了一下，随即失笑，轻轻袅袅地道："好像是这样的。"她像是对他说又像是对自己说，"所以无论发生什么都是我自作自受，怪不得别人。"

她否认不了，她的确是收到短信就自己过来了。

只不过约她的人不是盛西爵……本质而言的确没什么区别。

慕晚安深呼吸了一下，随即看着他的眼睛云淡风轻地道："你问我的我都不知道，陆笙儿跟我非亲非故，无冤无仇，我对她以及参与跟她有关的任何方面的事都毫无兴趣。"

她半合着双眸，抬手就要去掰开他的手："闹了一晚上，没我什么事情了就放手。"

说不出是什么感觉，她没有觉得愤怒或者是委屈，陆笙儿出事，无论是因为他以往的感情，还是因为跟薄锦墨的关系，他势必都要插手的，这点她很清楚。

可能是今晚受了惊吓和冲击……香虽然没让她造成什么损伤，但她还是有点疲乏和无力。

她就想回去睡觉休息，然后整理思路。

男人一只手圈住了她的腰，阻止了她想要离去的动作。

拥抱的姿势。

真的不知道他是为了抱她，还是为了禁锢她。

慕晚安再度抬起头,便恰好对上了男人低头投过来的眼神:"晚安,"他的手指摩擦着她耳下的肌肤,声音低低的,"你不应该插手我们跟他之间的事情,答应我,你以后都不会再插手。"

慕晚安仰着脸笑了笑:"理由呢?"她抚了抚额头,始终温凉的声音有气无力,"我是我爷爷带大的,除了白叔这种资历老一点的管家,没其他的亲人了,对我来说,盛家的人都算是我的亲人。"

顾南城低头凝眸淡淡地瞧着她:"你似乎忘记了,我才是你的丈夫。"

慕晚安又笑了:"我没忘啊。"她轻轻地道,"我把西爵当哥哥,即便你们立场相悖利益冲突,我仍把他当哥哥,但我也没有忘记过你是我的丈夫。"她顿了一下,脑袋稍微歪了歪,朝他看去,"那你呢?陆小姐出事的时候你为她鞍前马后,不记得我是你什么人了。倘若有一天,我跟她兵戎相见你死我活了,你得把我当仇人吧。"

扣在她腰上的那只手陡然加重了力气,慕晚安一张脸都痛得皱起来了。

她屏住呼吸,蹙眉看着他。

盛西爵单手插进长裤的裤袋里,静默无言地看着他们,双眸深邃,他望着晚安苍白而兀自笑着的脸庞,开腔:"晚安闻了半个钟头掺了料的迷药……顾公子,即便不懂心疼自己的老婆,也别跟身体不舒服的女人过不去吧。"

不知是盛西爵话里的内容,还是他嘲弄的语气,顾南城原本温淡而浮于表面的脸色陡然变了,手上也松了不少,转而去抱她。

慕晚安一下挣脱开了,深呼吸了一口气:"已经没事了,你们继续忙吧。"

从他的怀里退了出来,慕晚安几步走到盛西爵的面前,望着他已然有些陌生的模样,鼻头忍不住酸了酸,不知是因何而起的委屈,在心头肆意蔓延无法抑制。

慕晚安缓了将近半分钟才轻轻地开口:"今天我有点累……能不能明天……"话说到一半,她下意识地看向站在一侧的米悦。虽然没有亲自证实,但是她估计这位是盛西爵的妻子,"这位是你的妻子吗?"

难怪那天在商场,她那样看自己。

盛西爵微皱了一下眉,正准备开口,米悦的手已经伸了过去,明艳艳地开口:"我叫米悦,是西爵的妻子。"

慕晚安刚想把手伸过去,却忽然愣住了。

上次在商场，因为距离隔得远她又戴着墨镜，所以晚安没有看清楚她的样子，现在她近在眼前……

她们是见过的。

准确地说，是她在法庭上见过米悦。

只不过那时的米悦远比现在年轻，五官比现在青涩，没有化妆，尤其是一双眼睛哭得红肿，米悦站在原告席上看着盛西爵的眼神，她现在还记得——那是真的恨极了。

米悦伸出的手因为慕晚安的震惊而被晾在半空中。

"顾太太是不屑于和我握手吗？"

慕晚安这才一下清醒过来，将手伸过去握住："你好。"她眼神颇为复杂地看着米悦，勉强笑了笑，"明天晚上有空的话……我可以请你们吃饭吗？"

米悦兴致盎然地看着慕晚安，这话慕晚安不对盛西爵说却对着她说，她点点头，笑着答应了："可以啊，西爵跟我说过你，明天我们请你吃饭。"

米悦的话带着隐隐的挑衅和敌意，以及自然而然的宣告主权的意味，慕晚安身体疲倦，思维都迟缓了很多："都好。"

两个字落下，身后一阵温暖就贴了上来，她的头顶响起男人温淡低沉的嗓音："我抱你回去。"

说罢，顾南城打横将她抱了起来，干脆利落地转身。

他们在门口遇上薄锦墨。

薄锦墨淡淡地看了一眼顾南城怀里的慕晚安："她怎么了？"

"有点不舒服，我先送她回去。"

"行，这边的事情我来处理。"

顾南城没说话，抱着她出去了。

慕晚安被男人的西装裹着，脑袋埋在他的怀里没有出声，这种地方乌烟瘴气，她待着都觉得呼吸困难。

上了车，陈叔已经在车上等着了，慕晚安抚着额头，朝跟着她进来的男人道："我自己回去就可以了，你去忙吧。"

顾南城眯着眼睛，脸上的不悦和阴沉浓得几乎要溢出来了："慕晚安。"

她这是什么态度？！

"我不舒服，你想算账明天来找我。"慕晚安的脑袋靠着车窗，自己胡乱地系着安全带，"陈叔，你送我回慕家吧。"

车内的气氛明显变了。

陈叔屏住呼吸，既没发车也没开口说话。

她一副病怏怏的模样，他再大的火也要忍着，但是这副表情和语调他瞧着心头又忍不住一阵一阵地蹿着火。

顾南城忍了又忍，才冷声朝陈叔道："开去医院。"

"我要回慕家。"慕晚安闭着眼睛，"我原本就是打算在慕家睡的，已经跟爷爷说好了，我不回去他会担心。"

顾南城掀起眼皮："陈叔，你是耳朵不中用了想要辞职吗？"

陈叔一个激灵，连忙发动了引擎："好的顾总，马上去医院。"

"我要回慕家。"慕晚安睁开眼睛，无意识地抓着自己的头发，似在发泄又像在忍耐，"顾南城，我说了我自己回慕家。"

顾南城勾唇，语气凉薄："我回去，你让我回去，不担心我对付你的盛哥哥吗？"

他侧眸看她身体软弱无力地靠在车窗上，还是没忍住想将她抱过来——

手还没触到她的身体，她就像是受到了惊吓一般，用力地躲开他，哪怕她后面已经没地方闪躲了。

车内亮着灯。

顾南城看到她的眼神，带着凉薄的嘲弄意味，混着委屈，抿着的唇带出几分控诉，剩下的就是冷漠了。

"慕晚安，"他再度开口叫她的名字，阴沉之余便是警告，"你的盛哥哥已经结婚了，你最好不要在我面前为了别的男人露出这种不想让我碰的表情。"

说罢，他动作强硬地要将她拖进自己的怀里。

他相当反感慕晚安在他面前摆出这副戒备排斥的样子。

在他的手触上她的腰时，她更加激烈地挣扎着："顾南城，你让我安静地待会儿行不行？别再靠近我！"

刚才是因为盛西爵在那里，她不想闹得太难看，她也不想去揣测今晚的事情他知道几分或者设计了几分。

她明白西爵本来不打算现身，只不过是她在那里出事了又恰好告诉了江树，他收到消息才赶过来。

她很累，不想去猜，但也不想靠近他。

慕晚安喘着气，呼吸急促而沉重，眼眶泛红地盯着他，捏着自己的衣角，仿佛忍耐到极致。

顾南城怒极反笑，伪装出来的绅士贵公子般的温和在他脸上荡然无存，只剩下寒凉刺骨的冷笑，低低沉沉地开口："看来你的竹马哥哥回来了，你打算在我这儿演烈女了。"

他的手劲极大，慕晚安本来就虚软无力，不可能敌得过，轻易就被他揽进了怀里，他的另一只手掐着她的下颌就低头吻了下去。

这样近距离的接触下，慕晚安嗅觉复苏，闻到了他身上淡淡的香水味。

她不知道那是属于谁的，但是女人天生反感不属于自己的香水味。

顾南城原本没打算吻她，只是她排斥他的模样太不加掩饰，勾起了他骨子里的邪火。

陈叔在前边开车，目不斜视，只觉得冷汗不断地往外渗。

她越是不肯他越是态度强硬，她咬牙切齿地恨恨地看着他，泪水一下就滚了下来。

一滴眼泪落到了顾安城的手背上，他抬头看着她脸庞上静静淌下的眼泪，心口一震，带着细细密密的心疼，以及浪潮般席卷而来的极致愤怒。

半晌，他没有继续之前的动作，只是沉默地抱着她。

慕晚安起初试图从他的身上下去，男人不温不火的一句话砸了下来"你再惹我多不舒服都没用，别挑战我的耐心。"

咬着唇，慕晚安还是没动了，但仍旧很坚持："我要回慕家。"顿了一下，补充道，"我只是累了，不需要去医院。"

他低头看着她沾着泪水的眼睛，喉头一紧："要么回家，要么先去医院我再送你回慕家，你自己选。"

半晌，她讷讷道："去南沉别墅。"

顾南城这才低头瞥了她一眼："陈叔，改道回家。"

慕晚安被迫靠在他的怀里，困倦地闭着眼睛却无法入眠，昏昏沉沉，又累又难受。

回到别墅，她迷迷糊糊地被抱回了卧室，躺回熟悉柔软的床褥中，紧绷的神经似乎松懈了一点。

顾南城亲自倒了一杯温水喂到她的唇边："我叫了医生过来，你先休息。"

慕晚安睁开眼睛看着自己面前的杯子，低头象征性地抿了两口，又躺了下去闭上了眼睛，被被子盖着的身体无意识地蜷缩着。

顾南城站在床边，低头看着脸蛋埋在枕头里的女人，英俊温淡的脸上久久没有表情。

十分钟后，年轻的戴无框眼镜的医生拎着医药箱过来了，朝长身玉立在床边的男人微微地俯首，放低声音道："我先给夫人检查。"

顾南城"嗯"了一声。

五分钟后，走廊。

金医生看着徐徐抽烟的男人，思考了一会儿，简单地道："夫人的身体没什么大碍，吸入了少量的迷药……休息一晚就没什么问题了。"

男人冷漠的五官覆盖着薄薄的戾气，修长笔直的身形更是笼罩着一层说不出的寒意，他良久才淡淡地道："好，麻烦你了，你先回去吧，再有什么事我会打电话问你。"

"顾总晚安。"

昏昏沉沉，慕晚安睡得很不踏实，偶尔睁开眼睛就能迷迷糊糊地看见远处的沙发上男人坐着的身影。

烟火明明灭灭。

他微微垂首，大半边身体隐在黑暗中，看不到脸也看不到表情，慕晚安揣测不到他在想什么。

也许是注意到她的视线，安静疏淡的男人抬起头朝她看了过去。

"有人欺负你了。"他撑着半边身子，另一只手捏着她的下巴，不让她再有机会别过脸，低头瞧着她没有血色的脸，"你是准备一直不搭理我吗？"

慕晚安垂着眸抬手想去拍开他的手，头顶响起波澜不惊的三个字："慕晚安。"

她手上的动作顿住，落回了被子上。

她偏白的脸上仍然没有表情："我晚上差点被不知道长什么样的男人

欺负了,现在很累,不想靠近男人,也不想跟你说话,就这样。"

他眉头皱紧了几分,眼底酿出几分寒色,最后在她的发上亲了亲,沉声淡淡道:"我会收拾他。"

"收拾谁,那个男人吗?"慕晚安轻轻地笑了一下,淡静地道,"我倒是觉得他挺无辜的,又不是冲着我这个人来的,大概只是遵从他们那群人的游戏规则,以为我是被我老公放到那儿去的普通女人而已。"慕晚安抬起双眸看着他英俊的脸,开口问道,"顾南城,对你而言,我算什么呢?"

男人的神色变化不大,自然而然地道:"我从一开始就告诉你了,晚安,从来没有变过。"

从来没有变过。

原来从来没有变过啊。

她的手指不自觉地蜷缩着:"哦。"

孤独而有钱的男人,和一个瞧着还算喜欢又刚好需要帮助的姑娘合作罢了。

下巴又被捏紧了一点,顾南城低沉的声音清晰,语气淡得像是在陈述别人的事情:"笙儿的事情我不会袖手旁观,谁都知道我喜欢她很多年,这算是我的遗憾,但是从很久以前开始我就没想过要得到她,只不过在我看得见的地方,我希望她一世平安。"

他其实很坦诚,有些事情甚至从一开始就从未掩饰过。

只不过有时候过于坦诚,也是一种残酷。

慕晚安动了动唇:"我知道。"

他又淡淡地道:"至于盛绾绾,锦墨和盛家的恩怨不会延续到她的身上。既然你那样在乎她,我也会替你护着她。

"你是顾太太,我没忘记过,明天我会把骗你过去的人拎过来。"

他没再质问她偷偷去见盛西爵的事情,她觉得是因为她身体不舒服。关了灯,他照例将她抱入怀里,一如既往。

一夜沉睡,第二天早上,慕晚安撑着脑袋从床上坐起来,摸到床头被男人关机了的手机打开,已经十点钟了。

洗漱完换了一身舒适的衣服,她就下楼了。

客厅的沙发上有两个人坐着。

她一出现在楼梯上,那两人就看了过来,先是相互看了对方一眼,随即不情不愿地站了起来。

慕晚安走到楼下,淡淡地看了她们一眼,却没有停留,反而对迎上来的林妈道:"我吃完午餐再出去,现在很晚了,给我随便弄点垫肚子的就可以了。"

"好的,太太。"林妈看着慕晚安,又看了一眼跟屁虫似的两人,也没说多的话,"我去给你冲一杯牛奶,然后切几片吐司。"

"麻烦林妈了。"慕晚安一边说着,一边像是要往餐厅走去。

两人拦在她的面前。

"慕晚……顾太太。"来的无疑是昨晚的两个女孩,她们耷拉着脑袋吞吞吐吐,"昨天晚上的事情……我们向你道歉,希望你原谅。"

慕晚安被挡住了路,不得不站定,瞭了她们一眼:"给我下药,叫个男人来对我图谋不轨,希望我原谅?"

两人对视一眼,其中一个撇撇嘴:"我们没想叫人来伤害你。"她们倒不是不想,只不过确实不敢,"那个男人进去的时候,我们跟着进去了,不会让你真的被怎么样的。"

如果不是在电梯里耽误了时间,她们会去得更快。

拿慕晚安引盛西爵过来她们是敢的,但是真的对慕晚安做什么……她们最多是嘴上说几句,而且她们说不过这个女人。

慕晚安淡淡地扫了一眼她们的表情,再想想昨晚的事情,看得出来她们话里的水分不多,她收回自己的视线淡淡地道:"你们的道歉我听到了,让开吧,我要去吃早餐了。"

她不表态,两人立即急了,巴巴儿地瞧着她:"我们都向你道歉了……你会原谅我们吧?"

"你们道歉是你们的事情,不代表我就要原谅。"慕晚安双手环胸,不温不火地睨了她们一眼,"你们想找我麻烦不是一天两天了,说什么原不原谅的……让开,别挡着我的路。"

两人平常很少这么低声下气地跟人道歉,偏偏眼前的女人是这个态度,当即气得就要变脸,但是想到什么还是忍住了:"大不了我们答应……以后不找你麻烦了,也不会出现在你的面前了,这样行吗?"

慕晚安凉凉地道:"顾南城跟你们说了什么?如果我不接受你们的道歉呢?"

"顾公子说……要送我们进监狱。"

开始她们还以为顾公子只是开玩笑的,毕竟她们跟陆姐姐的关系那么好,后来才知道他压根没有开玩笑的意思。

她们又转身去找了薄先生,虽然歪打正着,但是她们把盛西爵引出来了怎么着都是天大的功劳。

薄先生说去给慕晚安道歉最容易完事,她们这才一大早就灰溜溜地过来了。

等了两个钟头她们才等到她慢吞吞地起了床,已经一肚子的火了。

以前安城人人都说慕晚安脾气好,好说话,她们现在才知道事情根本不是这样的。

慕晚安听到这些也没有感到意外,又问道:"谁指使的你们?"

"没有人。"两人倒是老实,"我们只知道盛西爵偷偷回来了,而且神不知鬼不觉地带走了陆姐姐。偶尔一次一起吃饭的时候他们说起盛缩缩不见了,跟盛西爵关系好的人就只有你了,用你引他出来最合适,但是顾公子不同意薄先生这么做,我们就想试试,而且昨晚顾公子就在七楼。"

她们也是想着如果控制不住场面,能立即有人下来解决,再者就是盛西爵来了能让顾公子第一时间出现。

慕晚安冷笑:"不是薄锦墨让你们这么做的?"

两人一愣,随即摇头:"我听岳钟说薄先生是想这么做的,但是顾忌你是顾公子的……他答应了不利用你就不会这么做。"

慕晚安基本可以断定,这两个无所事事的千金小姐头脑简单,没有那么多弯弯绕绕的花花肠子,她问她们就老老实实地回答,生怕被送进监狱。

她也相信薄锦墨不会亲自策划这一切,顾南城爱不爱她是一回事,她到底是顾太太,背后对自己兄弟的女人下这种黑手,太不男人。

不过,大概总有人在她们耳边旁敲侧击地暗示着。

慕晚安一不说话,两人就着急,吞吞吐吐地道:"我们已经道歉了……你想知道的我们也告诉你了,就原谅我们这一次行不行?"

"昨晚我走后发生什么事了?"慕晚安再度问道,"你们的陆姐姐回来了吗?"

"没有。"一说起这个,两人就提高了音量,"盛西爵根本就是个无赖,靠一个女人无法无天……"

意识到什么,话说到一半戛然而止,两人又低下脑袋道:"我们不知道……这些事情本来就轮不到我们参与。"

慕晚安沉默了一会儿才道:"我知道了,你们走吧。"

"那昨晚的事情……"

她转身朝餐厅走去,扔下一句话:"以后你们看见我最好绕道。"

两人收到这句话立即颠颠儿地走了。

慕晚安吃了简单的早餐,坐在沙发上出神。

十一点,顾南城给她打电话。

慕晚安看着手机屏幕上他的名字,过了很久才接下电话,将手机放在耳边,并不主动开口说话。

"过来陪我吃饭。"

"我不在GK。"

"我知道。"男人淡淡地道,"林妈说你在沙发上躺尸。"

慕晚安抿唇:"我在家里吃就好了。"

"我下午有事要忙,回来一趟会很浪费时间。"

"知道了。"

十一点四十分,陈叔将慕晚安送到红楼坊的楼下,拉开车门恭敬地道:"太太,先生应该已经在等您了。"

"好。"

她进去后便有服务生领着到了某个包厢。

英俊矜贵的男人正在低头研究菜单,侧颜温和儒雅,却又带着一股说不出的认真魅力,慕晚安抬脚走了过去,在他的对面坐下。

在她坐下来的时候,男人已经将菜单交给了服务生。

男人抬手倒了一杯温水搁在她的面前,低沉温柔地问道:"头还疼吗?"

慕晚安看着他,心口蔓延出说不出来的酸软和难受:"没事了。"

顾南城隔着一张桌子的距离,定定地望着她,而后似乎不经意地开口:

"婚纱已经完成了，待会儿吃完饭就去试。"

慕晚安愣住，完全没有想到他会在这个时候提起婚纱的事情，动了动唇，良久才道："我不着急，等陆……"

"时间不多了。"男人温淡地打断她的话，"本来就是赶工完成的，如果有不合适或者你不喜欢的地方需要修改，也需要时间。"

慕晚安看着他的眼睛问道："你有心情陪我试婚纱吗？"

男人眼角眉梢都不曾波动："我每天要处理很多事情。"

"我们的婚期可以推迟。"

顾南城抬眸瞧她一眼，淡然笃定"不必，婚礼已经提上日程了，不会变。"

他说得这么肯定，慕晚安没有说话的余地。

陈叔回去了，顾南城亲自驱车载她去试婚纱的地方。

男人拉开副驾驶的车门时，她仰着脸问他："你不是说下午有很多公事要处理？我可以一个人……"

顾南城一手搭在车门上，一手插进裤袋里，顾长的身躯站在她的面前低着脑袋望着她的脸，低哑地开口："真的不想我陪你去？"

那声音落在她的耳里，她无意识地咬了一下唇。

一阵阴影压过来，等她反应过来的时候，她已经被俯首的男人吻住了。

顾南城单手搂着她的腰，旁若无人肆无忌惮地吻了三分钟，直到怀里的女人身子发软他才离开，让她上了副驾驶座。

关上车门的时候，他朝她淡淡地解释道："笙儿的事情锦墨会去忙，不需要我整天围着转，别想那么多。"

慕晚安低头系安全带的时候，思考着他的话。

宾利慕尚停在一家婚纱店前，将车子倒进停车位的时候，顾南城瞥了一眼女人似乎不解的脸蛋，主动开腔解释："婚纱是莫里斯的团队亲自做的，这是他们旗下在安城的分店，做好了就直接运过来了。如果你不满意，待会儿就送回巴黎重新修改。"

顾南城下车，依然绅士地替她拉开车门，牵着她进门。里面的店员立即迎出来："顾先生，顾太太。"堆着满脸的笑容，"婚纱已经准备好了，两位请进。"

店里的人不多，但还是零零散散的有那么几对。

他们一进去几乎受到了全体注目,慕晚安的手被男人温热的手掌握着,他好似没有感觉到周边的目光和议论。

他们偶尔撞见几个人的目光,都充斥着艳羡。

慕晚安被他牵着,随意得近乎懒散地掠过玻璃橱窗里摆着的各式各样的婚纱,简单的繁复的,古典的现代的,低调的奢华的。

视线最后落在拐角处的一款婚纱上。

跟上次因为陆笙儿才认出来的不一样,她几乎看一眼就知道静静出现在她视野里的婚纱就是她的。

这是……根据出自绾绾之手的原型设计的。

虽然最后的成品跟她当初看到的有些不同,但底稿明显是绾绾设计的那幅,只是做了修改,再加上了其他一些元素。

裙摆放得很开,接近A字形,层层柔软的纱上蔓延着经过精心设计的花朵,既有着满满的浪漫气息,整体的效果也不会显得过于繁杂。

很优雅,却又不失少女心。

慕晚安不自觉地走过去,手落在透明的玻璃上。

一边的店员连忙笑着道:"我们马上替您拿出来。"

她忽然被人从后面抱住,属于男人的气息笼罩下来:"还喜欢吗?"

慕晚安动了动唇,仰着脑袋看着他近在咫尺的脸:"你在哪里找到的底稿?"

顾南城皱皱眉:"喜欢还是不喜欢?"

"用了我喜欢的创意……还行吧。"她嘴角还是忍不住弯了弯,"莫里斯果然是大师,他的成品比绾绾当初的漂亮很多。"

盛绾绾有点美术功底,又是时尚圈达人,但到底不是专业的,莫里斯修改加工之后,算是花嫁作品里的经典了。

抱着她的男人哂笑一声:"不好意思顾太太,你看到的这件成品是我修改出来的。"

慕晚安愣了愣,问了上次就想问的问题:"你为什么会懂设计婚纱?"

顾南城瞥她一眼,懒散地回:"嗯,业余爱好。"

他说这话时很正经,但慕晚安在他的眼角捕捉到了一缕得意。

店员已经小心翼翼地把婚纱取出来了,微笑着道:"顾太太,您可以去试了。"

"哦,好。"

慕晚安伸手接了过来,抱在怀里,朝男人低声道:"那你等会儿。"

顾南城深邃的眸光落在她的身上:"嗯。"

更衣室里有镜子,慕晚安费了好大的劲才将那件看起来容易穿上去,却很麻烦的婚纱无碍地穿在自己的身上。

她撩起长发看着镜子里的自己,橘色的灯光很柔和。

她慢慢地用手指梳理着自己长长的直发。她的五官属于标致型的,看上去自带名媛的端庄。婚纱的上半部分是抹胸式的,精致的锁骨很完美地展现了出来,那白皙的起伏若隐若现,收着腰更是体现了独属于女人的纤细曲线。

下面是很漂亮的攒着花朵造型的裙摆,虽然不是很长,但还是拖了半米落到了地上。

慕晚安看着镜子里的自己,真是美丽的新娘啊!

顾南城双腿交叠坐在试衣间外边红色的沙发上等她出来,手里有意无意地翻着一本杂志,漫不经心。

门打开了。

男人眼底最先掠过的是惊艳之色。

简单的没有任何装饰的黑色长发就这么垂落在了腰间,下面是稍显蓬松的裙摆,装饰着看似没什么规则的花朵,裙摆落到了地上,将她的一双脚遮住。

模样美丽,气质温凉,像是端庄而浪漫的公主。

只不过视线落在她的脸上时,惊艳被暗沉的墨色所代替,他低声开口,眼睛一动不动地注视着她:"不喜欢?"

慕晚安摇摇头,五官拼出了笑容:"没有啊,挺漂亮的。"

男人朝前走了一步。

门被一只大手撑开,然后一股熟悉的气息逼迫而来,她再度条件反射地往后退。等反应过来的时候,男人已经将她逼回了试衣间里,并且跟着进来,顺带着关上了门。

慕晚安一退再退,背脊靠到了墙壁上。

她稳住自己的呼吸,抬头望着他:"怎么了?"手指无意识地梳理着自己的长发,看到他黑得过分的眸,困惑地问道,"发生什么事情了吗?"

好端端的,他怎么又用这样的眼神看着她?

顾南城静静地站在那里,居高临下地看着她:"挺好的吗?"

"没有不喜欢,挺好的。"

婚纱的模样她是挺喜欢的,准确地说,是非常喜欢。

顾南城低头俯身去吻她,慕晚安看着他压下来的俊脸,不闪不避地闭上了眼睛。

"顾南城,"慕晚安温凉而沙哑的声音响起,"我们能不能不结婚?"

那吻没有落下来。

慕晚安慢慢地睁开眼睛。

他们之间的距离只有薄薄的一层纸那么厚。

顾南城最后还是低头吻在了她的唇上。

男人的手掐在她的腰上,将她的身体固定住:"我们已经结婚了。"他看着她的眼睛平淡地陈述着,"你想离婚?"

慕晚安看着他看不出情绪的脸,慢慢点点,声音也越发沙哑:"可以吗?"

他站直了身子,脸也不再紧紧地贴着她,薄唇吐出两个字:"理由。"

慕晚安想了又想,没有能说出口的理由,毕竟她没有主动开口说离婚的资格。

"没有理由……可以吗?"

顾南城仍然淡淡地注视着她:"不可以。"

慕晚安垂下脑袋:"哦。"过了好一会儿,她的双手才慢慢地绞在了一起,"那出去吧。"

"你到底是哪里不满意?"头顶的声音再度响起,跟着她的脸也被抬起,她仰着眸跟他对视,"今天那两个人给你道歉不够,要我把她们送进监狱里?"

她愣了愣,摇了摇脑袋:"不用。"

"这婚纱还是配不上你?"

她仍然摇了一下脑袋:"没有……我很喜欢。"

男人静默了一会儿:"你不希望我插手笙儿的任何事情,她出事我也不要管?"

慕晚安沉默的时间比前面两次沉默的时间都长，最终还是摇了摇头，轻声道："不是。"

顾南城皱着的眉宇间逐渐酝酿出寒凉之意："还是说，因为盛西爵回来了，你迫不及待地想跟我撇清关系？别忘了，他已经结婚了。"

"不是。"慕晚安抿唇，只觉得被他挤得狭窄的试衣间温度有些高了，"西爵回来都没找过我，大概是知道我跟你的关系了，不想让我为难……所以，我们不是能让彼此离婚的关系。"倒不是特意解释，她只是觉得有些误会没有必要，"我和西爵的关系很简单，没有你想的和以为的那么暧昧。"

顾南城皱了皱眉头，很快消化和分析了她的话，其实他知道她和盛西爵没什么男女之情，锦墨跟他说得很清楚了。

大抵是左晔之后，又冒出一个跟她亲密的男人，他习惯性反感和排斥。

顾南城低头盯着她显得温婉美丽的脸，低沉的语气透着些许的霸道："给我你的理由。"

慕晚安反问道："给你我的理由，你能答应我吗？"

"不会。"

她摸着自己的长发笑了笑："这么喜欢我？"

"嗯。"

他答得理所当然。

慕晚安有些无奈，起身就想出去："出去吧，在里面待这么久，别人还以为我们在干什么呢。"

男人的大手扣着她的腰，没准她动，将她的身子按在了原处："你摆着这么一张脸出去，不知道的还以为我逼婚，或者欺负你了。"

她蹙了蹙眉，忍耐着好脾气："我已经穿好了。"咬了一下唇，她轻声道，"你想怎么样我就怎么样了，你捉着我闹什么呢？"

她的语调轻快，但是顾南城怎么会听不出来暗藏的不耐烦？一张俊脸跟着冷了下来。

"我在跟你闹？"他低声冷笑了几声，"就当是我在跟你闹，所以你就一次性说清楚，这副闷闷不乐的模样是为了什么？"

"我是不是闷闷不乐很重要吗？"

"重要。"他温淡地回了两个字，但是那股气压仍然在头顶经久不散，

"是什么让你不开心你就说，没有谁喜欢对着一张怨妇脸。"

慕晚安忍了一路的脾气被这句话彻底引爆了。

她顶着一张怨妇脸。

她脸上陡然绽放出凉薄的笑容："你知不知道楚可一直变着法子接近你？"

顾南城皱眉，望着她眼睛里漂浮着的嘲意，淡淡道："她只不过是想借势往上爬，娱乐圈多得是这样的女人。"

对他而言，那个人是居心叵测心机过人的楚可还是其他单纯善良的女人，没有任何差别，他只关心他需要达到的效果。

他以为顾太太是娱乐圈中人，明白这些，当然，她若是介意，去掉那些也无所谓。

"你知道夏娆为什么堂而皇之地往你身上扑？"

他眉间的皱褶越发深了，心平气和地道："她想甩掉她现在的未婚夫，他们两家的长辈已经定好了他们的婚事，所以她需要一个能跟她未婚夫抗衡，并且能帮她在娱乐圈继续发展的男人。"他望着她笑意越发深的脸，"你还有什么想知道的？"

"你看……其实你都知道，你身边所有的女人想从你的身上得到什么，你都心如明镜。那我每天不是陪你吃饭就是睡在你的身边，我为什么闷闷不乐，你真的一点都不明白吗？"

顾南城心口一震，静默半晌。

他抬手抚了抚她的发，淡淡地道："晚安，你喜欢我吗？喜欢我就够了。"

喜欢就够了的意思，无非就是不要言爱。

他不爱她，也不需要她的爱。

慕晚安转过了头，扯了扯嘴角："出去吧。"

外面的空间宽阔，空气也更加流畅，她站在大大的落地镜前，紧绷的神经和心脏终于舒缓了一点。

"顾太太，您觉得有哪些不满意的地方可以告诉我们，可以修改的。"

"头纱要不要也试试呢？不过需要花点时间把发型做出来哦。"

慕晚安从镜子里看着从后面慢慢走来的步伐稳重的男人，低垂了眸不去看他："不用了，我相信你们的团队做出来的效果，直接在婚礼前再做就可以了，没什么问题，我很满意。"

她这么好说话，倒是让习惯了面对挑剔客户的店员有些反应不过来。

顾南城已经走了过来。

他们的神色都很平常，仿佛刚才在试衣间里什么都没发生。

"顾先生。"店员站远了一点把位置腾出来给他，笑意盈盈地奉承，"顾太太是我入行以来接待过的最漂亮的新娘子呢，美得真的像花仙子。我们听说打造这款婚纱的设计师一直想让顾太太做新一季的模特呢。"

顾南城听着也没有表态，撩起她的长发，手指在她的腰上碾过，低哑的声音就贴着她的耳朵："腰有点松，是把婚纱改小一点，还是把你喂胖一点？"

他深信他当初给的尺寸是没错的，她最近似乎又瘦了不少。

这个念头让他本来就不悦的心情又阴郁了不少。

他在大庭广众之下靠得这么近，慕晚安有些不自在："不用改了……没大多少。"

她这样说，顾南城便"嗯"了一声："那你最近多吃点。"

慕晚安其实想催他试完了就走，偏偏男人耐着性子很仔细甚至是专注地在角角落落瞧着，一点点无关紧要的瑕疵都要挑出来。

顾南城跟一边拿着笔记的店员说完，回头就看见女人站在那里发呆。

他不动声色地瞥了一眼："可以了，去把衣服换回来。"扫了一眼另一个店员，他吩咐，"去给我太太换衣服。"

"好的，顾先生。"

晚上，十点左右的时候，慕晚安自觉地关掉电视起身回卧室洗澡。

出来的时候，一直待在书房处理公事的男人也回来了。

慕晚安掀开被子上了床，自己把手机关掉了，朝他说话却没有看他："不早了，你洗完澡也睡吧。"

"给我拿衣服。"

慕晚安看他一眼，本来想说一句"你为什么不自己拿"，但话到嘴边还是收了回去，又踩上拖鞋下床，朝着放睡袍和内裤的柜子走去。

她还没穿过床尾，就被男人长臂一伸捞进了怀里，两人无言而自然地吻上。

仿佛是多年的老夫老妻，自然得很有默契。

……

等再躺回被子里时快十二点了,她脸蛋埋进柔软的枕头里,因为身体消耗过度睡意很快袭来。男人正准备关灯的时候,搁在另一侧的手机振动了。

顾南城看了一眼女人脸蛋偏向窗外的脑袋,很快地拿起手机,嗓音沙哑,淡淡地道:"怎么了?"

"顾公子,"电话那头的声音很着急,"您睡了没有?半个小时前薄先生收到陆小姐打过来的求救电话,那边似乎信号很差,她没有说清楚是在哪里……我们根据信号追踪到地方,有大片的森林,薄先生已经加派了人手但还是不够。今晚据说有暴雨,您还能联系部分人过来支援吗?"

他刚准备落在台灯开关上的手顿住了,眉头蹙起:"锦墨呢?"

"薄先生已经亲自去了,但是地方太大又到处都是山路,一个晚上可能找不到。"

"好,我知道了。"他收回了落在台灯上的手,淡淡地道,"我会再联系人,让锦墨小心点,我晚点过去。"

"好的,顾先生。"

手指一滑将电话掐断了,他抬眸看着静静躺着闭着双眸的女人,搁下手机绕过床尾走到她的身侧:"晚安。"

她蹙着眉半睁着眼睛:"嗯?"

他顿了一下,将原本要说的话收了回去,低声有条不紊地道:"笙儿从被囚着的地方逃走了,人在深山里可能迷路了,需要加大警力和人手。锦墨在安城的根基不够稳,我过去看看。"

他说这些的时候,一直看着她的脸。

"好。"她半合的眼睛重新闭上了,脸上是浓浓的倦意和困意,"你出去的时候记得把灯关了。"

说完,她便安静地睡下了。

顾南城蹙眉在床边看了她好一会儿。

慕晚安大概意识到他迟迟没有起身,于是又睁开了眼睛,困惑地问道:"怎么还不走?女孩子在深山老林里是挺危险的,不出事也会害怕。"

他盯着她的脸看了一会儿,辨别不出情绪,淡淡地道:"我以为你不想我去。"

"人命关天的事,你瞎想什么?"慕晚安抬手摸了摸自己的眉心,"晚上本来就不好找人,下着雨还会降低警犬的效率,你别耽误时间了,去吧。就算薄锦墨认识很多人,这种事情你也比他更擅长处理。"

顾南城抬手摸了摸她的脸:"你不问问盛西爵让人跑了怎么办?"

慕晚安不知道他这会儿不去找人反而跟她磨磨叽叽是为了什么,皱着眉头道:"你别忘了他们是兄妹,感情不好归感情不好,讨厌归讨厌,他们之间没多大的仇怨,西爵不至于要置她于死地。"

女人的脸蛋白嫩温软,触到便让人生出一股恋恋不舍的感觉,他眸底倒映着她的模样。

她这样越来越像他最初对她的印象了,正如她刚刚说的,他想怎样就怎样了。

贵太太无非就是如她这般的。

他一开始想要的不过就是这样的顾太太。

他扯出淡淡的笑:"你睡吧,我明早给你电话。"

"好。"

他看着她再度闭上眼睛,那边的光线在她的脸上投下细细的阴影。他起身过去关了灯。

因为时间太晚,考虑到陈叔年纪大了,虽然还没有下雨但不断地电闪雷鸣,顾南城还是没叫陈叔,自己从车库里取了车。

才开到主道上就开始下雨了,顾南城打开雨刷。

一道炸雷在夜幕中炸开。

窗帘没有关,闪电的光照进卧室,慕晚安一下惊醒过来,摸到台灯开关拧开,被吓得有些惊魂未定。

闪电和雷声接二连三,她虽然不是特别害怕打雷,但看着闪电听着雷声,心脏也怦怦怦地跳。

她躺了一会儿,还是从床上起了身,走到落地窗前准备把窗帘拉上。

借着闪电的光,她捏着窗帘怔怔地瞧着外面的倾盆大雨。

想起刚才男人离去前说的话,她抿唇仰头,下这么大的雨又闪电又打雷,开车估计很危险吧,还要去山里找人。

慕晚安忍不住想打个电话让他注意安全,但转念一想他在开车,别到时候她打电话过去让他分神,没事也变成有事了。

站了一会儿,她还是慢慢地拉上了窗帘回到了床上,屈膝坐在床上发呆,听着外面接连不断的雷声,再也睡不着了。

这个时间点路上的车辆不大多,顾南城双手握着方向盘,车灯直直地照着前方,雨水落在光束里有种无法形容的意境。

他有些心不在焉。

——你看……其实你都知道,你身边所有的女人想从你的身上得到什么,你都心如明镜。那我每天不是陪你吃饭就是睡在你的身边,我为什么闷闷不乐,你真的一点都不明白吗?

——你想怎么样我就怎么样了,你捉着我闹什么呢?

那股一旦她在他面前闷闷不乐或者出神,他就止不住烦闷的心情又冒出来了。

眼前又浮现出她温静地说笙儿一个女孩子,在深山老林不出事也会害怕的善解人意的模样,只差没有催着他出门别打扰她睡觉了。

心头隐隐升起一股暴躁的感觉。

她喜欢他,却一点都不嫉妒。

说那么多善解人意的话,她是想做样本吗?

又一道更大更凶的雷炸开。

顾南城薄唇抿成一条直线,她胆子不算特别小,但平常打个雷她也会被闹醒,装作不经意地蹭进他的怀里,然后才继续睡。

这么大的闪电加雷雨,她要做样本,不会打个电话过来叮嘱他小心开车吗?

念及此,他下意识地侧首看向被扔在副驾驶座上的手机。

屏幕是黑的,很安静,没有任何来电或者短信。

一阵格外刺耳的鸣笛声在雷电交加的大雨中显得格外惊悚,顾南城收回视线再看向前方的时候,刺眼的车灯几乎照得他睁不开眼。

第十章
• ≫ ≫ • 度过岁月成了穿肠的毒药

　　慕晚安睡不着,刚打开手机就看到好几个未接来电,都是不认识的号码,她心底莫名地溢出不安。
　　正准备回拨一个电话过去,手机屏幕上又亮起了来电显示,她心脏一紧,还是很快地接了电话。
　　那边传来公事公办的年轻女人的声音:"您好,是顾太太吗?"
　　"我是。"
　　"您现在能来医院一趟吗?顾先生出车祸了,现在在手术室。"
　　慕晚安的脑子里呈现出短暂的空白,随即仿佛有一桶冰水从头顶淋了下来,手脚彻底地凉下去了:"什么?"
　　"顾先生出车祸了,在做手术。顾太太您是家属,希望您可以马上过来。"
　　正说着,外面又一个炸雷响了,慕晚安差点没握住手里的手机,有些用力地呼吸着:"在哪里……他伤……怎么样?"
　　"顾先生的车撞到了一辆大卡车,大出血,具体的情况还要问主治医生……"
　　那护士后面又说了些什么,慕晚安记不清楚了,她脑子里反反复复都是那句话——
　　顾先生的车撞到了一辆大卡车……
　　她握着手机起身下床,直接奔向了门口。开门的时候她才想起没穿好衣服,回到了柜子前,翻箱倒柜地扯了两件衣服出来换上,头发都没有打理就出去了。
　　顾南城的车库里停着几辆车,陈叔基本成了她的专属司机,所以她甚至不知道车钥匙放在哪里。她从卧室找到他的书房,来来去去都翻不到车钥匙。
　　慕晚安抓着自己的头发,几乎扯痛了头皮,跑到林妈的房门前,用力地拍着门板:"林妈、林妈……"

被她的声音吓到,林妈衣服都没来得及穿好就急急忙忙地下床去开门。走廊开着灯,林妈看着凌乱的长发下惨白的脸,还不知道出了什么事:"太太……您怎么了……出什么事了?"

"车钥匙放在哪里?你知道车库里的车钥匙在哪里吗?"

"知道知道……太太,您这么晚拿车钥匙是要出去吗?"

"林妈,把车钥匙给我,快点给我。"

林妈本还想多问几句,但是看着慕晚安的神色,毕竟她是这个家的女主人,不敢多说什么:"太太您别急,顾先生之前留了备用的车钥匙给我,这就去拿给您。"

说着,林妈就转身回到自己的房间,从抽屉里拿了一串钥匙出来递给慕晚安。林妈年纪大了忍不住絮絮叨叨:"外面又打雷又下雨的,太太您自己开车太不安全……不如稍微等会儿打个电话给陈叔让他过来接送您……"

慕晚安接过车钥匙转身就走了。

林妈看着她的背影,忍不住担心,叹了一口气。

半个小时后,手术室外面。

慕晚安是第一个被通知到的,也是第一个到的。

手术室的红灯还亮着,医院的走廊充斥着消毒水的味道,这种味道一度熟悉得让她绝望。

深夜的手术室外,有一股幽深清冷的寒意,全都往她的毛孔里钻。

呆呆地看着"手术中"三个刺眼的红字,她迟钝的脑海里只有一个念头。

如果顾南城就这么死了,那就是刚跟她温存的老公,转身就在去找他心上人的路上出车祸。

她慢慢地坐在走廊的长椅上,抱着脑袋,心底溢出细细的幽深的冷笑。他当年开着一辆破车差点追上了她开的跑车,大街小巷什么地方都绕得过去,竟然会出车祸。

是因为今晚的雨下得太大了,还是因为陆笙儿让他魂不守舍连卡车都看不到?

第二个赶到医院的是章秘书,她过来的时候看到的就是慕晚安垂首静静蜷着身体坐在长椅边的模样。

"夫人。"章秘书手心都是汗，只知道顾总在手术室，却不清楚情况究竟怎么样了，只能安慰着，"您别太担心，顾总不会有事的。"

她也不知道在人们都熟睡的时候，自家总裁怎么会出车祸躺进医院。

慕晚安缓了很久才抬起头吐出一个"好"字。

手术从凌晨一直做到早晨七点多，门上亮着的灯才忽然灭了，手术室的门打开。

章秘书比慕晚安的反应快，几乎门一开她就起身疾步走了过去，紧张地问道："医生，顾先生他怎么样了？"

医生摘下口罩，看了一眼蹙着眉，一双原本黑白分明的眼睛现在布满血丝的慕晚安："顾太太。"虽然这家医院早在慕晚安爷爷住院的时候顾南城就买下来了，但她不明白医生怎么知道她是顾太太的，"幸好顾先生反应快，车子没有直接撞上去，加上车内弹出的安全气囊起到了一定的缓冲作用，手术很成功。"

慕晚安心底那根紧紧绷着的弦终于一点点地松开了。

"不过顾先生失血比较多，有多处撞击，加上玻璃划伤的伤口比较深，虽然没有什么特别严重的伤，但还需住院观察一段时间。"

慕晚安慢慢地舒了一口气："好的，我待会儿去办手续。"

章秘书连忙道："夫人，住院手续我去办就可以了。您一晚上没睡也累了，我等下替您买点早餐过来吃，等顾总安顿下来，您就休息会儿吧。"

慕晚安没多说什么，疲倦地点点头："好，麻烦章秘书了。"

"这是我分内的事情。"章秘书看着慕晚安虽然松了一口气但仍有些失神的模样，劝道，"顾先生不会有什么大碍的，您放宽心，不要担心了。"

慕晚安勉强露出笑容："好，我没事。"

忙了一个早上才在病房安顿下来，慕晚安坐在床边的椅子上看着病床上躺着的男人。他英俊的脸上布着几道深浅不一的口子，破坏了原本的完美，显得有几分落魄。

他干净的眉紧紧地蹙着，不知道是伤口疼还是做了不好的梦。温凉的手指伸过去，落在那粗一分显得犷，细一分又显得太秀气的眉头上，指尖轻轻地点着。

病房的门被推开,慕晚安将自己的手收了回来,转过身看了一眼来人,是一身黑衣风尘仆仆的男人。

薄锦墨明显彻夜未眠,迈着长腿走了过来:"我问过医生了,南城的手术很成功,你别太担心。"

慕晚安本来想问问陆笙儿的情况,但是话到嘴边,便只剩下一个淡淡的"嗯"字。

薄锦墨自然不会多说陆笙儿的事情,又是一贯很沉默的男人,慕晚安不主动说话,两人之间便没有了对话。

椅子很大,慕晚安脑袋枕在椅背上,闭着眼睛休息,声音沙哑:"我会照顾他的,有什么问题我会跟你说,你去忙吧。"

唯一值得庆幸的是,顾奶奶前段时间跟人组团去了法国和非洲旅游,章秘书问过慕晚安的意思后,还是决定瞒下来,毕竟怕老人家太担心,反正他已经过了危险期。

薄锦墨低头淡漠地看着椅子上的女人,淡淡地开腔:"南城开车的技术很好,怎么会出车祸?"

"不知道,"她仍然闭着眸,"可能是雨下得太大了,又电闪雷鸣,他太担心陆小姐走神了吧,具体的要问问交警才知道。"

病房里安静了一会儿。

薄锦墨的一只手落在裤袋里:"你爱上他了。"

"爱不爱都要过一生,说这些挺无聊的。"

对顾南城而言,爱还是不爱没什么区别,她计较得太多,其实没什么意义。

男人的声音很干净,低沉淡漠,听上去不掺任何情绪:"笙儿的事情,即便是为了我南城也会插手的。"他淡淡地陈述,"我比你了解他,南城比他自己以为的更喜欢你。"

"我知道他喜欢我啊,他不是第一眼看到我就喜欢我了吗?我知道。"顾公子不会花这么大一笔钱去娶一个不喜欢的女人,这一点她一直都很清楚。

薄锦墨微微皱眉,随即舒展开,恋人之间的事情旁人说得再多也没有用,如果不是顾念着顾南城是他最好的兄弟,他可能一个多余的字都不会说。

"南城之前其实喜欢过别的女孩子,只不过错过了。他不是非要笙儿不可的,只不过这些年除了那女孩,再没有遇到过让他心动的了。"

慕晚安掀起眼皮，随口不咸不淡地道："他看上的女孩，还有得不到的吗？"

"你应该不想知道他另外的爱情故事。"薄锦墨波澜不惊地道，"不过，他选了你，你对他而言很不一样。"

慕晚安沉默了一会儿，淡淡地笑："是吗？"

"嗯。"他简单地道，"笙儿昨晚淋了雨发烧在住院，南城这边有什么问题你可以找我。"

"我知道了。"

薄锦墨待了一会儿就带上门出去了。

医生说等顾南城醒来估计要明天早上。

慕晚安靠在椅子上休息了一会儿，章秘书就带着早餐过来了，还买了一次性洗漱用品。慕晚安简单地洗漱过后，喝了一碗粥。

"夫人，是通知家里的保姆让她收拾点衣服过来，还是我去给您收拾呢？"

慕晚安擦了擦嘴，抬头笑了一下："不用了，我自己回去吧。这边有护士照看他，医生也说他最早也要明天才会醒来，我回家收拾好东西洗个澡休息一晚，明天就过来陪他。"

"嗯嗯，好的，您一个晚上没睡，是应该好好休息补充体力，顾总醒来后还需要您照顾。"

慕晚安上午十一点让陈叔过来接她回南沉别墅，一个晚上没睡，她没有精神再开车。回家后她让林妈简单地炒了几个菜吃了午餐，洗了一个澡，回卧室睡了两个小时。

醒来后，她就一直坐在电脑前搜资料。

她没有经验，不懂怎么照顾车祸后的病人，上网查了不少资料，然后给主治医生打了个电话。

吃完晚餐后，她找了个行李箱出来，放进去两套舒服的睡衣、她自己需要换洗的衣服、住院需要用到的生活用品，一切都整理好之后已经是晚上九点多了。

她洗了个澡就关灯准备睡觉了。睡前，她给护士打了个电话，对方告诉她情况都好，她想了想嘱咐道："我希望院方不要向外透露顾先生在住院的消息，如果有来探望的客人，除了顾老夫人或者薄锦墨，其他人你让他们直接打电话给我，他伤得很重，最好是静养。"

"好的，顾太太。"护士答应得很快，一是因为慕晚安是家属，二则是因为她是这家医院的女主人。

　　慕晚安以为自己会担心得睡不着,可是她的心境安静恬然,躺下去什么念头都没有,一阵疲倦裹来,她很快就睡着了。

　　第二天早晨七点。
　　顾南城睁开眼睛就看到黑色的长发垂下,撑着脑袋闭上眼睛安静睡着的女人。
　　他皱皱眉头,看着穿着病号服,原本没有瑕疵的脸上有好几处疤痕的陆笙儿,缓了好久才慢慢地想起发生了什么事。
　　麻醉药的药效已经过去了,剩下的就是各处伤口真实的疼痛感。
　　脑袋从手上滑下,陆笙儿一下就醒来了,睁开眼睛看到男人醒来了,略带惊喜地道:"南城你醒来了?"她从椅子上站了起来,"身上的伤口疼不疼?要不要叫医生过来检查?"
　　顾南城疼得皱了一下眉,面上却没有露出多余的表情:"没事。"
　　他记得当时他再看前面的时候,一辆卡车从十字路口的另一侧直接撞了过来,他甚至来不及思考,只凭着好几年前玩车的经验做出反应。
　　两辆车撞到一起的时候,他以为自己死定了。
　　那时他想,如果他死了,家里在床上睡着的女人会不会哭。
　　几抹深思飞快地掠过,因为重伤而显得没什么血色的脸上未露出任何其他的表情,他的目光停留在陆笙儿脸上的伤口上:"你的脸怎么了?"
　　陆笙儿闻言摸了摸自己的脸:"没事,在山里窜来窜去被树枝划伤了,伤口不深,不会留疤的。"
　　他深沉而内敛地望着她:"锦墨找到你了,你有没有别的伤?"
　　她身上穿着病号服,应该也在住院。
　　"没有了。那天下了很大的雨我淋了很久,所以第二天发了烧,锦墨非要压着我住院,其实没什么,吃点退烧药涂点药就没事了。"她弯起嘴角,后面一句说得很轻,"你不用担心我,养好伤。"
　　"我听交警说,你的反应再慢三秒,就会车毁人亡。"陆笙儿垂着脑袋,苦笑,"你吓死我了……如果真的出了什么事,我不知道该怎么办。"
　　他近些年不玩飙车了,但是男人对车都有特殊的迷恋,顾南城亦然,他当年玩车比薄锦墨疯多了。

他怎么会出车祸,她无法想象。

顾南城淡淡地道:"意外而已,会游泳的人也会溺水,雷和雨太大了,那个路口的红绿灯坏了。"他很快地转了话题,皱着眉头问道,"你住院,锦墨呢?"

"他这两天忙坏了,处理我的事情,又要处理你出车祸的事情,忙着对媒体封锁消息,两天两夜没怎么休息了,我让他回去睡觉了。"

顾南城"嗯"了一声。

虽然没有过重的伤,但他做完手术整个人还是很虚弱,强打着精神跟她说话。他眼睛半合着,仿佛随时都会睡过去。

陆笙儿从来没见过这个男人躺在病床上连说话都显得很累的模样,心口都是紧绷着的。

她咬着唇,轻声地问道:"南城,你饿吗?我让人买点粥过来给你喝?你暂时应该只能喝点流食。"

男人蹙眉,问道:"晚安呢?"

他问这话时的表情很平淡,如果不细看很难发现他眉眼间的不悦。

陆笙儿顿了一下后说:"你前天晚上出车祸进手术室她守了一个晚上,应该是累坏了也吓坏了。昨天她回去收拾东西休息一晚,待会儿应该就会过来了。我是因为刚好也住院,所以比较早。要不要我给她打个电话,让她给你带早餐?"

她其实昨晚就过来看了他一次,只不过他还在昏迷,她自己的身体也还虚弱,薄锦墨也不允许她在外面逗留太久,所以她没待很长时间。

从昨天中午开始,慕晚安就没有出现在医院,这个她是知道的。

顾南城抿唇,淡淡地道:"不用了,她一晚上没睡可能很困,平常她睡得晚就会起得晚。"

她没睡饱被闹醒是会发脾气的,所以他平时起床几乎不会发出一点声音。

陆笙儿想了想,还是很委婉地道:"我想……她可能是介意……你出车祸的事情,她心里可能有疙瘩,你跟她解释一下……不然她应该不会一个晚上不来。"

毕竟是自己的丈夫出车祸,她半天一晚不出现在医院很容易让人诟病。

有些事情,稍微了解情况的旁观者都明白,却不方便说得太明白。

顾南城开始没反应过来,皱了皱眉头,没有说话。

病房的门被敲开,他下意识转头朝门口看去,出现的却是男人的身影。

岳钟手里拎着探病的礼物，摸了摸脑袋，无辜地问道："顾公子，我虽然来晚了点，但收到消息第一时间就从夏威夷飞了过来，已经很有爱心了……你不用这么不欢迎我吧？"

顾南城怎么看着很嫌弃他的样子？

"笙儿也在啊，你没事吧？"

"我没事了。"陆笙儿笑着摇摇头，起身，"南城做完手术伤口应该还很疼，心情不好在所难免，你别打趣他了。"

岳钟觉着这一幕有种说不出来的和谐感，但又隐隐觉得这股和谐感下有什么地方是不对劲的。

他把手里的东西放下，这才想起来："我刚下飞机就过来了。飞机上的东西太难吃了，慕大神是不是出去买早餐了？能不能也给我带一份？"

他话音落下，陆笙儿有些尴尬地朝他使眼色，他这才后知后觉地反应过来自己说错话了。

他只知道顾公子出了车祸——因为在雨夜驱车去支援薄锦墨找陆笙儿。

他眉心跳了跳，事情好像没这么简单。

陆笙儿看了一眼他刚刚放下的东西，笑道："你不是买了东西过来吗？看看有什么能填肚子就先吃着吧，吃完了去给南城买早餐。"

岳钟愣了愣，下意识地问道："为什么是我去买？"

顾总出车祸住院，怎么可能连买个早餐的人都没有？

他刚想问就不小心触到床上男人的眼神，男人眼角眉梢带着隐隐的戾气，他心头一跳，很快地道："好的，我啃个苹果就去买早餐。"

他正准备去翻东西，病房的门被推开了。

慕晚安走了进来，手里拿了一个保温盒，看了一眼床上的男人，轻声开口道："你醒来了？"

虽然用的是问句，但语气是陈述的。

顾南城眉头皱起，却平淡地看向她。

慕晚安的视线很快从他的身上挪开，投向了陆笙儿和岳钟，她温温浅浅地笑道："陆小姐，岳律师。"她用空着的手带上了门，然后走到了床边，将手里的保温盒放下，"两夜一天没有吃东西了，饿吗？我让林妈给你煮了点稀饭。"

顾南城抬眸看着她。

她今天的装扮跟以往有些不一样。

黑色的长发像个小姑娘似的全都盘了起来绑好，露出光洁饱满又秀气的额头，标致的五官没有长发的掩饰。她的身上穿了件V领套头毛衣，酒红色的，下面是简单的牛仔裤。

她俯下身来，用手指轻轻地触了触他脸上的伤口，秀眉蹙着，嗓音温软："是不是很疼？能坐起来吃东西吗？"

淡淡的属于女人的香味扑面而来，在充斥着消毒水味道的房间里很明显。

顾南城看着慕晚安凑在自己面前白净的脸，皱起的眉舒展了一点："是疼。"他声音低低地道，"扶我起来。"

慕晚安应了一声"好"，想了想转身朝岳钟道"岳律师，能不能帮帮我？"

岳钟自然不能说不能，当即走了过去帮忙，慕晚安拿了两个柔软的枕头垫在他后面，让他能舒服地靠着。

弄好后，她低头去拧开放在床头的保温盒，然后用勺子装了一小碗软糯香甜的粥，舀了一勺子喂到他的唇边："吃吧。"

顾南城没有张口，皱眉看着她。

"怎么了？不喜欢喝粥吗？那我中午的时候再给你准备其他的吧。"

男人瞧了她一眼，而后看向了岳钟，就这么淡淡地睨着，并不说话。

岳钟是多精明的人，虽然刚刚有短暂的脑子短路的现象。他扶了扶自己的金色眼镜框，很识相地开口："既然晚安到了，那我先回去了，飞了一个晚上，回家休息一晚明天再来看你。"

顾南城不咸不淡地"嗯"了一声。

陆笙儿看了慕晚安的侧脸一眼，亦跟着笑道："那我也先回去了，你好好休息吧。"

慕晚安站直了身体，转头朝他们道："我不方便，就不送你们了。"

两人离开，顺手带上了门，病房里只剩下了两个人。

顾南城背靠在柔软的枕头上，眼睛一眨不眨地盯着她的脸，低沉的嗓音辨别不出情绪："昨晚睡得好吗？"

慕晚安抿唇，随口答道："还可以啊。"

他平淡地问："你的男人手术完躺在医院昏迷不醒，你在家倒是睡得很香。"

"医生说你已经过危险期了。"慕晚安静静地道，"我回去收拾要用的东西觉得太累了,所以干脆在家里睡了一晚。"

顾南城看着她的眼睛:"是吗?"

"嗯。"慕晚安似乎不怎么想聊这个话题,蹙了蹙眉问道,"喝点粥吧,不然冷掉了。你身体不好更需要补充营养。"

他瞥了一眼:"我没有洗漱,不吃。"

慕晚安想了一会儿,还是放下了碗,起身:"我带了生活用品过来,你等会儿,我去洗手间接点水。"

于是,顾南城看着温婉有耐心的小妻子很贤惠地忙前忙后,眉目温静,不说多余的话,但也始终没有不耐烦。

最后,她拿着勺子喂他喝了粥。

盯着她长睫毛下的脸看了一会儿,他还是顺从地张开了口,喝了下去。

他到底还是虚弱的,没有精神和力气主动说什么,慕晚安也没有主动开口说话。

喝完粥,她便安安静静地收拾东西,见阳光照进来了,又去把窗帘拉上了一半。转身的时候见他看着她,蹙眉道:"你的伤口应该很疼,还是睡吧,睡着了就没那么疼了。"

顾南城顿了一会儿,随口道:"我不舒服,要洗澡。"

她严肃地瞧着他:"你现在满身都是伤口,怎么能洗澡?"她抿唇,缓和了一下语气,"再忍两天吧,等好一点,会有护工替你擦身体的。"

顾南城眉毛动了动,望着她:"护士?"

"护工可以做这个的。"慕晚安看男人的面色似乎不善,补充道,"我不是专业的,会不小心弄到你身上的伤,让他们来比较好。"

慕晚安觉得这没什么,而且她是真的没照顾过人,伺候不好没什么,如果不小心撞到伤口了会很麻烦。

她说得在情在理,几乎挑不出毛病。

顾南城半晌没有说话。

GK 总裁车祸住院的消息虽然被封锁了,但还是会有部分知情人来医院看望顾南城,营养品等礼物堆满了整间病房。

慕晚安有时候在,有时候不在。

她每天都会按时喂他吃饭,在他醒着的时候会陪他看电视,给他找书打发时间,就是陪他聊天的次数偶尔少了一点。

就这样平平淡淡地过了三天。

第四天吃完晚饭,慕晚安收拾东西的时候问道:"你不是嫌没洗澡不舒服吗?今晚让护工给你擦身体好不好?"

男人懒洋洋地看了她一眼:"不好。"

慕晚安困惑:"你不是不舒服吗?"

"是不舒服。"

她顿了一会儿才问道:"那为什么不要?"

他抬眸看着她,淡淡地道:"你不是不愿意吗?"

顾公子在个人卫生方面虽然够不上洁癖的级别,但一天至少要洗一次澡,充分地对得起他贵公子的做派。

他说这话时不咸不淡,好似被自己的女人嫌弃了。

顾南城又淡淡地看了她一眼:"太阳下山了,你该出去散步了。"

这是她这三天的惯例,在天黑下来之前会出去散步,然后在天黑之前回来。

慕晚安抿着唇,听出了他不温不火的语调里别的意思,不明显,但是她感觉到了。

"如果你不喜欢让护工给你擦身体,那我来吧。"她一边说一边挽着毛衣的袖子,温静的眉目带着浅浅的无奈,"我会小心点,尽量不弄到你的伤口。"

顾公子:"不用这么勉强,反正我一个人睡,臭不到你也影响不到你。"

她无奈道:"我不是不愿意,是怕弄伤你。"

"不用解释。"他看着天花板,继续不咸不淡地道,"毕竟我是这么大块头的男人,比不得你轻得随随便便就能抱进浴室。也不像你平常香香软软的,你不乐意很正常。"

慕晚安哭笑不得。

顾公子一番抱怨,真的像个傲娇委屈的怨妇啊,字字句句都在控诉她:他平常给她洗澡洗得很勤快,她找那么多借口不愿意给他擦身体。

她走到他的床边,耐着性子道:"我去准备水好吗?"

顾公子瞥了她一眼:"这个时间你该去散步,看着天慢慢黑下来。"

慕晚安皱着眉:"你到底要不要我给你洗?"

男人将头扭到另一边:"把电视打开就行了,你整天伺候我,不耽误你散步。"

慕晚安没说话,直接转身离开了,不过不是朝着门口,而是走进了浴室。高级病房的设施齐全,她这几天也一直在这里陪他,偶尔回别墅拿点东西。

他还不能下床,所以慕晚安只能接了温水,然后把门关了给他擦洗身体。

柔软的毛巾沉在水底。

慕晚安垂着脑袋把袖子挽上去,然后把腕上的手表取了下来,坐在床边俯身给他脱衣服。

他脸上的伤已经结痂了,深深浅浅地布着,可能是五官和轮廓过于完美了,这些伤口不但没破坏他原本的英俊,反而为他添了几分落拓的属于男人的不羁感。

顾南城就这么躺在病床上,睁着一双黑眸注视着给他脱衣服的女人。病号服是系扣子的,她一颗一颗地给他解着扣子。

他开腔,淡淡地笑:"你是不是不想照顾我?"

"照顾你是我的责任啊。"她没有看他,动作也没有停顿,蹙了一下眉,"我平常生病不舒服的时候你也会照顾我的,不过……"她抿唇笑了一下,终于抬头看了他一眼,"我没有那么会照顾人,所以可能不及你周到,你可以跟我说。"

他看着她,吐出四个字:"那你吻我。"

"你身上有伤,别闹了。"

"我很久没有吻过你了。"他声音低哑地道,"我已经五天没有吻过你了。"

"等你的伤好了再说吧。"她抬脸笑了一下,"反正我人在这里。"

"晚安,你不想吻我。"

"顾南城,"慕晚安停下手里的动作,"你别像个孩子似的好吗?"

"我只能躺着,你嫌弃我?"

慕晚安看着他轮廓分明的脸,直直地看着她,深得像海。

她别过脸叹了口气,还是俯身亲了上去。

她本来只打算蜻蜓点水地碰一下嘴唇,但她的唇刚落在他的唇上,后脑就被扣住了,被迫用力地压了下去。

她正想起身,手臂忽然被男人拽住,然后她整个人跌到了男人的胸膛上。

耳边传来他低低的闷哼声。

慕晚安立时慌了，手忙脚乱地爬起来，紧张地问道："怎么样？有没有事……"

毫无疑问有事，刚刚被她解开的病号服下露出的白色绷带已经隐隐渗出血迹，伤口裂开了。

她的视线对上他温淡而深沉莫测的视线，他唇畔噙着淡淡的笑，毫不在意。

慕晚安倒吸了一口凉气："你干什么？你疯了吗？"

刚刚太着急没有顾及到，她明明很小心了，是他亲手将她拽下去的。

男人勾着星星点点的笑意，带着些许玩味："我突然想看看，顾太太会不会心疼。"

她看了一眼还在不断渗血的伤口，手一下就攥成了拳头："你觉得这样很有意思？"

他缄默了几秒钟，而后依然勾出不在意的笑："嗯，是挺没意思的，可是你整天一副不想搭理我的模样，我也不知道怎样才显得有意思。"

慕晚安不明白他想怎么样。

站了一会儿，她起身去把护士叫了进来："我刚才准备给他擦身体的时候不小心撞了一下，能不能换一下药重新包扎伤口？"

护士检查了一下顾南城的伤，脸上露出不悦的表情，只不过碍于慕晚安的身份不敢责怪，出去把医药推车推进来，熟练地给他重新包扎了一次。

出去的时候，护士叮嘱道："顾太太，顾先生的伤口还没愈合，千万不能再出什么差错，否则会更加难愈合。"顿了一下，她试探性地问道，"如果顾太太觉得麻烦的话……可以请专门的护工帮顾先生擦洗，比较专业。"

慕晚安抿唇，下意识地看向躺着的男人，还是拒绝了："不用了，谢谢，我会小心的。"

"那好吧，您注意别让伤口碰水，也别让伤口再裂开了。"

"好的，谢谢。"

护士出去，慕晚安重新把门关上："水凉了，我去换一桶。"

出来后，慕晚安继续之前没有完成的活儿。

她跪在他的身侧，手里拿着温热的湿毛巾，看着男人的脸道："顾南城，如果你再闹一次，就准备在能下床自己洗澡前一直臭着吧——也不要妄想我会让护工给你擦身体。"

顾南城挑了挑眉，薄唇微动。

慕晚安微微一笑："不要说话，不然我会拿东西堵住你的嘴巴。"

他不以为然地道："用你的嘴巴来堵吗？"

然后，女人毫不留情地把手里的毛巾塞进了他的嘴里。她面上依然微微地笑着："别试图用你的手把它拿出来，否则伤口会裂开，我有得是办法收拾你。顾南城，你给我安分点，我已经忍你很久了。"

说罢，她转身去浴室拿了一条新毛巾出来。

男人皱了皱眉，目光跟着她的背影。

她的毛巾干净吗？

拿出来会怎么样呢？她会虐待他吗？

他莫名有点期待。

慕晚安很快把新毛巾放在温水里搓洗，然后跪到他的身侧，垂着脑袋给他细细地擦着身体。

他竟然也乖乖的，让毛巾一直塞住嘴巴，只不过那双眼睛始终直勾勾地盯着她。

慕晚安忽然有一种在蹂躏他的错觉。

慕晚安将毛巾往他腹部一扔，干脆利落地从床上爬了下来："我累了，休息会儿。"

说罢，她就往浴室走去，洗了个手，又拧开水龙头放出冷水洗了一把脸才走出去。

她作势看了一会儿外面的天色，淡淡地道："我出去散会儿步。"

顾南城皱着眉："天已经黑了。"

"没关系啊，到处都是灯不影响我。"头发全都绑起来了，她没办法像平常那样伸手梳理，手抬到一半又落了下去，"我不喜欢医院消毒水的味道，想出去透透气。"

她第一次要出去的时候就是这么说的。

男人一张俊脸沉下来了，他冷冷地盯着她："不喜欢医院消毒水的味道，需不需要我让章秘书请个看护过来？这样你就不必整天待在这里陪着我了。"

慕晚安不懂他脾气是怎么来的，看了他一会儿才耐着性子道："顾南城，你别没事找我吵架好吗？我半个小时内就会回来了。"

就算是专业的看护,也不至于一天24小时待在他的身边吧。"

顾南城喉结滚了滚,薄唇抿成了一条直线,彰显了他深刻而毫不掩饰的不悦。

病房的门被敲响,慕晚安走过去开门,薄锦墨和陆笙儿肩并肩走了进来。

两人敏锐地发现病房里的气氛不对,薄锦墨眉梢微微挑起,扫了一眼床上面色不善的男人:"你们在吵架吗?"

顾南城阴着脸,没说话。

慕晚安的手搭在门框上,朝他们笑了笑:"你们来了,我刚好有点事要出去一会儿,你们陪他说会儿话吧,我很快回来。"

陆笙儿看了看顾南城,又看向慕晚安,没说多余的话:"好。"

于是,慕晚安安静地带上门出去了。

薄锦墨捕捉到男人眼底掠过的厉色,抬脚就要往靠着墙的沙发床上坐,还没说话就被心情不好的男人抢先说道:"坐椅子上去,没看见那边摆着椅子吗?"

薄锦墨不动声色,不跟伤得不能下床的男人计较:"你的沙发床不让人坐摆在这里干什么?"

那沙发床明显看着比较舒服。

顾南城淡漠地道:"那是晚安睡觉的地方,不是给你坐的。"

病房里原本是有一张单人床的,但是慕晚安认床很难习惯,第一个晚上他就听到她翻来覆去的,所以让章秘书去选了一张舒服的沙发床。

薄锦墨瞟了他一眼,对此懒得作出评价。

他修长的双腿交叠起来,接过陆笙儿从茶几上拿起来递给他的香蕉,慢条斯理地剥着,看一眼床上男人一脸蠢蠢欲动的烦躁模样,淡淡开腔:"怎么,你老婆给你脸色瞧了?"不等顾南城开口回答,他又不紧不慢地道,"按照她的性格,不大会和躺在床上的伤残人士吵架,你是不是干了什么让她看你不爽的事情?"

顾南城不咸不淡地道:"她不喜欢医院的消毒水味,也睡不惯医院的床,待久了心情不好很正常。"顿了一下,他轻描淡写地补充道,"你去给我请个看护来,明天早上就来报到。"

薄锦墨吃了一口香蕉,优雅地咀嚼完,抬眸望他一眼,方道:"几天不见,你怎么酸得跟怨妇似的?"

顾南城皱着眉头，面无表情："我要提前出院。"

"跟你女人说。"

想起刚才带上门出去的女人竟然看都没有看他一眼，顾公子心头那股隐隐的烦闷翻腾得更厉害，眉间的皱褶更深："你没见她多不耐烦？"

薄锦墨回忆了一会儿刚才慕晚安出去时的神情，回答他："没有。"

陆笙儿安静地坐在一边听他们说话，并没有开口，直到此刻才蹙眉道："慕家破产那会儿晚安爷爷病危住院，几次下了病危通知书，我估计她是不大喜欢医院的环境，跟对你耐不耐烦没关系。"

顾南城仍面无表情，躁动不安感有越来越明显的趋势。

薄锦墨睨着他，凉凉地道："她怎么着你了，没照顾好你？饿着你了还是冷着你了？没按时给你吃药、按时提醒护士给你换药？她本来就是个千金小姐，你指望她无微不至跟个月嫂似的？"

顾公子黑沉着一张脸："你废话那么多，最近哪里想不开想当长舌妇？"

将最后一口香蕉吃完，薄锦墨看着他道："看某人好像不大想跟你说话，这么多年的兄弟，我自然多跟你说两句。"

顾公子一张英俊的脸阴沉得能滴下水了："你有这闲工夫，不如多去了解了解盛西爵跟他身边的女人。"

"该了解的都了解了。"薄锦墨清清淡淡地道，"不过他最近应该忙着给他爹找医疗团队、准备后事，没工夫在我面前转悠。"

盛柏心脏衰竭到了晚期，剩下的时间不多了。

顾南城很快想到了什么，皱了皱眉头看了一眼安静坐在一侧出神的陆笙儿，却没有多说什么。

几秒钟意味深长的沉默，被陆笙儿的手机铃声打断，她拿出手机看了一眼道："是我的经纪人，我先出去接个电话。"

"嗯，好。"

病房里只剩下了两个男人，顾南城没有了方才的神色，温淡而深沉地道："盛西爵把盛柏带回去了。"

薄锦墨淡淡地笑了："他等不及了。他抓笙儿就等着那天，单纯地交换会耽误太长的时间。他把笙儿放在深山，然后特意等那晚的天气不好让她逃出来，没有他给的信息我很难很快找到笙儿……深山雨夜我担心笙儿出事,只能让他的人把盛柏带走。"

若是纯粹的交易,他赌盛西爵不能对笙儿做什么,拥有更多的主动权。

可是那晚的情况不一样,没能给他犹豫的余地。

顾南城思忖了一会儿,淡淡地道:"你跟盛家的事情我不关注那么多了,有什么需要的地方你再找我。米悦那女人跟盛西爵什么关系?"

"似乎是夫妻,又似乎是仇人。"薄锦墨说着说着就想抽根烟,想起这是病房皱了皱眉头忍住了,淡淡地陈述,"我让人去美国查了,具体的情况还不知道。米氏老董事长过世的时候米悦在瑞士,她是独生女,手里握着最多的股份。我没猜错的话,米氏内部有人想把她丢到外头,不知道为什么被盛西爵带回来了。"

那事发生在瑞士,除了当事人没有别的人知道,他的人自然也查不到。

顾南城微微挑眉:"那个时候,盛西爵不是该在监狱吗?"

"他在牢里立了功,被提前三个月释放了,准确的出狱时间,是米老董事长过世前的一个礼拜。"眯了眯眸,薄锦墨闲散地评价道,"时间也是巧。"

不温不火地谈了几句,薄锦墨又忽然道:"你跟慕晚安最近不正常吗?"

顾公子听完这话就皱起了眉头,脸色也沉了:"你懂什么?我接触过的女人比你多了一卡车。"

"那又如何?她还不是对你不冷不热的。"

"你哪只眼睛看见她对我不冷不热的?"

"两只眼睛。"

顾南城眉头皱了又皱,想抽烟但手不能抬,而且烟都被女人拿走了,如果让她知道他在病房里抽烟——

比不能抽烟更烦躁。

"你已经探完病了,带笙儿回去吧。"他面色不善,"大晚上的小心被撞。"

薄锦墨无奈地看了他一眼,真不想跟伤残人士计较,遂站了起来,把香蕉皮扔进垃圾篓,顺口问了一句:"虽然那天的雷雨确实很大,但是那么大一辆卡车,人家的车灯也没坏,你是怎么一头撞上去的?"

顾南城沉默了一会儿,淡淡地道:"我拿手机看了一下时间。"

薄锦墨一只手落进裤兜,不温不火地道:"难怪你说不出口,原来是犯蠢。"

顾南城:"……"

薄锦墨和陆笙儿肩并肩离开，在电梯里恰好遇到了上来的慕晚安。

她的神色很自然，淡然地微笑着："这么早回去吗？"

薄锦墨立在那里没说话，深深地打量她。

陆笙儿看着她，笑了笑："你不在，南城好像心情不好。"

"整天躺在床上，心情不好很正常。"慕晚安从电梯里出来，没有要多说什么的意思，"我回病房了，再见。"

说罢，她从他们身边走过，没有任何停留，像是路上偶尔遇见之后点点头，礼貌而疏离，说两句话足够便不再说第三句话。

陆笙儿看着慕晚安的背影："她好像跟以前有点不一样了。"

薄锦墨长臂一伸按下电梯的一楼数字键，淡淡道："她素来这样，只不过在她眼里我们不大一样了。"

慕晚安如今这副态度，他并不感到陌生。

慕晚安推开门回到病房，看到男人顶着一头微乱的发，面无表情地望着她。她温声道："我回来了。"她走到病床边，"有没有哪里不舒服？"

顾南城只是看着她，没有开口说话。

手机响了，晚安便顾不上跟他说话，接通了电话："西爵。

"我最近都在医院，他的伤还没好，得过一阵才能出院。

"好的，我明天抽时间过去一趟。

"应该没关系吧，这边有护士，我让林妈过来替我一会儿，不碍事的。

"好的，拜拜，明天见。"

她侧过脸去看身边的男人，却发现他似乎一直在看着她。

"盛西爵的电话？"

"嗯，是的。"

他声音低沉："你明天要去见他？"

慕晚安眨了一下眼睛，心平气和地道："不是见西爵，盛叔叔想见我，他的时间不多了。"她有些说不出来的落寞和低落，"早些年盛叔叔对我很好。"

顾南城对此不发表意见，盛柏在商场心狠手辣是出了名的，但他疼女儿，对女儿百依百顺，也不是谁能否认的。

然而慕晚安却不一样——连陆笙儿曾经都自嘲地说过，他对慕晚安这个外人，都比对她这个亲生女儿要好。"

他皱着眉头："要去多久？"

"我上午过去，吃完午餐过会儿就会回来了。"

"你还要跟他们一起吃午餐？"

"我会让林妈把午餐做好按时送过来的，你动作慢点，自己吃饭应该勉强可以了。"

"不可以。"

慕晚安提醒他："我看你的手，拿勺子和筷子应该没什么问题了吧。"

男人的脸色又沉又黑，却否认不了。慕晚安也没有在意，而是掀开被子下了床，将拿出来靠着的枕头放回了原处，然后才回头朝他道："快十点了，睡觉吧。"

他的视线始终落在她的身上，不咸不淡地道："整天都在睡，要发霉了，不睡。"

慕晚安看着他，觉得他最近真的带着一股子说不出来的傲娇孩子气。

她想，可能是因为没这么长时间住过院，突然躺在床上不能下床，难免心情不好，身边又没其他的人，所以他很黏她。

好像她离开一会儿，他都不高兴。

抱着病人的心理比较脆弱空虚的想法，慕晚安耐着性子问他："可是我们没什么其他的事情可以做了，不然你说你想干什么？"

他皱眉不悦地思索了好一会儿后，才妥协般低低沉沉地道："过来给我一个晚安吻，我就睡觉。"

他今天没少亲吻她。

见她站在着久久不动，顾南城深邃的眸越发暗，却仍一动不动地瞧着她，好整以暇，似乎她不过来他就不罢休。

慕晚安认命地走过去俯身送上自己的唇，蜻蜓点水一下离开显然不符合顾公子的风格。

"晚安。"

慕晚安不解："还有事吗？"

男人的眉梢微微地挑起："我说，晚安。"

这一次她听懂了，恬静地道："好。"

关灯，一室的黑暗。

慕晚安第二天上午出去的时候，特意给岳钟打了个电话问他有没有事，让他没事的话过来陪顾南城聊天。

钟岳思忖了一会儿，把手里的事情推掉过来陪顾公子。

虽然顾大总裁对他的到来并没有感到欣喜。

岳律师发现顾总似乎有点黏老婆的趋势，虽然表现得不是很明显。

慕大神貌似说了吃完中饭才回来，然而到晚饭时间才回来。

慕晚安回来的时候，顾南城皱着眉头臭着一张脸拒绝了岳钟吃晚餐的提议。岳律师问他要不要打个电话问问晚安什么时候回来，仍然被他皱着眉头臭着一张脸拒绝了。

就在他有点不知道怎么伺候这位爷的时候，救星推开病房的门回来了。

岳钟觑着顾公子阴着一张脸淡漠至极的模样，连忙缓和气氛笑着问："晚安回来了，吃晚饭了吗？"

慕晚安顺手带上了门："吃过了啊。"

岳钟心道：顾太太你看不到顾先生不善的脸色吗？还是你真的就是故意的？

慕晚安扫了一眼病房，温婉地问道："岳律师，南城吃完晚餐了吗？"

岳钟心道：顾总明明是可以说话的，慕大神你为什么要问我呢？

"还没有。"岳钟扶着自己的眼镜，很斯文地笑着，意有所指地道，"顾总以为你会回来吃，所以想着等你回来一起，这不还没吃嘛。"

慕晚安双手合十，微笑着道："麻烦你了，岳律师要跟我们一起吃饭吗？"

"不用了，我已经约了人。"

"那好，下次我请你来我们家里吃饭，等你有空的时候。"

岳钟圆满地完成了任务，道别离开。

慕晚安走到病床边，俯身朝男人道："我马上让林妈送饭过来，你稍微再等等哦。"

顾公子顶着一张淡漠毫无表情的脸，象征性地瞥了她的脸一眼，波澜不惊地道："饿不死。"

慕晚安抿唇，她虽然不是特别擅长察言观色的人，但是显然不需要察言观色的本事就能看出他老大不高兴。

"对不起，盛叔叔一直拉着我说话，我只能陪他聊。"慕晚安解释道，"后来等他累得睡着的时候已经五点了。西爵让人煮了我的饭，所以我就留下来吃了晚饭才回来。"

他眯起一双狭长的眸，盯着她的脸，突然笑了，夹杂着讽刺："你们能聊一个下午，你跟我连五分钟都聊不上。"

她其实算不上冷淡，至少她温顺得几乎百依百顺。

可终究少了些什么。

敏锐如他，怎么可能察觉不到她跟以前不一样了？

循规蹈矩，温婉恬静，透着一股知分寸的克制。

最初遇到她的时候，她身上明显带着不加掩饰的妩媚，偶尔露出尖锐的爪子挠你一下，聪明、傲慢、娇气，脾气其实也不小。

跟他最初以为的并不一样，只不过他并不在意，仍然娶了她。

似乎从他在医院醒来开始，她就无声无息地变成了最初他以为的模样。

慕晚安的眉尖蹙了一下，随即平淡地道："盛叔叔病得很严重，意识都不是很清楚了，甚至会把米悦当成绾绾。"她垂着眸，有种说不出来的寡淡和萧瑟，"所以，我能多陪他一会儿就多陪一会儿。"

顾南城没说话，看着她拿出手机给林妈打电话，让林妈把晚餐送过来，又特意嘱咐了某些事项，然后才挂了电话。

"过来。"他扬了扬下巴，指着床边的椅子，深邃的眸一动不动地望着她，"坐下休息。"

慕晚安没有多想就坐了过去。

他握住她的手，她的手柔软得像是没骨头，手带着凉意，他捏了又捏，淡淡地道："难过？"

"还好。"

她说不出有多难过，更多的是物是人非的感慨。

其实不过几个月，却好像一条分割线将她的人生生生割裂开了。

她有些累，趴在床边休息。

温热的手掌抚摸着她的脑袋，男人的声音低沉："生老病死，谁都躲不过去。"

慕晚安抱着他的手腕，枕着自己的下巴发呆。

黑白分明的双眸没有发红，脸蛋也干干的并没有掉眼泪，顾南城抿唇瞧着她的模样，眉心皱褶渐深，心里泛起说不出来的异样感受。

覆着薄茧的大拇指抚摸着她娇嫩的肌肤，他低低地道："你这样，让我觉得想抱抱你都办不到，很挫败。"

她喃喃地道："我只是突然觉得，以前陪我的人都已经不在了。"

"不是还有你爷爷吗？"他低声淡淡地笑，"以前陪你的人已经不在了，往后陪你的人已经在了，晚安。"

她仰起脸看着他，良久才道："是吗？"

"嗯。"

她兀自勾出了点笑意，望着他："往后你会一直陪着我吗？"

那只宽厚温暖的手抚摸着她的脑袋，伴随着男人淡淡的笑："自然。我们是夫妻。"

后来的后来，她此生最难熬的一个晚上，在监狱的牢房里，睁着眼睛一个人坐在床上，看着铁窗外的夜幕，从夜晚到天明，几乎死去。

有些话其实平淡无奇，可是度过岁月却成了穿肠的毒药。

顾南城住了足足一个月院，即便出院了仍然需要休养。

《璎珞》在顾南城住院那段时间里正式开机进入了拍摄流程，慕晚安在他出院后立即回到了剧组。

这件事最直接的影响就是——婚期被迫推迟了。

顾南城出院后就立即重新定了日子，婚礼前的一个礼拜，薄锦墨和陆笙儿以婚前庆祝的名义请他们吃饭。

彼时男人在办公室里接到陆笙儿的电话，慕晚安在沙发上等着他下班一起回家，他放下手机问她去还是不去。

她没有回答。

顾南城便说："你不想去我可以拒绝。"

末了，慕晚安还是轻描淡写地回了一句："那就去吧。"

一起吃一顿饭而已，有些人也许就是避不开，喜不喜欢都要面对的。

晚上，薄锦墨订的餐厅，四人座。

他们说话，慕晚安基本保持沉默，有人问她话她也会回答，但心不在焉，低头慢条斯理地吃着饭。

直到外面的天气突变，阵阵雷声连绵不绝地响起，没一会儿就开始下雨。

就像是顾南城出车祸的那一晚。

他们坐在窗边。

慕晚安没有参与他们的对话,无意中发现薄锦墨看着外面的暴雨,似乎在出神,看不清他镜片后的双眸,但他眉头少见地锁住了。

打雷,闪电。

如那晚一般,银白色的闪电在漆黑的夜幕中轰然闪现,让人心猛然一跳。

薄锦墨忽然放下手里的刀叉,垂眸淡淡地道:"我有点急事需要处理。"他看向顾南城和慕晚安,语调很正常地道,"你们待会儿帮我把笙儿送回家可以吗?"

慕晚安手上的动作跟着陡然停住了,她看着已经起身了的男人:"你不是已经提前约好了我和南城,怎么会突然有急事?而且外面的雷雨很大,上次南城就是在这样的天气里出车祸的。"

慕晚安直视他的眼睛。

薄锦墨淡淡地看了她一眼就错开了视线,面上没有任何波澜:"临时有事。"

陆笙儿拉住他的手臂:"你有什么事非要在吃饭吃到一半的时候去处理?而且现在这么大的雷雨,南城才刚刚出院,你难道也想出事吗?"

"我会小心,你陪他们吃,吃完早点回去。"

陆笙儿拉着他的手臂没有松开,眼睛一眨不眨地盯着他:"我陪你一起去。"

"不必。"他的手覆在她的手背上,"让南城和晚安送你回家,我会早点回去的。"

顾南城温和儒雅的脸上没有露出什么表情,始终一言不发地看着他们,眸色深沉,令人看不透。

薄锦墨离开了。

陆笙儿的目光始终追着他的背影,涂着淡淡唇蜜的红唇几乎要被牙齿咬破。

直到她透过玻璃看到薄锦墨开着车在雨幕中离开。

她看向握着刀叉却没有动作的慕晚安:"你不喜欢我,也不喜欢锦墨,没有必要的话不会跟我们说话,所以你能告诉我,你刚才不仅说了那么长一段话,还不计前嫌地关心他,是为了什么吗?"

盯着她看的不止是陆笙儿一个人,还有她身边的男人,慕晚安不用看也知道顾南城也在看着她。

她手上的力道松了松,随即把东西放下了,淡淡地道:"没有为什么,毕竟南城刚刚出院,今天的天气跟那晚差不多,我虽说不喜欢你们,但也不至于盼着你们出车祸。"

陆笙儿盯着她,冷笑了一声:"有些事情我们心知肚明,你是不屑于回答我,还是想维护什么?"

"既然你心知肚明,又何必来问我?"

椅子的脚擦过地面的声音在高雅的西餐厅里显得很尖锐,陆笙儿起身要离开。

顾南城冷着声音开腔:"你干什么去?"

陆笙儿顿住脚步,但是没有回头:"抱歉,本来请你们吃饭,我们都走了。"

男人厉声叫住她:"下这么大的雨你想干什么?"

陆笙儿没回答他,抬脚就准备离开,没走几步就被后面跟上来的男人拽住了手臂。她想要挣脱:"放开我,他已经走了,我很快就追不上了。"

顾南城被她的动作扯到了伤口,皱了一下眉,但是没有说什么,只是异常淡漠地道:"他不想让你追上,你能追上吗?"

陆笙儿明显有些失控,还在挣扎:"那又怎么样?追不上难道就不追了吗?谁有资格这么说?你吗?"

慕晚安没有出声,只是坐在原处静静地看着他们。

西餐厅的环境很别致,没有开明亮的大灯,反倒是每张餐桌都配了造型独特光线柔和的壁灯,既保持安静保护隐私,光线也充足。

在这样的环境里,他们声响不大的争吵也显得格外引人注目。

顾南城的脸色瞬间变得冷厉,他眯起双眸看着她,淡漠地道:"他叫我送你回去,我不想第二天在报纸头版看到你车祸身亡的新闻。"

"你明明知道,为什么要拦着我?"陆笙儿只恨自己敌不过男人附属物,语气也显得激动了,"他叫你送我回去你就送我回去,我不是他的附属物,也不是你的!"

男人只是平静地看着她,眉目未动一下:"你太激动了,容易出事。"

"顾南城你已经结婚了,你能管的女人不是我。"陆笙儿的声音不大,但是字字句句都很清晰,"放手!"

"南城。"慕晚安温凉的嗓音在一旁响起,"陆小姐想追过去,你陪她去吧,别忘了你之前答应过我的事情。"

顾南城抓着女人的手腕，听到慕晚安的声音抬眸看了过去，却见她正托着腮："开车的时候专心点，别再出车祸了，我不会照顾你第二次。"

看着她素净温淡的脸，顾南城一个失神，手上的力道一松，陆笙儿挣脱开，就这样抬脚跑了出去。

他没有马上去追，深深地看着慕晚安，看不出喜怒，顾长的身形立在那里，唇畔悠然地勾出几分弧度，似笑非笑："你想让我陪她去？"

"我挺希望你们能找到绾绾的。"慕晚安没有看他的眼睛，视线落在了他身上衬衫的第二颗扣子处，"而且这种天气实在是容易出车祸，我怕陆小姐一个不小心'挂了'，你得惦记一辈子。"

透过透明的玻璃，她看着下面的男人将穿着高跟鞋跟跟跄跄的陆笙儿拽上了车，然后用力地关上了车门。

她笑了笑，陆小姐"挂了"他估计得惦记一辈子。

其实陆小姐"不挂"也差不了多少。

顾公子明知道即便是真的，薄锦墨也不会让他们找到任何蛛丝马迹，却还是耐着性子陪陆小姐找。

而她……虽然希望不大，但还是希望他们能找到。

摸出包里的手机，想了一会儿，她还是给西爵发了一条短信。

端起手边今晚没怎么碰过的红酒，她低头慢慢地抿着，等着陈叔过来接她回南沉别墅。

雨下得太大，陈叔花了半个小时才到，等他打电话让慕晚安下去的时候，她快把桌上的一瓶红酒都喝完了。

没什么胃口吃东西，干巴巴地坐着很无聊，也没什么其他的事情可以做，她就一个人自斟自饮。

等她挂了电话想站起来的时候，一阵眩晕袭来，她站不稳，这才后知后觉地发觉这瓶红酒的度数比她想象中的高，她还喝了差不多一整瓶。

高跟鞋的跟不算高，但她走了两步还是差点摔倒了。

她一只手扶着桌子，另一只手按住自己的脑袋，脸上又露出自嘲的笑，没事点什么酒呢。

她正想抬手叫个服务员来扶她上车，手臂就被扶住了，男人的声音在耳边响起："怎么喝了这么多酒？"

她实在是站不稳，左晔不得不扶着她，低头看着她迷蒙的双眼和染着嫣红醉意的双颊，心头涌出阵阵的复杂感受，低声问道："站得稳吗？"

　　慕晚安觉得这声音有点熟悉，迟钝地抬头看去："左……晔？"她笑了笑，被酒精控制露出细白而整齐的牙，"你也在这里……好巧。"

　　她要不是醉了，大抵可以看见他肩膀上被雨水打湿的痕迹，裤脚也有些湿。

　　其实不是巧。

　　分了手的恋人，已经断裂的缘分，即便在同一座城市，没有特定的交集，也很难再遇到了。

　　不过是他有朋友也在这里吃饭，远远看见了刚发生的一幕，给他打电话神秘兮兮地，说她被顾南城抛下，一个人在这里喝酒。

　　旁人只知道他们在交往，不知道他们已经结婚了，也不知道是抱了什么样的心思，还特意通知了他。

　　他听着，原本不应该多管，她已经是别人的妻子。

　　可他还是来了。

　　"你喝醉了。"左晔一动不动地凝视着她的脸，"要不要我给你丈夫打电话，让他过来接你？"

　　慕晚安的反应很慢，摆了摆手："不用啊，我们家的司机在下面等我呢……"她东倒西歪，"嗯……能麻烦你扶我下去吗？"

　　他吐出一个字："好。"

　　她又朝他笑了一下，迷离得不真切："谢谢。"

　　开始她还能自己勉强走几步，等出了电梯朝门口走去，她几乎站不稳，全靠左晔半搂住她的腰。

　　陈叔拿着两把雨伞等在门口，结果看到自家夫人被另一个男人半抱着出来，一下就蒙了。

　　刚才……是顾总通知他过来接太太的啊。

　　他第一时间想给顾总打个电话说明眼前的情况，却又不好当着太太的面打小报告，他可不想给太太留下不好的印象。

　　一个激灵，他连忙迎了上去："太太。"隔得远看不清，隔得近他一下就看见了慕晚安像是喝醉了，"您怎么喝了这么多酒？顾先生特意吩咐我来接您……"

他的话还没说完,手里的伞就被左晔拿走了。

"晚安醉了,我送她回家。"左晔已经腾出一只手把伞撑开,"麻烦你开车。"

陈叔自然是想拒绝的,可是左晔论气势就高出陈叔不少,完全不给商量的余地就搂着晚安往前面去了。

雨下得很大,一个人很难挡住,好在陈叔带来的伞够大,左晔将雨伞都拿来遮在晚安的头顶。

陈叔在后边看着高大而沉默的男人小心翼翼地护着自家夫人,自己大半边身子被雨水打湿了,心底暗道不好。

他赶紧举着雨伞冲进雨里走在左晔的前面替左晔领路,并且拉开了后座的车门。

左晔原本想送她上车就够了,却看见她刚坐在座位上,整个人就往一边栽去,脑袋"砰"的一声撞到了车门上。

他想也不想就跟着上了车,把她的身体扶正。

陈叔坐在前面刚想说话,就被他淡声打断了:"我送她回家,她今晚喝了太多的酒,你要开车照顾不了她。"

陈叔没办法,几次天人交战要不要给顾先生打电话。

他其实是认识左晔的,第一眼没看出来,这会儿便认出了,这是夫人的前男友。

从后视镜里看着他让夫人把脑袋靠在他的肩膀上,陈叔的心一阵战栗,在开车之前果断地发了条简单的短信。

慕晚安昏昏沉沉,意识模模糊糊,但没有完全睡过去。

左晔好不容易替她系好了安全带,然后让她很容易被撞到的脑袋靠在自己的肩膀上,手扶着她的腰。

他没有在意陈叔从后视镜里看过来的目光,低头问道:"怎么喝了这么多酒?"顿了一下,"他欺负你了吗?"

他朋友隔得远,听不清楚他们说了什么,只看到顾南城跟着陆笙儿离开了,把她一个人留在了餐厅。

她似乎很不舒服,断断续续地道:"等人……无聊……"

算不上说谎,她的确是因为在等陈叔来无聊,若不是刚好桌上摆了一瓶酒,她也不会想到去喝酒。

左晔凝视她,沉默了一会儿才低声道:"你看上去不大开心。"

慕晚安咯咯地笑了,仰头看他,醉眼蒙眬:"喝点酒……就是不开心了吗?"

"你开不开心,我还是看得出来的。"左晔眸色沉沉,目光始终在她的脸上,又问道,"跟他在一起,你不开心吗?"

慕晚安的脑袋挪开,靠在后座上,闭着眼睛沙哑地道:"没什么开心的,也没什么值得不开心的。"

白皙的手指爬上车玻璃,像个顽皮的孩子滑来滑去:"左晔……你跟宋泉……没有和好吗?"她转过脸,困惑地看着他,"你不是很喜欢她吗?"

若她不是慕晚安,若她此时不是醉了,左晔会认为她在讽刺他。

他沉默了一会儿才淡淡地道:"也许喜欢吧,但是不合适,没办法在一起。"

她迷茫地喃喃道:"喜欢……却不合适……"

还是顾南城比较聪明,选了合适又一般般喜欢的她。

等车开到南沉别墅的时候,慕晚安已经睡着了。

左晔看着她锁眉睡得不踏实的睡颜,选择了抱她下车。

陈叔简直没办法,一想到让顾先生知道太太被另一个男人抱回来了,他就觉得整个人都不好了。

林妈也目瞪口呆地看着被陌生男人抱回来的太太,与跟在后面的陈叔面面相觑。

左晔礼貌地朝林妈道:"麻烦带我去一下晚安的卧室,然后顺便煮一碗醒酒茶。"

林妈把手在围裙上擦了擦,不知道发生了什么,只能说"好"。

她让陈叔带路,然后自己去厨房火速泡了茶,顺便给顾先生打了个电话,只说太太喝醉了有别的男人送她回家。

电话那端的顾南城只说了一句"我马上回来"。

林妈刚想提醒他开车小心别再出事,电话就被挂断了。

左晔接过林妈手里的醒酒茶,吹了吹,俯身拍了拍慕晚安的脸蛋,还是把她弄醒了,温柔地哄着她喝。

林妈在一边看着几度想插手,可是完全没有插手的余地。

末了,他又道:"麻烦你帮晚安换身舒服的衣服让她睡觉,穿成这样她会睡不好。"

林妈连忙道这是她分内的工作,从柜子里找了身衣服,又朝左晔特意道:"我刚才打电话给我们家先生,他听说夫人喝醉了就说马上回来。"

左晔对此没有表示,只说了句:"你换衣服吧,我出去等。"

站在卧室外的走廊上,左晔掏出烟和打火机,静静地点燃了一根烟。

出来反手带上门的时候,他无意中看了一眼卧室的布局,偌大的双人床,两个枕头,床头摆着某些属于男人的物件儿。

吸进去第一口烟的时候,他才后知后觉,这是她和别的男人的卧室。

左晔正准备转身离开,里面忽然响起砰的一声,像是什么东西摔在了地上,紧跟着是女人的惊呼声。

他想也不想就推开门冲了进去,果然看到从床上滚到了地板上的女人,一个箭步走了过去,俯身将她从地板上抱了起来。

看她扶着自己的脑袋又皱着眉头,他连忙问道:"晚安,有没有摔痛?"

她不是睡着了吗,怎么好端端的会滚下床呢?

女人迷迷糊糊地看着他:"我想……喝水。"

她是想下床喝水的,结果没有站稳,一下摔倒了。

"坐着别动,我去给你倒水。"

她睁着眼,重重地点着头,像个乖巧的孩子,醉色媚人,偏偏眼神纯粹:"好。"

左晔一转身,她就歪进了被褥里,然后慢吞吞地撑着脑袋自己爬起来,像个小学生那般坐好。

左晔动作太快了,林妈到底是上了年纪比不得他反应迅速。

他端着一杯温水递到她的手里,看她脸颊红扑扑的模样。她眼巴巴地瞧着他手里的杯子:"给我喝。"

"水容易洒在床上。"左晔注视着她,"我喂你。"

然后,他俯身把装着水的玻璃杯喂到她的唇边,温柔地道:"慢点喝,不要着急。"

慕晚安喝了大半杯水,在男人转身的时候忽然扯住了他的衣服,声音沙哑地道:"你的衣服湿了,左晔。"

他握着杯子,侧过身低头愣怔地看着她的脸。

很长时间了,他对她其实一直没有特别深刻的感情,更多的是淡淡的情绪,但无法忽视,确实真心喜欢过,也怠倦过,分手后亦遗憾和后悔过。

但他是男人,明白错过的不可重来,她已经嫁人。

此时,忽然涌来一阵排山倒海的钝痛,像是布帛从中间撕裂,带出绵延不绝的痛楚,那种感觉清晰无比,仿佛已经积累了一个世纪。

半晌,他才开口:"没关系,我回去换了就行。"

他的上衣湿了大半,膝盖以下都湿了。

她依然迟钝地点着脑袋:"那你早些回去吧。"

"嗯,好。"左晔转身的前一刻忽然问道,"晚安,如果当初我没有拒绝借给你医药费,你还会嫁给他吗?"

他以为她醉了,问这句话也许不是想从她这里得到答案,而只是单纯想问。

她仰着脸看他,有些迷茫,摇了摇脑袋:"没有……如果。"

左晔抬起手,手掌落在她的脑袋上,低声缓慢地道:"你以前跟我在一起的时候,我没觉得你特别开心,可是至少跟我在一起的时候,你不会这么不开心。"

"过往是我错过了你,所以晚安,如果你离开他,可以来找我。"

低冷沉郁泛着一层轻薄嘲弄的声音在门口接着他的声音响起:"你没听她说——没有如果吗?左少。"

男人迈开笔挺的西装裤包裹着的长腿,大步走了过去,一张原本温和儒雅的脸冷冽逼人,颀长的身形立在漂亮的灯下,没有影子。

两个男人的眼神就这么对上了。

(未完待续)